Maria Kwasnik

Spielwerk der Götter

Bibliografische Information der Deutschen Nationalbibliothek:
Die Deutsche Nationalbibliothek verzeichnet diese Publikation in der Deutschen Nationalbibliografie. Detaillierte bibliografische Daten sind im Internet über http://www.d-nb.de abrufbar.
ISBN 978-3-85022-679-0

Alle Rechte der Verbreitung, auch durch Film, Funk und Fernsehen, fotomechanische Wiedergabe, Tonträger, elektronische Datenträger und auszugsweisen Nachdruck, sind vorbehalten.

© 2009 novum Verlag, Neckenmarkt · Wien · München
Lektorat: Susann Säuberlich

Gedruckt in der Europäischen Union auf umweltfreundlichem, chlor- und säurefrei gebleichtem Papier.

www.novumverlag.com

*„Wenn Gut und Böse einander finden
alle Gefahren überwinden
… und erkennen die neue Balance …
… so hat die Welt eine neue Chance."*

*„Wenn ein Feind sich auf die Seite des Guten stellt …
der guten Seite zuverlässige Treue hält …
… und alle Gefahren auf sich nimmt …
… so ein neues Abenteuer beginnt."*

*„Wenn Gut und Böse sich vereint
das Gute um das Böse weint
… und sich das Spiel nun um die Zukunft dreht …
… so auch alle Hoffnung vergeht."*

*„Wenn das Schicksal sie in fremde Länder führt
dort Gut und Böse kein Ruhm gebührt
und sie kämpfen müssen, bis ans Ende
so stellt sich ein, die große Wende."*

Ihr Herz lag in Trümmern. Ihr Blick in Trauer versunken. Kein Fünkchen Hoffnung war in den Augen der anderen zu sehen. Ratlose und enttäuschte Blicke kreuzten ihren Weg.
 Eine Träne lief über ihre Wange, dann eine zweite, eine dritte …

Prolog

Eine Welt von unvorstellbarer Größe. Ein System der Macht, so vernetzt und kompliziert, dass kein irdisches Wesen es wirklich durchschauen konnte. Nicht mal die höchsten Mächte konnten sich ein überschaubares Bild von der Welt machen, über die sie herrschten.
Dennoch versuchten sie, den Planeten und ihre Bewohner zu lenken, aber nicht immer geschah das, was beabsichtigt war.
Das Schicksal wurde von niemandem beeinflusst, sondern bildete mit jeder kleinen Einheit, mit jeder kleinen Entscheidung die Größe, um über Sein oder Nichtsein zu entscheiden.

Ein mutiges, junges Mädchen hatte sein Schicksal in die Hand genommen und sich auf den Weg gemacht, in ein Land, das voller Schrecken und Gefahren war. Es selbst konnte es sich nicht erklären, aber eine tiefe Stimme in ihrem Herzen zeigte ihm den Weg, mit all den unvorstellbaren Konsequenzen.
Begabt war es, in jeder Hinsicht. Seine Eltern waren bis zu diesem Zeitpunkt auch immer stolz auf die junge Frau gewesen, doch auch solche Dinge änderten sich.
Die Liebe zu ihrer Familie gab ihr die Kraft, ihre Bestimmung anzugehen und nie die Hoffnung zu verlieren.
Sie wusste nicht, was auf sie wartete, in den dunklen Tiefen von Trisus oder in den vergessenen Sümpfen.
Sie ahnte auch nicht, dass sie eine ganz neue Welt kennen lernen sollte, die ihr vollkommen fremd und seltsam vorkommen würde – eine Welt, geprägt von ihrer zukünftigen Schönheit und Macht.
Zeit bedeutete Reife und Erfahrung, die das gut behütete Mädchen zu seiner weiteren Entwicklung brauchte.
Ein Wandel, der nicht nur ihr bestimmt war, sondern auch der ihr bekannten wie auch ihr unbekannten Welt.

Wenn Gut und Böse einander finden ...

Instinktiv drehte sich Lis um. War ihr nicht so, als spürte sie eine Gefahr, verborgen hinter einer geschickten Verkleidung?

Das Gefühl einer fremden Macht drängte sich in ihr Bewusstsein und verfolgte Lis ohne Erbarmen, bis in ihr tiefstes Inneres. Es schürte ihre Befürchtungen und Ängste und ließ sie innerlich erschaudern.

Lis war auf der Flucht. Schon seit ein paar Tagen versuchte sie, aus dem unterirdischen Labyrinth von Trisus zu entkommen.

Ohne Erfolg.

Die Tunnel waren lang, kalt und dunkel, und sie wurde gejagt von Bestien, deren einzige Ablenkung es war, ihre Mordlust zu befriedigen.

Was hätte sie anderes erwarten können, in den Hallen der Dunkelheit?

Trisus war der verdorbene Teil ihrer Welt. Dort lebten Wesen anderer Klasse. Es waren Kreaturen der Unterwelt, der Intrige und des Bösen.

Fürchterliche Wesen, die zu Minenarbeiten gezwungen wurden und ein schreckliches Leben führten, voller Hass und Schmerz.

Die Seelen der gepeinigten Kreaturen geisterten nach ihrem Tode, weit ab von den Minen, im Wald der Dunkelheit, auch Seelenwald genannt.

Ihren heiligen Frieden konnten sie, nach so viel Leid und Schmerz, nicht mehr finden und suchten, in Geistergestalt, einen Weg der Rache.

Jedem heiligen Geschöpf, wie Lis, war es verboten, sich in diesem Teil der Welt aufzuhalten. Es war zu gefährlich. Körperlich wie auch seelisch.

Lis war dies durchaus bewusst, aber sie hatte ihren eigenen Kopf und hörte nicht auf die Ratschläge und Verbote.

Sie musste nach Trisus gehen, um ihren inneren Frieden zu finden und nichts und niemand hätte sie davon abhalten können. Ihr war es egal, ob sie ihr Leben aufs Spiel setzen musste.

Es wäre aber nicht so gewesen, hätte sie nur annähernd geahnt, was ihr Abenteuer für große Folgen haben würde.
War es ihr Schicksal oder der Wille der Götter?
Es existierte ein schmaler Grat zwischen diesen zwei Gegebenheiten.
Die Götter, die für ihre Gebiete zuständig waren, kontrollierten ihre Wesen auf direkte oder indirekte Art, doch es gab noch eine Macht, die mit dem Zufallsprinzip arbeitete, das Schicksal.
Nicht immer geschah das, was sich die hohen Mächte erdacht hatten, und alles, was dann passierte, war der Weg der Prophezeiung, der schon vor der Existenz des Lebens niedergeschrieben worden war.

Die Welt, die Lis kannte, bestand aus drei wichtigen Ländereien.
Trisus, Loikes und dem Sumpf.
Ihr Familiensitz und der vieler guter Wesen war in Loikes. Um dort leben zu können, musste man reinen und guten Blutes sein.
In Trisus hingegen lebten die Wesen, die sich der Dunkelheit verschrieben hatten.
Abtrünnige Menschen oder Elfen, die die Seite des Bösen gewählt hatten und aus Loikes verbannt worden waren.
Der Sumpf umgab Trisus und Loikes, so wie er auch die zwei unterschiedlichen Welten voneinander trennte.
Dort lebte das normalsterbliche Volk.
Die Menschen und andere Wesen, die keine besondere Bedeutung hatten, keine magischen oder übersinnlichen Kräfte besaßen und auf die Gunst der Stunde angewiesen waren.
Lis blickte sich noch mal um und das leise Flüstern in ihrem Kopf wurde immer lauter. Sie spürte eine Aura, eine ungeheure Kraft, die aber nicht nur bösartig, sondern unheimlich stark war.
Eine eigenartige Stimmung breitete sich aus und Lis fühlte eine schwache Vibration der Luft.
Unheimliche Schwingungen gingen von diesem Wesen aus und Lis registrierte sie mit wachsender Unruhe.
Sie kramte in ihrem Beutel und suchte einen geeigneten Stein heraus, um sich unsichtbar zu machen.

Trotz ihrer Ungeschicklichkeit, die ihr kostbare Sekunden stahl, wurde sie dann doch fündig.

Sie hob den Pyrit in die Höhe, flüsterte drei undeutliche Worte und warf den Stein gegen den Boden.

Ein widerhallendes Geräusch entstand und durchdrang die unheimliche Stille.

Eine graue Wolke stieg auf, und als sie verschwunden war, war von Lis keine Spur mehr zu sehen. Das Gefühl der Angst, der unausweichlichen Gefahr, wurde immer größer. Ihr Atem wurde schneller und sie musste sich zur Ruhe zwingen, um nicht entdeckt zu werden.

Sie lauschte angespannt und konzentrierte sich mit geschlossenen Augen auf die näher kommenden Schwingungen.

Kurz bevor sie die ersten Schritte hörte, machte sie die Augen auf und sah in die Richtung, aus der sie sie vermutete.

Der Tunnel wurde von einer Fackel erhellt, das Licht aber von der tiefen Dunkelheit förmlich aufgesogen.

Im ersten Augenblick konnte Lis nur Schemen erkennen und hörte die immer lauter werdenden Schritte.

Sie war sich der Gefahr bewusst, in der sie schwebte.

Ein so starkes Wesen wie er könnte sie ohne Probleme entdecken und auf der Stelle töten und sie wollte sich gar nicht vorstellen, was es Schlimmes mit ihr anstellen könnte.

Hier in Trisus war sie kraftlos und konnte sich nicht, auf fairer Basis, mit dem Wesen messen. Sie konnte so viel tun wie ein Mensch, das Problem aber war, dass alle Menschen in Trisus Sklaven und den Bestien hilflos ausgeliefert waren.

Ein weiteres Argument für ihre Leichtsinnigkeit, das ihr Vater ihr vorwerfen würde.

Für einen kurzen Augenblick zog sie eine erneute Flucht in Erwägung, aber gleichzeitig wusste Lis, dass es jetzt keinen Sinn mehr hätte.

Ihre einzige Chance war es, zu warten und auf ihr Glück zu vertrauen. Sie versuchte, sich zu beruhigen, und konzentrierte sich wieder auf das Wesentliche.

Sie hatte keine Zeit, um sich in dieser Situation mit Bedenken zu plagen, die sie schon früher hätte haben sollen, bevor sie nach Trisus gegangen war. Jetzt konnte sie an ihrem Zustand gar nichts mehr ändern.

Die Schritte des Unbekannten wurden immer lauter und näherten sich ihr, mit einer gleich bleibenden Monotonie.

Aus dem zunächst kaum erkennbaren Schemen wurde mit jedem weiteren Schritt mehr ein Mann.

Je näher er ihr kam, desto besser konnte sie ihn erkennen.

Ihr Herz begann schneller zu schlagen und sie fühlte sich auf merkwürdige Weise beruhigt.

Sie sah ihn und spürte die unheimliche Ausstrahlung, die von ihm ausging. Seine Schritte waren leicht und dennoch standfest. Ihn umgab diese ungewöhnliche Aura, die ihr nicht mehr bedrohlich oder böse vorkam, sondern ihn umso interessanter machte.

Sie fühlte sich auf magische Weise von ihm angezogen.

Der Mann war in schwarze Sachen gekleidet und trug außerdem einen langen schwarzen Mantel, der ihm bis zum Boden reichte. Seine langen schwarzen Haare waren zu drei Zöpfen geflochten und fielen ihm über die Schultern.

Sein Gesicht konnte sie nicht richtig erkennen, auch seinen Körperbau konnte sie unter den Kleidungsstücken nur erahnen, aber das, was sie sah, ließ sie ehrfürchtig zusammenzucken.

Solch eine Ausstrahlung und Stärke hatte sie noch nie gespürt. Bei keinem Elfen in Loikes oder sonst einem Wesen hatte sie eine solche Konzentration von Macht erlebt.

Bei dem Gedanken, ihm bei Tageslicht zu begegnen, lief ihr ein eisiger Schauer über den Rücken. Es war aber keine Angst, sondern ein anderes Gefühl, das Lis bisher nicht kannte.

Nur ein kurzer Augenblick, der verstrichen war, bis der Fremde hinter der nächsten Biegung verschwand, dennoch hatte er einen bleibenden Eindruck bei Lis hinterlassen.

Ihre Hände zitterten, ihr Gesicht fühlte sich warm an und in ihrem Kopf wollte sich keine Ordnung einstellen.

Der kurze, aber intensive Angstzustand hatte sie vollkommen durcheinander gebracht.

Lis verscheuchte ihre stumpfsinnigen Gedanken und atmete tief ein und aus.

Sie musste einen klaren Kopf bewahren, um endlich aus dem unterirdischen System rauszukommen.

Sie spürte immer noch seine Aura, aber sie wurde mit jeder Sekunde schwächer und der Fremde entfernte sich, mit jedem Augenblick mehr.

Lis blickte kurz in sich hinein und beschloss, dem seltsamen Wesen zu folgen. Sie hatte nichts zu verlieren, ihr Leben war hier überall in Gefahr.

Behutsam machte sie sich auf den Weg und begann ihm mit schnellen aber leisen Schritten zu folgen. Sie musste sich beeilen, um nicht den Anschluss zu verlieren.

Zu ihrer Überraschung war er, nach wenigen Hundert Schritten, stehen geblieben.

Er stand neben einer Fackel und schaute sich die Tunnelwand an. Lis konnte ihn kaum erkennen. Er tastete suchend die Wand ab und wirkte stark konzentriert.

Ein verwunderter Ausdruck legte sich auf ihr Gesicht und sie schaute ihm zu, wie er auf einmal seine Hand hob und dabei undeutliche Worte sprach.

Das Feuer der Fackel bewegte sich, als hätte es einen plötzlichen Windzug gegeben, beruhigte sich dann wieder, dabei erhellte die Fackel kurz das Gesicht des Mannes und Lis stockte der Atem. Für einen Sekundenbruchteil konnte sie seine Augen sehen.

Sie blitzten kurz im Schein der Fackel auf, voller Zufriedenheit, innerer Vollkommenheit und Stärke.

Für einen kurzen Moment war es so, als wäre die Zeit stehen geblieben, doch dann sah sie, wie er seine Hand ausstreckte und in der Wand verschwand.

Lis Augen wurden groß, als sie erkannte, dass er einen neuen Gang geschaffen hatte.

Sie folgte ihm augenblicklich und blickte neugierig in den neu entstandenen Tunnel hinein.

Der Gang war nicht groß, aber er führte bergauf und am Ende des Tunnels sah Lis das wunderschöne Sonnenlicht, das sie seit Tagen vermisst hatte.

Mit Mühe konnte sie ein Seufzen unterdrücken. Die unheimliche Spannung, die Lis durchströmte, wurde schwächer.

Oder war es einfach die Angst, hier unten begraben zu werden, die Lis nicht mehr verspürte? Das Gefühl von Gefangenheit machte einem anderen Gefühl Platz, dem Gefühl der Freude und Erleichterung.

Sie konnte es kaum erwarten, an ihm vorbei ins Freie zu stürmen, doch sie musste sich gedulden und biss tapfer die Zähne zusammen.

Voller Unruhe ging sie ihm nach und betete zu ihrer Göttin um Hilfe. Dabei wurden seine Schritte immer langsamer und kurz vor dem Ausgang blieb er stehen und lehnte sich locker gegen die kahle Steinwand.

Natürlich so, dass Lis nicht einmal eine winzige Chance gehabt hätte, an ihm vorbeizukommen.

Er blickte hinaus und genoss für einen kurzen Moment die Sonnenstrahlen auf seinem Gesicht.

Lis konnte die Spitzen der Baumkronen erkennen und den strahlend blauen Himmel. Sonst blieb ihr die Sicht verwehrt, denn der Fremde nahm praktisch den ganzen Ausgang ein.

Lis Nerven lagen blank. Sie verstand nicht, was er da machte und wieso er genau so stand, dass sie nicht einmal ansatzweise an ihm vorbei kommen konnte. Sie ärgerte sich ungemein und dachte darüber nach, dass es doch immer so kommen musste, wenn man es am wenigsten gebrauchen konnte.

„Nichts im Leben ist leicht und nichts kommt so, wie man es sich gerade vorstellt", sagte der Fremde mit ruhiger und besonnener Stimme.

Er blickte immer noch hinaus und ließ sich Zeit, bis er sich langsam umdrehte.

Sein Blick richtete sich genau auf Lis und er schaute ihr direkt in die Augen. Lis stockte der Atem und ihr Gesicht erblasste. Das war doch nicht möglich, dass er sie sah.

Oder war etwa ihr Zauber erloschen?

Lis schaute an sich herab und erkannte, dass sie wirklich wieder sichtbar geworden war. In der Aufregung hatte sie vergessen sich zu konzentrieren, um ihren Zauber aufrecht zu erhalten.

Lis blickte wieder zu Arok und ihr Herz schlug noch heftiger in ihrem Brustkorb.

Sie konnte sein Gesicht nicht ganz erkennen, aber sie sah seine strahlend blauen Augen und ein kleines Lächeln auf seinen Lippen.

Das restliche Gesicht wurde von einem Schatten überdeckt, der sich auf unheimlich lebendige Weise auf sein

Gesicht geworfen hatte. Als würde der Schatten anderen Grundgesetzen des Seins folgen.

Lis brachte kein Wort heraus und sie hoffte immer noch, dass er jemand anderen meinte, obwohl es schier unmöglich schien. Sie waren alleine in einem Tunnel und er schaute ihr direkt ins Gesicht.

Was könnte man da falsch verstehen?

„Mädchen, ich rede mit dir. Ist es denn nicht unhöflich zu schweigen, wenn man angesprochen wird?", fragte er erneut und sein Lächeln wurde zu einem frechen Grinsen.

Lis wachte aus ihrer Erstarrung auf und ging einen Schritt zurück. Sie schwieg immer noch und schaute ihn misstrauisch an.

Ihr war es nicht zum Lachen zumute.

„Ach, willst du wieder zurück ins Labyrinth und dich weiter verirren? Mädel, du hast keine Chance da. Das weißt du genauso gut wie ich", sagte er und schüttelte den Kopf.

Lis wusste, dass er recht hatte und dass seine Leute sie finden würden.

„Was willst du von mir?", fragte Lis leise.

Ihre Stimme versagte ihr den gewünschten Dienst und aus dem strengen Ton, der dabei herauskommen sollte, wurde ein leises Flüstern.

Das musste alles ein abgekartetes Spiel sein. Er hatte ihr bestimmt nicht umsonst den Weg gezeigt. Irgendwas wollte er.

Lis wusste nur noch nicht, was.

„Ich will einen Kuss von dir", sagte er ungeniert, als hätte er ihre Gedanken gelesen.

Er musterte Lis genau und schaute sie dabei von oben bis unten an.

In seinen Augen spiegelten sich seine Gedanken förmlich wider und Lis war zu fassungslos, um angemessen zu reagieren.

Sie stand da, mit ihren schmutzigen und teilweise zerrissenen Kleidungsstücken, anstatt geschickt im Schatten des Tunnels zu verschwinden.

Die Frage hatte sie so unvorbereitet getroffen, dass sie erst einmal einen Moment brauchte, um überhaupt zu verstehen, was er ihr gerade gesagt hatte.

„Wie bitte?", fragte Lis anschließend völlig fassungslos.
Sie hatte mit allem gerechnet.
Mit einem Kampf, mit der Abgabe ihrer Wertgegenstände oder Ähnliches, aber so was?
Sie errötete sichtlich und wusste nicht, was sie mit sich anfangen sollte.
Der Fremde lachte laut auf und konnte sich nicht mehr einkriegen. Es dauerte einige Augenblicke, bis er sich wieder beruhigt hatte. Er fuhr sich durchs Haar und schaute verträumt zu Lis.
„Mein Name ist Arok", sagte er anschließend und verbeugte sich tief.
Diese Geste verwirrte Lis nur noch mehr und sie stotterte ein leises „Lis" vor sich hin und blieb bewegungslos stehen.
Man sah ihr an, dass sie einfach zu überrascht war, um irgendetwas zu tun. Ihr schien die ganze Situation so unwirklich und auf eine Weise lächerlich, dass sie es vorzog, gar nichts zu sagen, geschweige denn, etwas zu tun.
„Ist Lis dein Name?", fragte Arok, legte den Kopf auf die Seite und schaute sie weiter belustigt an. Lis schwieg aber beharrlich weiter und schaute misstrauisch und etwas überrascht zu Arok.
„Ich scheine für dich kein guter Gesprächspartner zu sein", schlussfolgerte Arok aus der Situation und schaute betrübt zu Boden. Natürlich war es nur eine aufgesetzte Laune. In Aroks Augen sprühte es vor Spott und Hohn.
In Lis stieg die Verzweiflung hoch. Sie war ihrem Ziel so nahe, wie schon seit Tagen nicht mehr, und das einzige Hindernis war Arok.
„Wieso lässt du mich nicht einfach gehen?", flüsterte Lis leise und schaute ihn verzweifelt und misstrauisch an. Ihr Körper war gespannt und zur Flucht bereit. Wenn es sein musste, würde sie um ihr Leben kämpfen.
„Ich merke schon, hier lässt es sich ja schlecht miteinander reden. Ich lass dich nur unter einer Bedingung gehen, Lis", sagte er.
Lis gefiel die Sache überhaupt nicht. Der erste Wunsch von Arok war schon abstrakt genug gewesen. Was er jetzt wohl vorhatte?
„Versprichst du mir, dass wir uns wieder sehen? An einem Ort, wo es sich besser reden lässt?", fragte er und

trat einen Schritt näher. Lis stockte der Atem. Was wollte er denn nur von ihr?

Mit einer inneren Unruhe, mit dem Wissen, dass das alles Konsequenzen haben würde, nickte sie.

Er lächelte zufrieden, trat zwei Schritte zurück und machte den Weg frei. Dabei bewegte er sich auf geschmeidige Weise und warf seinen Mantel demonstrativ nach hinten und zeigte mit der rechten Hand zum Wald.

Lis konnte es kaum erwarten, durch den Ausgang zu schlüpfen und endlich wieder, nach mehreren Tagen, die Sonne auf ihrer Haut zu spüren.

Doch während sie an Arok vorbei trat, nahm er sie beim Handgelenk und hielt sie noch einen Moment zurück.

Seine Hand war unglaublich kühl. Lis verspürte ein komisches Ziehen im Bauch und erschrak bis ins Mark. Arok hielt sie mit einer ungeheuren Stärke fest und doch tat er ihr nicht weh. Mit einem Mal wusste Lis ganz genau, was er vorhatte.

Er kam ihr ein wenig näher und schaute ihr tief in die Augen. Lis war zu überrascht, um sich zu wehren, und schaute ihn verwirrt und fragend an.

Es war unmöglich, das Gefühl in Worte zu fassen, das sie überkam, als Arok sie an der Hand nahm und mit der anderen sanft über ihre Wange streichelte. Sie wollte seine Hand wegnehmen und ihn von sich drücken, aber sie konnte es nicht tun.

Auf komische Weise genoss sie seine Berührungen und den Moment der Zweisamkeit. Solch ein eigenartiges Gefühl hatte Lis noch nie gespürt und es machte sie ganz verlegen. Sie sah in seine Augen und konnte in ihnen versinken. Arok erging es genauso. Sein Blick wanderte bis in die tiefsten Tiefen von Lis' Seele.

Eine wohltuende und wissende Stille hatte sich über die beiden gelegt. Lis war es klar, dass es falsch war, aber sie konnte in diesem Moment nichts tun.

Sie war wie hypnotisiert.

Arok kam ihr noch ein weiteres Stück näher und gab ihr einen zärtlichen Kuss auf die Wange. Für Lis schien sich dieser kleine Moment auf das Zehnfache zu verlängern. Sie spürte sein weiches, aber kühles Gesicht auf ihrem und war wie in Trance.

Arok spürte eine starke Anziehungskraft zwischen sich und Lis. Er sah in ihre Augen und konnte ihre tiefsten Wünsche und Gedanken lesen. Man merkte es ihm nicht an, aber innerlich freute er sich wie ein Kind darüber, dass sie sich nicht wehrte. Er hatte etwas anderes von ihr erwartet, und zwar heftige Gegenwehr.

Aber Lis schien zu überrascht zu sein, um angemessen zu reagieren.

Für Arok war es das erste Mal, dass er sich einer Frau so näherte, aber nur aus taktischen Gründen. Er war unheimlich nervös, aber er ließ es Lis nicht spüren. Bisher hatte er weibliche Todeselfen gemieden. Sie waren sehr launisch und dominant. Damit konnte Arok nichts anfangen. Lis dagegen war das perfekte Opfer für seinen Charme und seine Spiele.

Arok hatte sich in dieser Situation vollkommen unter Kontrolle.

Eine Eigenschaft, die er sich jahrelang antrainieren hatte müssen. Sein Vater war ein sehr strenger und konsequenter Mann. Er kannte das Wort *Geduld* und *Liebe* nicht.

„Durch deine *Gefühle* verrätst du deinem Feind deine Schwächen", hatte er Arok immer wieder gesagt. Danach richtete er sich auch. Gefühle waren für Arok ein Fremdwort. Aber dieser Umstand würde sich bald ändern.

Zum Schluss flüsterte Arok Lis ins Ohr: „Vergiss dein Versprechen nicht, Prinzessin."

Die Würfel für sein teuflisches Spiel waren gefallen.

Von einem Moment auf den anderen war er verschwunden. Als hätte er sich in Luft aufgelöst. Nichts mehr von ihm war da, nur Lis verspürte das eisige Gefühl, beobachtet und belauert zu werden. Sie legte ihre rechte Hand auf ihre Wange und spürte immer noch die nachwirkende Kälte, die Arok ihr mit dem Kuss gegeben hatte. Ein komisches Gefühl machte sich in Lis breit. Verständnislos stand sie da und versuchte sich die Situation erklären. Während er ihr diesen Kuss gegeben hatte, war sie nicht einmal mehr dazu gekommen, sich zu wehren.

Ihre Starre dauerte nur wenige Augenblicke an. Dann hatte sich Lis wieder unter Kontrolle und schaute sich prüfend um.

Aber dieses neuartige Gefühl blieb und Bedenken geisterten wie formlose Schatten in ihren Gedanken umher.

Nichts Außergewöhnliches war zu sehen. Die Sonne wurde bedeckt von wenigen Wolken, der Wald lag still vor ihr, voller lebendiger, grüner Töne.

Sogar die dunkle Stimmung, die ihr Herz umschlungen hatte, löste sich langsam bei diesem Anblick. Sie war auf dem besten Weg nach Hause. Ob es nun der richtige Weg war?

Ohne weiter einen Gedanken daran zu verschwenden, setzte sich Lis in Bewegung und ging mit zügigen Schritten zum Wald. Am Waldrand blieb sie noch einmal stehen und schaute sich genauer um. Sie ging langsam zu einem Baumstamm hin und stützte sich an ihm ab.

Die Rinde der Birke war etwas rau, aber Lis interessierte sich mehr für das Innenleben des Waldes. Es war auf unheimliche Weise still. Normalerweise hätte sie Vögel hören und sehen sollen, doch es war vollkommen ruhig.

Das konnte nichts Gutes bedeuten, aber hatte Lis eine Wahl?

Dort konnte sie sich im Notfall noch verstecken oder wegzulaufen versuchen. Ob sie dafür noch genügend Kraft haben würde, musste sie dann sehen. Aber was sollte sie machen, wenn dieser Ort an sich eine Bedrohung in sich barg?

Der Wald war sehr dicht und dunkel. Sie hörte nichts, nur das leise Rascheln der Blätter. Sie war erschöpft, verängstigt, verwirrt und konnte sich nicht mit der unheimlichen Situation abfinden, in der sie sich befand.

Sie empfand Müdigkeit durch die langen Strapazen, Angst durch die ganzen Vorkommnisse und Verwirrung durch Arok, der soeben in ihr Leben getreten war. Was hatte sie sich nur gedacht, sich in solch eine Gefahr zu begeben?

Lis schüttelte betrübt den Kopf.

Es war zwar dunkel, doch um Welten angenehmer als die engen und finsteren Tunnelgänge, die dort unten kein Ende hatten nehmen wollen.

Die hohen Bäume schienen sich im Konkurrenzkampf zu befinden. Jeder von ihnen wollte näher an die Sonne, um mehr von den kostbaren Sonnenstrahlen zu erhaschen. Lis schaute sich neugierig um und genoss das

Gefühl der Freiheit, das sie seit Tagen nicht mehr verspürt hatte.

Eine plötzliche Müdigkeit umschlang ihre Glieder und sie konnte sich kaum noch aufrecht auf den Beinen halten.

Sie suchte sich einen geeigneten Unterschlupf und setzte sich unter einen der gigantischen Bäume, von denen es viele gab. Lis konnte das Alter des Baumes kaum schätzen, überhaupt wusste sie sehr wenig über diesen eigenartigen Ort. Sie schaute sich aufmerksam um und versuchte, sich etwas Mut einzureden.

Die Wurzeln boten ihr Schutz vor Wind und versteckten sie gut. Das weiche Moos und das Gras boten ihr einen weichen und angenehmen Untergrund. Der Boden war trocken, das bedeutete wohl, dass es die Tage über, in denen Lis unter der Erde gewesen war, nicht geregnet hatte.

Einen kurzen Moment darauf suchte sie in ihrem Beutel nach etwas, was ihr ein wenig Kraft spenden könnte.

Elfen waren in der Lage, durch bestimmte Zauber Kräfte in Steinen zu speichern.

Kraft des Feuers, des Geistes, der Kälte und noch viele mehr.

Allerdings stellte Lis enttäuscht fest, dass sie in den letzten Tagen zu viele von ihren Steinen verbraucht hatte. Kraftlos legte sie ihren Beutel weg und schloss langsam ihre Augen. Nur mit Mühe konnte sie sich noch wach halten.

Die erdrückende Müdigkeit und Schwere zog sie mit unaufhaltsamer Stärke ins Land der Träume. Doch genau das könnte auch ihr Untergang sein.

Mit letzter Kraft machte sie ihre Augen auf und nahm ihren Beutel. Sie fand auf Anhieb, was sie suchte, und stellte den Amethysten vor sich auf den Boden.

Eine kleine Waffe gegen einen starken Feind.

Der Stein begann, unheimlich zu leuchten. Im ersten Moment blendete er Lis, doch dann schloss sie ihre Augen. Aus dem Leuchten des Amethysten bildete sich eine kleine Kugel, die mit jeder Sekunde größer wurde. Als Lis vollkommen von ihr eingehüllt war, hörte die Kugel auf zu wachsen und bildete eine fast unerkennbare Mauer um Lis Leib.

Ihr blieb nun nichts anderes übrig, als auf ihre Schutzgöttin zu vertrauen. Es lag nun in ihren Händen, was mit Lis geschah.

Nach der letzten Bewegung versank sie in einen tiefen, ruhelosen Schlaf voller Schrecken und Gefahren. Zu ihrem späteren Entsetzen durchlebte sie alles, was sie die letzten Tage erfahren hatte, noch einmal von Neuem.

Unendlich lange Gänge. Dunkelheit und eine unheimliche Stille.

Nur das rhythmische Scharren der Arbeiter, tief unter der Oberfläche von Trisus, war zu hören und von Zeit zu Zeit Schmerzensschreie von gepeinigten Ungeheuern. Sklaven und Untiere waren zum Fördern der alten Eisenvorkommen verdammt worden.

Keiner blieb verschont.

Der tyrannische Herrscher von Trisus nahm Menschen aus dem Sumpf gefangen und machte sie zu Sklaven. Die anderen Wesen hier waren hirnlose Arbeitsmaschinen, die zum Arbeiten geboren wurden und starben, wenn sie nicht mehr gebraucht wurden.

Das Schlimmste an diesen Wesen war ihre angeborene Mordlust. Vor allem heilige Wesen, die sich in die Nähe von Trisus verirrten, wurden gnadenlos in Stücke gerissen.

Lis war genau die Art von Opfer, auf die diese blutrünstigen Monster warteten.

Ihr Mitleid war aber durchaus größer als ihre Angst.

Sie waren Marionetten eines bösen Herrschers, der nichts anderes plante, als die Welt zu beherrschen, die er noch nicht einmal richtig kannte.

Doch was konnte Lis tun?

Sie war hier, auf verbotenem Gebiet, in Lebensgefahr.

Welch ironischer Gedanke, dass Lis etwas verändern wollte.

Sie konnte ihren Eltern nur von den Missständen berichten. Die Bedingung war aber, dass sie erst einmal lebend aus dem Labyrinth kam.

Jeder weitere Tag unter der Erde machte ihre Hoffnung kleiner, je ihre Eltern wieder zu sehen. Angst peinigte sie, die schreckliche Anspannung, das Gefühl, dass hinter jeder Ecke eine Gefahr auf sie warten könnte.

Sie war doch selbst schuld. War sie es nicht, die hier ein Abenteuer suchte und ihr Leben aufs Spiel setzte?

Der Gedanke an ihre Eltern gab ihr die Kraft, die sie brauchte, um sich zusammenzureißen und vernünftig zu bleiben. Sie wusste aber auch, dass ihre Eltern sie bestrafen würden. Was da auf sie zukam, wusste sie nicht, aber sie konnte es vage erahnen.

Und es kam, wie es kommen musste. Man hatte sie in den unterirdischen Gängen entdeckt und sie musste fliehen. Doch wohin, wenn man seit Tagen in den Gängen umherirrte und den Weg nicht wusste?

Durch Lis' Unvorsichtigkeit sah sie eines dieser riesigen Ungeheuer, das gebückt in den Gängen umherging und zum Schichtwechsel antrat.

Voller Panik lief sie wahllos in einen Tunnel hinein und hörte nach wenigen Sekunden das Schreien der wilden Bestie. Es war kein richtiges Schreien.

Es war ein Brüllen und Keuchen. Ein so unheimlicher Laut, dass Lis die Haare zu Berge standen, als sie geschickt und schnell durch den Gang lief.

Natürlich war da keine Zeit, um vorsichtig zu sein, und so stieß sie noch auf ein zweites von diesen Wesen.

Dieses war aber nicht so überrascht wie sein Vorgänger und packte sie mit einer unheimlichen Präzision an der Schulter. Als hätte es nur auf sie gewartet.

Seine haarige, braune Pranke umschnürte ihre Schultern und gab ihr keine Möglichkeit, sich zu bewegen. Lis brüllte vor Schmerzen auf.

Todesangst stand in ihren Augen geschrieben und bei der Bestie war es die pure Mordlust. Seine Krallen bohrten sich in ihre Schultern und sie bekam kaum Luft.

Das Wesen war zu groß, um im Tunnel aufrecht stehen zu können. Es hatte breite Schultern, die den zwei Meter hohen und zwei Meter breiten Raum gänzlich einnahmen. Lis fragte sich auch, was diese Wesen wohl machen würden, wenn sie aneinander vorbei wollten.

Sein ganzer Körper war bedeckt mit braunem Fell. Doch es war etwas anderes, was Lis erschreckte.

Diese Augen würde sie nie vergessen.

Schwarze Löcher, die aus nichts zu bestehen schienen. Man sah in der Dunkelheit nur das böse, blutrüstige Glitzern in seinen Augenhöhlen. Pechschwarz wie die Nacht und so unheimlich böse, ohne ein Fünkchen Gnade oder Gutmütigkeit. Der Rest seines Gesichtes war ebenfalls ein Streich der Götter, die wohl einen großen Hass auf diese Monster haben mussten.

Grässliche Kreaturen, denen niemand aus Lis' Heimat nah genug gekommen war, um sie zu beschreiben. Lis musste wieder einmal die Ausnahme sein.

Verzweifelt versuchte sie, sich aus der Pranke zu lösen, doch es brachte nichts.

Die messerscharfen Krallen, die zum Graben gedacht waren, bohrten sich nur noch mehr in Lis' Schultern und sie schrie laut auf.

Tränen des Schmerzes schossen ihr in die Augen und sie stöhnte qualerfüllt.

Das Untier gab einen Laut von sich, der wie ein Lachen klang, doch kein richtiges Lachen, sondern eher ein Knurren war.

Dieses eigenartige Geräusch schürte Lis' letzte Kraftreserven und brachte sie auf eine Idee.

Sie tastete mit ihrer rechten Hand nach ihrem Beutel, während das Monstrum sich langsam in Bewegung setzte.

Zu Lis' Überraschung hielt es sie nur fest und machte keine Anstalten, sie noch weiter zu zerquetschen.

Das gab ihr wenige Sekunden mehr, um sich etwas einfallen zu lassen. Endlich ertastete sie das, was sie suchte, stemmte sich mit voller Kraft gegen die Pranke und strampelte mit ihren Beinen wild um sich.

Zwar bereitete es ihr höllische Qualen, aber sie biss die Zähne zusammen, presste die Augen zu und vertraute blindlings auf ihr Glück und auf die Stärke ihrer Fußtritte.

Wahrscheinlich hätte ihr verzweifelter Gegenwehrversuch nichts gebracht, aber durch reines Glück traf Lis wohl eine sehr empfindliche Stelle. Das riesige Tier keuchte vor Schmerz auf und lockerte, für einen kurzen Augenblick, seinen Griff.

Die kleine Chance, die Lis gewährt wurde, nutzte sie auf der Stelle, zog die Schultern zusammen und schlüpfte aus den tödlichen Pranken.

Dann packte sie ihren Beutel und schleuderte ihn mit so viel Schwung und Kraft gegen den Kopf des Tiers, wie sie nur konnte.

Ein lautes Krachen erscholl und Lis ging einige Schritte zurück.

Die schweren Steine hatten wohl ihren Dienst getan. Außer Atem und angespannt wartete sie auf eine Reaktion.

Nichts geschah.

Das Untier stand da und schaute sie verblüfft an. Dann erschien eine Art von Benommenheit in seinen Augen, bis es schlussendlich zu Boden fiel.

Lis lächelte triumphierend und entspannte sich etwas.

Doch sie hatte keine Zeit, um sich in Sicherheit zu wiegen.

Einen kurzen Augenblick später hörte sie ein aufgebrachtes Schnaufen hinter sich.

Sie wagte es nicht, nach hinten zu blicken, denn sie wusste, was da auf sie wartete. Noch dazu hätte es ihr wieder kostbare Sekunden gestohlen.

Sie rannte los, übersprang mit einer unglaublichen Eleganz den Körper des gestürzten Untiers und hob im Laufen ihren Beutel auf.

Das Glück blieb ihr hold, denn durch die gefallene Bestie wurden die anderen etwas behindert und Lis konnte einen ersten Vorsprung aufbauen.

Sie rannte, so schnell sie konnte. Achtete nicht darauf, dass sie vollkommen außer Atem war und blutete.

Angetrieben von ihrer Todesangst.

Mit einem lauten Keuchen wachte Lis auf und schaute sich erschrocken um.

Ihr Puls raste wie nach einem Dauerlauf. Ihre Hände zitterten und sie fühlte sich auf eine Art schwer und unglaublich elend.

„Das war wirklich das Schlimmste, was ich je erlebt habe", murmelte sie benommen und setzte sich langsam auf.

Lis hatte starke Kopfschmerzen und sie spürte jeden Muskel in ihrem Körper. Die Schmerzen in ihrem Rücken waren ebenso belastend geworden.

Aus dem gewünschten, erholsamen Schlaf war eine unglaubliche Tortur geworden.

Als würde die Erinnerung sie bestrafen wollen für ihr leichtsinniges Handeln.

Lis hob ihre Hand an die Schläfe und massierte sie kurz, rieb sich die Augen, streckte sich ausgiebig und versuchte, langsam wach zu werden.

In der Morgensonne konnte sie die Spuren des Untiers erkennen. Es hatte sie an der Schulter gekratzt und tiefe Furchen hinterlassen. Ihr Gewand war zerrissen und mit Blut getränkt. Die ganze Anspannung hatte sie vergessen lassen, dass sie Schmerzen empfinden sollte.

Erst jetzt, nachdem sie aufgewacht war, spürte sie den Schmerz mehr denn je.

„Ich will gar nicht wissen, wie ich aussehe", sagte sie sich in Gedanken und versuchte, sich langsam aufzurichten.

Es bereitete ihr zwar einige Unannehmlichkeiten, aber sie schaffte es, packte ihre Sachen zusammen und schaute vorsichtig aus ihrer sicheren Deckung hervor.

Die Luft war rein. Im Morgenlicht sah sie nur ein paar Vögel, die aufgeregt hin und her flogen, und sonst lag alles still und friedlich da.

Die Sonne stand erst seit Kurzem am Himmel und erhellte ihn auf wunderschöne Weise.

Lis schüttelte ihre finsteren Gedanken ab und stieg über die Wurzel. Das stellte sich schwieriger dar, als sie gedacht hatte, denn jede Bewegung bereitete ihr Schmerzen.

Kein Wunder, nach allem, was ihr widerfahren war, war sie sehr glücklich, überhaupt noch am Leben zu sein.

Jetzt war es Zeit, sich auf den Heimweg zu machen.

Ihre Eltern mussten krank vor Sorge sein, oder denken, sie wäre tot.

Lis wollte sich nicht vorstellen, wie sich ihre Eltern fühlten und was sie machen würden, wenn Lis wieder zu Hause war.

Unsicher setzte sie einen Fuß vor den anderen. Tapfer biss sie die Zähne zusammen und hoffte darauf, dass der stechende Schmerz bald vergehen würde. Doch ihre Hoffnungen wurden nicht erfüllt, sondern der Schmerz wurde nur noch schlimmer.

Die Wunden an ihrem Rücken brannten wie Feuer und nach einiger Zeit spürte sie die ersten Blutstropfen über ihren Rücken laufen.

Lis hatte gar nichts mehr, um ihre Wunden zu behandeln. Das Einzige, was ihr geblieben war, waren einige

Feuer- und Blitzzauber, doch damit konnte sie im Moment nichts anfangen.

Ihre Gedanken drehten sich im Kreis.

Das Gefühl der Schwäche brachte sie dazu, immer langsamer zu werden, und ihre Schritte wurden immer unsicherer.

Ihr wurde mit jedem Schritt klarer, dass sie es, in ihrem schrecklichen Zustand, nicht schaffen würde.

Aber was hatte sie für Möglichkeiten? Sie war alleine im tiefen Wald von Trisus, in der Nähe des Sumpfes.

Sie konnte versuchen, sich zu einem Dorf zu schleppen und die Menschen um Hilfe zu bitten. Doch wer garantierte ihr, dass die Menschen sie nicht einfach ausrauben würden?

Aber Lis hatte schlicht und einfach keine andere Wahl. Der Weg nach Hause war viel zu lang und gefährlich. Mit ihren Verletzungen würde sie es unmöglich schaffen.

Lis hatte kein Glück. Sie hatte zwar den Sumpf erreicht, konnte aber kein Dorf finden. Es roch nach Moder und Fäulnis und sie musste sich zusammenreißen, um nicht ununterbrochen zu husten.

Als die Sonne nahe dem Zenit stand und ihr Magen langsam zu knurren begann, gab Lis endgültig auf und suchte sich eine Stelle, wo sie sich hinsetzen konnte. Dieser Teil des Sumpfes war der widerlichste, den Lis je gesehen hatte.

Es stank abscheulich nach Verwesung und faulen Blättern.

Der Gestank machte ihr unheimlich stark zu schaffen. Ihr wurde schwindelig und sie dachte schon daran, dass ihre letzte Stunde geschlagen hätte.

Sie setzte sich vorsichtig hin und versuchte, ihren Rücken nicht zu sehr zu belasten, um sich keine weiteren Schmerzen zuzufügen.

Ihre Gedanken schweiften ab zu Arok und zu seinen letzten Worten. Sie war sich unschlüssig, wie sie ihn zuordnen sollte. Wollte er ihr wirklich helfen, oder machte er sie zu seinem Spielzeug?

„Falsch gedacht, Lis", sagte eine Stimme hinter ihr.

Lis erschreckte sich, fuhr zusammen und versuchte aufstehen. Es gelang ihr nur halb. Mitten in der Bewegung verlor sie ihr Gleichgewicht und wäre gestürzt, wenn Arok sie nicht, in der letzten Sekunde, gefangen hätte.

Er stützte sie und hielt sie in seinen starken Armen – daraufhin herrschte vollkommene Stille.

Lis konnte sogar ihr Herz schlagen hören. Sonst war alles verstummt, sogar der Wind war nicht mehr zu hören.

Sie lag in seinen Armen und er schaute ihr lächelnd ins Gesicht. Seine Augen wirkten besorgt, aber man sah ihm an, dass er seine Helferposition genoss.

Der Moment dauerte nur einen kurzen Augenblick, die unheimliche Stille verging so schnell, wie sie gekommen war.

Lis fand den benötigten Halt, richtete sich ganz auf und schob Arok vorsichtig von sich.

Er räusperte sich übertrieben und lächelte Lis weiter freundlich an.

Doch als er Lis genauer betrachtete, verschwand sein Lächeln wieder und er wurde ernst.

„Du siehst nicht gut aus", sagte er betrübt und musterte sie weiter ausgiebig.

„Du scheinst eine Menge Blut verloren zu haben. Wie ist das passiert?", fragte er und wollte ihr einen Schritt näher kommen, um sich ihre Verletzungen genauer anzuschauen.

Lis schaute ihn nur überrascht an und wich daraufhin einen Schritt zurück.

Hatte er ihre Verletzungen im Tunnel nicht bemerkt?

„Danke für das Kompliment", antwortete Lis leise und schwieg wieder.

Arok schaute sie stirnrunzelnd an und seufzte.

„Ich bin deine einzige Hoffnung und du verhältst dich so?", flüsterte er leise und schaute traurig zu ihr.

Lis wollte sich umdrehen, doch ein stechender Schmerz durchfuhr ihren Rücken und ließ sie zusammenzucken. Durch die schnelle Bewegung war ihre Wunde wieder aufgegangen und sie spürte warmes Blut über ihren Rücken laufen.

Tränen des Schmerzes schossen ihr in die Augen und sie musste all ihre Kraftreserven ausschöpfen, um sich noch auf den Beinen zu halten.

„Lis, hast du starke Schmerzen?", fragte Arok besorgt und kam ihr einen weiteren Schritt entgegen. Lis verzog das Gesicht und sagte, begleitet von einem leisen Seufzer:

„Ich schaff das schon. Ich kann auf mich aufpassen."

Wäre Arok nicht da gewesen, wäre Lis kopfüber in eines der unzähligen Sumpflöcher gefallen. Das Gespräch mit ihm hatte ihr den Rest ihrer Kräfte geraubt. Schwäche überkam sie und sie verlor augenblicklich das Bewusstsein.

Arok war zur Stelle und fing sie auf. Mit Mühe und Not konnte er sich noch auf den Beinen halten, beinahe wäre er auch mit Lis ins Loch gestürzt.

Mit einem tiefen Seufzer nahm er Lis auf seine Arme und machte sich auf den Weg zurück nach Trisus. Dort war sie wieder in seiner Obhut und die Verwirklichung seines Plans rückte mit jedem Schritt näher.

Als sie die Grenze zwischen dem Sumpf und Trisus überschritten, hatte Arok seine vollständige Macht wiedererlangt.

Elfen und ihre Mächte waren an den Ort gebunden, an dem sie lebten. Arok hatte eine unvorstellbare Macht in den Tunneln und Hallen von Trisus, aber im Sumpf oder in Loikes brachten ihm seine Kräfte nichts oder nur sehr wenig.

Das Machtsystem wurde, durch diesen Zustand, im Gleichgewicht gehalten und beide Seiten, ob Gut oder Böse, konnten friedlich leben, ohne eine Übermacht über den anderen zu erlangen.

Nur die Menschen konnten ihre Fähigkeiten überall gleich ausüben. Zwar wurden Menschen nie so stark wie Elfen, aber sie waren trotzdem eine Bedrohung.

In Trisus war ein Mensch nichts anderes als ein Arbeiter. Im Sumpf hingegen, wo Elfen ihre Kräfte nicht benutzten konnten, war der Mensch mit seinem Schwert, Speer oder Beil eine ernst zu nehmende Gefahr.

Arok sprach einige Worte und übte einen seiner bizarren Zauber aus.

Alles vor Aroks Augen verschwamm und er schloss diese daraufhin bewusst.

Ein gewohntes, aber unangenehm kühles Gefühl legte sich über die beiden und durchströmte ihre Körper. Lis spürte unterbewusst die eisige Kälte, die bis in ihre tiefsten Tiefen hineindrang und alles, für einen ganz kurzen Augenblick, erfrieren ließ.

Als Arok seine Augen wieder öffnete, befanden sich die beiden von einem Augenblick auf den anderen in einem großen Raum, der durch Fackeln erhellt wurde.

Von Wald und Wiesen war nichts mehr zu sehen oder zu spüren. Der zarte Wind hatte aufgehört zu wehen und eine stickige Luft kam ihnen entgegen. Es war schön warm im Zimmer und es herrschte eine angenehme Atmosphäre.

Aber alles in diesem Zimmer war schwarz. Das Bett, die Wände, die Möbel und der einzige Ausgang, eine alte Holztür, war ebenfalls schwarz.

Arok legte Lis behutsam aufs Bett und betrachtete sie für einen kurzen Moment.

Lis war immer noch bewusstlos und sah aus wie ein schlafendes Kind. Hätte man ihre verschmutzten Kleidungsstücke nicht gesehen, würde man denken, sie sei ein Gottesgeschöpf, das nur darauf wartete, erweckt zu werden.

Ihr zarter Mund war etwas geöffnet, als würde sie etwas sagen wollen. Ihre Augenlider waren geschlossen und die vollen Wimpern gaben einem das Gefühl, einer wahren Königin gegenüberzustehen.

Ihr goldenes Haar unterstrich ihre Anmut und Schönheit, doch nach den ganzen Strapazen sahen ihre Haare etwas verschmutzt und ungepflegt aus. Ihr Gesicht war schön geschwungen, aber etwas errötet durch ihre Erschöpfung.

Arok genoss, trotz ihres erbärmlichen Zustands, ihren Anblick. Er konnte nicht sagen, wieso, aber durch ihre Unvollkommenheit wirkte Lis sehr sympathisch und auf eine bestimmte Art normal. Arok verscheuchte seine komischen Gedanken, wendete sich von ihr ab und suchte einige Sachen zusammen, um ihre Wunden zu versorgen.

Verbandszeug, Kräutermischungen, außerdem holte er eine Schale mit Wasser, Seife und ein sauberes Handtuch.

Nachdem er alles vorbereitet hatte, setzte er sich neben Lis aufs Bett und legte sie auf den Bauch, um sich ihre Verletzungen näher anzuschauen.

Ihre Kleider waren am Rücken zerfetzt und mit Blut getränkt. Das blasse Blau war an manchen Stellen dunkel und steif durch das Blut, das Lis während ihrer Flucht verloren hatte.

Mit etwas Kraft riss Arok den Rest in zwei Hälften und machte ihren Rücken frei.

Erst als ihr Rücken entblößt war, erkannte Arok, wie schwer sie doch verletzt war. Sorge machte sich in seinen Augen breit und etwas Mitleid mischte sich darunter.

„Eigentlich ist es ein Wunder, dass du überhaupt noch laufen konntest", murmelte Arok leise und begann ihren Rücken mit einem sauberen Handtuch, Seife und Wasser zu reinigen.

Es dauerte seine Zeit, bis er das ganze Blut und den Schmutz entfernt hatte, dabei war er immer vorsichtig und behutsam, um keine Wunden aufzureißen.

Einen weiteren Blutverlust konnte er Lis nicht zumuten.

Während Arok Lis' Wunden versorgte, wachte Lis langsam auf und konnte ein schmerzerfülltes Seufzen nicht unterdrücken. Sie hob verschlafen den Kopf und schaute sich verwirrt und erschrocken um.

„Na, Prinzessin, schon wach?", fragte Arok und strich mit einem Kräuterverband aus Heilpflanzen weiter über ihren Rücken.

Lis' Augen weiteten sich und sie versuchte, ihn zur Seite zu stoßen und aufzustehen.

Aber es misslang kläglich und sie ließ sich kraftlos aufs Bett fallen.

„Hey, nicht so schnell. Willst du wieder bewusstlos werden?", fragte Arok tadelnd.

Er strich das letzte Mal über ihren Rücken und legte seine Sachen zur Seite, auf einen kleinen Nachttisch.

„Ich hole dir frische Sachen. In diesen Fetzen kannst du nicht rumlaufen", sagte er anschließend und stand vorsichtig auf, um das Bett nicht zu sehr in Schwingungen zu versetzen.

Er konnte erahnen, welche Schmerzen Lis leiden musste, und wollte ihr nicht noch zusätzlich wehtun.

Lis bemerkte, zur Hälfte wach und zur Hälfte bewusstlos, sein Verhalten.

Sie wunderte sich über seine Fürsorge und wurde etwas misstrauisch. Doch sie wurde wieder überschwemmt, von Gedanken und Erinnerungen, sodass sie sich benommen hinlegte und die Augen schloss.

Von einem Augenblick auf den anderen war er dann wieder verschwunden und Lis lag alleine auf dem Bett.

Das wäre natürlich der geeignete Moment, um zu fliehen, dachte sich Lis. Aber er würde sie wieder finden, daran bestand kein Zweifel.

So blieb sie ruhig liegen und versuchte, sich etwas auszuruhen.

Der stechende Schmerz in ihrem Rücken ließ langsam nach und sie spürte eine erholsame Schwere in ihrem Körper. Ihre Augen wurden schwer, doch diesmal kämpfte sie gegen die Müdigkeit an.

Sie wusste ja nicht, was auf sie zukam.

Nach wenigen Augenblicken war Arok wieder da und trug ein Bündel mit sich.

„Hier sind frische Kleider", sagte er und legte sie auf den Nachttisch neben dem Bett.

Lis schaute zu ihm hin und hob etwas ihren Kopf. Sie sah ihn nur indirekt. Die Fackel hinter ihm warf einen unheimlichen Schatten auf seinen Körper und sein Gesicht. Er sah aus, wie ein Schatten, der nur aus einer *Form* bestand und sonst absolut nichts beherbergte.

„Soll ich dir etwas zu Essen bringen?", fragte er und trat einen Schritt vom Bett zurück.

Die Distanz, die Arok zwischen sich und ihr aufbaute, überraschte Lis.

Im Sumpf hatte er unbedingt in ihrer Nähe sein wollen, und hier wich er vor ihr zurück? Der Schatten verlagerte sich etwas und man konnte einen Teil seines gut aussehenden Gesichts erkennen. Ein gutmütiger Ausdruck war in seinen Augen zu lesen und Lis überlegte nicht weiter.

Sie nickte zögernd und versuchte, sich aufzurichten, doch sie war immer noch zu schwach. Arok kam zwei Schritte näher, als wolle er Lis davor bewahren, vom Bett zu fallen.

Er sah, dass sie völlig kraftlos war, und hätte sie am liebsten noch gestützt.

„Bleib ruhig liegen, in spätestens einer Stunde wird es dir besser gehen", erklärte er ihr und lächelte sie warmherzig an.

War das alles Show, oder wollte Arok ihr wirklich helfen? War seine Freundlichkeit gespielt, oder passte er einfach nicht in die Welt, in die er hineingeboren wurde? Spielte er eine andere Rolle, die nicht für ihn gedacht war?

Lis war immer noch vollkommen verwirrt. Vielleicht war das alles eine Falle, oder es war doch ein gut gemeintes Verhalten seinerseits.

Arok bemerkte Lis' zögerndes Nicken und folgte seinem Angebot. Er verbeugte sich kurz und verschwand wieder, mit einem eisigen Windhauch, der ihn begleitete.

Lis war gespannt, was er mitbringen würde. Die Küche von Trisus hatte sie noch nie probiert und unter normalen Umständen hätte sie das auch jetzt nicht getan. Nun befand sie sich jedoch in einem Ausnahmezustand.

Es dauerte etwas länger, bis Arok zurückkam. In der Zwischenzeit versuchte Lis, sich immer mehr zu bewegen. Mit jedem neuen Versuch gelang es ihr etwas besser und am Ende konnte sie sich ein wenig im Bett aufrichten und sich genauer im Zimmer umschauen.

Ihr langes blondes Haar fiel über ihre Schultern und bedeckte ihren ganzen Rücken. Ihre unbändigen Locken waren meistens mit einem Zopf gebändigt, doch durch den Kampf mit dem Untier war ihr Zopf aufgegangen und Lis hatte noch keine Möglichkeit gehabt, sich einen neuen zu binden.

Ein schmerzendes Ziehen im Rücken ließ Lis zusammenzucken.

„Wann hören die Schmerzen endlich auf?", fragte sie sich in Gedanken und wollte sich wieder hinlegen. In dem Moment kam Arok zurück, mit einem großen Tablett in der Hand.

Er schaute kurz zu Lis, blickte dann verlegen zu Boden und stellte schnell das Tablett auf den Tisch. Sein Blick blieb dabei die ganze Zeit am Boden, bis er sich umgedreht hatte.

Im ersten Augenblick wusste Lis nicht, was in ihn gefahren war, aber als sie an sich hinunterblickte, bemerkte sie ihren unschicklichen Zustand.

Sie hatte nur noch die restlichen Fetzen an und es handelte sich nicht mal mehr um ein wirkliches Kleidungsstück. Es gab zu viele Löcher, die man hätte flicken müssen.

Lis legte sich daraufhin schnell wieder auf den Bauch und wurde etwas verlegen.

Arok räusperte sich übertrieben, blieb aber immer noch mit dem Rücken zu ihr stehen und sagte: „Frische Kleider liegen auf dem Nachttisch und das Essen steht hier."

Dabei deutete er zuerst auf den Nachtschrank und dann auf den Tisch, der wenige Schritte vom Bett entfernt stand.

„Ich hoffe, ich kann dich für eine Weile alleine lassen?", fragte er und wartete ungeduldig auf eine Antwort.

Lis dachte kurz nach und antwortete dann mit etwas kräftigerer Stimme: „Ja, das kannst du."

Zwar konnte Lis ihn nicht sehen, aber sie hörte wieder nur ein kurzes Murmeln und dann verspürte sie einen kalten Windhauch.

Als sie sich wieder aufrichtete, war Arok, wie erwartet, verschwunden und Lis war alleine in seinem Zimmer.

Es war zwar dunkel und es gab kein Fenster, aber die Fackeln spendeten wenigstens etwas Licht.

In den engen Tunnelgängen war es nie hell gewesen, von Zeit zu Zeit eine schmächtige Fackel und sonst nichts.

Lis konnte sich ohne Probleme aufrichten und sie fing an, das Bündel Kleider, das er ihr hingelegt hatte, zu untersuchen.

Sie entfernte langsam den grauen Stoff, der die Sachen umgab, und legte ihn zur Seite. Was zum Vorschein kam, war für Lis im ersten Moment unglaublich.

Ihre Augen wurden groß und sie traute sich kaum, die königlichen Gewänder zu berühren.

Ein schneeweißes Gewand und ein dazu passendes Kleid aus Samt. Lis strich vorsichtig darüber und betrachtete das Kleid voller Staunen.

„Ist dies wirklich für mich?", fragte sie sich verwundert.

Sie drehte und wendete das Kleid. Betrachtete es von vorne und von hinten, von der Seite und von oben. Sie konnte sich nicht an dem schönen Werk sattsehen.

Das Kleid war einfach geschnitten und nicht so auffällig, aber das Schönste, was Lis je gesehen hatte.

Ihr war die Sache nicht ganz geheuer. Wenn alles mit rechten Dingen zugehen würde, wäre sie schon längst tot und Arok würde sich über ihren Tod freuen.

Doch hier war irgendetwas faul. Die Tatsache, dass Arok sie heilte und nicht umbringen wollte, machte sie misstrauisch.

Eine Todeself, der einem heiligen Wesen zu Hilfe kam, anstatt es zu verfolgen und auszuliefern?

Sie musste es hinnehmen, denn sie hatte keine andere Wahl. Ihre Skrupel verloren aber immer mehr an Wichtigkeit. Ihr Staunen über das schöne Stück nahm Lis fast gänzlich ein.

Sie legte die letzten Fetzen ihrer alten Kleidungsstücke ab und zog sich um. Der weiße Samt strahlte auf ihrer Haut und begann golden zu schimmern.

Lis konnte nicht glauben, was da geschah. Das Kleid saß wie angegossen, als wäre es für sie gemacht worden. Lis lächelte glücklich und genoss das Gefühl, diesen Stoff auf ihrer Haut tragen zu dürfen.

Das Kleid hatte lange Ärmel und es reichte ihr fast bis zum Boden. Es legte sich geschmeidig auf ihre Haut und passte sich jeder Bewegung an.

Lis spürte das Kleid kaum und konnte sich frei bewegen. Noch nie hatte Lis etwas so Schönes getragen.

Ihr Dekolleté und ihre Schultern kamen etwas zum Vorschein und an ihrer Hüfte wurde das Kleid etwas enger. Was aber nicht hieß, dass es zu eng war.

Es schmiegte sich an ihre Hüfte und machte sie zu einer wahren Schönheit.

Lis kam aus dem Staunen nicht mehr raus und betrachtete sich einige Zeit in dem Kleid.

Und sie vergaß alles um sich herum. Sie fühlte keine Schmerzen mehr, sogar ihr Hungergefühl war verschwunden. Erst als sich ihr Magen lautstark meldete, erinnerte sich Lis daran, dass sie Hunger gehabt hatte.

Sie ging zum Tisch, wo ihr Essen stand und setzte sich hin. Neugierig betrachtete sie zuerst das außergewöhnliche Mahl.

Sie kannte den größten Teil der Gerichte nicht.

So aß sie erst die Dinge, die sie kannte – Kartoffeln und Tomaten, sonst war ihr alles fremd.

Als sie die kleine Anzahl Kartoffeln und Tomaten gegessen hatte, probierte sie mutig ein grünes Blatt, das zu einer Rolle zusammengerollt war, mit einem komischen, weißlichen Inhalt.

Zuerst konnte sie den Geschmack nicht identifizieren. Es schmeckte außergewöhnlich und jagte ihr einen eisigen Schauer über den Rücken.

Das genügte ihr, mehr wollte sie nicht probieren.

Etwas angeekelt stand sie auf und versuchte, den Geschmack mit einem Glas Wasser auszuspülen. Es gelang ihr nicht wirklich, aber die Intensität des Geschmackes nahm ab und sie konnte es halbwegs ertragen.

Ihr Hunger war zwar nicht ganz gestillt, aber ihr Magen war so weit beruhigt. Sie ging noch einige Schritte im Zimmer auf und ab und setzte sich anschließend aufs Bett.

Müde und etwas hoffnungslos dachte sie über ihre komplizierte Situation nach und versuchte, sich mit dem Gedanken, dass sie von einem sehr gut aussehenden Todeself gerettet wurde, aufzumuntern.

Lis schüttelte den Gedanken von sich ab und schaute sich nochmal im Zimmer um. Sie wollte über solchen Blödsinn nicht nachdenken. Sie war hier in einer ernst zu nehmenden Situation und konnte sich keine Ablenkung leisten. Jeder ihrer Schritte entschied über Leben und Tod und dessen war sie sich im Klaren.

„Wo ist mein Beutel?", fragte sie sich, um auf andere Gedanken zu kommen, und versuchte sich zu erinnern, wo sie ihn das letzte Mal gesehen hatte. Mit einiger Mühe kam es ihr dann doch wieder in den Sinn. Es bereitete ihr aber sichtlich Schwierigkeiten, sich an die letzten Vorkommnisse zu erinnern.

„Oh nein, er muss wohl noch im Sumpf liegen", murmelte sie und strich sich nachdenklich durchs Haar.

„Na ja, ändert nichts daran, dass ich jetzt wohl eine Gefangene bin", dachte sich Lis und schaute betrübt zu Boden: ‚Die ganzen Anstrengungen waren umsonst gewesen.'

Lis seufzte und legte sich aufs Bett. Es war so schön ruhig. Sie schloss langsam die Augen, genoss die immer stärker werdende Müdigkeit in ihren Gliedern und schlief im selben Moment ein.

„Du lässt sie in Ruhe, Vater!", sagte Arok mit erhobener Stimme.

Seine Stimme prallte an den Wänden eines großen Saales ab und ein Echo war zu hören. Bis auf ihn und seinen Vater war keine andere Seele da.

Auch hier war alles schwarz.

Die hohen Wände, der große Tisch für Feste oder andere Anlässe und die dazugehörigen Stühle.

Der Boden war aus schwarzem Granit.

Man hätte denken müssen, es würde alles erdrückend auf die Bewohner wirken, aber dieses unheimliche Schwarz machte alles, auf eine merkwürdige Art, majestätisch.

Mentar schaute Arok aus zusammengekniffenen Augen an.

„Und wer soll mich daran hindern, Sohn?", fragte er und stand von seinem Thron auf und ging auf Arok zu.

„Ich werde dich daran hindern, wenn du mich dazu zwingst", antwortete Arok und blieb ruhig. Mentar blieb wenige Zentimeter vor ihm stehen und schaute ihm tief in die Augen. „Willst du mir drohen? Hast du den Verstand verloren, Arok?", zischte Mentar und musste sich zusammenreißen, um sich nicht auf Arok zu stürzen. Er hingegen blieb ruhig und sah in den Augen seines Vaters die aufschäumende Wut.

„Wenn es sein muss", erwiderte Arok weiterhin ruhig. Er kannte seinen Vater und deshalb war es so wichtig, dass er Lis in Ruhe ließ. Wie sollte er denn sonst seinen Plan verwirklichen?

Mentar schnaufte laut und drehte sich um. Arok hatte gewonnen.

„Wieso willst du, dass ich dieses Ding in Ruhe lasse, Sohn?", fragte Mentar, weitaus ruhiger als zuvor, und ging zu seinem Thron zurück.

Ein riesiger Sessel, reich geschmückt und gepolstert, der seit Generationen an den nächsten Herrscher weitergegeben wurde. Ein Zeichen von Macht und Ehre. Eines Tages wollte Arok auch mal diesen Thron besteigen und er war auf dem besten Weg dahin.

„Ich habe noch etwas mit ihr vor, Vater", antwortete Arok und grinste. Sein hübsches Gesicht wurde dabei zu einer Grimasse und Mentar verstand, was sein Sohn ihm sagen wollte.

Er lachte laut auf und sagte: „Aber lass sie nicht entkommen."

Arok nickte, verbeugte sich tief und verließ den Thronsaal mit einem triumphierenden Lächeln auf den Lippen.

Lis wachte mit einem komischen Geschmack auf der Zunge auf und konnte sich nur dumpf an einen unheimlichen

Traum erinnern. Sie dachte kurz nach, aber es war ihr nicht möglich, genauere Erinnerungen hervorzurufen. Untergetaucht in ihrem Unterbewusstsein war das Geschehen im Traum nicht mehr auffindbar.

Sie stand langsam auf, streckte sich vorsichtig und stellte überraschend fest, dass sie keine Schmerzen mehr verspürte und auf komische Weise ausgeruht war.

Neugierig tastete Lis vorsichtig ihren Rücken ab – und alles, was sie fühlte, war Haut.

Die Verletzungen waren gänzlich verschwunden und sie spürte nicht einmal Blutkrusten oder Narben. Ihre Haut schien so vollkommen zu sein, wie am Tag ihrer Geburt.

War das etwa Aroks Werk gewesen?

Lis spürte wieder einen eisigen Windhauch und keine paar Sekunden später stand Arok im Zimmer und begrüßte Lis mit einer kleinen Verbeugung. Er richtete sich wieder auf und schaute sich Lis genauer an.

Aroks Gesichtsausdruck veränderte sich schlagartig, als er Lis in ihrem weißen Kleid sah.

Lis stand währenddessen auf und ging einen Schritt auf Arok zu, blieb aber dann schüchtern stehen.

Aroks Augen wurden groß und sein Mund öffnete sich ein wenig vor Überraschung.

Stille.

Es war Lis, die das Schweigen durchbrach: „Danke für die schönen Sachen."

Arok wachte aus seiner Starre auf und schaute Lis in die Augen.

„Du bist schöner, als die größte Versuchung dieser Welt. Sogar die Feuer von Trisus, weit unten, in den tiefsten Tiefen haben nicht", stotterte Arok und suchte nach Worten. Er war sichtlich sprachlos. „Deine Ausstrahlung und Wärme", brachte er den Satz zu Ende und schaute Lis weiter fasziniert an.

„Nur du, mit deinem wunderschönen Körper und deinem wunderschönen Gesicht, verdienst es, dieses Kleidungsstück zu tragen. Du bist eine wahre Schönheit", flüsterte Arok anschließend und lächelte.

„Du übertreibst. Ohne diese Sachen, wäre ich nichts anderes als ein gewöhnliches Mädchen", entgegnete Lis und dreht sich verlegen zur Seite.

Das Kleid bewegte sich mit ihr und schimmerte leicht. Ihre Haare fielen über ihre Schultern und streiften ihren Arm. Das ganze Schauspiel gefiel Arok unheimlich und seine Augen strahlten vor Begeisterung.

„Das macht dich so besonders. Du bist schöner als der Mond und die Sterne zusammen. Doch bezweifelst du meine Worte, Prinzessin", antwortete Arok, schaute verlegen weg und blickte sich etwas im Zimmer um.

„Ich mag es nicht, wenn du übertreibst", sagte Lis und setzte sich wieder aufs Bett. Arok antwortete nicht, sondern ging zum Tisch und schaute sich an, was Lis gegessen hatte.

„Ich dachte, du hast Hunger?", fragte Arok und dreht sich wieder zu Lis.

Lis schaute zu Boden und sagte: „Deine Annahme ist richtig."

Arok runzelte die Stirn und fragte: „Und wieso hast du dann nichts gegessen?"

Lis schüttelte den Kopf, ihr goldenes Haar folgte ihrer Bewegung und tanzte frech auf ihrem Rücken.

„Ich habe etwas gegessen", sagte sie leise.

„Aber das scheint nicht viel gewesen zu sein. Hat es dir nicht geschmeckt?", fragte Arok.

Lis antwortete nicht darauf, sondern schaute weiter auf den Boden. Sie konnte ihn nicht anlügen und die Wahrheit wollte sie nicht sagen.

„Ich versteh schon", sagte er und seufzte. „Du vertraust mir immer noch nicht, obwohl ich dir dein Leben gerettet habe. Es war ein Wunder, dass ich dich gefunden habe und dass du nicht schon vorher zusammengebrochen bist."

Lis schwieg verbissen weiter. Wenn er so dachte, dann konnte sie daran nichts ändern und sie wollte es auch nicht. Er hatte sich selbst seine Frage beantwortet. Stille breitete sich zwischen ihnen aus. Arok schob einen Stuhl zur Seite und setzte sich zu Lis gewandt.

Man hörte nur das leise Scharren des Stuhls und sonst, als auch dieser Laut verklungen war, setzte sich die unheimliche Stille wieder fort. Lis' Gedanken überschlugen sich. Außen herrschte Stille, doch in ihrem Kopf war reines Chaos. Sie wusste nicht, was sie machen sollte. Konnte sie ihm nun vertrauen, oder spielte er ein böses Spiel mit ihr? In ihrem Kopf wurde eine Frage immer lauter und diese sprach Lis aus.

„Was hast du mit mir vor?", fragte sie, während sie vom Boden aufschaute und Arok anblickte. Auf seinem traurigen und nachdenklichen Gesicht erschien ein Lächeln.

„Nun ja, zuerst wollte ich dein Leben retten und das scheint mir gut gelungen zu sein. Jetzt hab ich keine Ahnung, was ich machen soll. Hast du einen Vorschlag für mich?", fragte er.

Lis schaute ihn verdutzt an. Nicht mal eine Ohrfeige hätte sie so sehr überrascht wie Aroks Worte. Lis schüttelte nur sprachlos den Kopf.

„Wer bist du wirklich? Ein verkleidetes, heiliges Wesen, das nur so tut, als sei es böse?", fragte Lis auf einmal, drehte sich mit ihrem ganzen Körper zu Arok und schaute ihn ernst an. Arok schaute sie verwundert an und sein Lächeln wurde zu einem fragenden Stirnrunzeln.

„Du hast mir den Weg aus dem Tunnel gezeigt, mich im Sumpf gerettet und meine Wunden versorgt, mir etwas zu Essen und Kleidung gegeben und mich in einem luxuriösen Raum untergebracht. Behandelt man gute Wesen immer so bei euch, oder machst nur du das so?", fragte Lis ganz offen.

Der Ausdruck in Aroks Gesicht veränderte sich und machte einem ausgelassenen Lachen Platz.

„Was ist an meiner Frage so lustig?", murmelte Lis leise und schaute Arok zweifelnd an.

Arok zuckte mit den Schultern, stützte sich mit seinen Händen locker an seinen Knien ab und sagte: „Es freut mich, dass du nicht mehr schweigst."

Er zwinkerte ihr zu und lächelte fröhlich. Lis verstand die Welt nicht mehr. Sie schien wohl aufgeregter zu sein, als sie dachte. Die Anspannung war zwar verflogen, aber eine gewisse Unruhe konnte sie nicht einfach verschwinden lassen.

„Und um Deine Frage zu beantworten", sagte er, „Ich mag dich, du scheinst was Besonderes zu sein. Ich bin hier unten sehr einsam. Es gibt nur Arbeitstiere und Sklaven und launische Todeselfen. Mir hat einfach ein Gesprächspartner gefehlt."

Lis zweifelte an ihrem Verstand. Hatte sie wirklich alles richtig verstanden? Gesprächspartner? Er machte sich also all den Aufwand, um einen Gesprächspartner zu haben? Dachte er wirklich, sie sei so dumm, ihm so etwas zu glauben?

„Ach, und das ist dein Ernst, ja?", fragte Lis und legte ihren Kopf auf die Seite und schaute ihn missbilligend und etwas verwirrt an.

„Du musst mir nicht glauben. Du hast mich gefragt und ich hab dir geantwortet. Der Rest liegt an dir, meine Schönheit", sagte Arok und lächelte sie an.

Er wusste, dass er mit seinem Charme jedes weibliche Wesen verführen konnte. Das war auch eine der Gaben, die man als Todesengel besaß. Seine Art war so verlockend wie der Tod in einer bitteren Stunde.

Nur Lis war eine harte Nuss, die ihm mutig die Stirn bot. Lis spürte eine Spannung zwischen Arok und sich, aber sie weigerte sich, sie ernst zu nehmen und kämpfte gegen ihre Gefühle an.

Sie hatte Besseres zu tun, als sich mit so etwas zu beschäftigen. Beispielsweise darüber nachzudenken, wie sie hier lebend herauskam.

„Wie wird es nun weitergehen?", fragte sie und stand auf. Sie ging einige Schritte im Zimmer auf und ab. Das Kleid passte sich ihren Bewegungen an und machte sie majestätisch und auf eine Art göttlich. Als würde sie über dem Boden schweben. Arok folgte ihr mit seinem Blick und bestaunte sie. Es kam ihm vor, als würde ein Engel vor ihm schweben.

„Ehrlich gesagt, weiß ich es nicht", gestand er und schaute zu Boden. Seine Gedanken waren auf dem besten Weg, auszuufern und das zwang ihn dazu, sich abzulenken und seinen Blick von Lis abzuwenden. Er war sich der Folgen seiner Gedanken bewusst und er würde sie nicht die Oberhand gewinnen lassen.

Lis konnte ihn nicht verstehen. Hatte er ihr geholfen, weil er sich moralisch dazu verpflichtet gefühlt hatte? Kannte er überhaupt das Wort *Moral*? Lis verscheuchte den Gedanken und schaute betrübt zu Boden.

Eine erneute Unruhe machte sich in ihr breit. Es überkam sie ein plötzlicher Schwächeanfall und sie musste sich am Tisch festhalten, um nicht zu stürzen. In Lis drehte sich alles, sie sah komische Bilder und konnte sie nicht wirklich zuordnen.

Das komische Gefühl und die Schwäche wurden immer stärker und Lis konnte sich nicht dagegen wehren.

Arok sah ihren verwirrten und etwas geschwächten Gesichtsausdruck und wurde unruhig.

„Was ist los, Lis?", fragte er besorgt und sprang auf, um sie zu stützen.

Dabei hielt er sie an der Schulter fest und Lis lehnte sich geschwächt an seinen Brustkorb. Sie spürte seinen schnellen Herzschlag und die Wärme, die von ihm ausging. Es beruhigte sie etwas, aber nicht genug.

„Es wird etwas passieren, etwas Schreckliches", flüsterte Lis schwach und hielt sich an Arok fest. Es war wohl eine Art Vorahnung, die Lis zu gut kannte, die aber nur selten kam.

In ihrem Leben war es vielleicht zweimal vorgekommen. In Situationen, in denen sie im Nachhinein knapp mit ihrem Leben davongekommen war. Arok zuckte bei ihren Worten leicht zusammen und ein Schauer lief ihm über den Rücken.

Lis begann stark zu zittern und Arok machte sich ernsthaft Sorgen. Er kannte Lis Kräfte nicht ganz und er wusste nicht, was mit ihr geschah.

„Wie meinst du das? Was wird passieren?", fragte Arok erschrocken. Er schaute sie an und versuchte in ihren Augen eine Antwort zu lesen, aber Lis war nicht mehr ganz sie selbst. Ihre Augen wurden immer dunkler und Lis fiel tiefer und tiefer in ihre Vision hinein.

Die Erde bebte unter ihren Füßen. Die Sonne war am Horizont erschienen und leuchtete mit ihren warmen und hellen Strahlen auf das riesige Heer hinab, das sich langsam, aber sicher auf die Stadt zu bewegte.

Es musste ein gigantisches Heer sein, denn man konnte das Ende der großen Streitmacht nicht mal ansatzweise erkennen.

Die Stadttore waren geschlossen und die Soldaten im Inneren der Stadt bis zu den Zähnen bewaffnet. Ein unruhiges, verängstigtes Murmeln und Summen ging durch die Menge und es wurde mit jeder Minute stärker. Angst und Furcht standen auf den Gesichtern der Menschen.

Kinder und Frauen hatten sich im innersten Ring der Festung versteckt und hofften, dass ihr Schutzgott und die Männer sie retten würden.

Aber das einzige Wesen, das sie retten konnte, war Lis.

Diese sah sich an der obersten Turmmauer stehen mit einem riesigen Stab und einem schneeweißen Umhang. Sie sah ihren besorgten Blick, aber auch die Sicherheit, mit der sie an der Mauer stand und das Heer betrachtete.

Lis konnte sich zwar erkennen, aber sie sah, dass sie sich sehr verändert hatte. Sie war noch immer so schön wie früher, aber ihre Aura war nicht mehr dieselbe.

Ihre Stärke und ihre Fähigkeiten waren anders. Das spürte Lis mit jeder Sekunde mehr, die sie in der Vision verbrachte.

Als Lis wieder zu sich kam, geschah alles so schnell, dass Arok nicht einmal mehr dazu kam, etwas zu fragen, geschweige denn, etwas zu tun.

Die Tür wurde mit einem Ruck aufgerissen und Läufer von Mentar stürmten ins Zimmer. Sie packten Lis und zerrten sie hinaus. Das Letzte, was Arok in ihren Augen sah, war unglaubliche Panik und Erschütterung.

Es dauerte nicht länger als einen kurzen Augenblick. Arok blieb wie angewurzelt stehen und konnte nicht glauben, was er gerade gesehen und erlebt hatte.

Lis war weg und was geblieben war, war eine eisige Kälte, die die Läufer mit sich gebracht hatten. Als das Gefühl der Überraschung verflogen war, brodelte es in Arok vor Zorn.

„Vater, sie gehört mir!", brüllte er und machte sich auf den Weg in den Thronsaal.

Lis wurde währenddessen eine Augenbinde aufgesetzt und durch die dunklen Tunnelgänge getragen. Sie versuchte, sich zu wehren. Doch sie konnte nichts tun. Die Läufer waren außerordentlich stark. Sie hielten sie zu zweit fest und sie hatte keine Chance, irgendwie zu entkommen. Lis hörte ihre schnellen Schritte und fragte sich, wo Arok blieb. Wieso half er ihr nicht?

Nach wenigen Augenblicken schimmerte Licht durch die Augenbinde und Lis konnte den Geruch von frisch angezündeten Fackeln wahrnehmen. Angst durchströmte ihre Adern. Sie wusste nicht, was mit ihr geschah. Wieso nur hatte sie Arok vertraut?

Das hatte sie nun davon. Sie hätte davonlaufen sollen, als sie ihn gesehen hatte. Jetzt konnte sie nichts mehr tun. Sie war ausgeliefert und verloren.

Ihr lief eine Träne über die Wange. Sie konnte sie nicht mehr zurückhalten. Die Läufer setzten sie ab und nahmen ihr die Augenbinde auf grobe Weise ab.

Im ersten Moment konnte sie nichts sehen. Das Licht der Fackeln war viel zu grell für ihre Augen.

Nach kurzer Zeit konnte sie erste Umrisse erkennen und ihre Augen gewöhnten sich an die Helligkeit.

Läufer waren hässliche, hundeähnliche Kreaturen. Sie waren unheimlich stark, schnell und ihre Augen waren an die Dunkelheit gewöhnt. So waren sie perfekt an ihre Heimat angepasst.

„Wen haben wir denn da?", fragte Mentar und lächelte böse.

Lis konnte ihn jetzt gut erkennen und wollte ihren Augen nicht trauen. Die gleichen Gesichtszüge wie Arok, nur das Gesicht von Mentar war etwas älter.

„Sie sind ... der Vater ...", stotterte Lis leise, „... von Arok", und schluckte abermals.

„Ach, hat dir Arok nicht gesagt, dass er mein Sohn ist? Was er damit wohl bezwecken wollte. Ich glaube, er hatte genug Spaß mit dir. Jetzt gehörst du mir", sagte er mit einem hörbaren Triumph in der Stimme.

Lis schlimmste Befürchtungen hatten sich bewahrheitet.

Enttäuschung über das, was sie erfahren hatte, nahm ihr die Fähigkeit zu sprechen. Ein Gefühl von endloser Hilflosigkeit machte sich in ihrem Inneren breit. Sie versuchte es, aber sie konnte kein einziges Wort mehr sagen. Ihre Zunge schien ihr den Dienst zu verweigern.

Mentar erkannte den hilflosen Ausdruck in Lis' Augen und lachte abermals.

„Hat sich da wer in meinen klugen und raffinierten Sohn verliebt?", fragte er belustigt, stand von seinem Thron auf und ging auf Lis zu.

Die Läufer waren nicht ganz verschwunden. Sie hatten sich bei den Türen postiert, um Lis alle Fluchtmöglichkeiten zu nehmen.

Aber Lis dachte nicht einmal an Flucht. Ihre Gedanken waren gefangen in einem großen Spinnennetz, das sie sich selbst gestrickt hatte.

Mentar stand einige Augenblicke vor ihr und schaute sie grinsend an. Er genoss sichtlich seine Position, als bräuchte er das, um wenigstens etwas Genugtuung in seinem trostlosen und bösen Leben zu spüren.

„Na ja, mal schauen, was sich alles mit dir machen lässt. Als Sklavin wärst du nicht schlecht, aber ...", er dachte konzentriert nach und fügte dann hinzu.

„Nein, als Druckmittel gegen das Volk von Loikes wärst du perfekt. Dann kann ich endlich versuchen, die Stadt des immerwährenden Lichts anzugreifen und zu erobern."

Sein Gesicht verwandelte sich in eine Grimasse der Bösartigkeit.

Mit einem lauten Knall wurde plötzlich das große Seitentor aufgerissen und mit einer solchen Wucht gegen den Läufer geschleudert, dass er ein leises Stöhnen von sich gab und darauf ohnmächtig zu Boden fiel.

Die metallische Rüstung des Läufers klirrte auf dem Granitboden und hörte sich, in Lis Ohren, ungewöhnlich schrill an.

Das schien Arok nicht zu kümmern, denn er stürmte weiter in ihre Richtung.

„Was bildest ...", wollte Arok auffahren, aber Mentar machte eine warnende Geste mit der Hand und deutete ihm, still zu sein.

Arok verstummte sofort, blieb stehen und ging in die Knie, wobei nur ein Knie sich am Boden abstützte und das andere angezogen war.

Sein Blick ging zu Boden und er schien unfähig zu sein, irgendwas zu sagen. Eine unheimliche Magie ging von Mentar aus. Seine Aura sprühte vor Stärke und Überlegenheit. Arok war zwar ein mächtiger Elf, aber gegen seinen Vater, der um Welten stärker zu sein schien, konnte Arok nichts machen.

Mentar zwang ihn förmlich zu Ruhe und Gehorsam. Eine unheimliche Stimmung breitete sich zwischen ihnen aus. Lis spürte ihre Rivalität, aber kein Fünkchen Liebe oder Vertrauen. Das machte Lis auf eine merkwürdige Weise traurig, aber diese Gedanken gingen unter und sie konnten sich nicht lange in Lis' Bewusstsein halten. Sie wurde überschwemmt von Eindrücken und Gedankenbruchstücken, dennoch wurde ihre innere Leere größer und verschlang ihre Empfindungen wie die Wüste den Frühlingsregen.

Man hörte das leise Knistern der Fackeln und ein Trommeln, das von den unteren Schichten von Trisus kam. Sonst war alles seltsam ruhig.

„Nun Arok, du gesellst dich also auch zu uns?", fragte Mentar übertrieben ironisch und schaute ihn bedeutungsvoll an.

„Sie steht unter meinem Schutz, wieso hast du meine Bitte missachtet?", zischte Arok, schaute aber währenddessen immer noch auf den Boden. Er war wie gefesselt. Er konnte sich nicht rühren, das Einzige, was er konnte, war sprechen und sogar das bereitete ihm enorme Anstrengungen.

Langsam, aber sicher driftete Lis ab, in die formlose und schattenreiche Welt ihrer Gedanken. Sie vernahm nichts mehr um sich herum. Nur entfernt konnte sie die Stimmen von Arok und Mentar hören. Sie blieb teilnahmslos, als wäre sie abgeschottet von der Welt.

„Arok, du dummer Junge, willst du etwa sagen, dass dir dieses Wesen etwas bedeutet?", sagte Mentar abfällig und maß Lis mit einem kritischen und angewiderten Blick.

„Sie steht unter meinem Schutz, Vater. Wenn du ihr etwas antust und sie gegen meinen Willen schlecht oder missbräuchlich behandelst, dann wird es Konsequenzen geben. Du hast mir dein Wort gegeben!", sagte Arok mit erhobener Stimme, wendete seinen Blick vom Boden ab und schaute Mentar direkt an.

Mit einer großen Entschlossenheit stand er auf und baute sich vor seinem Vater auf. Man konnte ihm ansehen, dass er all seine Kraft aufbringen musste, um der Magie seines Vaters zu widerstehen. Er schaffte es letztendlich und war selbstsicherer denn je.

Arok war ein kleines Stück größer als sein Vater und etwas breiter gebaut. Die Jahre hatten bei Mentar Spuren hinterlassen, der bestimmt genau so wie Arok ausgesehen hatte, als er in seinem Alter gewesen war.

Doch jetzt war ganz klar, wer über sich hinausgewachsen war.

Mentar hatte Respekt vor der Stärke seines Sohnes, fürchtete sich aber nicht vor ihm.

Wieso sollte er auch? Er wusste, dass Arok ihm nie etwas antun würde.

Dazu war er nie erzogen worden.

Aber Mentar unterschätzte Arok und die Mächte, die hinter ihm standen.

„Du willst mir drohen?", fragte Mentar. Ein Ausdruck von Staunen erschien auf seinem Gesicht und er wich einige Schritte zurück und ging zu seinem Thron.

„Wie du willst, mein Sohn", flüsterte er leise und sagte dann mit lauter Stimme: „Führt sie ab. Alle beide. Und legt ihnen die Ketten an."

Lis und Arok wurden von den Läufern gepackt und weggebracht.

Er hatte sich nicht zurückhalten können und wurde auch deswegen bestraft.

Beiden wurden Handketten angelegt, um ihre Magie zu bändigen.

Mentar wollte sie auf keinen Fall entkommen lassen und traf alle nötigen Sicherheitsmaßnahmen.

Er hatte noch viel vor mit ihnen und vor allem mit Lis. Ihre Starre blieb weiter bestehen. Die Leere in ihren Augen wollte nicht weichen, auch nicht, als Arok mit ihr reden wollte und ihr etwas zurief.

Sie wurden beide in benachbarte Zellen gesteckt und die Türen wurden sorgsam verschlossen.

Die schweren Ketten waren kalt und so eng, dass Arok vergeblich versuchte, sie abzustreifen. Lis nahm die Ketten nicht einmal wahr. Sie spürte auch nicht den unangenehmen Aufprall auf dem harten Zellenboden.

Arok dachte darüber nach, was mit ihm passieren würde. Vielleicht würde man ihn auspeitschen, oder eine Woche Sklavenarbeit machen lassen, doch viel wichtiger war, was mit Lis passieren würde.

Sein Vater hatte alles zerstört, was er aufgebaut hatte. Eine solche Chance bot sich nur einmal an und sein Vater hatte ihm den Weg versperrt.

Die Vorbereitungen hatten ihn so viel Zeit und Mühe gekostet. Seitdem Alisis von Lis erzählt hatte, schmiedete Arok Pläne, um seine Macht zu verstärken und seinen rechtmäßigen Platz auf dem Thron zu sichern. Er konnte es seinem Vater nicht sagen, weil es ihm ausdrücklich verboten worden war. Jetzt stand er zwischen zwei Mächten und wurde selbst zum Opfer.

Er schaute sich nachdenklich in der Zelle um und sah, wie unkomfortabel sie war.
Außerdem stank es nach verfaultem Fleisch und Rauch. Ein übles Gasgemisch, das Lis, wie auch Arok, den Atem abschnürte.

Zur selben Zeit machte Mentar Pläne zur Eroberung von Loikes. Er suchte in seiner gigantischen Bibliothek nach Zaubern und verschiedenen Angriffstechniken, die er sich im Laufe der Jahre ausgedacht hatte. Er fand aber nicht nur seine Notizen, sondern auch die von seinen Vorgängern.

Zufrieden über seine Funde studierte er weitere Bücher, um sich noch besser auf sein ruhmreiches Unterfangen vorzubereiten.

Die wenigen Kerzen, die er entfacht hatte, erhellten den großen Raum nur spärlich, aber die Atmosphäre war warm und ruhig.

Doch mit einem Male wurde es unangenehm düster und kalt. Die Flammen der Kerzen wurden immer kleiner und die Dunkelheit schien Gestalt anzunehmen.

Eine bizarre Spannung bildete sich im Zimmer und man konnte sie körperlich spüren, wie ein drohendes Gewitter.

Mentar bemerkte mit einer tiefen Unruhe die Vorgänge in der Bibliothek und schaute von seinen Büchern hoch. Er konnte sich die eigenartigen Veränderungen nicht erklären und zum ersten Mal in seinem Leben verspürte er die höllischen Qualen von Angst.

„Was geschieht hier?", dachte er und konnte eine Dampfwolke aus seinem Atem entstehen sehen. Die Temperatur war schlagartig gefallen und das konnte nur eines bedeuten.

Plötzlich wusste er, was vor sich ging und stand mit einem Ruck auf. Durch die heftige Bewegung wurde der Stuhl rücklings nach hinten geworfen und fiel mit einem lauten Poltern zu Boden.

„Was, wer bist du?", fragte Mentar und schaute sich ängstlich um.

Ein Schatten löste sich aus der Dunkelheit und wurde zu einem elfenähnlichen Umriss, der zugleich, auf eigenartige Weise, *falsch* zu sein schien.

„Du Narr", zischte eine Stimme, die vom Schatten, gegenüber dem Tisch, kam.

„Du hast alles zerstört, was ich jahrelang geplant habe. Weißt du, was es für Konsequenzen hat, dass du deine Macht gegenüber deinem Sohn ausspielen musstest?"

Die Stimme war so dunkel, wie eine Neujahrsnacht.

Ihr Klang bereitete Mentar eine Gänsehaut und erschreckte ihn bis in die tiefsten Tiefen seiner Seele.

„Wer bist du?", fragte Mentar erneut und wich einen weiteren Schritt zurück. Der sonst warme und geheizte Raum wurde so kalt, dass er einem frostigen Wintermorgen glich.

„Du fragst mich, wer ich bin? Weißt du es etwa nicht? Jeden Tag gibst du mir Opfergaben und du weißt nicht, wer ich bin?", grölte die Stimme wütend und der Schatten bewegte sich erregt hin und her, als würde er sich jeden Augenblick auf Mentar stürzen wollen.

Die Augen von Mentar weiteten sich und sein Gesicht erbleichte.

Einer der Götter hatte sich auf die Welt begeben, um ihn zu bestrafen, und zwar Alisis, der Gott des Kampfes.

Dieser befand sich im Streit mit der Göttin von Loikes, die zuständig für Frieden und Glückseligkeit war. Ihr Name war Lia. Sie waren Konkurrenten in einem erbarmungslosen Spiel um die Macht.

„Lass Arok und Lis frei, und wehe dir, du verfolgst deine Pläne weiter.

Dann wirst du nicht mehr lange auf dieser Erde weilen, sondern tief unten, in der Welt des Hores, deine Strafe für alle Ewigkeit verbüßen müssen."

Mentar wich erschrocken noch weitere Schritte zurück, stolperte dabei ungeschickt über den umgefallenen Stuhl und fiel schmerzhaft auf den Rücken. Mit vollem Schwung schlug er sich den Hinterkopf an und verlor beinahe das Bewusstsein.

Als er sich wieder aufrichtete, war der merkwürdige Schatten verschwunden und die Kerzen brannten in ihrer gewohnten Art. Der Raum war wieder hell und die unheimliche Kälte war so schnell verschwunden wie sie gekommen war.

„Hab ich mir das alles eingebildet?", fragte er sich und tastete die schmerzende Stelle an seinem Hinterkopf ab.

Etwas wackelig auf den Beinen stand er auf und schaute sich in der Bibliothek um.

Alle gesuchten Pläne waren verschwunden, nur noch die nutzlosen Bücher lagen auf dem Tisch. Mit Erschrecken stelle Mentar fest, dass er es sich nicht eingebildet hatte.

„Wache!", rief er erschüttert und zwei Läufer traten vorsichtig herein.

... alle Gefahren überwinden ...

„Lis, hör mir zu! Mein Vater hat mir versprochen, dass er dich in Ruhe lässt. Lis!", sagte Arok mit flehender Stimme und schaute aus dem Türfenster zu Lis Zellentür.
Nichts geschah.
„Was soll ich den machen, dass du mit mir redest. Zeigt denn nicht, dass ich dir geholfen habe, dass ich es gut mit dir meine?", fragte er nach wenigen Augenblicken, als keine Antwort kam.
Lis hörte, was er sagte, aber sie hatte nicht das Bedürfnis, ihm zu antworten. Sie zog es vor, alleine zu sein und mit ihrem Schicksal zu hadern.
Ihr war es sehr recht, dass sie ihn nicht sehen konnte. Sie saß in einer Ecke des dunklen Zellentraktes und versank in ihrem Gedankengut. Sie bemerkte komische Formen und Risse im lehmigen Boden. Kleine Käfer und seltsame Tierchen krochen umher, ohne jegliches Ziel. Sie sahen bizarr aus und Lis konnte bei den seltsamen Tierchen nicht einmal den Anfang oder das Ende erkennen. Die Käfer waren so groß, wie Murmeln und sie scharrten am Boden, aber es schien für Lis keinen Sinn zu ergeben.
Pechschwarz waren sie und verschmolzen förmlich mit dem Boden. Nur ihr widerliches Kriechen gab ihre Existenz preis.
Lis fühlte ihre unkontrollierten Bewegungen und versuchte, sich zu erklären, wieso es überhaupt solche planlosen Geschöpfe gab.
Wieso lebten sie, wenn sie nicht einmal einen Weg wählen konnten?
Das Licht in ihren Augen, das sie so einzigartig gemacht hatte, war erloschen vom Gefühl der Angst und Ratlosigkeit.
Nun war ihre Hoffnung endgültig verloren gegangen und sie tauchte unter, in einem unproduktiven Zustand des Seins.
Sie dachte nicht einmal mehr an Flucht, weil sie ganz genau wusste, dass Mentar oder Arok sie finden würden.

Arok hatte aufgegeben, mit Lis reden zu wollen. Er ging in der Zelle auf und ab und dachte angestrengt nach. Dabei bemerkte er die kleinen Insekten gar nicht. Er zertrat sogar einige von ihnen und nahm es noch nicht einmal zur Kenntnis.

Er dachte angestrengt darüber nach, was er tun konnte, um Lis hier rauszubringen und seinen Plan zu retten.

Mentar würde sie im unterirdischen System finden und zurückbringen lassen und Arok würde nicht so schnell einen Ausweg finden können. Außerdem würde er damit endgültig seine Heimat verlieren.

„Was soll's, ich habe mich nie richtig wohl gefühlt, und wenn ich alles richtig mache, wird mich mein Vater mit offenen Armen begrüßen", dachte sich Arok und streifte im Vorbeigehen mit den Fingern an der Wand entlang.

Die Wände waren kalt und schmutzig, aber Arok machte es nichts aus.

Er musste sich ablenken, weil er unentwegt an Lis und ihren weiteren Weg denken musste. Er fühlte sich schuldig für das, was passiert war. Er hätte besser aufpassen sollen.

Immer wieder kamen Gedanken in ihm hoch, wie sehr Lis jetzt seinetwegen leiden musste. Insgeheim wunderte er sich auch über seine Schuldgefühle, denn er hatte früher noch nie welche gehabt.

Seit er Lis das erste Mal berührt hatte, fühlte er sich auf sonderbare Weise anders. Er hatte den Moment genossen, als er sie an der Hand genommen und ihre weiche Haut gespürt hatte. Ein Gefühl hatte ihn durchzogen, das er nicht gekannt hatte und im Eifer des Gefechts auch nicht wirklich bemerkte.

Jetzt, als er darüber nachdachte, spürte er es mehr denn je.

Schritte am Ende des Ganges zogen Lis' und Aroks Aufmerksamkeit auf sich. Arok wurde aus seinen Gedanken gerissen und ging mit schnellen Schritten zum Fenster.

Lis stand auf, ging ebenfalls überrascht und neugierig zur Tür und blicke auf den nur spärlich erhellten Gang.

Zwei Läufer kamen auf die beiden Zellentüren zu und öffneten zuerst Lis', dann Aroks Zellentür. Ohne jeglichen Grund fielen die Ketten von Aroks und Lis' Händen ab und beide schauten verwundert auf ihre Handgelenke.

Ohne einen Laut entfernten sich die Läufer wieder und verschwanden hinter der nächsten Ecke.

Arok blickte die Tür verständnislos an und konnte zuerst nicht glauben, was passiert war. Lis hingegen trat an die Tür und streckte zaghaft die Hand aus, um sich zu vergewissern, dass sie es nicht nur geträumt hatte. Die Tür stand immer noch offen, auch als sie den Griff berührt hatte. Das gab Lis wieder Hoffnung und das Leben kehrte mit einem Male in sie zurück. Sie öffnete die Tür so weit, dass sie hindurchschlüpfen konnte, und lief los.

Arok registrierte erst zu spät, dass Lis auf und davon war, und machte sich auf den Weg, ihr zu folgen.

„Wieso läufst du davon, Lis?", brüllte er ihr hinterher. Lis hatte nur einen kleinen Vorsprung, aber den wollte sie ganz ausnutzen. Sie wusste einfach nicht, was sie glauben sollte. Die ganze Sache bereitete ihr Kopfschmerzen.

Arok bemerkte Lis' wachsenden Vorsprung und wollte sie nicht entkommen lassen. Er würde nicht so leicht aufgeben und sie ins Verderben laufen lassen. Damit er sie wieder flicken musste, wie das letzte Mal.

Anstatt ihr zu folgen, schlug er einen kürzeren Weg ein und gab noch mal zusätzlich Gas. Lis bemerkte, dass Arok nicht mehr hinter ihr war, und wurde etwas langsamer.

„Etwas stimmt doch nicht", dachte sie sich und schaute sich noch mal nach Arok um, bis sie dann letztendlich stehen blieb. Sie wusste nicht, wohin. Was für sie ein Reflex gewesen war, war wohl doch ein Fehler gewesen.

Ihr Verstand sagte ihr, dass sie das Recht gehabt hatte, dies zu tun, doch ihr Herz sagte ihr, sie hatte falsch gehandelt.

Lis setzte sich wieder in Bewegung und schaute sich aufmerksam um. Diesen Teil des Labyrinths kannte sie nicht und ihr Unmut verstärkte sich.

Ihre Schritte wurden wieder schneller, bis sie überrascht zurückprallte, nachdem sich Arok, der ihr den Weg abgeschnitten hatte, vor ihr aufbaute.

„Wieso läufst du vor mir weg?", fragte Arok betroffen und reichte Lis seine rechte Hand. Sie griff dankbar danach und stemmte sich elegant auf die Beine. Sie war sich ihrer Schuld bewusst, schaute betrübt zu Boden und schwieg auf seine Frage hin.

Sie wusste selbst nicht wirklich, wieso sie so gehandelt hatte. Es war eine innere Stimme gewesen, die ihr gesagt hatte, dass sie das machen müsste.

Arok wendete sich von Lis ab und sagte: „Ich gehe aus Trisus und suche mein Glück woanders. Kommst du mit, oder bleibst du hier?"

Seine Stimme hatte sich verändert. Es hatte sich ein vorwurfsvoller Ton unter seine sonst freundliche und ruhige Stimme gemischt und Lis fühlte sich nur noch schlimmer.

Ihr stockte der Atem bei seinen Worten und sie schaute ihn überrascht an.

Sie konnte nicht glauben, was ihr Arok gerade gesagt hatte.

„Du verlässt deine Heimat?", fragte sie und wollte ihm in die Augen schauen, wenn sie mit ihm sprach, aber Arok ging ohne ein weiteres Wort los.

Seine Schritte hallten im unterirdischen Gang und Lis folgte ihm. Sie konnte seine Enttäuschung verstehen.

Jetzt, da sie sich alles noch einmal vor Augen führte, kam sie zu dem Schluss, dass sie ihm doch vertrauen konnte.

Eine lange Zeit lang folgte sie ihm und beide schwiegen beharrlich.

Von Zeit zu Zeit schaute Arok zu Lis und versuchte dabei, so unauffällig wie möglich, einen Blick von ihr zu erhaschen.

Lis bemerkte es, aber sie sagte nichts, sondern freute sich innerlich darüber. Sie konnte es sich nicht erklären, aber seine schüchternen Blicke schmeichelten ihr.

Die Gänge wurden immer breiter und der Weg führte langsam aber sicher zur Erdoberfläche.

Arok blieb stehen und drehte sich um. Lis blieb auch, einige Schritte hinter ihm, stehen und schaute ihn fragend an.

„Ist es noch weit?", fragte sie.

Arok schüttelte den Kopf, betätigte einen Steinquader im Gang und eine erneute Öffnung wurde sichtbar. Seine Mine war ausdruckslos, so neutral, dass Lis nicht wusste, was sie machen sollte. Das kannte sie nicht an ihm, überhaupt kannte sie Arok nur ein wenig und von seiner besten Seite.

„Hier ist die Treppe, die zur Oberfläche führt. Ab da kannst du alleine reisen, wenn du es möchtest", sagte

Arok ohne jegliche Emotion, trat in den Korridor hinein und ging die Treppe hinauf.

Lis schwieg betroffen, folgte ihm aber augenblicklich, um nicht den Anschluss zu verlieren.

Der Weg erwies sich als lang und unbequem. Die Treppenstufen waren nicht alle gleich und Lis musste bei jeder Stufe aufs Neue aufpassen, um nicht zu stolpern.

Arok schien das Ganze gar nicht zu bemerken. Er überflog förmlich die Stufen.

An der letzten Treppenstufe verlor Lis, so tollpatschig, wie sie war, ihr Gleichgewicht und hielt sich verzweifelt an Arok fest, der nur wenige Zentimeter vor ihr stand.

Wenn Arok nicht da gewesen wäre, wäre sie wahrscheinlich gestürzt, aber er war da und rettete sie ein weiteres Mal und hielt sie an der Hand fest.

Als Lis die letzte große Hürde überwunden hatte, stand sie ratlos da und wusste nicht, was sie machen sollte. Eine Seite von ihr wollte seine Hand nicht loslassen, aber eine andere Stimme in ihr sagte ihr, sie müsse vorsichtig sein.

Ihre Gefühle waren im Zwiespalt, sollte sie ihm nun vertrauen oder misstrauen?

Arok nahm ihr die Entscheidung ab, lächelte sie an und sagte: „Wenn du mich nicht hättest." Lis nahm daraufhin ihre Hand aus seinem Griff und haute ihn spielerisch am Arm. Selbstsicher fügte sie hinzu: „Würde ich sehr gut alleine klarkommen."

Sie lächelte frech, und das Glitzern in ihren Augen wurde mit jedem Moment stärker.

Arok konnte ihren Augen kaum widerstehen, räusperte sich übertrieben und schaute sich aufmerksam um. Er wollte es sich ja nicht anmerken lassen.

Läufer und Untiere ließen sich nicht blicken.

Auch andere Wesen von Trisus, die tief im Seelenwald lebten, waren nicht zu sehen. Arok deutete vor sich auf den Wald und schaute wieder zu Lis.

„Das ist der Seelenwald. Wenn du dich entscheidest, alleine zu gehen, dann bitte ich dich um ein Versprechen", sagte Arok.

Lis schaute in die Richtung, in die seine Hand deutete, und betrachtete kurz den Wald.

„Welches Versprechen?", fragte sie anschließend.

„Geh da nicht hinein, halt dich von den Schatten fern. Am Besten bleibst du immer weit weg von diesem schrecklichen Ort. Sogar ich hab Angst vor den Kreaturen in diesem Wald. Mit denen ist nicht zu spaßen", erklärte er ihr und lächelte.

Lis nickte und schaute sich weiter den Wald an. Ein eisiger Schauer lief ihr über den Rücken, als sie sich vorstellte, was für Kreaturen dort leben könnten.

„Gut", flüsterte sie schließlich.

Arok nickte erleichtert und ein Ausdruck von Trauer erschien auf seinem Gesicht. Lis konnte es nicht deuten.

Sie überlegte kurz und sagte dann: „Ich glaube, ich war schon mal in diesem Wald."

Aroks Erleichterung wich einem erschrockenen Ausdruck. Er schluckte sichtlich und wartete darauf, dass Lis weitersprach.

„Ich kenne diese Ausstrahlung des Waldes, ich war in ihm. Du hast recht, er ist sehr dunkel und auch unheimlich", fügte Lis hinzu und zuckte mit den Schultern.

Arok ließ sich seine Unruhe nicht anmerken. Sein Blick wanderte noch einmal über den Wald, verharrte noch wenige Momente, dann drehte er sich um, setzte sich langsam in Bewegung und ging an der großen Turmmauer entlang. Es war alles gesagt, was gesagt werden sollte, jetzt lag es an Lis, ihren Weg zu wählen, ob mit oder ohne Arok.

Der Turm war der Eingang in die Eisenmine und bildete die Hauptstadt von Trisus. Es gab noch wenige Stammesdörfer, aber die bewohnten andere und bösere Wesen, die nichts anderes als Ihresgleichen akzeptierten.

Lis überlegte kurz und entschied sich dafür, Arok zu folgen. Sie hatte ihre Entscheidung schon längst getroffen, denn mit ihm hatte sie mehr Chancen und im Grunde saßen sie im selben Boot.

Sie beschleunigte ihre Schritte und gesellte sich zu Arok. Als er die Bewegung neben sich sah, lächelte er glücklich und schaute zu Lis rüber.

„Das ist schön, dass du mich begleitest", flüsterte er und seine Augen verloren sich in denen von Lis.

„Vater! Vater!", brüllte Lythis vergnügt, stürmte in das Arbeitszimmer ihres Vaters und zog an seinem Gewand.

Es war ein großer, erhellter Raum voller Bücher und einem großen weißen Arbeitstisch, an dem zwei Stühle standen.

Hysis, Lis Vater, stand auf und schaute zu seiner jüngsten Tochter hinab.

„Sei still, ich unterhalte mich gerade mit einem Erwachsenen", antwortete Hysis erziehend.

Ein Stellvertreter eines wichtigen Familienstammes war bei ihm zu Besuch und fragte nach dem wehrten Befinden.

Aus politischen Gründen hatte er Hysis aufgesucht, um neue Maßnahmen in der Stadt zu diskutieren. Die alltägliche Routine hatte sich wieder in das Leben von Lis Familie eingeschlichen.

Es musste ja irgendwie weitergehen, ohne Lis.

Hysis hatte einen hohen Stellenwert in der Gesellschaft. Er wurde oft als Gelehrter vorgestellt und hatte schon viele Erfahrungen in Wirtschaft und Politik gesammelt.

Seine Art, Reden zu halten, war überall bekannt und sein politischer Einfluss sehr groß.

Hysis antwortete, mit Trauer in der Stimme, auf die Frage: „Die Familie ist zerbrochen, denn unsere älteste Tochter ist verschwunden und man kann sie nicht finden."

Lythis Aufregung wurde immer größer und sie rannte im Zimmer hin und her, wie ein aufgescheuchtes Huhn.

„Aber Vater! Sie ist da! Lis ist da!", schrie das kleine Mädchen und sprang in die Luft, um mehr Aufmerksamkeit auf sich zu lenken. Anfangs verstand ihr Vater ihre Worte nicht, aber dann schaute er zu ihr herunter und seine Augen weiteten sich.

„Was hast du gesagt?", fragte er und auch der Gast wurde still und seine Augen groß.

„Komm mit, Vater, sie ist gerade zur Tür rein!", sagte Lythis und rannte davon.

Lis ganze Familie versammelte sich im unteren Geschoss und begrüßte Lis herzlich mit Umarmungen und lautem Applaus.

Lis lächelte verlegen und freute sich genauso sehr, wie ihre Familie, über das Wiedersehen.

Arok stand unbeteiligt auf der Seite und krümmte sich etwas unter Schmerzen. Er atmete schwer und hielt sich mit seinen letzten Kräften an der Tür fest.

Er versuchte noch, sich aufrecht zu halten, doch seine Kraftreserven waren ausgeschöpft. Ihm wurde schwindelig und er fiel bewusstlos zu Boden, wenige Augenblicke später, nachdem sie eingetreten waren.

Der Jubel verging auf der Stelle und Lis lief schnell zu Arok.

„Helft mir", sagte Lis panisch und Arok wurde von den Männern hochgehoben und ins Gästezimmer getragen.

„Wer ist das?", fragte ihr Vater, als Arok ins Zimmer gebracht worden war, sich die Frauen um ihn kümmerten und Lis sichergegangen war, dass es ihm gut ging.

„Mein Lebensretter. Ohne ihn wäre ich jetzt nicht hier", antwortete Lis und setzte sich an den Familientisch im Erdgeschoss.

Die Sonne schien himmlisch durch das offene Fenster gegenüber von Lis und warf runde Sonnenflecken auf den Boden.

„Er ist ein Todeself, Lis! Er könnte uns alle töten, bist du dir im Klaren, welche Bedrohung er für uns darstellt? Außerdem hättest du keinen Lebensretter gebraucht, wenn du zu Hause geblieben wärst!", sagte Hysis spitz und schaute Lis strafend an. Er war wütend auf sie, aber nicht nur, weil sie Arok mitgebracht hatte, sondern auch, weil sie einfach verschwunden war. Und ihr Vater wusste jetzt, wo sie die ganze Zeit über gewesen war und das machte die Sache nur noch schlimmer.

„Wieso hat er mich dann gerettet, wenn er mich nur töten will? Er ist zwar eine Todeself, aber in seinem Kern steckt was Gutes. Ich weiß es", sagte Lis daraufhin und schaute ihren Vater verzweifelt an.

Ein verständnisloser Ausdruck machte sich auf Hysis Gesicht breit. War da auch noch ein Fünkchen Verachtung, was Lis in seinen Augen sah?

„Eine Todeself macht nichts ohne Hintergedanken! Dummes Kind, du bringst uns alle in Gefahr. Ich sollte ihn auf der Stelle hinauswerfen lassen", sagte Hysis in Rage und ging im Zimmer auf und ab.

„Vater, um Lia's willen", sagte Lis entsetzt und fügte noch hinzu: „Er ist schwer verwundet und hat mir das Leben gerettet!"

Eine Träne floss über ihre rechte Wange und hinterließ einen kleinen, schimmernden Strich auf ihrem wunderschönen Gesicht.

„Ich werde später entscheiden, was mit ihm geschieht. Zwei von deinen Brüdern werden Wache halten müssen", entschied Hysis, eher zu sich gewandt, und ging aus dem

Zimmer. Lis konnte nicht glauben, was ihr Vater sagte. Sie legte ihren Kopf auf ihre überkreuzten Arme und fühlte, wie weitere Tränen über ihr Gesicht flossen.

In der Zwischenzeit hatte sich der Rummel um Lis und Arok gelegt.

Lis Geschwister hatten sich wieder an ihre Arbeit gemacht, nur die kleine Lythis lief von Zeit zu Zeit an Lis vorbei und spielte vergnügt.

Nach der ganzen Aufregung, die Lis miterlebt hatte, nach der permanenten Angst, die sie in Trisus verspürt hatte, fühlte sie sich nicht mehr so wie früher.

Sie war nun zu Hause, ihre Eltern machten sich keine Sorgen mehr und es war angenehm ruhig, doch etwas war anders.

Lis hatte sich verändert.

Ihr Lachen war verklungen und die tiefen Kratzer in ihrem Herzen und in ihrer Seele würden lange brauchen, um zu verheilen.

Eine tiefe Bekümmertheit machte sich in Lis breit und sie konnte nichts dagegen tun. Sie fühlte sich so unendlich leer.

Lis schloss langsam ihre Augen und spürte eine Schwere, die sie nur zu gut kannte. Wenige Augenblicke später schlief sie ein.

Der dunkle Seelenwald war lange ein Begleiter von Lis und Arok gewesen. Nach dem kurzen Gespräch, das sie geführt hatten, kehrte Stille ein und beide gingen nebeneinander her.

Währenddessen war die Mauer des Turms hinter ihnen verschwunden. Auf der rechten Seite erstreckte sich der dunkle und schattenreiche Wald, und auf der linken Seite waren die Anfänge des Sumpfes zu sehen.

Das Gras war etwas gelblich und es roch nicht sehr angenehm. Lis hustete einige Male und Arok schaute sie besorgt an.

Er schien in Gedanken zu sein, denn er sagte nichts. Nach einer Weile räusperte er sich übertrieben laut, um die Stille zu durchbrechen.

„Soll ich dir zeigen, wieso man diesem Wald seinen Namen gegeben hat?", fragte er und schaute fragend zu Lis hinüber.

Sein hübsches Gesicht wirkte etwas blass in der hellen Mittagssonne. Zum ersten Mal konnte Lis ihn richtig sehen. Durch die ständige Dunkelheit im unterirdischen Reich von Trisus war es ihr nie möglich gewesen, ihn zu begutachten.

Seine Haut war nicht an das Sonnenlicht gewöhnt und er wirkte auf den ersten Blick wie ein Toter, aber seine Augen waren voller Leben und strahlten Lis aus bläulich grauen Farben an. Seine Gesichtszüge waren stark und dennoch geschmeidig und gaben ihm auf eine gewisse Art einen strengen, aber auch gutmütigen Ausdruck.

Einzig sein jugendliches Lachen machte Arok zu einem jungen Mann. Wenn man ihn nicht kennen würde, könnte man sein Alter nur schwer erahnen.

Arok strahlte so viel Wissen und Kraft aus, wie ein gelehrter und erfahrener Mann.

Seine geflochtenen, schwarzen Haare vervollständigten sein Äußeres, als müsste es so sein und nicht anders.

Arok schaute sich bei dieser Gelegenheit auch Lis genauer an. Er sah ihre klaren und verspielten Gesichtszüge und ihre dunkelblauen Augen, voller Entschlossenheit und Mut. Er lächelte innerlich und genoss den Moment in vollen Zügen.

Doch war es richtig, was er da tat? Er dufte sich doch nicht in sein Opfer verlieben. Oder war es schon längst zu spät?

„Wieso nicht?", antwortete Lis auf Aroks Frage zur Namensgebung des Waldes, und fuhr sich spielerisch durchs Haar.

Es glitt durch ihre Finger wie Seide und das Licht reflektierte sich kurz in ihm.

Arok bemerkte es und lächelte.

„Gut, dann müssen wir gleich rechts rein", erwiderte er und nahm sie bei der Hand.

Für einen Augenblick spürte Lis eine unheimliche Kälte, doch sie konnte nicht sagen, ob sie es sich nur eingebildet hatte. Die Kälte verging so schnell, dass sie kaum spürbar war. Aber sie hinterließ einen bitteren Nachgeschmack, der Lis etwas verwirrte.

Normalerweise hätte sie seine Hand losgelassen und ihn gefragt, was das soll, aber in diesem Moment war sie auf eine sonderbare Weise glücklich, dass er ihre Hand genommen hatte.

Konnte er ihr gefährlich werden?

Lis verscheuchte den Gedanken und ermahnte sich innerlich, keine voreiligen Schlüsse zu ziehen.

„Du willst in den Seelenwald hinein?", fragte sie überrascht.

„Sonst kann ich es dir nicht zeigen, Lis", antwortete Arok und grinste.

„Zusammen sollte uns nichts passieren. Diese Wesen greifen nur an, wenn sie sich sicher fühlen. Keine Angst, ich beschütze dich schon", fügte er hinzu, nachdem er ihren verängstigten Blick gesehen hatte.

„Wer sagt, dass du mich beschützt? Vielleicht ist es ja auch andersrum", erwiderte Lis und streckte Arok die Zunge heraus.

Beide fingen an zu lachen und die negative Spannung legte sich langsam.

„Du hast von ‚Wesen' gesprochen, was sind sie wirklich?", fragte Lis neugierig und stupste Arok an der Schulter.

Er lachte erneut, schaute dabei zu Lis und sagte: „Ich glaub, du willst es gar nicht wissen, aber ich bin nicht so. Ich sag es dir."

Lis schaute ihn mit einer gespielten, bösen Mine an, dabei hob sie die Augenbrauen und verzog etwas das Gesicht. Arok schaute sie weiter lächelnd an. Er fand ihren Gesichtsausdruck sehr amüsant und vor allem niedlich.

„Wie nett von dir, ich kann auch rufen und dann lerne ich sie selbst kennen", antwortete Lis, bewusst provozierend, und lachte anschließend.

„Nein, tu' das bitte nicht, sonst kannst du nicht mit meiner Hilfe rechnen", erwiderte er grinsend und fuhr dann wieder ernst fort:

„Es gibt viele Wesen hier im Wald. Die gefährlichsten Wesen sind die Morlos. Sie leben ganz tief im Seelenwald und ernähren sich von Wild und was sie sonst so finden. Diese Geschöpfe kennen keine Tabus, Gesetze oder Regeln. Sie tun das, was sie wollen und bekämpfen sich auch gegenseitig. Es kommt auch oft vor, dass Menschen aus dem Sumpf oder Kreaturen aus Trisus von diesen Monstern verschleppt werden.

Ich habe noch nie einen Morlo zu Gesicht bekommen, aber sie sollen grässlich aussehen. Keiner ist ihnen bis jetzt nahe genug gekommen, um sie genauer zu beschreiben. Man sagt, sie seien sehr dünn, hätten einen buckeligen Körperbau, würden auf vier Beinen laufen und seien mit pechschwarzem Fell bedeckt. Eine gruselige Vorstellung, wenn du mich fragst.

Die anderen Übel des Waldes sind weniger gefährlich. Sie essen Wurzeln und Käfer und werden Grinsel genannt. Ihre Fratzen sind fürchterlich. Ich habe schon mal einen gesehen, es sah so aus, als würde er sich über etwas freuen.

Er grinste über das ganze Gesicht und funkelte mich dabei böse an. Es sind kleine Geschöpfe, die uns im Grunde nichts tun können, aber so gut kenn ich mich auch nicht aus."

Arok war kurz in Gedanken und schaute konzentriert auf den Boden, als würde er etwas suchen.

Der Seelenwald war genauso düster, wie Lis ihn kannte. Dornenbüsche machten ihnen den Weg noch zusätzlich schwer. Arok hielt Lis immer noch bei der Hand, um sicher zu gehen, dass er sie nicht verlor, und ging mutig voran.

Auf eine komische Weise fühlte sich Lis geborgen. Sie wusste, dass ihr mit Arok nichts passieren würde.

„Es gibt auch noch andere Wesen hier, aber die wirst du selbst sehen. Es ist schwer, sie zu beschreiben. Lass dich überraschen", fügte er nach einer kleineren Pause hinzu.

Lis schaute ihn während seiner Worte genau an und versuchte, sich diese komischen Wesen vorzustellen. Das Ergebnis war ein kalter Schauer, der sie überkam und ein ungutes Gefühl über das, was vorher hätte passieren können, als sie alleine im Seelenwald gewesen war.

Als sie das dichte Gebüsch hinter sich gelassen hatten, kamen sie zu einer Lichtung. Im ersten Augenblick konnte Lis nicht viel erkennen. Die Bäume standen etwas weiter auseinander und es fiel ein wenig mehr Licht durch die Baumkronen des Mischwaldes.

Mitten auf der Lichtung passierte dann etwas Unvorstellbares. Blau leuchtende Lichtkugeln stiegen vom Boden auf und schwebten wild durch die Luft. Lis stockte der Atem und ihr Herz blieb für einen ganz kurzen Moment stehen. Ihr Mund öffnete sich vor Überraschung und ihre Augen leuchteten fasziniert.

„Was ist das, Arok?", fragte sie völlig verblüfft und blickte sich begeistert um.

Arok lachte leise und drehte Lis zu sich um, schaute ihr anschließend bedeutungsvoll in die Augen und kam ihr dabei bedrohlich nahe.

In Lis klingelten alle Alarmglocken, aber sie unternahm nichts. Sie schaute ihn an und verspürte wieder dieses komische Gefühl in ihrem Bauch.

Sie ahnte, was er vorhatte, aber sie tat, als wüsste sie es nicht.

Die blauen Lichter tanzten um sie herum, verspielt und chaotisch, ohne jegliches System.

„Das sind die Seelen der verstorbenen Wesen von Trisus, Loikes und von anderen Orten dieser Welt", flüsterte Arok leise und blickte sie permanent an.

Die Luft war voller Schwingungen und Flüstern und es entstand eine eigenartige Atmosphäre.

„Gut und Böse sich vereint ...
... weint ...
... Balance ...
... eine neue Chance ..."

Gerade, als Arok sie küssen wollte und seine Lippen fast die ihren berührten, flog eine Lichtkugel direkt in Lis hinein und verschmolz mit ihr.

Lis riss ihre Augen auf und bekam keine Luft mehr. Panisch drückte sie Arok von sich und torkelte einige Schritte zurück, hielt sich noch wenige Sekunden tapfer auf den Beinen, verlor aber dann doch das Bewusstsein und stürzte zu Boden.

Arok schaute sie aus weit aufgerissenen Augen an und war entsetzt. Er konnte gar nicht realisieren, was passiert war.

Nach wenigen Sekunden löste sich seine Starre und er lief zu Lis und kniete sich neben sie.

„Lis, was hast du?", fragte er und schüttelte sie an der Schulter. Im ersten Moment passierte nichts, aber dann wachte Lis wieder auf. Es war aber nicht die wahre Lis.

Sie stand auf und schaute Arok aus fremden Augen an. Auch ihre Stimme war nicht mehr so, wie gewohnt.

„Arok, der Sohn von Mentar. Oft bist du uns besuchen gekommen. Oft hast du hier über deine Pläne nachgedacht. Oft waren deine Gedanken böse und hinterhältig", sagte die Seele, die von Lis Besitz ergriffen hatte, und stand steif vor Arok.

Sie blickte bis in seine tiefsten Tiefen hinein und las seine Gedanken, als sie ihm in die Augen blickte.

Arok wich vor ihr zurück. Voller Entsetzen sah er sie an.

„Du bist nicht Lis. Wer bist du?", fragte er leise und eingeschüchtert.

„Ich bin tot, es spielt keine Rolle mehr, wer ich bin oder wer ich war", antwortete sie und machte einen Schritt auf Arok zu.

„Verwirf deinen Plan, Lis' Familie zu töten! Denk nicht mehr daran, sonst wird dein Handeln schlimme Folgen haben.

Die Welt, die du kennst, wird nicht mehr existieren und untergehen. Alles wird aus dem Gleichgewicht geraten", sagte sie, noch im ruhigen Ton.

Aroks Augen wurden groß und Unruhe machte sich in ihm breit. In seinen Gedanken kochte es. Eine Seite von ihm war eingeschüchtert, aber die andere fühlte sich herausgefordert.

Die zweite Seite gewann mehr und mehr an Macht und seine Gedanken schweiften ebenso in diese Richtung ab.

„Du Narr, ich werde dich töten, wenn du weiter so denkst!", brüllte Lis wütend.

Sie machte eine verärgerte Bewegung, hob langsam die rechte Hand und zeigte auf Arok, der verängstigt noch einen weiteren Schritt zurückwich.

„Ich werde dich im Auge behalten, wehe dir, du verfolgst deinen Plan weiter!", fügte sie nach einer Pause hinzu und zischte, gefolgt von einer wütenden Geste: „Und hier noch ein Beweis, dass ich es ernst meine."

Arok wurde durch die unsichtbaren Kräfte, die von der Handbewegung ausgingen, quer über die Lichtung geschleudert und prallte unsanft gegen einen Baum.

Ein abstehender Ast bohrte sich dabei tief in seine linke Schulter.

Er fiel zu Boden und rührte sich anschließend nicht mehr.

Die Seele lachte laut auf und verließ im gleichen Augenblick Lis' Körper.

Lis keuchte auf, holte tief Luft und war wieder sie selbst, doch in ihrem Kopf drehte sich alles, und im ersten Moment wusste sie nicht mal mehr, wo sie war.

Nach wenigen Augenblicken hatte sie sich wieder gefangen und schaute zu Arok hinüber, der benommen am Boden lag. Vollkommen verwirrt sah sie, dass er ohnmächtig war.

Sie lief zu ihm, und als sie ihn sich genauer anschaute, bemerkte sie seine heftig blutende Verletzung.

Der abgebrochene Ast steckte noch immer in Aroks Schulter und Lis zog ihn behutsam raus. „Was ist. Wie ist das passiert?", fragte Lis verständnislos und konnte ihren Augen nicht glauben.

Arok keuchte unter Schmerzen auf und stöhnte schmerzerfüllt.

„Arok, kannst du aufstehen? Wir müssen zu meinen Eltern, sie können dich heilen!", fügte Lis nach einer kleinen Pause hinzu und stupste Arok an der unverletzten Schulter.

Arok kam langsam, aber sicher zu Bewusstsein. Er hatte auch gehört, was Lis zu ihm gesagt hatte.

Er richtete sich langsam auf und flüsterte leise: „Wir müssen hier raus, sie riechen Blut im Umkreis von einer Meile gegen den Wind."

Lis verstand sofort. Panik war in ihren Augen zu lesen, aber sie packte Arok am Arm und legte ihn über ihre Schultern. Er nickte dankbar und sie bewegten sich so schnell, wie es nur ging, aus dem Wald hinaus. Tapfer versuchte Arok seine Schmerzen zu unterdrücken, doch es bereitete ihm unglaubliche Mühen.

Er verzog schmerzerfüllt das Gesicht und spürte, wie heftig seine Verletzung blutete. Schwindel legte sich über seine Wahrnehmung, aber er drängte es hartnäckig zurück.

Als sie am Waldrand angekommen waren, musste Arok eine Pause einlegen. Lis half ihm, sich zu setzen, und schaute sich suchend um.

Auf den ersten Blick fand sie keine Heilpflanze und suchte weiter, bis Arok sie um Hilfe bat. „Hilf mir, ich muss meinen Mantel ausziehen", sagte Arok mit schwacher Stimme und Lis kam ihm sofort zu Hilfe.

Seine Kleidung war unter dem Mantel blutgetränkt und steif.

„Das muss auch weg", entschied Lis und zog ihm das zweite Kleidungsstück aus.

Darunter kam sein gut gebauter und muskulöser Körper zum Vorschein. Doch Lis konzentrierte sich mehr auf seine Verletzung.

Das Ausmaß war schlimm. Es schien, als hätte sich der Ast durch seinen Rücken bis zu den vorderen Rippen gebohrt.

„Das kriegen wir schon hin", sagte Lis mit weniger Überzeugung in der Stimme, als es sich Arok gewünscht hätte.

Sie zerriss mit einer kräftigen Bewegung das Shirt und legte einen provisorischen Verband an, um wenigstens seine Blutung etwas zu stillen.

„Du hast eine Menge Blut verloren, Arok", fügte sie anschließend besorgt hinzu.

„Wird schon gehen", antwortete Arok und richtete sich wieder auf.

„Ich danke dir, der Verband sitzt gut. Wir müssen aber jetzt weiter. Wir haben schon genug Zeit hier verbracht. Ich kann dir nicht versprechen, wie lange ich mich noch auf den Beinen halten kann", gestand Arok und lächelte verlegen.

Lis nickte nur, legte seinen Arm um ihre Schultern und nahm nebenbei noch seinen Mantel.

„Wir schaffen das zusammen", flüsterte Lis und schaute Arok aufmunternd in die Augen. Arok nickte schwach und konzentrierte sich wieder darauf, einen Schritt vor den anderen zu setzen. Lis hatte alle Mühe, ihn zu stützen, aber mit der Zeit gewöhnte sie sich an sein Gewicht. Die beiden mussten immer wieder Pausen einlegen, doch es ging wenigstens voran.

Sie hatten schon längst die Grenze von Trisus überschritten und waren schon in der Nähe der Grenze von Loikes.

Arok wurde aber mit jedem Schritt schwächer, bis er letztendlich, wenige Meter vor der Grenze, zusammenbrach.

„Hey, nicht schlappmachen, Arok", sagte Lis und versuchte, ihn wach zu rütteln.

Er öffnete benommen die Augen und Lis half ihm erneut auf die Beine.

„Halt dich an mir fest und beiß die Zähne zusammen. Wir bekommen gleich Hilfe", fügte sie hinzu und sie gingen beharrlich weiter.

Als sie die Grenze zu Loikes überschritten hatten, waren sie gerettet. Lis verspürte ihre wachsende Kraft und die Verbundenheit zu ihrer Heimat.

Auf dem Boden von Loikes wurden ihre Gaben erst richtig aktiv und sie konnte Arok ein wenig mehr helfen, als sie vorher imstande gewesen war.

Er setzte sich müde auf den Boden und Lis kniete sich neben ihn und entfernte langsam den Verband. Ein kleines Stückchen abseits des Weges hatte sie ein Kraut gefunden, das Aroks Schmerzen stillen konnte.

Sie rieb die Blätter aneinander und legte sie anschließend auf Aroks Wunde. Daraufhin legte sie ihm den Verband wieder an und half ihm auf die Beine.

„Von hier ist es nicht mehr weit zu meinem Haus", sagte sie und fügte etwas besorgt hinzu,

„Es wird dir gleich etwas besser gehen"… **Und erkennen die neue Balance …**

Lis wurde durch ein komisches Geräusch aufgeweckt. Sie schaute sich benommen um und streckte sich ausgiebig. Ein Gähnen konnte sie ebenfalls nicht unterdrücken. Aus dem Fenster fielen keine Sonnenstrahlen mehr, sondern, im Gegenteil, entfaltete der Mond sein Licht.

Lis' Überraschung wurde noch größer, als sie bemerkte, dass niemand mehr da war.

Im Gemeinschaftsraum, wo auch der Familientisch stand, war keine Elfenseele.

Müde und verschlafen schaute sie sich um und gewöhnte ihre Augen an die Lichtverhältnisse.

Sie stand langsam auf und bemerkte einen starken Muskelkater in ihren Oberschenkeln und ihren Oberarmen. Das kam wohl vom stundenlangen Stützen.

„Arok!", schoss es durch ihre Gedanken und sie eilte zur Treppe, um ins Gästezimmer zu gehen.

Auf halbem Wege kam ihr ihre Mutter, Naurora, entgegen und schaute sie aus betroffenen Augen an.

„Wie geht es ihm?", fragte Lis besorgt und versuchte, den Blick ihrer Mutter zu deuten, aber es gelang ihr nicht.

Naurora wich ihr aus und versuchte, an ihr vorbeizutreten.

„Er wird es überleben. Er hat wirklich viel Glück gehabt", antwortete ihre Mutter kühl und schaute weiterhin zu Boden.

„Wieso schaust du dann so traurig? Ich bin gesund nach Hause gekommen, ist das ein Grund, traurig zu sein?", fragte Lis zweifelnd.

„Geh in das Zimmer deines Vaters. Er will mit dir sprechen", antwortete Naurora ausweichend. Naurora strahlte eine unangenehme Kälte aus. Lis betrachtete sie einen kurzen Moment und wusste nicht, wie sie ihr Verhalten deuten sollte.

Verwirrt schaute sie ihre Mutter an und kämpfte mit ihren inneren Zweifeln. Was hatte das alles zu bedeuten? Lis ahnte nichts Gutes.

Ohne ein weiteres Wort ging sie an ihr vorbei und die Treppen hinauf. Es war recht dunkel, das einzige Licht kam aus dem kleinen Fenster im Dach. Der Mond strahlte ihr mit blassen Strahlen den Weg.

In Lis stieg ein unangenehmes Gefühl auf. Sie hatte förmlich Angst, in das Zimmer ihres Vaters zu gehen. Was sie dort erwartete, war um Welten schlimmer als Trisus und das, was sie dort erlebt hatte, das spürte sie instinktiv.

Auf dem Weg zu Hysis' Zimmer machte sie kurz einen Abstecher in Aroks Zimmer und warf einen prüfenden Blick hinein. Sie wollte sich keine Sorgen mehr machen.

Sie war zuversichtlich, dass es ihm gut ging, aber sicher war sicher.

Ihre Eltern hatten eine ausgesprochen große Gabe, wenn es um Heilung und Kräuterkunde ging. Davon hatte Lis auch etwas geerbt.

Das hoffte sie zumindest, aber es würde eine Zeit kommen, in der ihre Kräfte um das Dreifache besser sein würden als die ihrer Eltern.

Das Licht des Mondes erhellte das Gästezimmer. Sie konnte seine Umrisse erkennen und seinen Brustkorb, der sich langsam auf und ab bewegte.

Alles schien in Ordnung zu sein und Lis lächelte beruhigt. Sie schloss leise die Tür hinter sich, um Arok nicht zu wecken, und setzte ihren Weg fort. In ihren Gedanken war sie aber immer noch bei ihm. Sie seufzte traurig und schüttelte nur den Kopf.

„Das hätte alles nicht so kommen sollen", dachte sie enttäuscht und wandte sich um, in die Richtung, in der das Zimmer ihres Vaters lag.

Vor seinem Arbeitszimmer blieb sie noch einen Moment stehen und atmete tief ein und aus.

Entschlossen klopfte sie anschließend an die Tür und hörte ein leises „herein" von der Person, die sie erwartete.

Lis machte langsam die Tür auf und schloss auch sofort die Augen. Das Licht der Kerzen war unangenehm hell und ihre Augen waren nicht an das helle Licht gewöhnt. Sie trat langsam herein und schloss die Tür hinter sich und blinzelte abermals. Die Tür machte ein leises, kaum hörbares, knarrendes Geräusch, doch Lis ignorierte es und versuchte ihre Augen an die ungewohnte Helligkeit anzupassen.

Ihr Vater, Hysis, ihr ältester Bruder Noku, und seine Schwester, die nach Noku geboren wurde, Gebreila, standen im Zimmer und schauten Lis auf sonderbare Weise an.

Keine Liebe und auch kein Vertrauen war in ihren Augen zu lesen. Spürte es nur Lis, oder hatte sich ihre Familie ihr gegenüber verändert?

Gebreila wich sogar einen Schritt vor ihr zurück, als sie ihr etwas näher kam.

Lis sah sie verwirrt an und versuchte ihre Blicke zu deuten. Sie verstand die Welt nicht mehr. Was war bloß mit ihrer Familie los?

„Guten Abend, Lis", sagte ihr Vater und nickte kurz mit dem Kopf. Auch Noku und Gebreila nickten Lis zu, blieben aber still.

Lis antwortete auch mit einem stummen Nicken und schluckte abermals.

Was wurde hier gespielt?

„Du fragst dich bestimmt, wieso ich und deine Geschwister mit dir reden wollen", begann Hysis und schaute betroffen und traurig zu Lis. Auf einmal wusste sie, was los war.

Ihre Familie hatte Angst vor ihr, aber aus welchem Grund? Lis spürte es nun ganz deutlich. Es war eine eigenartige Art von Angst. Sie konnte es sich selbst nicht erklären, aber sie las es in ihren Augen. Angst, die aber andererseits keine wirkliche Angst war. Konnte man Angst vor seiner Schwester oder Tochter haben?

Lis konzentrierte sich wieder auf das Wesentliche und schaute sich alle drei genau an. Keine Bewegung entging ihrem scharfen Blick.

Einen kurzen Augenblick überlegte sie, was sie sagen sollte. Es handelte sich hier um ein einfaches Spiel, das Lis seit ihrem ersten Tag in Trisus verloren hatte.

Sie war unumstritten die Verliererin und nun war ihr alles gleichgültig.

„Ihr wollt mir etwas Wichtiges sagen und habt Angst, alleine mit mir zu sprechen", erwiderte Lis direkt und schaute alle drei trotzig an.

Hatte sie so was verdient?

Musste das alles, nach den Anstrengungen, sein?

Lis schäumte vor Wut. Sie war nicht gerne eine Verliererin.

Im Gegenteil, sie war eine leidenschaftliche Spielerin, sie konnte sich mit einem Verlust nicht so schnell zufriedengeben und war in solchen Angelegenheiten sehr temperamentvoll. Noch dazu konnte sie ihre Blutsverwandten nicht verstehen.

Die verlorene Tochter war nach Hause gekommen und ihre Familie fürchtete sich vor ihr.

Was für eine Ironie. Und dabei hatte Lis so viel zu berichten! Sie würde ihnen allen die Augen öffnen können.

Sie und Arok waren Zeugen einer ihnen unbekannten Welt, doch die Frage war, ob sie dies überhaupt wissen wollten?

Ihr Vater schaute sie überrascht an und aus seinem traurigen Ausdruck wurde Abscheu.

„Du freches Ding", flüsterte er und schaute sie aus zusammengekniffenen Augen an.

Noku und Gebreila schauten abwechselnd zu Lis und Hysis. Ein ängstlicher Ausdruck erschien auf Gebreilas Gesicht.

„Es ist schon spät. Ich bin erschöpft und fühle mich nicht gut", sagte Gebreila und ging zur Tür. Noku hielt es auch für besser zu gehen, verbeugte sich tief und verschwand ebenfalls hinter der Tür.

„Dass du meine Tochter bist", zischte Hysis wütend, „von wem hast du die Leichtsinnigkeit und diese Dummheit? Von mir ganz bestimmt nicht. Was hast du dir bei all dem gedacht?"

Lis schaute ihren Vater sprachlos an. Dass er sie dumm nannte, brach ihr förmlich das Herz und versetzte ihrer Seele einen kräftigen Stoß.

„Ich habe Dinge gesehen Vater, die unsere Welt …", begann Lis, wurde aber von ihrem Vater unterbrochen.

„Das ist mir egal, was du gesehen hast. Du hast gegen die Regeln verstoßen! Du hast uns alle in Schrecken versetzt und das nur wegen deiner Leichtsinnigkeit."

Lis schwieg und schaute beleidigt zu ihrem Vater. Wenn er es nicht wissen wollte, dann eben nicht. Sein strenger Ton bereitete ihr Schmerzen.

Früher war es anders gewesen. Lis war die Älteste gewesen und hatte immer auf ihre Geschwister achten müssen.

Wie viel Gabreila von ihr gelernt hatte, als sie zusammen die Welt erkundet haben.

Noku wäre, ohne Lis, gar nicht mehr am Leben, denn so leichtsinnig, wie er als Kind war, hatte er ihr und ihren Eltern viel Kummer bereitet.

„Was passiert jetzt?", fragte Lis patzig, als keine weitere Ansprache kam, und schaute ihren Vater herausfordernd an.

Erst jetzt bemerkte Lis, dass eine Schale mit Wasser auf dem Pult stand und daneben ein Messer mit einem reich verzierten Griff.

Hysis deutete ihren fragenden Blick richtig und sagte: „Du gehörst nicht mehr zu unserer Familie. Heute ist nicht meine Tochter, sondern jemand anders in mein Haus getreten."

Die Worte sprach er mit so viel Kälte und ohne jegliche Emotion aus, dass es Lis tief in ihrem Herzen und ihrer Seele traf.

Ihr Herz begann schneller zu schlagen und ihre Augen weiteten sich.

Ihre Hände begannen zu zittern und ihr Atem ging ungewöhnlich schnell.

Sie wusste, was sie jetzt zu tun hatte.

Tränen schossen ihr in die Augen und liefen über ihre Wange, als sie an den Tisch trat und das Messer nahm. Ihr Vater schaute sie dabei misstrauisch aber auch mit unendlicher Trauer an.

Lis betrachtete einige Zeit das Messer und fing an zu lächeln. Sie konnte sich alles selbst zuschreiben. Ihr Vater hatte recht mit dem, was er sagte. Sie hatte die einzig mögliche Strafe zu erwarten, welche man in solchen Fällen erteilen konnte. Sie hatte ihr Leben gerettet, mithilfe von Arok. Jetzt wurde es ihr wieder genommen.

Tiefe Trauer umschlug ihr Herz, aber ihr Geist war auf unheimliche Weise frei und unbekümmert.

Sie wartete vergeblich darauf, dass ihr Vater sich doch noch anders entschied, aber er stand einfach nur da und rührte sich nicht. Einzig sein mitfühlender Blick verriet Lis seine zwiespältigen Gedanken. Lis sah, wie schwer es ihm fiel, das zu tun. Aber sie wusste auch, dass er sich endgültig entschieden hatte.

„Die Macht, die durch meine Adern fließt,
soll nun für immer verloren gehen.
Wenn mein Blut und das Mondwasser zusammenfließen,
werde ich die Welt in anderen Augen sehen.

Die Macht geht zurück zum Ursprung
aus der Elfe wird ein niedriges Wesen
es geschieht eine große Verwandlung
und nun soll ich gehen, ins Vergessen."

Lis sprach die Worte langsam und schnitt sich dabei mit dem Ritualmesser in ihre linke Handfläche.

Das Messer war so scharf, wie eine Messerschneide sein sollte.

Das Ergebnis war eine kleine, blutende Wunde, die Lis zu Beginn nicht einmal schmerzte.

Sie schloss die Hand zu einer Faust und hielt sie über das klare und leuchtende Wasser.

Ein, zwei, drei, Blutstropfen tropften ins Wasser und färbten es mehr und mehr rot.

Als Lis die Worte zu Ende gesprochen hatte, nahm sie das Handtuch, das neben der Wasserschale lag, und wickelte es sich um die verletzte Hand.

Es war weich und schön kühl und mit einer Salbe getränkt. Es brannte etwas auf ihrer Haut und vor allem an ihrer Verletzung.

Dann durchzog ein schrecklicher Schmerz ihre linke Hand und wanderte durch ihren Arm und dann durch ihren ganzen Körper.

Jede einzelne Muskelfaser schien sich zu verändern. Ein unbeschreibliches Gefühl, das Lis in diesem Moment empfand und nie wieder empfinden wollte.

Als würden ihre Muskeln erschlaffen und sich dann, noch stärker, zusammenziehen.

Sie spürte, wie ihre Kräfte aus ihrem Körper flossen und sie sich innerlich wie äußerlich veränderte.

Lis schaute an sich herab und musste all ihre Kraftreserven aufbringen, um sich dem Schmerz nicht hinzugeben und bei Bewusstsein zu bleiben.

Ihre strahlende Haut verlor ihren Glanz und ein immer stärker werdendes Kribbeln im ganzen Körper breitete sich in ihr aus.

Tränen des Schmerzes liefen über ihre Wange und nahmen ihr den letzten Rest ihrer Anmut.

Hysis schaute sie verzweifelt an und fragte mit betroffener Stimme: „Wieso bist du nicht zu Hause geblieben? Wieso musstest du mich dazu zwingen?"

Er wartete nicht auf eine Antwort, sondern ging mit gesenktem Blick aus dem Zimmer.

Lis war sich sicher, dass er sie nicht anschaute, weil sie dann seine Tränen gesehen hätte.

Sie stand noch eine ganze Weile da und ihr schossen Hunderte Gedanken durch den Kopf. Sie fragte sich, was sie nun machen konnte und wie sich Arok wohl fühlte.

Würde er sie suchen, wenn er sie am nächsten Morgen nicht finden würde?

Nach langer Zeit beruhigte sich das Gefühl.

Die Kerzen waren auf die Hälfte runtergebrannt und Lis löschte sie mit einem zarten Lufthauch. Zu mehr war sie auch nicht imstande.

Sie verließ daraufhin das Arbeitszimmer und ging in ihr ursprüngliches Gemach.

Dort zündete sie eine Kerze an, setzte sich an ihren kleinen Tisch und nahm Tusche und Feder zur Hand.

Sie schrieb einige Worte auf einen kleinen Zettel, faltete ihn mit einer Hand, so gut sie es konnte, und legte die Feder zur Seite. Dabei fiel sie Lis ungeschickt aus der Hand und ein kleiner Tintenklecks bildete sich auf dem Papier.

Teilnahmslos schaute sich Lis den Klecks an und fragte sich, was sie nun machen sollte. Es war eine schwere Entscheidung, die ihr Vater getroffen hatte und in gewisser Hinsicht konnte Lis ihn verstehen.

Lis scheuchte die dunklen Gedanken davon und sah sich in ihrem Zimmer um.

Sie erinnerte sich an die alten Zeiten, als sie stundenlang hier gespielt hatte und ihr Vater oder ihre Geschwister sie zum Essen oder zum Helfen gerufen hatten und sie dann immer begeistert aufgesprungen war.

Lis schüttelte müde den Kopf, nahm eine Tasche und packte einige Klamotten, eine kleine Decke, ein paar Bücher, Papier, Tusche, Feder und sonst noch ein paar Kleinigkeiten, die ihr nützlich erschienen, ein.

Daraufhin suchte sie sich ihren wärmsten Mantel aus und zog ihn hastig an. Ihr war kalt. Seit dem Ritual fror Lis in ihrem dünnen Kleid.

Sie löschte das Licht, nahm ihre Tasche und den Zettel und verließ das Zimmer. Sie schloss behutsam die Tür hinter sich und ging leise durch den Flur, in Richtung Gästezimmer.

Sie wusste, dass ihre Eltern Arok nicht rauswerfen würden. Er würde erst gehen müssen, wenn es ihm besser ginge. Lis machte sich um ihn keine Sorgen, er war ein zäher und starker Bursche, der es auch ohne sie schaffen würde. Sie machte sich mehr Sorgen um ihren eigenen Weg, den sie gehen musste.

Durch den Verlust ihrer Kräfte fühlte sie sich krank, erschöpft und schwach. Nur mit Mühe konnte sie ihre Tasche tragen. Ihre linke Hand schmerzte permanent und es war ein ungewöhnlich starker Schmerz, den Lis bis jetzt nicht gekannt hatte. Sie musste sich wohl oder übel an diese Neuartigkeiten des Menschseins gewöhnen.

Als sie das Gästezimmer erreicht hatte, öffnete sie leise die Tür und warf einen Blick auf Arok. Er schlief immer noch seelenruhig und atmete flach. Ein gutes Zeichen.

Lis legte ihm den Brief hin und schloss die Tür hinter sich. Mit leisen Schritten ging sie die Treppe hinunter, um niemanden zu wecken. Zuletzt ging sie noch in die Küche und suchte im Dunkeln etwas zu essen.

Sie packte Brot, Obst und andere Lebensmittel in ihre Tasche und dankte ihren Eltern in Gedanken für alles, was sie je für sie getan hatten.

An der Haustür blickte Lis noch einmal zurück und verließ dann das Haus. Es war dunkel draußen und herbstlich frisch.

Der Mond war hinter dunklen Wolken verschwunden und es kündigte sich Sturm an. Lis seufzte leise.

Sie konnte nicht mehr in Loikes bleiben, denn als Mensch war sie hier nicht mehr willkommen. So machte sich Lis auf den Weg zum Sumpf. Dort konnte sie sich im Wald einen Unterschlupf suchen und die Nacht verbringen.

Nach reiflicher Überlegung schlug sie den Weg ein, den sie mit Arok gekommen war. Nach einer geraumen Weile war sie dann an der Grenze von Loikes und blickte ein letztes Mal zurück – und verabschiedete sich im Stillen von ihrer Heimat, die sie nie wieder betreten durfte.

Ein schöner Morgen kündigte sich an, als Arok langsam aus seinem ruhelosen und anstrengenden Schlaf aufwachte. Die ersten Sonnenstrahlen des Tages fielen in sein Zimmer und blendeten ihn bei dem Versuch, seine Augen zu öffnen.

Er presste die Augen wieder zusammen und versuchte sich vorsichtig aufzusetzen. Es gelang ihm halbwegs ohne größere Schmerzen, und er betrachtete prüfend den Verband an seiner Schulter, als sich seine Augen an das grelle Licht gewöhnt hatten. Er war relativ zufrieden mit der Verbandstechnik, obwohl er sie nicht kannte. Der Verband hielt sich gut und Arok hatte immer noch volle Bewegungsmöglichkeiten.

Die Schmerzen hatten nachgelassen und er fühlte sich kräftig genug, aufzustehen. Er schaute sich neugierig im Zimmer um, entdeckte aber nichts Interessantes. Das Zimmer war nur spärlich eingerichtet.

Ein einfacher, weißer Schrank neben dem Fenster und ein Tisch neben Aroks Bett. Sonst war der Raum völlig leer und strahlte eine unangenehme Kälte aus.

Arok verscheuchte diesen Gedanken und schaute sich den Tisch genauer an. Er fand frische, zusammengerollte Kleidung und einen kleinen Zettel.

Ein ungutes Gefühl machte sich in Arok breit und er ahnte schon, dass dies nichts Gutes bedeuten konnte.

Mit einem mulmigen Gefühl griff er danach und begann zu lesen.

„Du hast mir das Leben wieder geschenkt
so, wie ich nun dein,
mein Leben ist jetzt in eine andere Bahn gelenkt
es wird niemals mehr wie früher sein."

Arok wusste nicht, was er damit anfangen sollte. War etwas passiert, als er geschlafen hatte?

Er las es noch einmal und wollte versuchen, zu verstehen, was Lis ihm sagen wollte.

Es gelang ihm nicht.

Ratlos legte er den Zettel wieder auf den Tisch und nahm die bereitgelegten Kleidungsstücke.

Es war sein Mantel, ein frisches, schwarzes Unterhemd und seine Hose. Alles ordentlich gewaschen und gefaltet.

Überraschung war auf Aroks Gesicht zu erkennen. Er hatte nicht erwartet, dass man ihn so herzlich behandeln würde. Er schlüpfte in seine Sachen und fühlte sich gleich um Welten besser. Seine Schulter bereitete ihm kaum mehr Probleme, was er fast nicht glauben konnte. Bei den Ausmaßen seiner Verletzung hätte er sterben können.

Zum Schluss machte er noch das Bett zurecht, nahm den Zettel, steckte ihn in die rechte Hosentasche und ging aus dem Zimmer.

Im Haus herrschte reges Treiben. Lythis lief hin und her und half ihrer Mutter bei der morgendlichen Hausarbeit. Hysis hatte sich in sein Arbeitszimmer zurückgezogen und Lis' andere Geschwister waren alle außer Haus. Sie hatten Besorgungen zu machen, oder kosteten ihre Freizeit aus.

Arok schloss sorgsam die Tür hinter sich und ging in Richtung Treppe. Er vermutete, dass die Bewohner dieses Hauses, oder Lis, sich womöglich im Erdgeschoss befanden. Er kannte sich in diesem Haus nicht aus. Durch Glück schlug er den richtigen Weg ein.

An der letzten Treppenstufe blieb er stehen und schaute sich aufmerksam um.

Er stand nun da, wo er gestern sein Bewusstsein verloren hatte. Das weckte unangenehme Erinnerungen in ihm und er schaute bekümmert zu Boden. Er hatte solch schrecklichen Schmerz empfunden, als er gesehen hatte, wie viel Liebe Lis entgegengebracht worden war.

Er hatte solche intensiven Energien noch nie gespürt. So stark und so unendlich groß. Es hatte ihn mitten ins Herz getroffen.

Arok schüttelte nachdenklich den Kopf und wollte weitergehen, als Lythis um die Ecke kam und erschrocken stehenblieb.

Sie schaute ihn aus aufgerissenen Augen an, hielt für einen ganz kurzen Moment die Luft an und bewegte sich nicht mehr.

Arok blieb stehen und schaute sie interessiert an, sagte aber nichts.

Mit einem Male, als die Starre von Lythis verging, schrie sie laut auf und rannte zurück. Arok lächelte und fand die Situation äußerst amüsant.

Er stieg die letzte Treppenstufe hinunter und folgte dem Mädchen.

Naurora hatte sich vom Fenster entfernt und war gerade auf dem Weg zu Arok, als er unerwartet in der Tür stand. Sie bemerkte ihn mit gemischten Gefühlen und schaute ihn möglichst neutral an. Aber in ihren Augen war ein kleines Fünkchen Misstrauen zu lesen.

Lythis hatte sich hinter ihrer Mutter versteckt und schaute neugierig hinter ihrer Deckung hervor.

„Geh", sagte ihre Mutter, gefolgt von einer gutmütigen Geste.

Lythis schaute ihre Mutter erschrocken an, sagte aber nichts und gehorchte auch sofort. Während sie an Arok vorbeiging, ließ sie ihn nicht aus den Augen und musterte ihn genau. Sie war ein sehr hübsches, junges Mädchen und hatte große Ähnlichkeit mit Lis. Lythis und Lis hatten die blauen Augen von ihrer Mutter, das sah Arok auf Anhieb. Noch dazu hatte das kleine Mädchen blondes, lockiges Haar, das aber noch nicht so lang war wie das von Lis.

Arok konnte gut verstehen, dass so ein kleines Mädchen Todesängste haben musste, wenn sie einen Todeselfen sah, der auch noch zur Herrscherfamilie gehörte. Arok hob sich von den anderen Todeselfen ab. Er war etwas größer und viel kräftiger gebaut.

Als Lythis aus dem Zimmer war, verbeugte sich Arok etwas und fragte mit ruhigem und gutmütigem Ton: „Darf ich sprechen?"

Naurora war sichtlich überrascht über Aroks Höflichkeit und nickte verlegen. Der misstrauische Ausdruck in ihren Augen milderte sich etwas und sie deutete Arok, sich an den Familientisch zu setzten.

Sie hatte eine königliche Ausstrahlung, als sie am Tisch saß und zu Arok blickte. Ihre blauen Augen schienen ihn förmlich anzuspringen. Er fühlte sich Lis sehr nahe, als er mit ihrer Mutter sprach, denn nun wusste er, welch schönes Wesen er kennen gelernt hatte.

Naurora war mit einer solchen Schönheit gesegnet, dass sogar die Göttinnen neidisch waren. Ihre Augen waren von dichten, vollen Wimpern umgeben und die Augenbrauen verfeinerten ihre Züge zu der gewohnten Pracht. Ihre hohe Stirn und ihre geschwungene Nase machten Naurora so vollkommen, wie es nur eine Göttin sein konnte. Ihre Lippen waren voll und geschmeidig, so leidenschaftlich, wie sie Arok von Lis kannte.

Und sogar ihre Hauskleidung war aus teurem Stoff gemacht. Das cremefarbene Kleid legte sich geschmeidig auf ihre schimmernde Haut und erhellte ihr strahlendes Äußeres.

Im Gegensatz zu Lis hatte ihre Mutter braunes Haar, das sich an den Spitzen etwas kräuselte. Ihr Vater hatte Lis wohl die wunderschöne Haarfarbe und die unbeschreiblichen Locken geschenkt.

Arok nahm das Angebot dankend an und setzte sich.

„Mein Name ist Arok. Ich bin der Sohn von Mentar, dem führenden Geschlecht der Nachtelfen", sagte er.

Nachtelf war ein eleganter und nicht so dramatischer Name. Er selbst fand den Namen Todeself nicht zutreffend für seine Rasse. Sie waren zwar grausam und brutal, brauchten aber auch Liebe und Fürsorge.

„Ich bin nicht hier, um ihnen in jeglicher Hinsicht zu schaden. Ich danke euch, dass ihr mich aufgenommen habt und meine Wunde versorgt habt. Sie hätten mich ebenso gut hinauswerfen können. Ich stehe tief in ihrer Schuld", fügte Arok noch hinzu und wartete auf eine Reaktion. Naurora hatte stillschweigend zugehört und ihre Gesichtszüge blieben gleich. Nur der immer kleiner werdende Funke von Misstrauen war nun zur Gänze erloschen.

Sie sagte ruhig und überaus freundlich: „Ihr braucht mir nicht zu danken, Arok. Ihr ward ein Gast meiner sie wissen schon. Da war es meine Pflicht, sie zu pflegen."

Arok schaute sie fragend an: „Sie meinen Lis. Wieso sagen sie es nicht?"

Arok konnte Nauroras Gesichtsausdruck nicht deuten und er verstand auch nicht, was diese Verleumdung zu bedeuten hatte.

„Nun, sie ist nicht mehr meine Tochter", antwortete Naurora knapp und überaus kühl. Sie stand auf und ging mit ruhigen Schritten wieder zum Fenster und schaute hinaus. Arok konnte ihr Gesicht nicht erkennen, aber er spürte ihre Tränen förmlich. Naurora kämpfte gegen ihre Emotionen an, aber sie hatte wenig Erfolg.

„Jetzt versteh ich, was mir Lis sagen wollte", flüsterte Arok, eher an sich gewandt, und schüttelte betroffen den Kopf. In seinem Gesicht arbeitete es und es schossen ihm unheimlich viele Gedanken durch den Kopf. Der Hauptgedanke richtete sich an Lis.

„Sie haben mit Lis gesprochen?", fragte Naurora. Sie hatte ihre Trauer wieder unter Kontrolle und drehte sich langsam um.

„Sie hat mir einen Brief hinterlassen, eine kleine Nachricht", antwortete Arok und reichte Naurora den kleinen Zettel. Sie griff neugierig danach und las.

Ihre Augen füllten sich wieder mit Tränen. Die harte Schale war aufgebrochen.

„Wir mussten sie fortschicken. Sie hat die Regeln gebrochen", sagte sie, mehr zu sich, als zu Arok. Naurora versuchte, es sich selbst zu erklären, um sich nicht so schuldig zu fühlen.

„Was habt ihr getan?", fragte Arok und schaute Naurora mitfühlend, aber auch etwas wütend, an. Er spürte die Trauer in Nauroras Herzen und die erschütterte Seele.

Lis' Mutter litt höllische Qualen. Achtzehn Jahre hatte sie auf Lis achtgegeben und jetzt musste sie ihre Erstgeborene fortschicken und sich von ihr losreißen, obwohl sie sie unsterblich liebte.

Aber trotzdem konnte Arok nicht verstehen, wieso ihre Eltern das gemacht hatten. Lis hatte es doch verdient, eine zweite Chance zu bekommen.

„Mein Gatte hat ihr ihre Gaben entzogen. Jetzt ist sie ein Mensch", sagte sie anschließend und brach in Tränen aus.

Die Maske war von ihr gefallen wie ein zu großer Ring vom Finger. Tränen liefen in Strömen über ihr Gesicht. Welch Sorgen sie sich gemacht hatte, als Lis verschwunden war. Nächtelang konnte Naurora nicht schlafen und wartete am Fenster auf die Rückkehr ihrer Tochter.

Hysis und sie wussten nicht, ob Lis von jemandem gefangen genommen worden war, um ihrer Familie zu schaden. Als dann, nach mehreren Tagen keine Nachricht kam, hatten sie alle Hoffnungen aufgegeben.

In ganz Loikes hat man nach Lis gesucht und Freunde, Verwandte und Arbeitskollegen hatten die Wälder von Loikes abgesucht. Ohne Erfolg.

Arok schaute Naurora mit gemischten Gefühlen an. Er war sich der Umstände nicht ganz bewusst, aber das, was er wusste, reichte ihm.

„Ich verstehe ihren Schmerz. Aber sind sie sich im Klaren, dass sie ein unschuldiges Wesen bestraft haben?", sagte er, stand langsam auf und ging zur Tür, blieb aber noch einen Moment stehen und sagte dann anschließend: „Sie ist ein so liebeswürdiges Wesen, voller Liebe und Hoffnung. Ich bete zu Alisis, dass ihr nichts zugestoßen ist. Wenn das der Fall sein sollte, werde ich es mir nie verzeihen, ein Wesen wie Lis verloren zu haben."

Er schaute mitleidig zu Naurora und fügte noch hinzu: „Sie wissen gar nicht, wie sehr Lis sie liebt."

Naurora schaute zu ihm hoch und konnte nicht glauben, was er ihr gesagt hatte. Das aus dem Mund eines Todeselfen zu hören, schockierte sie unheimlich.

Sie schluckte abermals und schaute verblüfft in die Richtung, aus der Aroks Stimme kam.

Er war aber schon auf dem Weg zur Tür und trat entschlossen hinaus.

Es war Zeit, sich um Lis zu kümmern.

Zitternd vor Kälte saß Lis zwischen zwei Baumstämmen zusammengekauert und in ihre Decke gewickelt. Sie versuchte, sich warme Gedanken zu machen, aber es funktionierte nicht wirklich. Ihr war immer noch erbärmlich kalt und mit jeder weiteren Sekunde wurde ihr Optimismus kleiner.

Dass es ausgerechnet jetzt so kalt werden musste, es war doch erst Herbst.

Sie rieb ihre Handflächen aneinander und hauchte sie mit ihrem Atem an, um sie zu wärmen. Es brachte aber nicht viel. Ihre Hände zitterten fürchterlich. Das hatte Lis früher noch nie erlebt. Das war wohl noch ein Nachteil, den ein Mensch hatte. Er verspürte Kälte extremer, als eine Elfe.

Es war eine sternenklare Nacht gewesen und der Morgen kündigte Sonnenschein und eine wärmere Brise an. Lis hatte die Nacht über kaum geschlafen.

Die Angst vor Tieren oder ähnlichen Wesen hatte sie wach gehalten. Aber nicht nur die Tiere stellten eine Gefahr dar, sondern auch die unbarmherzige Kälte, die mit einem eisigen Griff versuchte, Lis zu betäuben und gnadenlos erfrieren zu lassen.

Sie rappelte sich wieder auf, zwang sich, ihre Augen offen zu halten und seufzte nachdenklich.

„Hat es überhaupt Sinn, weiterzukämpfen? Ich hab doch alles verloren", murmelte sie leise vor sich hin und stand langsam auf. Es war Zeit, aufzubrechen und ihren Weg fortzusetzen. Lis wusste noch nicht, wo sie hingehen sollte, aber an einem Ort wie diesem zu bleiben war äußerst gefährlich.

Ein Rascheln ertönte hinter ihr und Lis legte ihre Decke zur Seite und lauschte gebannt. Angst machte sich in ihren Adern breit. Sie hatte nichts, womit sie sich wehren konnte. Das Geräusch wiederholte sich nicht, aber Lis schaute sich prüfend in alle Richtungen um. Während sie nebenbei nach einer Waffe Ausschau hielt, blieb sie an einem großen, schwarzen Schatten hängen, der sich locker an einen Baum lehnte. Er hatte seine Hände in den Manteltaschen und seine Füße waren überkreuzt.

„Du hörst nicht mal ne Herde von Morlos, wenn sie an dir vorbeilaufen. Wie willst du Kleine hier draußen überleben?", fragte Arok und trat aus dem Schatten des Baumes heraus, ging auf Lis zu und schüttelte spöttisch den Kopf.

Lis fiel ein Stein vom Herzen, als sie Arok erkannte. Aber sie ließ es sich nicht anmerken.

Sie hatte schon gedacht, ihr letztes Stündlein hätte geschlagen, natürlich nicht kampflos. Ein Lächeln erschien auf ihren Lippen, aber nur kurz, dann wurde sie wieder ernst.

„Du findest mich immer, wie?", fragte Lis, drehte sich wieder zu ihren Sachen und begann ihre Decke zu falten.

„Du hinterlässt auch genug Spuren. Schon mal dran gedacht, vorsichtig zu laufen und nicht wie ein Trampel, um Fußabdrücke zu vermeiden?", antwortete Arok spöttisch und schaute Lis frech an. Er wollte sie ein wenig ärgern und sie etwas auf andere Gedanken bringen. Er sah die Trauer in ihren Augen und sein Herz schmerze bei dem Gedanken, was sie durchmachen musste.

Mehr denn je wurde er sich seiner Gefühle bewusst, die er für Lis empfand.

Er wusste, wie viel die Kleine verloren hatte und er wollte ihr so gerne helfen, aber er wusste nicht, wie er das machen sollte.

Lis schaute von ihrer Tätigkeit hoch und sah, wie Arok sie angrinste. In ihr hallte immer noch der typische Witz von Arok wieder und sie runzelt fragend die Stirn.

„Dir scheint es ja wieder richtig gut zu gehen, wenn du genug Kraft hast, mich zu ärgern", sagte sie und ging zu ihm hin.

Arok schaute stolz und lächelte weiter.

Lis hatte recht, er hatte sich sehr gut erholt und fühlte sich wie neu geboren, außer, dass von Zeit zu Zeit seine Schulter schmerzte und ihn an die nette Zusammenkunft mit der Seele erinnerte. Er wollte es so schnell wie möglich vergessen. Die Warnung aber würde er für immer in Erinnerung behalten.

Seinen Plan hatte er auch schon längst aufgegeben und er bereitete sich auf eine spannende Zeit mit Lis vor. Aus seinem Opfer schien wohl mehr geworden zu sein, als er anfangs gedacht hatte.

Lis legte ihre Decke weg und ging auf ihn zu, dabei kam sie ihm ziemlich nahe und zog ihm seinen Mantel aus, ohne jegliche Vorwarnung – und dabei war sie nicht gerade zärtlich.

„Hey, was wird das, wenn es fertig ist?", fragte Arok etwas verwirrt und schaute Lis fragend an. Er hatte gedacht, dass Lis etwas zurückhaltender wäre, aber da war er sich nicht mehr so sicher.

„Ich will mir deine Schulter ansehen. Ich dachte, das Peinlichste hätten wir hinter uns", sagte sie und zog ihm auch das Hemd aus.

„Hey, es ist verdammt kalt. Sei nicht so grob, Lis! Muss das sein?", fragte er und fing an zu lachen. Lis begutachtete seinen Verband und sah das gute Werk ihrer Eltern.

Sie tastete noch kurz seine Schulter ab und sagte dann zufrieden: „Den Verband musst du noch zwei Tage tragen. Dann sollte deine Schulter wieder in Ordnung sein."

Ihr Blick haftete sich kurz an seine Bauchmuskeln und sie lächelte innerlich. Ihr gefiel gut, was sie da zu sehen bekam. Beim ersten Mal war sie mehr damit beschäftigt gewesen, seine Wunde zu behandeln, als sich seinen Körperbau anzusehen.

Arok entging ihr Blick nicht und er freute sich über Lis' Interesse. Er konnte es sich nicht erklären, aber es erfüllte ihn mit Stolz.

Lis war mit der Arbeit ihrer Eltern überaus zufrieden, und als sie sich alles genau angesehen hatte, gab sie Arok sein Hemd und seinen Mantel zurück.

„Zieh dich an, es ist kalt", fügte sie dann hinzu und lächelte provozierend.

Arok wollte ihr eine passende Antwort dazugeben, aber er schluckte sie runter und schaute Lis nur grimmig hinterher, doch im Grunde gefielen ihm ihre Spielchen. Nun stellt man sich die Frage, wer mit den Spielchen angefangen hat.

Lis ging zurück zu ihrem Lagerplatz, nahm ihre Tasche und packte die Decke hinein. Mit ein bisschen Schwung schleuderte sie die Tasche auf ihre Schultern und drehte sich wieder zu Arok herum.

Er hatte sich inzwischen wieder angezogen und blickte etwas beleidigt drein.

Lis musste lachen, als sie seinen Blick sah, und lächelte ihn fröhlich an. Arok musste auch lachen, es klang ehrlich und nicht aufgesetzt und dabei schaute er sich Lis genauer an.

Da bemerkte er ihre äußerlichen Veränderungen, die er zuvor nicht gesehen hatte.

Ihre Ohren hatten keine Spitze, sondern waren oben abgerundet und viel kleiner als vorher. Ihre Haut war etwas blasser geworden und hatte nicht mehr den edlen Glanz, der ihre königliche Herkunft bewies.

Sonst hatte sich äußerlich nicht viel mehr verändert. Sie war immer noch so schön, wie am ersten Tag ihrer Begegnung.

Arok fragte sich, wie viel sich in ihrem Inneren verändert hatte.

Er würde es mit der Zeit hoffentlich herausfinden können. Aber kannte er Lis genug, um den Wandel bemerken zu können?

„Die Tasche da gibst du gefälligst mir", sagte er, als er sah, was Lis da trug.

Lis schaute ihn nur skeptisch an und sagte: „Das kannst du dir abschminken. Du bist hier der Verletzte."

Sie sah, dass er etwas sagen wollte, aber dann machte sie eine abwehrende Geste.

Arok verstummte, schüttelte traurig den Kopf, drehte sich auch im selben Augenblick um und ging in die Richtung, in der der Waldrand lag.

Lis folgte ihm schweigend und ging ein wenig schneller, um ihn einzuholen.

Er wartete außerhalb des Waldes auf sie und betrachtete die trockenen Blätter auf dem Boden, die immer wieder Geräusche machten, wenn jemand auf sie trat.

„Wo gehen wir nun hin Arok?", fragte Lis und trat neben ihn.

„Ach, du gehst davon aus, dass ich mit dir gehe?", fragte Arok und lächelte Lis an.

Diese schaute nur grimmig zurück und hielt es für besser, nichts zu sagen.

„Ich weiß es nicht", gestand Arok anschließend, als er ihren bösen Blick bemerkte, und fügte nach wenigen Augenblicken noch hinzu: „Du hast ebenso deine Heimat verloren, wie ich meine. Wir können nur in den Sumpf."

„Und wenn wir den Rest der Welt erkunden? Uns hält nichts mehr", sagte Lis und schaute Arok fragend an.

Er überlegte kurz und nickte. In seinem Kopf arbeitete es, man merkte, dass er von der Idee nicht ganz überzeugt war, aber er wusste auch, dass Lis Recht hatte.

Vielleicht würden sie ja etwas Geeignetes finden, um sich ein neues Leben aufbauen zu können.

Er setzte sich in Bewegung, Lis ging ihm nach und hakte sich bei seinem rechten Arm ein. Arok schaute sie überrascht an und Lis fragte ihn unschuldig: „Du brauchst bestimmt noch eine kleine Stütze, oder?"

Arok nickte übertrieben und lächelte. Lis spürte ein wohliges Gefühl im Bauch und lächelte unentwegt.

So gingen sie in eine ungewisse Zukunft, mit einem Lächeln auf dem Gesicht.

... so hat die Welt eine neue Chance ...

„Du hast mich gar nicht gefragt, was passiert ist", flüsterte Lis nach einer Weile und schaute nachdenklich auf den Weg, der vor ihnen lag.

„Ich hab darauf gewartet, dass du es mir sagst", antwortete Arok und strich Lis mit der linken Hand über ihre Wange.

Sie war klein und so zart wie eine Blume. Sie reichte Arok nur bis zu den Schultern und wirkte in ihrer Kleidung wie eine Puppe aus Porzellan. So zerbrechlich, dass Arok fürchtete, dass sie einfach vom Wind mitgetragen und fortgeschleppt werden könnte.

Er schaute sie aus verträumten Augen an. Lis' Herz schlug etwas schneller bei seiner Berührung und sie lächelte Arok schüchtern an.

Da war auch wieder das Gefühl, das Lis nicht beschreiben konnte. In ihrem Bauch kribbelte es und sie fühlte sich so gut bei ihm.

Wenn sie in seine Augen blickte, konnte sie mit ihnen verschmelzen und sie brauchte nichts anderes mehr, um glücklich zu sein.

Jetzt, wo sie ihre Eltern verstoßen hatten, hatte sie keine Skrupel und Ängste mehr.

Sie war frei.

„In Loikes ist es verboten, Trisus zu betreten. Man sagt, es sei zu gefährlich und man würde unrein werden. Die Seele würde sich verändern und dann die Einwohner von Loikes anstecken", begann Lis zu erzählen.

„Ich hatte eine bizarre Vorahnung und danach verspürte ich den Drang, nach Trisus zu gehen. Ich weiß selbst nicht genau, was es war, aber ich musste einfach. Nun muss ich die Konsequenzen, für mein Handeln tragen."

Arok legte tröstend seinen Arm um Lis Schultern, musste aber darauf achten, ihr nicht wehzutun, und sagte: „Es sollte wohl so sein. Du bist nicht schuld an der ganzen Geschichte."

Lis nickte schwach, schaute ihm traurig in die Augen und sagte: „Wenn alles nur so einfach wäre."

Mittlerweile waren sie mehr und mehr in den Sumpf vorgestoßen. Ihre Umgebung veränderte sich mit jedem Meter, den sie gingen, mehr – und zwar nicht gerade zum Positiven.
    Der Wald wurde etwas lichter und der üble Gestank nahm zu. Der bunte Blätterteppich verschwand langsam und das gelbe Gras gewann mehr und mehr an Fläche. Sie gingen in eine trostlose und unheimliche Welt, die sie beide nicht mochten.
    Lis spürte eine Unruhe in sich aufsteigen, eine böse Ahnung, und sie wusste nicht, woher sie kam.
    Es war ihre Intuition, die vergeblich versuchte, sie von ihrem Vorhaben abzubringen. Aber ohne großen Erfolg. Es blieb einfach nur ein ungutes Gefühl, das Lis mit Absicht ignorierte.
    Mit einem unbarmherzigen Schlag und der unausweichlichen Gewissheit spürte Lis, dass etwas passieren würde. Sie blieb sofort stehen und schaute sich verwirrt um.
    Arok ging noch einen Schritt weiter und schaute dann fragend zu Lis.
    „Was ist los, Lis?", fragte er eine Sekunde später.
    „Psst", flüsterte Lis und schaute sich aufmerksam um. Arok schaute sie irritiert an und wollte gerade einen Witz über Lis komisches Verhalten machen, als im selben Moment ein markerschütternder Schrei aus dem Wald rechts von ihnen ertönte.
    Lis schaute sofort in die Richtung, aus der der Schrei kam, und rannte ohne Vorwarnung los. Arok konnte nicht mal ansatzweise so schnell reagieren, wie Lis. Erst einige Augenblicke später lief er ihr hinterher. Lis hatte auf halbem Wege ihre Tasche fallen lassen und rannte weiter in den Wald hinein.
    Da war jemand in Not und es musste der Person geholfen werden. Solch Schreien hatte Lis oft in ihren Träumen gehört und ihr Gewissen gab ihr die Kraft, dieser Person zu helfen.
    Mitten auf einer Lichtung sah sie auch diejenige, die geschrien hatte. Es war eine Frau mittleren Alters. Sie lag auf dem Boden und rührte sich nicht mehr. Neben ihr

stand eine riesige Eidechse. Schwarz wie die Nacht und mit funkelnden, roten Augen.

Ihre schwarzen Schuppen spiegelten sich in der Sonne wie Glas und ließen die Eidechse auf eine gewisse Art *falsch* und unnatürlich erscheinen, von ihrer Größe ganz abgesehen.

Die Eidechse hörte Lis, dreht sich langsam herum und starrte sie feindselig an. Ihre Augen funkelten böse und ein Zischen erklang aus ihrer Kehle. Auch ihre gespaltene Zunge zuckte abermals aus ihrem Mund.

Lis sog erschrocken die Luft ein und wich einen Schritt zurück. So etwas hatte sie nicht erwartet.

Einen kurzen Moment nach Lis traf Arok ein und sah das Ungeheuer.

Ihm versagte ebenso die Sprache und er war wie betäubt.

Allerdings blieb die Eidechse nicht lange so untätig, sondern spannte sich zum Sprung. Lis erkannte es zum Glück noch rechtzeitig.

„Zur Seite!", brüllte sie und warf sich auf Arok. Sie landeten unsanft auf dem Rücken und Arok keuchte schmerzerfüllt auf.

„Tut mir Leid", sagte Lis gepresst und stand wieder auf.

„Wenn du es in einer anderen Situation gemacht hättest, müsstest du dich nicht entschuldigen. Ich würde dich eher dazu ermutigen", antwortete Arok und stemmte sich auf.

Da, wo sie noch vor wenigen Sekunden gestanden hatten, war der Boden aufgerissen. Die Eidechse stand am Ende des Streifens und zischte böse.

„Arok, mach was!", schrie Lis erschrocken und nahm gleichzeitig einen Stock vom Boden auf.

Arok begann, leise Formeln vor sich hinzumurmeln. Er spannte seinen Oberkörper und konzentrierte sich, dabei schmerzte seine Schulter und seine Konzentration wurde schwächer.

Die Eidechse spürte die Gefahr, die von Arok ausging, und lief auf ihn zu.

Arok achtete einen kurzen Augenblick nicht auf die Eidechse und wurde von seinen Pranken zu Boden geschleudert, hustete unter dem harten Aufprall auf und verlor augenblicklich das Bewusstsein.

Nun stand Lis alleine da, mit nichts außer einem Stock und ihrem Instinkt.

Sie wollte schon in Gedanken ihr Testament schreiben, als sie sah, dass sich die Eidechse zum Angriff bereit machte, aber sie würde nicht kampflos aufgeben.

Sie machte sich ebenso zum Sprung bereit, bemerkte beiläufig das spöttische Funkeln in den Augen der Eidechse und wollte gerade angreifen als …

… Plötzlich alles stehen blieb.

Lis konnte sich als Einzige bewegen und schaute sich verwirrt um. Arok atmete nicht mehr, die Eidechse stand reglos da, wie eine Statue, war aber immer noch zum Sprung bereit.

Sogar die Blätter der Bäume raschelten nicht mehr im Wind.

Es war unnatürlich ruhig und Lis schaute sich weiter verwirrt und verständnislos um.

Sie konnte ihr Herz schlagen hören, da sonst alle Geräusche verstummt waren.

„Hab keine Furcht, Prinzessin", sagte eine Stimme hinter Lis. Sie drehte sich um und eine junge Frau stand ihr gegenüber.

Ihre Schönheit und die Strahlen, die von der jungen Frau ausgingen, blendeten Lis für einen kurzen Moment.

Als der Augenblick verstrichen war, sah sie die Göttin in ihrer vollen Pracht. Sie trug ein blaues Samtkleid, das durch die Sonne ein wunderschönes Leuchten erhielt. Das Kleid hatte einen hohen Kragen und feine Spitzen an seinem Rand, und es lag locker auf ihrem wunderschönen Körper. Es reichte ihr bis zum Boden und wellte sich etwas.

Lis verschlug es die Sprache. Sie traute sich kaum, zu atmen oder gar zu denken. War es wahrhaftig eine Göttin, die vor ihr stand? Wenn es so war, konnte es nur eine Göttin sein. Die Göttin des Friedens und die Schutzpatronin von Loikes:

Lia.

„Ja, ich bin Lia. Gut geschlussfolgert, meine Tochter der Stärke und des Mutes", sagte sie mit ihrer zarten und unheimlich schönen Stimme. Sie lächelte, wie eine Mutter ihr Kind anlächeln würde, und kam zu ihr. Lis fühlte sich in ihrer Nähe sehr geborgen. Ein komisches Gefühl der Bekanntschaft drängte sich in Lis auf.

Lia nahm Lis' linke Hand, schaute ihr direkt in die Augen und blickte in ihre Seele hinein. Lis spürte eine tiefe Veränderung. Es kribbelte zuerst in ihrer Hand, dann in ihrem Arm und es breitete sich rasend schnell aus.

Lia hielt weiter ihre Hand, berührte mit der anderen Lis' Stirn und sagte: „Schau hin, in die Vergangenheit, Gegenwart und Zukunft!"

Lis schloss ihre Augen und es begannen verschwommene Bilder vor ihren Augenlidern zu tanzen, die nach und nach immer besser zu erkennen waren. Sie erkannte nicht alles, aber sie sah eine Stadt.

Sie stand in Flammen und Menschen riefen um Hilfe. Dann kamen wieder andere Bilder, die Lis nicht deuten konnte, oder Wesen und Kreaturen, die Lis nicht kannte. Immer weiter erschienen Bilder vor ihren Augen.

Lis wurde beim Anblick dieser Illusionen erschreckt, beeindruckt, fasziniert und dann wieder geängstigt.

Wunderschöne Landschaften, oder grausige Kreaturen, größer als ein Baum und schrecklicher als jedes Wesen, das Lis kannte, wurden ihr gezeigt.

Dann sah sie sich selbst.

In dem weißen Samtkleid, das ihr Arok gegeben hatte. Das musste ein Bild von der Zukunft sein, denn sie sah sich mit einem riesigen Schwert gegen eine Armee von Kriegern kämpfen. An ihrer Seite waren aber auch noch andere.

Arok, ein Mann, den sie nicht kannte und die schreckliche Eidechse, gegen die sie vor einigen Augenblicken noch gekämpft hatte.

Mit dem letzten Bild war es auch zu Ende mit der Reise.

Lis hatte mehr gelernt und gesehen, als in ihren achtzehn Lebensjahren. Sie holte tief Luft und öffnete die Augen. Ein verwirrter Ausdruck erschien in ihrem Gesicht.

„Was sagst du, Lis?", fragte Lia anschließend und schaute sie neugierig an. Sie betrachtete Lis wie eine Schülerin, die gerade die Wunder der Welt kennengelernt hatte, und wartete sehnsüchtig auf Lis' Antwort. Diese konnte sie in ihren Augen schon nach wenigen Augenblicken lesen.

Lia lächelte wissend und atmete tief ein und aus.

„Was hat das alles zu bedeuten, Lia?", fragte Lis und schaute Lia mit gemischten Gefühlen an.

Sie wusste nicht, wieso die Göttin gerade sie ausgewählt hat, damit sie dies alles erfuhr. Lia lächelte wieder und begann zu erzählen:

„Du kamst auf die Welt und ich hatte genau in diesem Moment eine Vision. Ich sah dich als kleines Wesen und sah dich gleichzeitig in der Zukunft. Stark und wunderschön, einer Göttin gleich, wie du unerschrocken den Armen geholfen hast und sogar dein eigenes Leben für andere in Gefahr gebracht hast.

Deine Liebe und Stärke übertrafen sogar meine Vorstellungen des Möglichen. In vielen Dingen hast du mir gezeigt, dass es doch möglich ist. In der kürzesten Zeit hast du Dinge gelernt, die ich für unmöglich gehalten hätte.

Du warst ein sehr intelligentes Kind. Auch jetzt bist du überdurchschnittlich intelligent und begabt. Wenn ich daran denke, wie du ohne deine Begabungen, nur mit ein paar Zaubersprüchen, in Trisus überlebt hast. Ich konnte dir nicht sehr viel helfen, weil Alisis dort über die Wesen wacht", sagte Lia und fuhr mit einer mütterlichen Gutmütigkeit fort:

„Durch meine ständige Anwesenheit und dank der Fürsorge deiner Eltern bist du zu einer Frau herangewachsen, die sich der Welt nun offen zeigen kann.

Ich hab dir Träume geschickt und Ahnungen. Du hast aus ihnen gelernt und dich weiter entwickelt. Ich war so stolz auf dich, als du selbstständig angefangen hast, Zauber zu erlernen. Du bist wie eine Tochter für mich, Lis. Du hast deine Eltern überrascht und mich ebenso. Immer mehr hab ich in dir die Zukunft dieser Welt gesehen. Jetzt, nach achtzehn Jahren, bin ich hier, um dir das alles zu sagen und dir ein Geschenk zu machen, das dir die Kräfte geben wird, welche du verdient hast.

Aber zuerst gibt es noch etwas anderes, was du wissen musst.

Ich habe dich nach Trisus geschickt. Es trifft dich keine Schuld, dass du deine Eltern enttäuscht hast. Ich habe ihnen erklärende Träume geschickt. Sie werden nicht mehr zornig sein."

Lis schaute sie überrascht an und wollte etwas sagen. Sie öffnete leicht den Mund, aber Lia ließ sie nicht zu Wort kommen und sprach weiter: „Jetzt fragst du dich bestimmt, wieso ich dich nach Trisus geschickt habe. Ich wollte, dass du mehr lernst und auch eine andere Welt als deine eigene kennenlernst. Erst später habe ich gesehen, dass Arok in dein Leben getreten ist." Sie machte eine kurze Pause und schaute Lis nachdenklich an. Lis deutete ihren Blick richtig und überlegte kurz.

„Ja, ich empfinde etwas für ihn", sagte Lis, als sie die Frage in ihren Augen las. Lia nickte und lächelte wieder.

„Du kannst Arok vertrauen. Er hat es zwar am Anfang nicht ehrlich mit dir gemeint, aber seine Ansichten haben sich geändert", sagte Lia und legte ihre Hände auf Lis' Schultern. Lis lächelte glücklich und sagte: „Ich wusste, dass etwas Gutes in ihm steckt."

Etwas veränderte sich nun in Lis. Ein Gefühl der Unsicherheit verschwand und sie spürte das Bedürfnis, mit Arok zu sprechen und ihn endlich näher kennenzulernen.

Das Gefühl, das ihr nun Lia gegeben hatte, baute sie auf und machte Lis zuversichtlich und verstärkte zusätzlich ihre Emotionen.

„Nun, ich glaube, ich habe dir das Wichtigste gesagt", sagte Lia und schaute nachdenklich zu Boden. Ihr mütterliches Gesicht strahlte eine vollkommene Ruhe aus.

Sie hob ihren Blick wieder und lächelte Lis freundlich an.

„Ich habe immer ein Auge auf dich, wenn du mich brauchst, kannst du mich rufen und ich werde dir helfen. Aber bedenke, nicht immer kann ich dir helfen. Ich bin die Göttin des Friedens. Ich kann dir nur auf friedliche Weise helfen", sagte Lia und schaute bedeutungsvoll zu ihr.

Der gutmütige Ausdruck auf Lias Gesicht war nicht gespielt und Lis fühlte eine unglaubliche Nähe zu ihrer Göttin. Jetzt, wo sie ihr das alles gesagt hatte, erinnerte sich Lis an ihre Träume, ihre Ahnungen und es erfüllte sie mit einem unheimlichen Stolz.

Lia lächelte, ging einen Schritt zurück und ihr wunderschönes Kleid schimmerte und reflektierte das Sonnenlicht wie ein Diamant. Ihre Anmut war unbeschreiblich groß, als sie ihre Hände nach vorne, mit den Handflächen nach oben, ausstreckte und leise flüsterte:

„Geschenke des Himmels kommt nun herbei
die Zeit für eure Auferstehung ist bereit
ein Schicksal habt ihr nun zu besiegeln,
um die Welt in eine neue Bahn zu bringen."

Lis schaute Lia gespannt zu und sah, wie sich ein Licht über Lias Händen bildete. Anfangs war das Licht ganz schwach und es wurde mit jeder Sekunde stärker und stärker, bis es Lis blendete und sie ihre Augen mit den Händen schützen musste.

Als Lis ihre Hände wegnahm, war das Licht erloschen und eine kleine Holztruhe lag in Lias Händen.

Ihre Augen wurden groß und sie betrachtete die Holztruhe aus sicherer Entfernung. Das Kästchen war nicht sehr groß, aus dunklem Holz angefertigt und reichlich geschmückt.

Lis erkannte einen großen Drachen, der auf dem Deckel eingraviert war, der gerade Feuer spuckte.

Aber auch andere, fremdartige Schriftzeichen, Symbole und Bilder schmückten die Truhe, die ein außerordentlicher Schatz sein musste.

Lis konnte ihre Augen nicht von der wunderschönen Hülle lassen.

Lia bemerkte mit Freude ihr Staunen, ging wieder auf Lis zu und gab ihr die Truhe.

Im ersten Moment traute sich Lis nicht, sie zu nehmen, doch nach einem kurzen Zögern griff sie danach und nahm sie dankend entgegen.

Die Truhe war unglaublich leicht, wie eine Feder und außerdem so glatt wie Glas. Dies war sehr untypisch für Holz, aber dieses Kästchen war so glatt geschliffen wie ein Edelstein.

Lis kniete sich hin und stellte die Truhe vorsichtig auf den Boden. Dabei fielen ihr ihre Haare über die Schultern und bedeckten kurzzeitig ihr Gesicht.

Lis rückte ihre Haare zur Seite und schaute dann fragend zu Lia.

Die Göttin betrachtete Lis mit einem ungewöhnlichen Ausdruck in ihren Augen. Sie sah vor sich nicht mehr das kleine Kind, das Lis vor Kurzem noch gewesen war, sondern eine starke und wunderschöne Frau, so kostbar und wertvoll wie jedes Wesen, über das Lia wachte. Dennoch war Lis etwas Besonderes. So besonders, dass Lia selbst sich fragte, ob es überhaupt möglich war, dass es sie gab.

Nach einem kurzen Augenblick der Stille nickte Lia und gab Lis zu verstehen, dass sie die Truhe ruhig öffnen könne. Lis schaute Lia noch einige Sekunden an, wandte sich dann aber der Kiste zu und öffnete sie langsam.

Ein leises, quietschendes Geräusch drang an Lias Ohren. Lis nahm es aber nicht wirklich zur Kenntnis, sie war zu gespannt, was sie im Inneren der Truhe finden würde und freute sich wie ein kleines Mädchen über das Geschenk, das ihr Lia gemacht hatte.

Ein blaues Licht drang aus der Kiste und wenige Sekunden später erlosch es wieder. Lis konnte einen ersten Blick hineinwerfen.

Einige Gegenstände waren zu erkennen und ein fragender und interessierter Ausdruck erschien in Lis' Augen.

Sie griff vorsichtig in die Truhe und nahm als Erstes eine wunderschöne Halskette heraus und stand auf.

Lia nahm ihr die Kette ab, schaute sie sich einen Augenblick lang an und legte sie ihr dann um den Hals.

„Das ist Ruben. Sie wurde hergestellt vom Gott der Weisheit, ein wunderbarer Gott voller Geduld und Wissen. Er wacht über die Menschen im Sumpf und ist ein guter Berater in jeder Lebenslage.

Ruben schützt dich und gibt dir Antworten auf fundamentale wie auch globale Fragen.

Tiaros hat Ruben angefertigt, um sein Wissen nicht aussterben zu lassen und es an einen würdigen Nachfolger weiterzugeben. Der Rubin ist das alles sehende Auge der Welt und der Lieblingsstein von Tiaros", erzählte Lia und deutete auf den roten Stein am Anhänger.

Es war eine Kette aus dem schönsten Silber, das Lis je gesehen hatte und bestand aus einer Tropfenform, mit einem Rubin in der Mitte.

Das Silber leuchtete auf Lis heller Haut und verschmolz gleichzeitig mit ihr. Lis spürte die angenehme Kälte, die von diesem edlen Metall ausging und wie sie langsam abklang.

Sie schaute sich Ruben genauer an und sah ihren Namen *„Ruben"*, ganz fein, auf dem silbernen Anhänger eingraviert.

Lis Staunen wurde immer größer, als sie die Kraft spürte, die durch die Halskette auf sie überging, und schloss die Augen.

Lia war etwas ungeduldig, schaute Lis aber wortlos an, nur ihre Augen gaben ihre Emotionen preis.

Als Lis ihre Augen wieder öffnete, sagte Lia leise: „Nimm den nächsten Gegenstand heraus."
Lis gehorchte.
Sie nahm eine kleine, ebenfalls silberne Kette heraus und gab sie Lia.
Es war eine Kette mit zwei Schlangen, die sich ineinander verschlungen hatten. Die eine hatte Opale als Augen und die andere Smaragde.
Lia nahm das Armband entgegen, legte es um Lis Handgelenk und es geschah etwas Unglaubliches.
Die Schlangen begannen sich zu bewegen und legten sich so nah an ihr Gelenk, dass sie unmöglich runterfallen konnte.
So stark, dass keiner sie jemals wieder entfernen konnte. Lis beobachtete das Geschehen mit Staunen und Lia lächelte zufrieden.
„Das sind die zwei Schlangen der Xeres. Die Göttin der Heilung hat diese Kette verzaubert. Gefällt sie dir?", fragte Lia.
Lis schaute von der Kette hoch und lächelte Lia überglücklich an. Sie brachte kein Wort heraus, sondern nickte nur kurz. Lia wirkte äußerst zufrieden und zeigte auf die Truhe.
Lis bemerkte ihre Geste, griff in die Truhe und fühlte kaltes Metall.
Sie nahm den Dolch heraus und schaute ihn sich genauer an. Er war recht klein. Etwa so, wie die Länge von Lis' Handfläche. Er legte sich geschmeidig in ihre Hand und wirkte elegant und vollkommen.
„Das ist Digit, der Dolch der versteckten Kraft. Er wird dir am nützlichsten sein.
Der große Alisis, der Gott des Kampfes, hat ihn angefertigt und es stecken eine Menge verborgener Mächte in diesem kleinen Dolch.
Also achte gut auf ihn, er wird dir, nicht nur einmal, das Leben retten und das deiner Begleiter", sagte Lia mit gutmütiger Stimme und schaute Lis warm an.
Lis wunderte es, dass jeder dieser Gegenstände einen eigenen Namen hatte. Zum letzten Mal deutete Lia auf die Truhe und Lis nahm das letzte Stück heraus. Es war eine kleine Panflöte, die nur für einen Ton geschnitzt wurde. Lis schaute das kleine Ding stirnrunzelnd an und fragte sich, was sie damit anfangen könnte.

„Frag dich nicht, sondern spiel sie", sagte Lia auffordernd.

Lis setzte die Flöte an ihre Lippen und blies vorsichtig in sie hinein. Ein leiser Ton war zu hören, aber es geschah nichts.

„Versuch es ein zweites Mal, nur jetzt etwas lauter", bat sie Lia.

Beim zweiten Anlauf gelang es Lis, einen lauteren Ton erklingen zu lassen.

Stille umhüllte sie beide, Lis wartete auf ein neues Wunder, konnte ihre Gefühle gerade noch im Zaum halten, aber es geschah nichts.

Nach wenigen Augenblicken schaute sie fragend zu Lia und sie lächelte umso mehr.

„Gedulde dich, mein Kind. Du wirst es gleich sehen", flüsterte sie, blickte sich um und fixierte einen Punkt am Himmel.

Lis schaute in dieselbe Richtung und konnte einen schwarzen Schatten am Himmel erkennen, der sich ihnen näherte.

Lis konnte im ersten Augenblick nicht sagen, was dieser Schatten war. Er schien recht groß zu sein, denn man konnte ihn schon von Weitem sehen. Mehr und mehr konnte sie die Form eines großen Vogels erkennen.

Lis zog hörbar die Luft zwischen den Zähnen ein und konnte ihren Augen nicht trauen.

Ein eisiger Schauer lief ihr über den Rücken und sie konnte ihren Blick nicht von diesem Tier abwenden. Nun erkannte sie das Geschöpf. Es war ein riesiger Adler, der so groß war, wie ein Pferd. Doch war so etwas möglich? Eine solche Mutation eines Tieres?

Fasziniert schaute sie zu diesem prachtvollen Wesen, das langsam zur Landung ansetzte. Lis konnte ihre Gefühle nicht in Worte fassen. Auf der einen Seite sah sie seine Pracht und Anmut, aber auf der anderen Seite hatte sie Angst vor ihm, die sie sich nicht erklären konnte.

Als es dann geschmeidig auf dem Boden aufsetzte und seine breiten Flügel zusammenfaltete, schaute es Lis aus gutmütigen und wissenden Augen an.

Der Vogel gab einen krächzenden Ton von sich und kam den beiden Frauen etwas näher. Seine Krallen hinterließen breite Furchen im Boden und Lis bemerkte mit

Staunen, dass eine Kralle um das Doppelte größer war als ihre Hand.

Sie fühlte sich etwas verwirrt und eingeschüchtert. So ein Tier hatte sie noch nie gesehen.

Was würde sie noch alles erleben? Das alles war doch erst der Anfang ihrer Reise.

Lis betrachtete aufmerksam seinen enormen Körperbau und kam aus dem Staunen nicht mehr heraus.

Seine Federn glänzten in der Sonne und seine weiße Mähne wirkte wie ein Halsband, das einer der Götter ihm umgebunden hatte.

Jede einzelne Feder war zurechtgerückt und sie bewegten sich geschmeidig im Wind.

Doch das war nicht alles. Seine gigantischen und wunderschönen Augen ließen Lis und Lia nicht unbeobachtet. Sie waren so groß wie Lis' Faust und vermittelten den Eindruck unglaublicher Intelligenz.

„Eldur, darf ich dir Lis vorstellen?", fragte Lia und deutete mit einer eleganten Geste zu Lis. Eldur schaute zunächst zu Lia und dann wanderte sein Blick wieder zu Lis.

Eine Weile betrachtete er sein Gegenüber und nur seine Augen bewegten sich. Er schaute in ihre Augen und versuchte, sie näher auszuleuchten.

Es schien ihm gelungen zu sein, denn er gab einen fröhlichen Ton von sich und senkte etwas sein Haupt, was wie ein Nicken aussah.

„Lis, das ist mein guter und zuverlässiger Freund Eldur. Er wird dir ein guter Begleiter sein", sagte Lia an Lis gewandt und lächelte zufrieden.

Es schien alles so zu laufen, wie sie es sich immer vorgestellt hatte.

Lis nickte und verbeugte sich ehrfürchtig vor Eldur. Ihre Haare fielen ihr etwas über ihr Gesicht und sie musste sie schnell zur Seite streifen.

Sie war immer noch fassungslos und begeistert von diesem wunderschönen Geschöpf, aber auch unheimlich nervös. Eine tiefe Angst, dass sie für das alles noch nicht bereit war, breitete sich in ihr aus.

Lia nickte, lächelte und gab Eldur ein Zeichen, sich zu erheben und schaute dann zu Lis.

Eldur gehorchte und schwang sich pompös in die Lüfte, so dass ein starker Windzug Lis' Haare verwuschelte.

„Vergiss nicht, was ich dir gesagt habe, Lis", sagte Lia, und ihre Stimme wurde dabei immer leiser.

Das merkwürdige Glänzen erschien wieder und Lia verschwand von Sekunde zu Sekunde mehr. Mit ihr verschwand auch Eldur am Horizont.

Lis sah ihm fasziniert hinterher und schaute sich anschließend noch einmal ihre Gegenstände an.

Dies alles bedeutete Lis so viel, dass sie es kaum in Worte fassen konnte. Was gerade geschehen war, würde ihr weiteres Leben grundlegend verändern und Lis wusste nicht, ob sie glücklich darüber sein oder weinen sollte.

Mit diesen Gegenständen war ihr eine Verantwortung gegeben worden, die die Welt bedeuten konnte.

Sie könnte ein Leben haben voller Ruhm und Ehre, aber auch eines voller Hass und Niederlagen.

„Gnade ist die Schwäche deiner Feinde. Also erkenne sie und mache sie zu deiner Stärke", flüsterte Lis und war daraufhin gänzlich verschwunden.

Mit einem Schlag schien die Zeit auch nicht mehr stillzustehen, denn Lis hörte das aufgeregte Zischen der Eidechse und warf sich im gleichen Moment zur Seite. Die Pranke der Kreatur verfehlte ihr Gesicht nur um Haaresbreite, und das Ding landete wenige Meter vor ihr im Gras.

Lis sprang sofort wieder auf die Beine, hielt Digit in beiden Händen fest und streckte es dem Monster entgegen.

Im ersten Augenblick erschien ein fragender Ausdruck im Gesicht der Kreatur, doch schon kurz darauf machte sich die Eidechse zum nächsten Sprung bereit. Verzweifelt und ängstlich stand Lis da und schloss die Augen.

Sie spürte die Kraft, die von Digit auf sie überging, wie einen zweiten Herzschlag, und öffnete wieder ihre Augen.

Ihre Angst war verflogen und ein Gefühl der Stärke und Überlegenheit machte sich in Lis breit.

Was sie sah, konnte sie anschließend nicht glauben. Die Schwere von Digit hatte sich nicht verändert, aber er war um das Fünffache größer geworden. Aus dem Dolch war ein Schwert geworden.

Blaue Flammen loderten auf und umschlossen die Klinge. Lis riss erschrocken den Mund auf und hätte Digit fast fallen gelassen.

Die Eidechse sprang erschrocken zurück, als sie das Geschehen sah, und kauerte sich lauernd zusammen. Ihre giftigen Augen waren auf Lis gerichtet und ein leises, langes Zischen erklang aus ihrer trockenen Kehle.

Das Wesen war sichtlich eingeschüchtert, aber es wollte nicht so schnell aufgeben.

Lis überwand ihre Überraschung und spannte sich erneut. Sie dankte Lia in Gedanken für die Gaben und näherte sich mit langsamen Schritten der Eidechse.

Diese hatte sich währenddessen wieder aufgerichtet und fing an, Lis zu umkreisen, wie ein Geier seine Beute umkreiste, nur noch viel bösartiger.

Ihre Schritte waren lautlos, wie der schleichende Tod.

Mit Digit in ihren Händen hatte Lis keine Angst mehr. Sie fühlte sich mächtig genug, um diese Kreatur zu schlagen und sie in ihre Schranken zu weisen. Eine unschuldige Frau anzugreifen, dafür würde die Eidechse bestraft werden.

„Halt ein, wenn du dein Leben retten willst", rief Lis der Kreatur zu und schaute sie aufmerksam und misstrauisch an. Sie versuchte, so selbstsicher wie möglich zu klingen, um das Wesen weiter einzuschüchtern, doch es gelang ihr nicht wirklich.

Ein Zischen ertönte aus der Kehle der Eidechse und ihre Zunge kam einige Male hervor.

Es war noch viel nervöser als vorher.

„Was gibt dir das Recht, eine Unschuldige anzugreifen!", entgegnete Lis ein weiteres Mal und behielt die Kreatur währenddessen immer im Auge.

Der Eidechse war es genug – sie spannte sich, fuhr ihre Krallen aus und stürzte sich mit einem erneuten Zischen auf Lis.

Die Sicherheit, die sie noch vor wenigen Sekunden gespürt hatte, verflog mit einem Male.

Schlagartig wurde Lis klar, dass sie sich mit dem Schwertkampf nicht auskannte und sie zweifelte stark an ihrem Können.

Noch nie hatte sie mit einem Schwert gekämpft. Ihre Begabungen waren in anderen Bereichen des Seins zu finden. Sie kannte sich mit Kräutern und Magie aus. Nur den Männern in Loikes war es vorbehalten, den Schwertkampf zu erlernen.

Wesen wie Lis waren für höhere Arbeiten geschaffen als für das Kämpfen und Sterben.

Unsicher sprang Lis einfach zur Seite und hielt Digit schützend vor sich. Das Einzige, was sie wirklich konnte, war, Digit zu halten.

Ihre Unsicherheit wurde mit jeder Sekunde stärker und die Eidechse spürte es genau.

Ihre giftigen Augen sprühten vor Spott und sie machte sich zum erneuten Sprung bereit, um jetzt endgültig Lis' Schicksal zu besiegeln.

Lis wusste, dass es ihr nichts bringen würde, in Panik zu geraten. Mit ruhigem Blut konnte man am Ende doch noch gewinnen. So versuchte sie, das Beste aus ihrer Situation zu machen.

Für einen Sekundenbruchteil war Lis nicht aufmerksam. Ihre Gedanken an die Suche nach einem Ausweg und nach Arok drangen mit einem qualerfüllten Stöhnen in Lis' Bewusstsein und lenkten sie ab.

Unter normalen Umständen, die wohl nie zu herrschen schienen, wäre es nicht so gravierend gewesen, doch in dieser heiklen Situation hätte es beinahe ihren Tod bedeutet.

Diese kleine Unachtsamkeit nutzte die Kreatur sofort aus und schlug Lis ihre Waffe aus der Hand.

Ihre Krallen streiften dabei Lis' Arm und ihre Hand und sie verspürte einen stechenden Schmerz.

Der Schreck, den sie dabei empfand, betäubte für wenige Augenblicke ihren Schmerz und versetzte sie in einen unbeschreiblichen Angstzustand.

Lis wurde auf den Rücken geschleudert und war der Bestie chancenlos ausgeliefert. Ihr Herz raste, als sie die Eidechse kommen sah und in ihre roten Augen blickte. Blutrünstig und unheimlich böse stand sie vor Lis.

Siegessicher betrachtete sie ihr Opfer ausgiebig.

Lis war wie paralysiert, gefangen in den Augen dieses Ungeheuers und sie konnte sich nicht bewegen. Sie fühlte sich auf unheimliche Weise in ihrem Körper eingesperrt.

Ihr Geist kämpfte dagegen an und in ihrem Kopf sagten ihr unzählige Stimmen, sie solle weiter- kämpfen, doch eine andere, viel lautere Stimme sagte Lis, es habe keinen Sinn.

Das Unheimliche war, dass Lis dieser Stimme glaubte. Sie verlor ihren Mut und ihre Hoffnung mit jeder Sekunde mehr, in der sie der Kreatur in die Augen blickte.

In größter Not, wenn Lis wirklich jemanden brauchte, war er da.

Arok war währenddessen aufgestanden und hielt sich tapfer, aber nur sehr schwach, auf den Beinen. Es bereitete ihm höllische Schmerzen, aber die Angst um Lis gab ihm zusätzlich Kraft.

Seine Schulter hatte wieder angefangen zu bluten und er spürte, dass er sich wohl auch seinen Arm gebrochen hatte. Tapfer biss er die Zähne zusammen und versuchte, den immer stärker werdenden Schmerz zu unterdrücken.

„Lass Lis in Ruhe, ich bin der, der die größere Gefahr für dich darstellt", brüllte er und versuchte mit kräftiger Stimme zu sprechen, aber es gelang ihm nicht.

Ein Keuchen drang aus seiner Kehle und selbstsicher wirkte er auch nicht. Er versuchte aber weiterhin sein Glück und sprach leise einen wirkungsvollen Zauberspruch.

Er kam aber nicht ganz dazu, denn bei den letzten Worten wurde er von der Pranke der Kreatur mehrere Meter weit weggeschleudert und musste wieder um sein Bewusstsein kämpfen. Er verlor den Kampf.

Lis hatte ihre Chance genutzt und war aufgesprungen, um sich Digit wiederzuholen. Jetzt würde sie sich nicht so schnell geschlagen geben.

Sie dankte Arok im Stillen für seine Hilfe und lief los.

Auch die Kreatur machte sich zum Sprung bereit.

Ohne Probleme konnte die Eidechse das Schwert abwehren und hatte nicht einmal einen Kratzer davongetragen. Digit prallte an den Schuppen ab und hinterließ höchstens einen kleinen Riss. Lis sprang erschrocken zur Seite und entging den Krallen nur um Haaresbreite, nutzte aber ihren Schwung, um Digit zuschlagen zu lassen.

Nichts geschah.

Digit prallte wieder ab und die Eidechse zischte nur kurz. Es klang wie ein heimtückisches Kichern.

Sie wusste nicht, was sie machen sollte. Digit prallte an diesem Ding ab und sonst hatte sie nichts, womit sie sich wehren konnte. Seine monströsen Flammen waren erloschen, als er den Kontakt zu Lis verloren hatte.

Sie hatte keine Ahnung, wie sie das gemacht hatte, und daher konnte sie die Flammen nicht wieder entfachen.

Arok war auch nicht imstande, ihr zu helfen, so schwer verletzt, wie er war, machte sich Lis eher zusätzlich Sorgen um ihn.

In der Hilflosigkeit, in der sich Lis befand, wuchs das Selbstvertrauen der dunklen Kreatur. Sie griff immer wieder an und Lis konnte nur ausweichen und versuchen, die Angriffe mit Digit zu parieren. Lis verspürte unerträgliche Angst, die aber etwas gedämpft wurde von dem Willen zu siegen.

„Ruben gibt dir Antworten auf ungeklärte Fragen", erinnerte sich Lis und hielt einen Moment inne. Ein unbeschreiblich erleichterndes Gefühl durchströmte ihren Köper und Lis wusste nicht, wieso es ihr nicht sofort eingefallen war.

„Das ist die Lösung", dachte sie sich und schöpfte neue Hoffnung.

Sie wich weiterhin den Klauenhieben und den Sprüngen aus, die immer aggressiver wurden. Die Kreatur und ihre Angriffe wurden verzweifelter und Lis' Zuversicht größer.

Sie war außerdem zu schnell für diese schwerfällige, dennoch starke Eidechse.

Die Hoffnung auf Hilfe machte Lis aber zusätzlich stark.

„Ruben, sag mir, was ich machen soll", flüsterte Lis und ergriff, zwischen einem Krallenhieb der Bestie und ihrem ausweichenden Sprung zur Seite, mit der linken Hand ihre Kette.

Nachdem sie ihre Frage gestellt hatte, begann Ruben rot zu leuchten. Eine unheimliche Wärme ging von ihr aus und Bilder erschienen in Lis Kopf.

Die schwarze Eidechse umringt von Feuer und wie sie sich ängstlich zurückzog.

Lis verstand auf Anhieb, was ihr Ruben sagen wollte und war jetzt weitaus selbstsicherer als vor wenigen Augenblicken.

Die Eidechse wurde hingegen langsam müde und ihre rot glühenden Augen schienen Lis förmlich aufzuspießen.

Es ärgerte sie, dass Lis ihr immer entwischen konnte.

Auch Lis war etwas außer Atem, aber sie war die meiste Zeit nur defensiv geblieben und hatte nicht viel Energie in Angriffe investiert.

Die Eidechse hingegen schien durch ihre permanenten Angriffe langsam, aber sicher all ihre Kraftreserven aufgebraucht zu haben.

Feuer war es also, wovor sich die Eidechse fürchtete. Lis überlegte angestrengt, wo sie nun Feuer herzaubern könnte.

Sie erinnerte sich an die blaue Flamme, von der Digit umhüllt war. Die unheimliche Aura, von der dieses außergewöhnliche Schwert umgeben war, hatte Lis im ersten Moment zu Tode erschreckt.

Erst da merkte sie, über welch starke Gegenstände sie verfügte. Wenn sie ehrlich zu sich war, konnte sie bis jetzt nicht wirklich an die Macht der Dinge glauben, die ihre Göttin ihr gegeben hatte. Digit war also eine Möglichkeit, Feuer entstehen zu lassen.

Sie konzentrierte sich auf Digit und bat ihn in Gedanken, die blauen Flammen entstehen zu lassen.

Lis spürte ein Prickeln zwischen ihren Händen und Digit. Es kostete sie viel Kraft und sie fühlte, wie Digit sich ihrer Kraftreserven annahm.

Langsam baute sich die blaue Flamme wieder auf und aus dem Schwert wurde ein wahrer Feuerwerfer.

Sie war sichtlich stolz auf ihr Werk, fühlte sich aber etwas geschwächt.

Auf der anderen Seite gab ihr der Anblick neue Energie und sie lächelte glücklich.

Nun galt ihre volle Konzentration der Eidechse.

Diese hatte die seltsame Entwicklung von Digit registriert und war etwas zurückhaltender geworden. Auch der mutige und überhebliche Ausdruck in ihren Augen wich zurück. Dennoch zischte sie böse und ließ von Zeit zu Zeit ihre Pranke nach Lis schweifen. Ihre Aggressivität hatte sich in ein bedachtes Handeln verwandelt und sie wurde vorsichtiger. Sie fühlte sich zwar überlegen, durfte aber keine Fehler mehr machen.

Lis brachte nichts mehr ins Schwanken. Sie konzentrierte sich mit voller Macht auf das, was sie zu tun hatte, und keine Kleinigkeit wurde übersehen.

Sie spürte die wachsende Furcht der Kreatur, ihre nervösen Blicke und die Unsicherheit, die für Lis eine unmissverständliche Sicherheit bedeuteten.

Die Eidechse direkt anzugreifen würde ihr nichts nützen, deshalb überlegte sich Lis etwas anderes.

Sie wusste, dass ihr Plan riskant und gefährlich war, aber sie hatte keine andere Wahl.

Überall lag trockenes Laub, das nur darauf wartete, von den blauen Flammen erfasst zu werden. Lis setzte zu einem wuchtigen Angriff an und verfehlte die Kreatur nur um Haaresbreite.

Das machte nichts, denn Lis hatte etwas anderes vor. Sie rannte einige Schritte weiter und blieb dann stehen.

Gespannt schaute die schwarze Kreatur zu Lis und hielt den Atem an, als sie sah, was Lis tat. Ein anderer Ausdruck erschien in den Augen des Wesens und Lis wusste genau, was dieser zu bedeuten hatte.

Sie senkte langsam die Klinge zu Boden und das Feuer sprang über. Zuerst knisterte es nur leise, dann wurde es immer lauter. Aus der blauen Flamme entstand eine rot glühende Feuerrose.

Die Flammen breiteten sich rasend schnell aus und hinterließen eine graue Einöde.

Lis blieb nicht untätig stehen, sondern umkreiste die Eidechse und veranstaltete mit Digit eine wahre Feuersbrunst.

Am Ende waren beide Wesen eingeschlossen und Lis spürte die unangenehme Hitze mit jedem Augenblick mehr.

Die rote Blume, die eine kreisförmige Linie um sie gebildet hatte, näherte sich ihnen unaufhaltsam.

Die schwarze Kreatur war sichtlich erschöpft und verängstigt, versuchte aber mit aller Macht, ihre Fassung zu behalten. Es gelang ihr nicht, denn Lis konnte sie ohne Probleme durchschauen.

Panische Blicke zu Lis und dem Feuer verrieten ihr, dass es nicht mehr lange dauern würde, bis die Kreatur geschlagen war. Die Kreatur wurde immer unvorsichtiger und das war Lis' Chance.

Jetzt war sie es, die den Ton angab, und die Kreatur wich ungeschickt aus. Sie konnte nicht weit weg laufen, denn der Kreis des Feuers wurde immer kleiner.

Lis konnte Panik in den Augen des Geschöpfes lesen und spürte eine wachsende Angst auch in sich selbst hochsteigen.

Ihr beider Leben hatte jetzt eine andere Ebene erreicht. Am Ende könnte es sein, dass es überhaupt keinen Sieger geben würde.

Lis nahm Schwung, Digit zischte durch die Luft und traf die Eidechse an der Schulter. Diesmal prallte Digit nicht ab.

Ein tiefer Riss war zurückgeblieben, die Kreatur quiekte entsetzt auf und zischte vor Schmerz.

Lis gewann mehr und mehr die Oberhand und zu guter Letzt gab es doch einen Sieger.

Die Eidechse lag benommen am Boden und blutete aus unzähligen Wunden, die ihr Lis zugefügt hatte.

Lis hustete. Der Rauch ihres Feuers wurde immer dichter und es kam ihnen sehr nahe. Nachdem Lis von der Kreatur abgesehen hatte, wurde Digit wieder zum Dolch und sie steckte ihn zurück in die Scheide. Sie versuchte, mit vorgehaltener Hand zu atmen, doch es gelang ihr schlecht.

Ihr wurde schwindelig.

Ihre Situation wurde immer heikler. Tränen stiegen ihr in die Augen und sie hustete immer stärker.

Das Feuer war außer Kontrolle geraten und Arok konnte ihr nicht helfen. Die Flammen näherten sich auch ihm gefährlich nahe und Lis wurde es immer schwärzer vor Augen.

Sie war wohl ein zu großes Risiko eingegangen. Jetzt konnte sie nichts mehr ändern.

Die Benommenheit drohte sie zu verschlingen, was nichts anderes bedeuten würde als ihr unwiderrufliches Todesurteil.

... Wenn ein Feind sich auf die Seite des Guten stellt ...

Das Schicksal meinte es aber gut mit ihr. Auch ein waches Auge über der Heldin versprach ihr Sicherheit und Hilfe. Mit einem Male wurde sie an der Schulter gepackt und in die Höhe gerissen. Sie wusste nicht, was geschah, sie blickte nach oben und erkannte Eldur, der sie mit seinen Krallen an der Schulter gefasst hatte.

Nach ein paar Augenblicken Flug setzte Eldur sie ab und erhob sich wieder in die Lüfte. Seine eleganten Schwingen peitschten Lis starken Wind entgegen und ließ sie abermals blinzeln.

Einen kurzen Augenblick später brachte er Arok, der immer noch bewusstlos war. Anschließend die verletzte Frau, die mittlerweile aufgewacht war und unter einem heftigen Schock stand.

Als Letztes wurde die schwarze Eidechse aus dem Feuer gezogen und nicht weit von Lis abgesetzt.

Eldur landete leicht auf dem grünen Gras und betrachtete Lis kritisch. Sie schaute schuldbewusst zu Eldur und ihre Stimme versagte ihr den Dienst.

Lis hustete noch einige Male und näherte sich vorsichtig Eldur.

„Es tut mir leid, ich weiß, dass es ein zu großes Risiko war", sagte Lis leise und schaute voller Ehrfurcht zu Boden. Eldur blickte sie weiterhin mahnend an und krächzte einmal laut. In der hereinbrechenden Dämmerung wirkte Eldur sehr mächtig. Seine Federn spiegelten das Feuer, das unglaubliche Ausmaße angenommen hatte, wider.

Die Frau, die zusammengekauert auf dem trockenen Laub saß, konnte ihren Augen nicht trauen. Ein fassungsloser Ausdruck war auf ihrem Gesicht zu lesen. Sie bewegte langsam ihren Mund und es sah aus, als würde sie etwas sagen wollen.

Ihre Stimme versagte aber. Ihr Körper zitterte und sie verschränkte schützend die Arme vor der Brust, als bräuchte sie etwas, um sich festzuhalten.

Lis schaute kurz und mitfühlend zu der Frau. Ihr war es nicht anders ergangen, als sie Eldur das erste Mal gesehen hatte. Vielleicht war sie nicht so erschrocken, aber sie war dennoch überrascht gewesen.

Eldur gab noch ein leiseres Krächzen von sich und breitete seine Flügel aus. Majestätisch stand er vor ihr und entfaltete seine ganze Größe.

Lis zog sich erstaunt einige Schritte zurück und schaute neugierig zu Eldur. Mit gewaltigem Schwung erhob er sich wieder in die Lüfte und verschmolz mit dem Licht der sinkenden Sonne am Horizont.

Lis schaute ihm noch einige Augenblicke hinterher, dankte ihm in Gedanken und versprach, vorsichtiger zu sein. Nicht immer konnte ihr Eldur helfen, auch wenn er eigentlich dazu verpflichtet war.

Er war ja auch nur ein Wesen, das sich ungern in Gefahren begeben wollte.

Die Eidechse wand sich unter Schmerzen und versuchte, sich wegzuschleppen, aber Lis wendete sich zu ihr und ging auf sie zu.

Sie blieb wenige Schritte vor ihr stehen und schaute sich die Eidechse etwas genauer an. Sie atmete flach, und als Lis noch einen weiteren Schritt näher kommen wollte, zischte die Kreatur leise, zur Warnung.

Lis erstarrte mitten in der Bewegung und näherte sich nicht mehr.

„Hast du nun genug?", fragte sie und schaute böse zu der Eidechse hinunter.

„Bring ess endliss zu Ende", zischte diese leise und verzerrte schmerzerfüllt ihre Schnauze.

Lis schaute überrascht zu ihr und fragte sich im ersten Moment, ob sie sich das nur eingebildet hatte, kam aber zu dem Schluss, dass die Eidechse wohl wirklich sprechen konnte.

Sie überlegte kurz und antwortete dann: „Und wenn ich dich nicht umbringen will?"

Ein schmerzerfülltes, klagendes Zischen erklang aus der Kehle der Kreatur und Lis verspürte tiefes Mitleid. Sie wusste mit einem Male, dass sie der Kreatur helfen musste.

Die Bilder, die ihr Lia geschenkt hatte, kamen Lis wieder in den Sinn und sie sah diese Eidechse neben sich stehen. Bei einer Schlacht, die die weitere Zukunft der Welt beeinflussen würde.

„Wenn ich dich heile, versprichst du dann, kein Leid mehr über die Menschen zu bringen?", fragte Lis und schaute der Eidechse ernst in die Augen.

In ihrem Inneren spürte sie das Verlangen, ihr Handeln wieder rückgängig zu machen. Sie wollte nicht, dass ein Lebewesen ihretwegen starb. Sie wusste, dass es in manchen Fällen nötig war, aber wenn sie es vermeiden konnte, tat sie dies.

Vollkommene Stille kehrte für einige Augenblicke ein. Nur das Prasseln des Feuers in naher Entfernung war zu hören. Sonst schienen alle Geräusche verklungen zu sein.

„Und das isst wirkliss euer Ernsst?", fragte die Eidechse zischend.

Lis nickte demonstrativ und wartete auf eine Entscheidung. Die Kreatur blickte aus müden und schmerzerfüllten Augen zu Lis hoch, überlegte noch kurz und nickte anschließend.

Lis lächelte erleichtert und kam der schwarzen Eidechse nah genug, um ihre Wunden versorgen zu können.

Sie kniete sich neben das Tier, schloss ihre Augen und legte ihre Hände auf die schwerste Verletzung.

„Schlangen der Xeres, heilt dieses arme Wesen", flüsterte Lis.

Sie spürte, wie sich die Schlangen bewegten, und als sie überrascht die Augen öffnete, waren die Schlangen nicht mehr an ihrem Handgelenk. Sie blickte sich um und sah, wie sie sich über den Körper der Eidechse bewegten und eine leuchtende Spur hinterließen. Da, wo sie waren, verschwanden die Risse und Verbrennungen.

Die Eidechse keuchte erschrocken auf, als sie das Geschehen sah, und auch Lis war vollkommen verblüfft.

Sie hatte sich das Ganze nicht so einfach, sondern ganz anders vorgestellt. Aber so war es nun mal, und Lis wurde mit jedem Moment stolzer auf ihre neuen Fähigkeiten.

Als die Schlangen der Xeres fertig waren, kehrten sie an ihren Platz zurück und legten sich wieder genauso wie vorher an Lis' Handgelenk.

„Wass bisst du?", fragte die Eidechse entsetzt und sprang erschrocken zur Seite, als Lis aufgestanden war.

Die Kreatur schaute verwundert an sich herab und tastete die zuvor schmerzenden Stellen ab – und konnte es nicht begreifen.

„Ich weiß es nicht", entgegnete Lis und schaute sich die beiden Schlangen beunruhigt und dennoch interessiert an.

Sie hatte nicht erwartet, dass sie sich sogar bewegen konnten. Eine ungeheure Stärke ging von ihnen aus.

Wie ein Pfeil schoss es durch ihre Gedanken, dass sie jetzt auch Arok helfen konnte. Sie sah von ihrer Kette ab und lief zu ihm hin.

Arok lag bewusstlos da und man konnte kaum sein Atmen erkennen. Sein Brustkorb hob und senkte sich nur flach und sein Gesicht war ungesund blass.

Auch in diesen komischen Lichtverhältnissen wirkte er wie ein Toter.

Lis kniete sich neben ihn und versuchte ihr Glück ein weiteres Mal.

Sie hatte schreckliche Angst um ihn. So schwer, wie er blutete, war er am Rande des Todes. Lis musste eine aufkommende Träne unterdrücken.

Sie streckte ihre Hände über seine schwer verletzte Schulter aus und flüsterte mit Ehrfurcht:

„Bitte, Schlangen der Xeres, heilt auch Arok, der mir so viel bedeutet."

Es geschah erneut, das große Wunder. Die Schlangen erwachten zum Leben und heilten mit einer unheimlichen Präzision die verletzten Stellen und kehrten an ihren ursprünglichen Platz zurück. Aroks Atem wurde kräftiger, doch er blieb bewusstlos.

Lis schaute erleichtert zu ihm hinunter und dankte allen erdenklichen Mächten für ihre Unterstützung. Aber dennoch machte sie sich Sorgen um ihn. Wieso kam er nicht zu Bewusstsein?

Wie ein Schlag spürte sie jetzt, wie müde und erschöpft sie war. Ihre Muskeln schmerzten bei jeder Bewegung und ihre verletzte Hand war angeschwollen.

Lis hatte aber keine Zeit, um sich auszuruhen, sondern wandte sich von Arok ab.

Sie stand langsam auf und ihr Augenmerk fiel auf die Frau.

Sie saß weiterhin zusammengekauert und wusste nicht, was mit ihr geschah.

Die Furcht in ihren Augen ließ Lis zusammenzucken und sie ging langsam auf die Frau zu. Diese bemerkte Lis' Annäherungsversuche und stieß einen kurzen, aber schrillen Schrei aus. Sie hatte offensichtlich alle Aktivitäten von Lis gesehen und diese hatten sie wohl zu Tode erschreckt.

„Ruhig, ich will dir nichts Böses, ich will nur sehen, ob du nicht verletzt bist", sagte Lis und wollte der Frau ihre Hand reichen.

Diese wich aber erschrocken zurück und stand panisch auf. Auf den ersten Blick konnte Lis keine ernsthaften Verletzungen erkennen.

Lis und Arok waren wohl zur rechten Zeit eingeschritten.

Als Lis noch einen weiteren Schritt auf sie zugehen wollte, schrie die Frau noch einmal auf und lief verängstigt davon. Lis schaute ihr fragend hinterher. Einen Moment dachte sie daran, ihr hinterherzulaufen, verwarf aber den Gedanken. Es würde nichts bringen. Wenn die Frau Angst vor ihr hatte, konnte Lis nichts tun.

Das Wichtigste war, dass sie ihr Leben gerettet hatte.

Diese Augen, so panisch und verängstigt. Lis schauderte und fühlte eine aufkommende Gänsehaut.

Sie drehte sich um und ging wieder zu Arok. Sie kniete sich neben ihn und schaute ihn sich genauer an.

Er schlief, so ruhig und niedlich, als ob nie etwas gewesen wäre. Sein Gesicht war sah angespannt aus, als ob er etwas Schlechtes träumen würde. Auch die bleiche Farbe wich aus seinem Gesicht, mit jedem weiteren Atemzug sah er gesünder und kräftiger aus.

Lis hörte ein Rascheln hinter sich und drehte ihren Kopf in die Richtung, aus der das Geräusch kam.

Die schwarze Eidechse war hinter ihr und schaute Lis aus ihren roten Augen an. Lis stand auf und blickte fragend zurück.

Ihr weißes Kleid schimmerte golden im Schein der untergehenden Sonne.

Das Feuer mischte auch noch eine Art orangen Ton hinzu.

Es brauchte keine Worte, die Eidechse verstand Lis' bedeutungsvollen Blick und reagierte entsprechend darauf.

„Iss danke euch", sagte sie und schaute Lis aus hilflosen Augen an.

„Ist das alles, was du mir zu sagen hast, oder hast du noch etwas auf dem Herzen?", fragte Lis.

Sie sah in den Augen der Kreatur einen aufkommenden Wunsch, wusste aber nicht genau, worum es sich handelte. Es gab noch eine andere Ebene, auf der sie kommunizierten. Die Augen der Kreatur sprachen Bände und auch Lis wusste sich zu helfen.

„Iss bin gesslagen, mein Leben isst verwirkt, wenn iss alleine weiterssiehe", zischte sie leise und wirkte nicht mehr bedrohlich.

Lis schaute das Wesen lange nachdenklich an. Sie konnte Begleiter gut gebrauchen und niemand würde es wagen, solch ein Wesen anzugreifen.

Sie würde ihr bestimmt helfen können. Außerdem dachte sie an ihre Vision, die ihr Lia gegeben hatte. War nicht die Eidechse neben ihr gewesen und hatte ihr geholfen?

„Du willst mich begleiten, hab ich Recht?", fragte Lis und trat einen Schritt näher. Die Eidechse nickte heftig und ein neuer Ausdruck erschien in ihren Augen.

Es war Freude und auch eine Art Stolz.

„Du musst wissen, dass meine Reise sehr gefährlich werden kann", fügte Lis noch hinzu. Die Dämmerung brach mehr und mehr an und es wurde zunehmend dunkler. Die schwarzen Schuppen reflektierten die Dunkelheit und die Kreatur erschien auf neue Art dunkler und unheimlicher.

Doch von ihr ging keine Gefahr mehr aus, Lis spürte es.

„Das isst mir egal", sagte die Eidechse und ihre Zunge zuckte verspielt aus ihrem Maul.

Lis nickte bloß und drehte sich zu Arok um.

Er lag friedlich da und bewegte sich kaum. Nur sein Brustkorb hob und senkte sich, in einem bestimmten Rhythmus.

„Warte hier, ich muss etwas holen. Wehe dir, wenn Arok was passiert. Ich bin in ein paar Minuten wieder da", befahl Lis und setzte sich in Bewegung, als sie das zustimmende Nicken der Eidechse sah.

Lis ging in die Richtung, in der sie ihre Sachen vermutete, und brauchte etwas länger als nur ein paar Minuten.

Es war ungefähr eine halbe Stunde vergangen, als sie auf dem Rückweg zu Arok war und sich in seiner unmittelbaren Nähe befand.

Nur noch wenige Meter von ihr entfernt hörte sie Arok vor Schrecken aufbrüllen.

Lis sah, wie Arok Kugelblitze beschwor und sie gegen die Eidechse richtete, und sie lief panisch los und erreichte die beiden Streithähne gerade im rechten Augenblick.

„Hört sofort auf!", brüllte Lis verärgert und schaute beide böse und außer Atem an.

Arok fuhr unter ihrem Gebrüll sichtlich zusammen und blickte erschrocken zu Lis. Er hatte sich vor ihr erschreckt und noch nie hatte er sie so verärgert gesehen.

„Was ist in euch gefahren?", fauchte Lis und schaute zuerst Arok und dann die Eidechse fragend und voller Wut an.

Die Eidechse deutete mit ihrer Kralle auf Arok. Sie war auch sichtlich eingeschüchtert, schaute Lis ängstlich an und zischte leise: „Er hat angefangen."

Arok schaute erschrocken zu der Kreatur und konnte sich im ersten Moment nicht fangen. Jegliche Farbe wich aus seinem Gesicht und seine Augen weiteten sich vor Schreck.

„Das Ding kann sprechen?", krächzte Arok und wich einige Schritte zurück, fing an, etwas schneller zu atmen und versuchte, sich mit aller Macht zu beruhigen. Doch er war zu aufgebracht. Seine Augen sprachen Bände und Lis wusste, dass sie ihn jetzt beruhigen musste, sonst würde er etwas Falsches machen.

„Es ist eine Menge passiert, als du ohnmächtig warst", sagte Lis jetzt etwas ruhiger, drehte sich nun ganz zu Arok und ging zu ihm hin.

Arok schaute sie fragend und irritiert an und konnte nicht verstehen, warum Lis so ruhig blieb. Er verspürte eine innerliche Hilflosigkeit. Ein Gefühl, das er erst kannte, seitdem er Lis kennengelernt hatte.

Vorher hatte er immer alles bekommen, was er erreichen und haben wollte.

Seit er Lis kannte, war er nicht mehr der Herr des ganzen Geschehens, sondern nur eine Marionette.

So kam es ihm vor, aber wenn man genauer hinsah, sah man, dass Arok zu Lis gefunden hatte, weil er eine bedeutende Rolle für sie spielen würde. Und nicht nur für sie, sondern auch für den Rest dieser Welt.

Lis legte ihre Hände auf seine Oberarme und schaute zu ihm hoch. Arok war wie hypnotisiert von ihrem Blick und beruhigte sich etwas. Was er selbst nicht schaffte, machte Lis für ihn und er wurde mit jeder Sekunde mehr, in der er in ihre Augen blickte, ruhiger.

„Die Eidechse wird uns begleiten. Sie hat sich, während du bewusstlos warst, auf meine Seite geschlagen. Ich hab das Gefühl, wir können ihr vertrauen", flüsterte sie so leise, dass die Kreatur sie nicht hören konnte.

Wenigstens dachte das Lis, aber als nicht Arok antwortete, sondern die schwarze Eidechse: „Iss werde nisst gerne Eidesse genannt. Sagt zu mir Miran.",

drehte sich Lis fragend um und nickte stumm. Arok konnte seinen Augen und seinen Ohren nicht glauben.

„Das Ding spricht wirklich ...", murmelte er fassungslos und schaute entsetzt zu Miran.

„Das Ding heißt Miran und wird uns begleiten, hörst du?", fragte Lis und schaute Arok wieder direkt an.

„Was tut es?", fragte Arok bestürzt und schaute wieder zu Lis. Er wusste nicht, ob er sich verhört hatte. Lis war doch wohl nicht so leichtsinnig und würde diese Kreatur, Miran, mitnehmen. Oder doch?

„Miran wird uns begleiten", entgegnete Lis noch einmal und schaute Arok ernst an. Sie wollte ihm unmissverständlich klar machen, dass es da keine Diskussion geben würde.

Er verstand ihren Blick, sagte aber trotzdem: „Nur über meine Leiche nehme ich dieses Monster mit! Es wird uns nur Probleme machen und vertrauen kann ich ihm auch nicht. Vor einer Stunde wollte es uns noch umbringen! Und du weißt, wie es mich zugerichtet hat?"

„Die Umstände haben sich verändert", antwortete Lis knapp und ließ von Arok ab. Sie drehte sich um und ging zu Miran. Sie wollte mit Arok nicht diskutieren und deswegen ging sie einfach von ihm weg. So einfach war ihre Methode, ihren Willen ohne Konfrontation durchzusetzen.

„Du musst uns nicht begleiten, wenn du nicht willst", sagte Lis übertrieben feindselig und nahm ihre Tasche, die sie wenige Meter neben den Streithähnen fallen gelassen hatte.

Miran reagierte sofort und bat Lis, die Tasche tragen zu dürfen.

Er hatte in Lis seine Herrin gefunden, die er um jeden Preis beschützen wollte. Das spürte Lis instinktiv und eine innere Stimme sagte ihr, dass sie ihm vertrauen konnte.

Meistens war ihre innere Stimme die Stimme von Lia, die über sie wachte.

Lis nickte und sagte: „Wenn sie dir zu schwer wird, dann trag ich sie wieder." Miran nickte zufrieden und sie setzten sich beide in Bewegung.

Arok stand da, wo Lis ihn stehen gelassen hatte.

Absolut fassungslos.

Er konnte nicht verstehen, was er da gerade erlebt hatte. So fühlte es sich also an, wenn man nicht das bekam, was man wollte.

Das erste Mal in Aroks Leben machte jemand etwas, was ihm ganz und gar nicht zusagte. Er stand da und war mit sich nicht im Reinen.

Er war wütend, dass Lis ihn einfach so alleine gelassen hatte, aber auf der anderen Seite wollte er sie nicht alleine lassen, mit diesem ... *Ding.*

Er entschied sich, Lis zu folgen und ihr im Notfall zu helfen.

Seufzend setzte auch er sich in Bewegung und folgte den beiden mit ein wenig Abstand.

In ihm kochte es vor Wut, aber er ließ es sich nicht anmerken.

„Reden ist Silber, Schweigen ist Gold", schoss es ihm durch den Kopf und er musste dieser Regel eine innere Wahrheit einräumen.

„Wir müssen uns ein Nachtlager suchen", sagte Lis nach einer Weile und schaute sich dabei suchend um.

Es war recht dunkel geworden und Wolken hatten den Himmel überzogen.

Der Mond, der sonst den Weg erhellte, war vollkommen versteckt hinter dicken Gewitterwolken.

„Iss kenne eine Sstelle, wo wir sslafen könnten", zischte Miran und wendete sich nach links. Lis nickte und folgte ihm in den Wald hinein.

„Ess isst nisst mehr weit", sagte Miran und blickte zu Lis. Seine Zunge kam jetzt viel öfter zum Vorschein, als ob er sich mit ihr orientieren würde.

Lis nickte nur müde und folgte Miran weiterhin.

Arok bemerkte ihre Änderung des Weges und fragte sich, wo sie nun hinwollten. Ihm war die Sache nicht ganz geheuer. Oder war es die Eifersucht, die Arok plagte?

Miran hatte recht behalten und sie kamen nach wenigen Augenblicken zu einer kleinen Bergkuppel, die einen sicheren Schutz vor Wind und Regen versprach.

Lis schaute ernst und etwas besorgt zu den Gewitterwolken und steuerte mit etwas schnelleren Schritten ihren Unterschlupf an.

Miran schaute Lis fragend hinterher, er verstand nicht, wieso Lis ihre Schritte beschleunigte, ihm machte das drohende Unwetter nichts aus. Seine Schuppen waren wasserabweisend, nur die Kälte der Wassertropfen war eine negative Eigenschaft, die er am Regen nicht mochte.

Lis erreichte als Erste die Bergkuppel und setzte sich hin.

Erschöpft und vollkommen kraftlos lehnte sie sich an die Wand und spürte ihre Müdigkeit, die wie ein Regenschauer über sie herzog.

Unter dem Dach, den der Felsvorsprung bildete, war es trocken und windstill. Lis konnte nicht allzu viel erkennen und wartete auf Miran und Arok. Die Finsternis schien hier neue Dimensionen anzunehmen.

Lis hatte bemerkt, dass Arok ihnen gefolgt war, und sie hatte sich vorgenommen, mit Arok zu sprechen. Sie wusste, dass sie ihn vor den Kopf gestoßen hatte, und wollte sich entschuldigen. Andererseits freute sie sich über Aroks Entschluss. Sie bereute ihre Aktion nicht, denn nun wusste sie, wie Arok zu ihr stand.

Es schmeichelte ihr sogar, dass er ihr dennoch helfen wollte, obwohl sie ihn nicht mit Samthandschuhen angefasst hatte.

Nachdem sie mit Lia gesprochen hatte, spürte sie eine tiefere Verbundenheit zu Arok, als hätte eine noch höhere Macht als die Götter über ihre Zusammenkunft entschieden.

Es kam ihr vor, als würde sie etwas lenken.

Sie konnte sich ihr Gefühl nicht wirklich erklären, aber konnte das alles ein Zufall sein?

Sie verwarf ihre Gedanken und entschloss sich, ein anderes Mal darüber nachzudenken. Miran erreichte Lis mit seinen schlangenähnlichen Bewegungen und setzte die

Tasche neben seine Begleiterin ab. Erst jetzt bemerkte Lis, wie fremdartig sich Miran bewegte.

Eine Eidechse lief normalerweise auf ihren vier Beinen, Miran dagegen lief auf zwei Beinen, wie ein Mensch, aber nicht nach den normalen Regeln.

Er ging, als würde er auf dem Boden kriechen, was aber nicht der Fall war.

Er bewegte seine Krallen sowie seine Beine gleichzeitig und sein Kopf schwang dabei auf die eine und dann auf die andere Seite. Lis erschien seine Gangart bizarr und ungewöhnlich. Es fiel ihr schwer, es zu beschreiben.

Auf der anderen Seite musste Miran das Gleiche über Lis denken.

Für ihn war Lis das Wesen, was komisch und bedrohlich aussah und sich eigenartig bewegte. Wie kompliziert das Leben doch war.

„Wass isst loss?", fragte Miran, als er ihren interessierten Blick sah.

Lis überlegte kurz und schaute nachdenklich in Aroks Richtung.

„Ein anderes Mal, Miran. Jetzt muss ich erst mal mit Arok sprechen. Es gibt eine Menge Nachholbedarf", antwortete sie und stand schwerfällig auf.

Miran nickte stumm und setzte sich, nicht weit von Lis, an die Mauer.

Er schaute sich dabei seinen Platz sorgfältig an und kauerte sich dann zusammen und versuchte zu schlafen. Es sah aus, als würde er sich in eine Kugel verwandeln. Lis schaute noch kurz zu Miran und lächelte amüsiert.

Daraufhin ging sie auf Arok zu, der sich nicht weit von der Bergkuppel entfernt nach einem Unterschlupf umsah, aber nichts Geeignetes gefunden hatte.

Sein Blick irrte etwas ratlos umher, denn von selbst wollte er nicht zu der Bergkuppel gehen. Lis hatte seinen Stolz zu sehr verletzt, als dass er jetzt noch um einen geeigneten Schlafplatz betteln würde.

Lis sah seine Verwirrung und war etwas traurig, dass Arok sich so anstellte.

„Was hast du vor, Arok?", fragte sie, als sie wenige Meter vor ihm stand.

Sie blickte ihn aus freundlichen und liebenden Augen an, aber Arok konnte es nicht deuten und schüttelte den Kopf.

Es war zu dunkel geworden, um auf anderen Ebenen zu kommunizieren.

Hier galt es, den sprachlichen Weg der Kommunikation zu verwenden.

„Frag mich was Leichteres", sagte er dann wenige Sekunden später und schaute Lis nicht mehr an.

In seiner Stimme hatte sich ein unfreundlicher Unterton hinzugemischt, der Lis etwas überraschte.

Aroks Wut hatte sich in ein anderes Gefühl verwandelt, welches er einfach nicht deuten konnte. Er freute sich, dass Lis gekommen war, war aber immer noch böse auf sie.

„Arok ...", seufzte Lis verzweifelt und auf eine Art traurig und ging wieder auf ihn zu.

Sie spürte ihre Hilflosigkeit und hasste dieses Gefühl.

Sie blieb vor ihm stehen und schaute ihn aus ihren großen blauen Augen, an. Es war zu dunkel, um seinen Gesichtsausdruck oder seine Augen erkennen zu können, aber Lis spürte, dass er immer noch etwas gereizt war.

Sie wusste nicht, wie sie es sagen sollte. In ihrem Kopf wirbelte es vor Wortfetzen, aber sie konnte keine wirkliche Ordnung in ihnen erkennen.

Als Arok immer noch nichts sagte, drehte sich Lis enttäuscht von ihm weg und sagte knapp:

„Komm unter den Felsvorsprung, sonst wirst du noch nass. Es sieht nach Regen aus."

Sie drehte sich auch im selben Augenblick um und ging mit herunterhängendem Kopf zu der Bergkuppel zurück. Arok schaute ihr wehmütig hinterher und ärgerte sich über seine Zurückhaltung und seinen forschen Ton.

Das wäre ein passender Augenblick gewesen, um mit ihr über ihre Zukunft zu sprechen. Er wusste nicht, woher dieses Gefühl kam, aber er wollte sie einfach nicht mehr verlassen und das konnte wohl nur einen Grund haben.

Sie musste ihm wohl mehr bedeuten, als er es sich eingestehen wollte.

In den wenigen Augenblicken, in denen er sich überlegt hatte, was er machen sollte, handelte er ganz intuitiv. Er wusste, dass er zu ihr gehörte. So musste er sich, wohl oder übel, mit Miran abfinden, auch wenn es ihm, wenn er ehrlich zu sich war, sehr schwer fiel.

Arok folgte ihr nach einer kurzen Pause.

Seine Schritte machten dumpfe Geräusche auf dem trockenen Gras und er selbst wunderte sich über den bizarren Klang.

Frierend griff Lis nach ihrer Tasche, als sie an ihrem Schlafplatz angekommen war und schaute zu Miran. Er hatte sich zusammengewickelt und sie konnte ihn nur noch als Schemen erkennen.

Am Liebsten hätte Lis ein Feuer angezündet, aber sie erinnerte sich an Mirans Furcht und daran, dass sie vielleicht jemand sehen könnte und sie wollte nicht noch mehr böse Kreaturen anlocken. Alles, was sie brauchte, war Schlaf und etwas zu essen.

Arok schien es nicht anders zu ergehen.

Lis packte ihre Decke aus der Tasche und legte sie möglichst nahe an die Wand.

Sie hörte Aroks Schritte und schaute sich um. Arok war nun, in der völligen Dunkelheit, nur als Umriss zu erkennen und sie schaute zu ihm hoch.

„Komm zu mir, ich hab eine Decke. Mit der wird es nicht so kalt", sagte Lis in einem recht gedämpften Ton, um Miran nicht zu wecken. Arok sagte nichts, sondern kam auf sie zu und tastete sich in der Dunkelheit am Boden entlang, um die Stelle zu finden, wo die Decke lag.

Lis tastete währenddessen in ihrer Tasche nach etwas Essbarem und fand etwas Brot und einen Apfel.

Sie überlegte kurz und nahm Digit zur Hand, um das Brot in zwei Teile zu schneiden. Die eine Hälfte gab sie Arok. Die zweite Hälfte war für Miran bestimmt.

Lis stand vorsichtig auf und näherte sich Miran auf wenige Schritte und legte ihm das Brot hin.

Sie wusste nicht, was Miran als Nahrung betrachtete, aber ein Versuch war es wert.

Mit hastigen Schritten ging Lis wieder in die Richtung, aus der sie gekommen war, um sich endlich in die warme Decke zu kuscheln.

Wie es der Zufall wollte, wurden ihre Unachtsamkeit und ihre Hast wieder einmal bestraft.

In der tiefen Nacht, der endlosen Dunkelheit, stolperte Lis über einen größeren Felsbrocken, den sie vorher nicht bemerkt hatte, fiel der Länge nach hin und landete mit einem erschrockenen Schrei auf Arok, der sich an die Mauer gelehnt und seine Beine ausgestreckt hatte, um sich etwas auszuruhen.

Nicht nur Lis erschreckte sich fast zu Tode, sondern auch Arok erschreckte sich und verschluckte sichan dem trockenen Brot im Mund.

Er hustete, bekam kurzzeitig keine Luft und klopfte sich übertrieben heftig auf die Brust

Lis prustete los vor Lachen und konnte es sich nicht verkneifen. Es war eine ziemlich lustige Situation und es trieb ihr die Tränen in die Augen.

Als Arok sich halbwegs beruhigt hatte, schluckte er abermals und sagte: „Schön, dass es dich so amüsiert, dass ich am Abkratzen bin!"

Lis konnte sich nicht mehr halten, sie hatte sich neben Arok auf die Seite gelegt und hielt sich den Bauch vor Lachen. Sie kicherte so ausgelassen, dass auch Arok anfing, zu lachen. Die ganze angespannte Situation wurde mit einem Mal so ausgelassen und friedlich, dass Lis ewig hätte weiterlachen können.

Was so eine tollpatschige Situation alles bewirken konnte.

Lis beruhigte sich nach einiger Zeit, und auch Arok hörte auf zu lachen und deckte Lis mit der Decke zu.

Es war recht kühl und es hatte angefangen zu regnen, so wie es Lis prophezeit hatte.

Der Regen plätscherte auf das trockene Gras und der Wind mischte sich, mit lautem Getöse, zusätzlich hinzu. In weiter Entfernung wurde das Licht des Feuers immer schwächer, bis es gar nicht mehr zu sehen war.

Das Feuer war erloschen, dank des göttlichen Regens, der genau zur rechten Zeit gekommen war.

Lis lag zusammengerollt, zugedeckt und an Arok gekuschelt und versuchte, etwas von seiner Wärme zu erhaschen.

Sie zitterte vor Kälte und Schwäche und musste sich an Arok festhalten, um ihrem Zittern Einhalt zu gebieten.

Arok hatte Lis in den Arm genommen und versuchte, sie zu wärmen, doch es gelang ihm nicht wirklich. Er machte sich Sorgen um sie und wollte sie auch nicht mehr loslassen.

Er fühlte sich in der richtigen Rolle zur richtigen Zeit.

Als etwas Zeit vergangen war, hörte Lis auf zu zittern und entspannte sich. Es wurde ihr endlich warm. Schließlich dauerte es nicht mehr lange, bis sie und Arok einschliefen.

Lis saß an einem großen Tisch und studierte alte Bücher über die Kunst der Magie.

Lis sah sich und sie wusste, dass sie nach einem geeigneten Schutzzauber suchte, der stark genug war, die Stadt vor dem Untergang zu bewahren.

Sie hatte nur noch wenige Stunden Zeit, das wusste sie. Das furchtbare Heer kam immer näher und wurde immer bedrohlicher.

„Lis, was machst du?" Arok trat in den großen Saal und gab den Wächtern das Zeichen, sich zu entfernen.

„Du solltest dich doch ausruhen", fügte er besorgt hinzu.

Lis sah sich in diesem gigantischen Saal mit Arok, der mit entschlossenen Schritten in ihre Richtung ging und am Fester stehen blieb. Der Saal war von unermesslicher Größe und wurde für Feste und Hochzeiten genutzt.

Lis aber hatte sich den hellen Saal ausgesucht, weil er eine angenehme und beruhigende Wirkung auf sie hatte. Sie brauchte alle Energien, um sich auf ihre Aufgabe zu konzentrieren. Im Moment war die Zeit Lis' schlimmster Feind.

Vom oberen Geschoss des Schlosses konnte man über die Stadt und die Stadtmauer blicken und die Sonne senkte sich langsam gegen den Horizont.

Ein herrlicher Ausblick über die Stadt eröffnete sich Lis und Arok.

Arok stand an einem der großen Fenster und wartete geduldig auf eine Antwort.

„Ich suche etwas, siehst du das nicht, Arok?", fragte Lis konzentriert und las gerade etwas über Dämonenbeschwörung. Lis konnte sich in zwei Perspektiven sehen. Sie konnte durch ihre Augen blicken und einen Standpunkt außerhalb wählen.

Es schien, als könne sie durch die Augen ihrer Beschützerin blicken.

„Lis, schau dir diesen Sonnenuntergang an. Es könnte vielleicht unser letzter sein", sagte Arok mit Ehrfurcht in der Stimme und schaute zu Lis.

Lis spürte seinen Blick, wendete sich vom Buch ab und schaute Arok verzweifelt an.

Es war so hoffnungslos.

Wenn Lis sich nicht etwas einfallen lassen konnte, würde die ganze Stadt untergehen. Und mit der Stadt, sie, Arok, Miran, unzählige Kinder, Mütter und Großväter.

Es wäre ein verheerendes Massaker.

Arok sah, was in Lis vorging und kam schweigend auf sie zu. Seine Schritte waren sanft und doch stark, als ob ihn nichts aufhalten konnte. Er blieb vor Lis stehen, nahm ihre Hand und gab ihr zu verstehen, dass sie mit ihm mitkommen sollte.

Lis gehorchte widerstandslos, obwohl sie rebellieren sollte. Arok umschloss ihre Hand etwas fester, als würde er sicher gehen wollen, dass Lis ihm nicht davon lief, und ging wieder zum Fenster.

Lis schaute hinaus und konnte den wunderschönen Sonnenuntergang sehen. Es verschlug ihr förmlich den Atem. Der Himmel war in ein tückisches, aber dennoch umwerfend schönes Rot getaucht und die warmen Sonnenstrahlen berührten Lis' Hals.

Ruben leuchtete in diesem Moment kurz auf und Lis blickte an sich herunter.

Lis wachte auf, als Arok aufstehen wollte. Im wichtigsten Moment des Traumes hatte die wichtigste Person sie vor der Lösung bewart.

„Tut mir leid", sagte Arok, als hätte er gewusst, dass er einen Fehler gemacht hatte, und schaute Lis besorgt an. „Was ist los?", fragte er anschließend.

Lis rieb sich die Augen und versuchte, richtig aufzuwachen.

Was hatte sie noch einmal geträumt? Lis versuchte sich zu konzentrieren, doch es fiel ihr schwer, in der morgendlichen Müdigkeit.

Sie hatte etwas Wichtiges geträumt, aber dadurch, dass sie Arok so grob geweckt hatte, konnte sie sich nicht mehr an den Traum erinnern. Lis fluchte innerlich über ihre Vergesslichkeit und schüttelte nur enttäuscht den Kopf.

Arok schaute sie fragend an und verstand nicht, was in ihrem Kopf vorging. Er dachte daran, sie nach dem Grund zu fragen, verwarf die Idee wieder, als er ihren bösen Blick sah.

Es wurde langsam hell, aber die Sonne hatte sich noch nicht gezeigt. Man konnte das aufkommende Gezwitscher der Vögel hören und der Himmel wurde von wenigen Wolken bedeckt.

Dahinter wurde ein leichtes Blau erkennbar, das auf einen schönen Tag deutete.

Lis ließ Arok aufstehen und lehnte sich etwas verschlafen an die Wand.

Ihr fielen immer noch die Augen zu, aber sie wusste, dass sie nicht weiterschlafen konnte.

Arok streckte sich ausgiebig und versuchte, seine verkrampften Muskeln etwas aufzulockern.

„Das Nachtlager war nicht sehr bequem, wie?", fragte Lis und schaute zu Arok hoch.

Er lächelte und sagte: „Es wäre bequemer gewesen, wenn ich mich hätte bewegen können."

Lis lächelte verlegen und schuldbewusst und versuchte ebenso, aufzustehen.

Arok reichte ihr seine Hand und sie griff dankend danach. Sie streckte sich ausgiebig und zupfte ihr Kleid zurecht. Mit geschmeidigen Bewegungen nahm sie außerdem ihr Haar und machte einen Zopf, damit es sie nicht mehr störte.

„Danke, dass du mich gewärmt hast", sagte Lis leise und lächelte, als sie fertig war.

Sie freute sich darüber, dass alles wieder in Ordnung und Arok nicht mehr böse auf sie war.

Lis hatte mit der rechten Hand nach seiner gegriffen und verspürte wieder ein stechendes Pochen, die Schwellung hatte sich etwas zurückgezogen, aber der Schmerz hielt sich verbissen.

Arok sah ihre Verletzung und betrachtete sie genauer. Ein besorgter und ernster Ausdruck erschien auf seinem Gesicht.

„Es ist nichts", sagte Lis und nahm ihre Hand weg, als Arok besorgt aufblickte.

Er schüttelte den Kopf und sagte: „Lis, es macht keinen Sinn, wenn du die Heldin spielen willst und mit so einer Verletzung, ohne Behandlung, rumläufst."

Lis schüttelte energisch den Kopf.

„Es ist nichts, wirklich. Es tut nicht einmal weh", entgegnete Lis und machte sich an die Arbeit, ihre Sachen einzuräumen.

„Wieso lügst du mich an?", fragte Arok traurig und schaute bestürzt zu Lis.

„Ich sehe doch, wie schwer verletzt du bist, und dass du Schmerzen hast."

Er stand wenige Schritte neben ihr und verspürte eine tiefe Hilflosigkeit. Er wollte ihr doch nur helfen.

Lis hörte auf, ihre Decke zu falten und schaute überrascht zu Arok. Die Traurigkeit in seiner Stimme jagte ihr einen Schauer über den Rücken.

Nach wenigen Augenblicken fing sie sich wieder und wandte ihren Blick von Arok ab. Mit zwei Schritten war Arok bei ihr und nahm sie bei der unverletzten Hand.

„Was soll ich noch tun, damit du weißt, dass du mir vertrauen kannst und dass ich dir nur helfen möchte?" Seine Stimme war ruhig, bebte aber immer noch vor Entrüstung.

Lis stiegen die Tränen in die Augen, aber sie kämpfte tapfer gegen sie an und schaute zu Boden. Arok hatte ihre Tränen gesehen und schloss Lis in seine Arme.

Er hoffte darauf, dass es ihr damit besser gehen würde.

Sie spürte seine Wärme und hörte sein Herz schlagen. Es hämmerte wie nach einem Dauerlauf und Lis schaute Arok fragend an.

Er lächelte verlegen und ließ sie aus seiner spontanen Umarmung.

„Wieso bist du so aufgeregt?", fragte Lis direkt und schaute Arok neugierig an.

Arok errötete sichtlich und sagte: „Das ist normal morgens, da schlägt mein Herz immer so schnell."

Er räusperte sich und versuchte, sich abzulenken, indem er sich in der Gegend umsah.

Lis kicherte leise und schaute Arok lächelnd an.

Während sie das tat, fiel ihr ein, dass sie Miran nirgendwo gesehen hatte.

An der Stelle, wo er geschlafen hatte, war keine Spur von ihm und das Brot war auch verschwunden.

Arok bemerkte ihren Blick, als er wieder zu ihr hinsah, und sagte: „So gut kannst du dich also auf die Eidechse verlassen."

„Miran, heißt er", entgegnete Lis, ging zu ihren Sachen und schwieg daraufhin.

„Wenigstens sind wir alleine", sagte Arok und schaute Lis lächelnd an.

Lis hörte auf, ihre Tasche zu packen und schaute fragend zu Arok.

Sie hatte seine Anspielung gehört und ein komisches Gefühl machte sich in ihr breit.

Sie wusste nicht, was sie machen sollte, blieb angewurzelt in der Hocke sitzen und schaute Arok einfach nur an. Sie wartete auf etwas, was ihre unzähligen Fragen beantworten könnte. Was bedeutete nun diese Anspielung?

Lis fühlte sich in seinen Armen beschützt und stark. Seit sie ihn gesehen hatte, war sie von ihm fasziniert gewesen. Anfangs dachte sie, dass seine Gabe es gewesen war, doch jetzt wusste sie, dass er ihr von Anfang an gefallen hatte.

Als keine weitere Anspielung kam, stand Lis auf und drehte sich mit ihrem ganzen Körper zu Arok hin und schaute ihn vielsagend an.

Sie sah in seinen Augen, dass er es ernst meinte und doch konnte sie nicht alles in seinen Augen lesen. Ihre wichtigste Frage war immer noch nicht beantwortet.

Nach einer geraumen Weile rappelte Lis allen Mut zusammen und seufzte tief:

„Was willst du mir damit sagen?"

Ihre Worte waren so leicht und so leise, wie der Wind.

Arok schaute sie weiterhin liebevoll und interessiert an.

Wie gerne wäre er zu ihr gegangen und hätte sie geküsst.

Wie gerne hätte er ihr seine Zuneigung gestanden. Seine Augen sprachen Bände, aber Lis konnte es nicht übersetzen.

Sie deutete sein Schweigen falsch und schaute traurig zu Boden.

„Wieso machst du das?", fragte sie und überkreuzte ihre Arme.

Ihr war in der Zwischenzeit kalt geworden.

Sie kämpfte wieder gegen ihre Tränen an und drehte sich von Arok weg. Das weiße Kleid schimmerte kurz bei ihrer Bewegung und blendete Arok für einen Moment.

Geblendet drehte auch Arok sich weg und brauchte ein paar Sekunden, um wieder klar sehen zu können.

Lis wollte aber nicht mehr warten. Sie packte ihre Tasche zu Ende, nahm ein wärmeres Kleidungsstück und streifte es sich über.

Arok sah, dass sie sich auf den Weg machen wollte und kam mit schnellen Schritten auf sie zu.

Lis wollte gerade ihre Tasche nehmen, als Arok ihr die Tasche aus der Hand riss und sie wieder auf den Boden stellte.

Lis schaute ihn verwirrt an, aber er achtete nicht darauf, sondern packte sie bei der Schulter und drückte sie mit sanfter Gewalt an die Glatte, von Wind und der Zeit geschliffenen, Felswand.

„Lis ...", begann Arok mit heiserer Stimme und schaute Lis erwartungsvoll an.

In seinem Gesicht arbeitete es und seine blauen Augen strahlten Lis förmlich an.

Er liebte es, bei ihr zu sein, ihre Stimme zu hören und ihr Gesicht zu sehen.

Wenn Lis lachte, spürte er ein freudiges Kribbeln im Bauch und machte sich Sorgen, wenn er daran dachte, dass er sie nicht immer beschützen konnte.

Die Vorstellung, dass er sie verlieren könnte, machte ihn krank.

Er konnte sich nicht mehr vorstellen, alleine auf dieser Welt zu wandern, aber er wusste nicht, wie er es sagen sollte.

Lis spürte seine ungeheure Nervosität und schaute ihn hilflos an.

Was wollte er?

Arok wollte es ihr sagen, konnte es aber nicht über sich bringen. Die Angst, zurückgewiesen zu werden, war einfach zu stark.

Dann, mit einem Male, veränderte sich etwas in seinem Blick. Lis wusste nicht, was, aber Arok ließ sie langsam los und schaute hilflos zu Boden.

Es war nur eine Winzigkeit gewesen, aber irgendetwas hatte ihn davon abgehalten, Lis die Wahrheit zu sagen.

Er wich zwei, drei Schritte zurück, stand dann da und blickte fassungslos auf den Boden.

Sein unheimliches Schweigen machte Lis Angst und verwirrte sie.

Wie gerne hätte sie gewusst, was in ihm vorging.

Was war bloß los?

Irgendwas wollte er ihr doch sagen, aber was?

War er etwa ...

Lis schaute Arok weiter an und sie fühlte sich so unendlich hilflos.

Wie gerne würde sie ihn in den Arm nehmen und ihn nie wieder loslassen. Seine Nähe gab ihr so viel Kraft, Mut, und diese Situation schien so unwirklich, dass Lis am liebsten gelacht hätte.

Aber das Gegenteil war der Fall.

Tränen liefen über ihre Wangen. So lange hatte sie versucht, sie zurückzuhalten. Aber jetzt hatte sie endgültig genug. Lange hatte sie gebraucht, damit die ersten Tränen ihr Gewissen reinigten.

„Ich kann so nicht weitermachen", sagte sie schluchzend. Ihre Stimme war voller Emotionen, die sie krampfhaft versuchte, zurückzuhalten.

Arok schaute sie fragend und gleichzeitig traurig an. Er konnte sich nicht überwinden, ihr die Wahrheit zu sagen. Er konnte es einfach nicht.

„Ich kann mit der Ungewissheit nicht mehr leben. Du", sagte Lis und kam ins Stocken. Gerade, als sie ihm sein Herz ausschütten wollte, sah sie Miran am Waldrand und ihr versagte die Stimme.

Er ging nicht, sondern lief und Lis ahnte, dass er in wenigen Augenblicken bei ihnen ankommen würde.

... der guten Seite
zuverlässige Treue hält ...

Arok bemerkte ihren Blick zum Waldrand, schaute hinter sich und sah die Eidechse.

Lis drehte sich um und wischte sich die Tränen vom Gesicht. Sie wollte nicht, dass Miran sie so sah.

Arok atmete tief ein, um seine Ruhe zu bewahren. Es wäre der perfekte Augenblick gewesen! Wieso hatte er sie nicht geküsst? Dann hätte er nicht viel sagen müssen.

Arok konnte sich die Situation nicht erklären. Bisher hatte er immer erreicht, was er wollte. War er in der Zeit mit Lis ein Schwächling geworden?

Außer Atem blieb Miran neben Lis stehen und brauchte erstmal eine kurze Verschnaufpause. Arok drehte sich demonstrativ um und schaute sich die Bergkuppel genauer an. In der Dämmerung war der Ausblick nur spärlich gewesen, jetzt erkannte er erst, was für ein gutes Nachtlager sie sich ausgesucht hatten.

Es war ziemlich windstill und sie konnten durch den Felsvorsprung nur von einer Seite angegriffen werden, und an der Seite hatte Miran geschlafen. Ein trockener Schlafplatz war es außerdem auch noch.

Lis nahm ihre Tasche, schaute kurz und sehnsüchtig zu Arok und wandte sich dann an Miran. „Was ist los, Miran? Wo warst du?", fragte sie neugierig.

Miran atmete noch einige Male ein und aus und antwortete dann: „Iss hab miss etwass umgessaut. Es tut mir leid, iss hab die Seit vergesssen."

Lis nickte nur und fragte: „Hast du was Interessantes entdeckt?"

„Einen Pfad, den die Menssen durss den Ssumpf gemasst haben", sagte Miran schwer atmend.

Seine Zunge zuckte nervös und seine roten Augen schauten Lis freundschaftlich an.

„Zu welchem Dorf führt die Straße?", wollte Lis wissen und hörte Miran interessiert zu.

Er hatte sie von ihren Gedanken abgelenkt und genoss ihre volle Aufmerksamkeit.

„Was wäre bloß geschehen, wenn Miran nicht aufgetaucht wäre?", ging es Lis durch den Kopf, aber im Grunde wollte sie die Antwort nicht wissen.

Vielleicht hätte sie Arok gebeten, sie zu verlassen. In ihrem emotionalen Chaos, was geherrscht hatte, hätte sie sich alles zugetraut.

„Die Sstadt oder das Dorf musss jensseits der Grenssen vom Ssumpf liegen. Iss bin dem Weg gefolgt, habe aber lange nissts gessehen", antwortete Miran und sein Atem wurde etwas ruhiger. Lis nickte und überlegte kurz.

Was sollten sie nun machen? Sie brauchten etwas zu Essen und in einem Dorf könnten sie gegen Arbeit dergleichen bekommen. Nicht nur dieser Grund veranlasste Lis, sich in Bewegung zu setzen und den Weg anzusteuern.

Etwas anderes, was ihre Intuition ihr sagte, veranlasste sie ebenfalls dazu.

Jenseits der Grenzen vom Sumpf? Das klang sehr interessant.

Arok hatte halbherzig zugehört und folgte ihnen.

Während er hinter ihnen herging, musste er sich stark zusammenreißen. Seine Wut und sein Frust über seine Unfähigkeit, Lis die Wahrheit zu sagen, machten ihn fertig.

Selten konnte Arok etwas nicht, aber seitdem er mit Lis zusammen war, hatte sich alles verändert.

Seinen Plan hatte er aufgegeben, aus zwei Gründen. Der eine Grund war die Warnung von der Seele und der zweite Grund war seine Zuneigung zu ihr.

Nun hatte er seine Heimat verloren und keine Chance, je wieder zurückkehren zu dürfen.

Was außerdem noch an seinem Stolz nagte, war der Fakt, dass er bei der Eidechse versagt hatte. Es stimmte zwar, dass er verwundet war, aber Lis hatte weniger Macht als er. Sie war ein Mensch und hat die Eidechse mit ihren unglaublichen Kräften besiegt?

Und wieso tat ihm auf einmal seine Schulter nicht mehr weh? Er war aufgewacht und hatte seitdem nichts mehr von seiner Verletzung gespürt.

Da erst fiel Arok auf, dass Lis sich verändert hatte.

Er sah einen schwarzen Gürtel um ihre Hüften mit einem Dolch auf der rechten Seite. Arok konnte es nicht glauben und schaute ein zweites Mal hin.

Noch dazu war etwas anderes an dem Gürtel befestigt, was Arok nicht richtig zuordnen konnte.

Als sich im Wind Lis Haare bewegten, sah Arok außerdem noch eine Halskette aus glänzendem Silber, das das morgendliche Sonnenlicht reflektierte.

Arok erinnerte sich auch wage an etwas, das Lis am Handgelenk getragen hatte. Alles Gegenstände, die sie früher nicht gehabt hatte.

Hatte sie diese Gegenstände von zu Hause mitgenommen oder hatte jemand ihr die Gegenstände gegeben?

Misstrauen schlich in Aroks Gedanken hoch.

Was war bloß geschehen, als er ohnmächtig war?

Wie hatte Lis Miran bezwungen?

Arok traute es ihr zwar zu, aber er war neugierig, wie sie das angestellt hatte.

Er verwarf seine Gedanken und würde Lis fragen, wenn es eine passende Möglichkeit gab.

Miran führte sie durch den lichten Wald und der Tag näherte sich seiner Mitte. Die Sonne war schon längst am Himmel, als sie den Wald verließen und eine kleine Straße erreichten.

„Das ist der Weg?", fragte Lis, als sie einen kleinen Graben übersprungen hatte. Miran nickte und schaute dabei an Lis vorbei zu Arok. Sein Blick war nicht sehr freundlich, aber er schwieg.

Er wusste, dass er einen Fehler machen würde, wenn er über Arok sprach. Sie konnte es in seinen Augen lesen. So unzivilisiert, wie ihr Miran vorkam, war er nicht, er war viel intelligenter als man im ersten Augenblick glauben mochte.

Lis fiel auf, dass Miran ein ruhiges Wesen war.

Er bewegte sich zwar, für ihre Augen, eigenartig, aber dennoch hatte er ruhige, besonnene Züge. Je mehr Lis über Miran nachdachte, desto fantastischer kam er ihr vor.

Arok bemerkte ihren Blick und war im ersten Moment verwirrt. Er war allgemein etwas schlechter Laune und wartete nur auf einen Fehler von Miran, um Lis dann ganz für sich alleine zu haben.

Das Problem war, dass Miran keinen Fehler machen würde, weil er genau spürte, was in Arok vorging.

Die Straße führte mitten durch den Wald. Auf beiden Seiten waren sie von Wald umgeben. Die Umgebung war

Lis völlig unbekannt, es erinnerte sie nichts an den Sumpf oder an Loikes oder an Trisus.

Der Wald hier war anders. Er war auf komische Weise gesund und man hatte nicht das Gefühl ständiger Bedrohung.

Den Seelenwald, in dem sich Lis mit Arok aufgehalten hatte, umgab solch eine böse Aura, dass Lis sich bis zu diesem Tag nicht davon erholen konnte. Das eisige Gefühl spürte sie immer noch, wenn sie an diesen unheimlichen und bösen Ort dachte.

Von Zeit zu Zeit blickte sich Lis um und schaute dann kurz zu Arok.

Immer wieder trafen sich ihre Blicke, aber keiner von ihnen machte Anstalten, sich mit dem anderen zu unterhalten. Lis wusste nicht, was sie sagen sollte.

Sie freute sich, dass sie vorhin unterbrochen wurde, denn Miran hatte sie vor einem großen Fehler bewahrt.

Es war eine Schwäche von Lis, dass sie sehr emotional handelte und dann keinen Ausweg aus dem Schlamassel wusste. So hatte sie sich oft keine Freunde, sondern eher Feinde gemacht.

So drastisch war es aber nie wirklich gekommen. Es gab Wesen, die Lis mochten und andere fanden sie arrogant und einfältig. Lis wusste nicht, wieso andere so über sie dachten, sie war halt eher zurückhaltend und wollte sich keinem aufdrängen.

Wie eine Blume, die mit ihrem Aussehen entzücken, und nicht damit prahlen wollte.

Aber niemand, außer Arok, sah sie mit diesen Augen an. Lis war ein Wesen höheren Grades und das spürte man sofort, wenn man in ihre Nähe kam.

Das Gleiche war bei Arok der Fall.

Seine Schönheit, sein Stolz und seine Eleganz waren unübersehbare Charakterzüge von ihm.

Lis dachte über die ganze Situation nach, während sie neben Miran auf der Straße ging. Die Einwohner dieses Dorfes hatten einen Pfad durch den Wald geschlagen und ihn zu einer großen Straße ausgebaut.

Lis war beeindruckt von der Technik, die die Menschen verwendeten.

Es galt, dass Menschen zu dumm waren, um technologisch zu denken, aber da hatten sich die weisen Männer von Loikes geirrt.

Elfen waren nichts anderes, als eine Nebengruppe der Menschen. Wer wusste denn in Loikes etwas über Trisus? Oder wer von ihnen war schon im Land hinter den Sümpfen gewesen? Nun war Lis ein Mensch und konnte sich unter das menschliche Volk mischen, ohne großes Aufsehen zu erregen. Auch wenn ihre Schönheit schon Grund genug war, Aufsehen zu erregen.

Es würde sich ein Weg finden, auch diese Kleinigkeit zu bereinigen.

Lis erwartete mit Freuden das Dorf oder die Stadt, die sich hinter der nächsten Straßenbiegung verbergen könnte. Sie war gespannt auf das, was sie erwartete. Das alles, was sie erlebt hatte, machte sie hungrig nach mehr.

Natürlich nicht nach Kampf, sondern nach neuen Erkenntnissen, neuen Kulturen, Wesen und Ähnlichem.

Lis wollte lernen, soviel es geht. Sie war offen für alles und wollte ihr Wissen vervielfältigen.

Mit dem, was Lia gesagt hatte, gab sie auch Lis den Grund, um weiterzuleben. Lis hatte wieder einen Ansporn, um nach vorne zu blicken und sich des Lebens zu erfreuen.

Und Arok gab ihr so viel Kraft und Aufmerksamkeit, die sie brauchte.

Während sie auf der Straße entlang gingen, wurde es recht still.

Lis, Arok wie auch Miran waren in Gedanken versunken und gingen, wie eine kleine Gruppe Einsiedlerkrebse, nebeneinander weiter geradeaus.

Es herrschte eine neutrale Stimmung. Arok hatte sich in der Zwischenzeit beruhigt und sich damit getröstet, dass es bestimmt eine bessere Möglichkeit geben würde. Er dachte an seine Heimat und verstärkt an seinen Vater. Er bereute nicht, dass er Trisus verlassen hatte, bereute aber, dass er nichts zu essen mitgenommen hatte. Nach der ganzen Aufregung spürte er, wie sein Magen knurrte und nach Essen verlangte. Das machte seine Laune nicht besser.

Er konnte die Ankunft im Dorf auch nicht abwarten. Zwar war es nicht der Drang des Wissens, der ihn dort hinzog, aber sein Selbsterhaltungstrieb.

Miran schaute sich aufmerksam um und seinen scharfen Ohren entging kein verräterischer Laut. Aber es schien alles ruhig zu sein, denn Miran alarmierte sie nicht, sondern ging weiter. Er wirkte neben Lis wie ein Gigant und war fast doppel so groß wie sie und auch doppelt so breit. Miran war auch größer als Arok, aber man merkte es nicht so, denn auch Arok war gut gebaut.

Lis hingegen war so klein und zart wie eine Lilie, und neben ihr wirkte jedes andere Wesen mächtig und erhaben. Doch im Grunde war es Lis, die die Stärkste von ihnen war.

Ihre Umgebung veränderte sich kaum, nur die Lichtverhältnisse wurden mit der Zeit besser. Die Sonne war währenddessen weiter aufgestiegen und immer noch war kein Ende in Sicht. Nach einer Weile brauchte Lis eine Pause und deutete Miran zu einem umgefallenen Baumstamm zu gehen und sich zu setzen. Miran verstand Lis ohne Worte und auch Arok folgte ihnen wortlos. Am Baumstamm angekommen, legte Lis ihre Tasche zu Boden und setzte sich auf den dicken Baumstamm, der am Waldrand lag.

Es war unheimlich still, sogar die Vögel waren nicht zu hören. Im ersten Moment fiel es Lis nicht auf, aber als Miran seinen Kopf in Richtung Waldrand drehte, hörte auch Lis gespannt hin.

„Hört ihr das?", fragte sie und schaute zuerst zu Miran und dann zu Arok, der sich ein kleines Stück weiter von ihr hingesetzt hatte.

Miran atmete bedeutungsvoll aus und schwieg weiterhin.

Lis sagte nichts mehr, sondern schaute gespannt zu Miran.

„Das gansse isst mir nisst geheuer", sagte er nach wenigen Augenblicken und schaute sich aufmerksam um.

„Ess isst zu ruhig", fügte Miran noch hinzu, und seine Augen wurden zu schmalen Schlitzen, die sich konzentriert umsahen.

Lis dachte an den gestrigen Abend und sie erinnerte sich an Eldur, der ihr das Leben gerettet hatte.

Vielleicht wusste er, wohin sie gingen?

Lis nahm ihre Flöte und spielte auf ihr diesen einen Ton.

Miran und Arok schauten gleichzeitig zu Lis. Ein fragender Ausdruck erschien in Aroks Augen und der Ausdruck bei Miran war nicht besser.

„Was machst du da? Willst du, dass sie uns finden?", fragte Arok und schaute Lis entgeistert an.

„Wer soll uns finden?", fragte Lis verwirrt und schaute zu Arok.

„Hast du wirklich nicht gemerkt, dass wir verfolgt werden? Es ist doch nicht zu überhören", sagte Arok und schüttelte betrübt den Kopf.

„Du musst noch eine Menge lernen", murmelte er leise und Miran grinste frech, als er seine Worte hörte.

Seine Visage wurde zu einer unkenntlichen Grimasse und Lis erschreckte sich etwas, ließ es sich aber nicht anmerken.

Nach wenigen Augenblicken erschien Eldur am Horizont und nach einer Weile landete er mit ausgebreiteten Flügeln nicht weit von Lis.

... und alle Bemühungen auf sich nimmt ...

Als Arok Eldur am Horizont sah, konnte er als Erstes nur einen Punkt erkennen. Je näher ihnen der Adler kam, desto besser konnte man ihn erkennen und ein neugieriger und auch misstrauischer Funke erschien in Aroks Augen.

Miran wich einige Meter zurück und kauerte sich zusammen.

Er hatte Respekt vor Eldur, das konnte man bei seiner Größe auch verstehen.

Aroks Ausdruck hatte sich in eine bodenlose Fassungslosigkeit verwandelt.

Ein Tier solch einer Größe, das Lis kontrollieren konnte?

Lis lächelte, als sie seinen Blick sah und sagte mit Freude in der Stimme: „Das ist Eldur, Eldur das sind Arok und Miran."

Dabei deutete sie zuerst auf Arok und dann auf die zusammengekauerte Gestalt, nicht weit von Arok entfernt. Eldur schaute nur kurz zu ihnen und wendete sich wieder an Lis, mit einem fragenden Blick.

„Ich wollte dir meinen Dank aussprechen, das letzte Mal bin ich nicht mehr dazu gekommen, mich für deine Rettung zu bedanken", sagte Lis und ging auf Eldur zu.

Sie kam zu ihm und streichelte ihm sanft über seinen Hals.

Eldur krächzte leise, aber schaute immer noch kritisch zu Lis hinunter.

„Das ist natürlich nicht alles, was ich von dir möchte. Sag mir, mein Freund, ist es noch weit bis zur Stadt?", fügte Lis hinzu und schaute neugierig zu Eldur.

Er gab einen komischen Laut von sich und schaute zu Lis, dann zu Arok und dann zu Miran. In seinen Augen arbeitete es, dann schaute er wieder zu Lis, krächzte einmal laut und deutete Lis, auf seinen Rücken zu klettern.

Dabei spreizte er seinen Flügel, damit sie ihn wie eine Leiter benutzen konnte. Lis konnte im ersten Moment nicht verstehen, was Eldur von ihr wollte, aber dann begriff sie es und lächelte ihn glücklich an.

„Du willst uns hinfliegen?, fragte sie ihn, um ganz sicher zu gehen, dass sie es richtig verstanden hatte.

Eldur schaute sie aus seinen schönen Adleraugen an und senkte den Kopf. Es sah aus, wie ein Nicken und Lis lächelte glücklich.

Sie drehte den Kopf zu Arok und Miran und sagte: „Worauf wartet ihr noch?"

Arok setzte sich in Bewegung und ging auf sie zu, Miran aber blieb einfach sitzen und sagte nichts, aber seine angsterfüllten Augen sprachen Bände.

Lis wartete nicht auf Miran sondern kletterte als Erstes auf Eldurs Rücken, dabei versuchte sie so vorsichtig wie möglich zu sein, um ihm nicht wehzutun.

Auch Arok nahm Rücksicht auf Eldur und setzte sich dicht neben Lis. Sie spürte seine Nähe und schaute ihn lächelnd an, denn er gab ihr Sicherheit und Kraft.

Arok bemerkte ihren vielsagenden Blick, antwortete mit einem schüchternen Lächeln und setzte sich vorsichtig in die weichen Federn.

Eldur breitete daraufhin seine zweite Schwinge aus und nahm Schwung, um sich in die Lüfte zu erheben.

Lis hielt sich verzweifelt an ihm fest und spürte seine unglaubliche Wärme.

Gerade, als sich Eldur ganz in die Lüfte schwingen wollte, spreizte er seine Krallen und packte Miran an der Schulter.

Völlig verängstigt rührte er sich nicht, sondern ließ es geschehen. Er wagte es auch nicht, nach unten zu blicken. Seine Höhenangst machte ihm in diesem Moment schwer zu schaffen.

Eldurs Schwingen peitschen immer wieder nach oben und trieben sie mehr und mehr gegen den Himmel, bis sie eine geeignete Höhe erreicht hatten.

Der Ausblick war einfach fantastisch.

Lis konnte ihren Augen nicht glauben. Sie blickte auf das offene Land und sah den Wald unter sich.

Die großen Bäume wurden mit jedem weiteren Flügelschlag immer kleiner und verschmolzen in einem dunklen Grünton.

Doch die Bäume waren nicht annähernd so interessant wie das Land vor ihnen.

Sie blickte kurz zurück, an Arok vorbei, und sah den Sumpf.

Er erstreckte sich in unermessliche Dimensionen. Man erkannte ihn am gelben Gras und den Sumpflöchern, aus denen übles Sumpfgas aufstieg. Es waren außerdem braune Kreise, die man schwer übersehen konnte.

Arok und Lis waren den weitaus ungefährlicheren Weg gegangen, den auch die Menschen benutzten. Sie kannten sich zwar nicht gut im Sumpf aus, aber sie hatten gelernt, vorsichtig zu sein und Sumpfgegenden zu vermeiden.

Alleine war man im Sumpf verloren. Wenn man sich nicht auskannte und in ein Sumpfloch fiel, dann war auch schon das Todesurteil gefällt.

Lis blickte sich weiter um und konnte Loikes nur sehr schwach erkennen. Sie sah seine wunderschönen Laubwälder, die sich in allen Farben spiegelten. Doch die Stadt des ewigen Lichts war hinter den Hügeln des Lichts versteckt. Ganz weit am Horizont konnte sie die wunderschönen Berge sehen, mit ihren weißen Schneespitzen.

Auch Trisus war zu sehen und der hohe Turm. Arok folgte ihrem Blick, konnte sich Trisus aber nicht lange anschauen. Unangenehme Gedanken schossen ihm durch den Kopf und er zog es vor, sie zu verdrängen.

Er blickte wieder nach vorne und es war ihm anzusehen, dass er sich nicht gerade wohlfühlte.

Mit der Zeit hatte Lis ihn besser kennengelernt und nun konnte er schwer etwas vor ihr verbergen.

Sie schaute ebenfalls geradeaus, als sie Arok an der Schulter stupste und nach vorne deutete, dabei musste er sich krampfhaft an Eldur festhalten, um nicht runterzufallen.

Lis folgte seiner Geste und schaute sich suchend um.

Ihre Augen wurden groß, als sie am Horizont das Ende des Waldes sah und sich eine große Lichtung vor ihnen ausbreitete.

Aroks Blick war nicht so fasziniert. Er sah kritisch auf das Land und schwieg.

Mit jedem weiteren Flügelschlag kamen sie dieser großen Grünfläche näher.

Mit ungeheurer Geschwindigkeit überflogen sie den Wald und ließen ihn hinter sich.

Lis konnte sich an all dieser umwerfenden Schönheit nicht sattsehen.

All die Dinge, die für sie so monströs waren, schienen jetzt so klein, dass Lis keinen Vergleich fand.

Sie überblickte das Land und spürte mit einem Male, wie klein doch alles war, aus einer anderen Perspektive gesehen.

Dass sie ein kleines Teil eines Ganzen war, das unüberschaubare Größe besaß.

„Denk nicht so viel, Prinzessin …", hallte es in Lis' Kopf und sie spürte die unmittelbare Anwesenheit von Lia.

Es verwirrte Lis, dass die Göttin sogar ihre Gedanken lesen konnte. Das hatte sie nicht gewusst, aber hätte sie es sich nicht denken können?

Ein kalter Schauer lief ihr über den Rücken und sie schaute sich suchend um.

Lia war nirgendwo zu sehen.

Lis schüttelte den Kopf und mahnte sich in Gedanken, ihre Fassung zu bewahren,

aber es war schon zu spät.

Arok hatte ihr komisches Verhalten bemerkt und schaute sie fragend an.

Er wollte etwas sagen, aber der zischende Wind nahm seine Worte mit fort und Lis konnte ihn nicht verstehen, auch wenn sie sich doch so nahe waren.

Eldurs Schwingen verursachten, in einem bestimmten Rhythmus, einen pfeifenden Laut, der in Lis' Trommelfell widerhallte. Er war zu ertragen, aber Lis war dennoch froh, dass sie das Geräusch nicht zu oft hören musste.

Die Welt unter ihnen nahm wieder eine andere Gestalt an. Sie hatten die große Grünfläche erreicht und Eldur wurde etwas langsamer.

Seine Flügel stellten sich mehr in die Vertikale und er steuerte auf die Lichtung zu.

In kreisförmigen Bewegungen näherte er sich der Erdoberfläche und drosselte seine Geschwindigkeit.

Arok kämpfte mit sich, um sein Unwohlsein zu verbergen, aber Lis konnte ihn ohne Probleme durchschauen.

Sie lächelte ihn an und blickte dann wieder konzentriert nach vorne.

Arok hatte ihr ironisches Lächeln gesehen und sagte sich im Stillen, dass sie das zurückbekommen würde.

Er musste über seine eigenen Gedanken lachen.

Wie hieß es so schön? Was sich liebt, das neckt sich?

Als Eldur zum Abstieg ansetzte, musste er öfter mit den Flügeln schlagen und trockenes Laub wurde aufgewirbelt.

Gerade, als er zum Landeanflug ansetzte, ließ er Miran los und er landete steif auf dem Boden. Er kauerte sich wieder zusammen, blieb an der Stelle sitzen und rührte sich nicht mehr.

Mit zwei weiteren Flügelschlägen landete Eldur geschmeidig auf dem Boden und breitete eine seiner Schwingen aus, um Lis und Arok runterzulassen.

Lis kletterte elegant und flink von seinem Rücken, Arok hingegen stellte sich etwas schwerfälliger an, versuchte aber dennoch, so elegant zu wirken wie Lis.

Das Ergebnis sah so lustig aus, dass Eldur und Lis darüber lächeln mussten.

Sie schaute zu Eldur hin und erkannte den Spott in seinen Augen, den auch sie verspürte.

Als es Arok endlich geschafft hatte, sich durch das Gewirr von Gefieder zu kämpfen und auf seinen eigenen Beinen zu stehen, schüttelte Eldur seine Federn und ordnete das Chaos, was Arok angerichtet hatte.

Mit einer majestätischen Eleganz legte Eldur seine Federn zurecht und schüttelte sich dann anschließend.
Lis kam Eldur etwas näher und streichelte über seinen Flügel.

Sie wusste nicht, ob er es spürte, aber er nahm ihre freundschaftliche Geste wahr – und das war das, was zählte.

Sie war ihm sehr dankbar, dass er sie so weit gebracht hatte.

Wenn sie gelaufen wären, hätte es mehr als einen Tag gedauert.

Mit dem Flug hatten sie nicht mehr als eine halbe Stunde gebraucht.

Eldur schaute sie aus wissenden und neugierigen Augen an und krächzte leise.

Lis interpretierte es als eine Art Geräusch, das er von sich gab, wenn er glücklich war.

Es klang nicht aggressiv, sondern sehr angenehm und ruhig.

„Ich danke dir, mein Freund", sagte Lis leise und hörte auf, ihm über das Gefieder zu streicheln. Eldur senkte den Kopf zu einem Nicken und Lis entfernte sich ein paar Schritte.

Mit einem lauten Getöse erhob sich Eldur wieder in die Lüfte, drehte noch einige Runden über den Zweien und flog dann in die Richtung, aus der sie gekommen waren.

Lis schaute ihm noch einige Augenblicke hinterher und drehte sich dann zu Arok um.

Er war etwas blass um die Nase, aber sonst schien es ihm gut zu gehen.

Miran war wohl der Einzige von ihnen, dessen Reise nicht so komfortabel war.

Er saß immer noch wie ein Stein, zusammengekauert und paralysiert.

Lis schaute zu ihm hin und sah mit Erschrecken seinen erbärmlichen Zustand.

Sie ging auf ihn zu, blieb wenige Zentimeter vor ihm stehen und schaute ihn besorgt an.

Miran rührte sich nicht, seine Augen waren zu schmalen Schlitzen geschrumpft und blickten starr geradeaus.

... so auch ein neues Abenteuer beginnt

„Miran?", fragte Lis leise.
Nichts geschah.
Er reagierte nicht und blieb wie eine Statue sitzen.
Lis drehte sich zu Arok um und schaute ihn fragend an.
Arok kam zu ihr und legte ihr beruhigend seine Hand auf ihre Schulter.
„Lass uns etwas warten. Vielleicht wacht er irgendwann auf", schlug er vor und schaute sich Miran etwas genauer an. Sein Blick blieb kritisch, aber er sagte nichts mehr.
Lis nickte zustimmend. Ihr Blick schweifte ab und sie schaute sich aufmerksam um. Die Bäume hatten ihre gewöhnliche Größe und Pracht und sie vermisste diesen wunderschönen Ausblick, von dem aus alles so klein und übersichtlich gewesen war.
Hier unten fühlte sie sich wieder als kleines Küken, das zu allem hinaufblicken musste.
Arok registrierte ihren bedrückten Blick und runzelte fragend die Stirn.
Lis winkte ab und suchte in ihrer Tasche nach der Decke.
Sie fand sie auf Anhieb, breitete sie auf dem Rasen aus und setzte sich und deutete Arok anschließend, sich zu ihr zu setzen.
Er gehorchte, setzte sich neben Lis und ruhte sich etwas aus.
Mit der Zeit gewann sein Gesichtsausdruck mehr und mehr an gesünderer Farbe, und seine Laune schien sich auch gebessert zu haben.
Es herrschte völlige Stille.
Lis war in ihren Gedanken versunken und träumte immer noch von ihrem großartigen Erlebnis.
Von Zeit zu Zeit schaute sie besorgt zu Miran, der keine Anstalten machte, sich zu rühren.
Arok räusperte sich übertrieben und schaute Lis direkt an.

Er wollte das Gespräch weiterführen, das Miran unterbrochen hatte.

Lis bemerkte seinen Blick und sah zu ihm hin.

In der Mittagssonne wirkte Arok wieder etwas bleich, aber seine Gesichtszüge waren viel edler, als sonst.

Kleine Schatten legten sich auf sein Gesicht. Er wirkte älter und erfahrener und in seinen Augen spiegelte sich der Wunsch, mit Lis zu sprechen.

Lis wartete geduldig darauf, dass Arok endlich etwas sagte, aber er traute sich nicht.

Er schaute sie nur bedeutungsvoll an.

Sie tat ihm den Gefallen, nahm ihn bei der Hand und sagte mit einer unheimlichen Güte in der Stimme: „Sag mir endlich, was du mir schon seit Tagen sagen möchtest."

Diese Frage traf Arok wie ein Schlag.

Er hatte eine andere erwartet und erst jetzt bemerkte er, dass er schon seit Tagen mit Lis sprechen wollte, sich aber nie überwunden hatte.

Lis streichelte ihm beruhigend über die Hand und schaute sie sich dabei genau an.

Kleine Narben von Verbrennungen waren zu sehen. Seine Lebenslinie war lang und durchgehend. Außerdem war seine Hand nicht gerade klein. Sie war muskulös, aber auch nicht zu dick.

Lis betrachtete aufmerksam die Unebenheiten in seiner Handfläche und wartete auf seine Worte.

Arok genoss ihre Nähe und schaute verlegen auf ihre Hand, die in kreisförmigen Bewegungen über seine Hand streichelte.

Er wusste nicht, wie er es sagen sollte.

Er wollte ihr die Wahrheit sagen, damit nichts mehr zwischen ihnen stand und damit sie nichts mehr auseinander bringen konnte.

Er fürchtete sich aber vor ihrer Reaktion.

Das, was er ihr zu sagen hatte, war zwar die Wahrheit, aber keine sehr erfreuliche Art von Wahrheit.

Er wollte sein Gewissen reinigen und damit auch eine neue Ebene erreichen, die er mit Lis teilen wollte.

„Ich", begann Arok und schaute weiterhin verlegen zu Boden, „weiß nicht, wie ich es dir sagen soll. Es ist sehr kompliziert."

Lis schaute ihn fragend an, schwieg aber weiterhin. Es war nun seine Aufgabe, zu sprechen. Sie war die Zuhörerin und würde sich auch dementsprechend verhalten.

„Es wäre für mich leichter, wenn wir uns unter vier Augen unterhalten könnten", fügte Arok hinzu und deutete zu Miran. Lis schaute ebenso zu der Eidechse hin.

Sein Zustand war unverändert. Er schaute immer noch in die gleiche Richtung und hatte sich keinen Zentimeter bewegt.

Lis nickte anschließend und sagte: „Wir lassen die Sachen hier, dann weiß er, dass wir wiederkommen, wenn er seine Starre überwunden hat."

Arok nickte zustimmend und half Lis auf die Beine. Dabei nahm er ihre linke, unverletzte Hand.

„Und du willst wirklich nicht, dass ich mich um deine Verletzung kümmere?", fragte er besorgt und schaute sich Lis' Hand noch einmal genauer an.

Mirans Klauenhieb hatte Lis' rechte Hand gestreift und einen tiefen Riss auf der äußeren Handoberfläche hinterlassen.

Es schien, als hätte es sich entzündet und Arok hätte sich nicht gewundert, wenn Lis höllische Schmerzen leiden würde, sich aber nur nicht so anstellen wollte.

Lis verneinte und beide machten sich auf den Weg, einen kleinen Spaziergang zu machen. Arok war nicht sehr begeistert von Lis' Entschluss, akzeptierte es aber.

Hand in Hand gingen sie geradeaus und es herrschte für eine Weile eine wohltuende Stille.

Lis schaute fragend zu Arok und wartete geduldig auf seine Ankündigung, die er zu machen hatte.

Er räusperte sich wieder, um die vielsagende Stille zu durchbrechen und begann zu erzählen: „Du hast mich nie gefragt, wieso ich dir eigentlich geholfen habe. Es stimmt, du wolltest wissen, wieso ich dich so behandelt habe, aber ich hab dir nur einen Teil meines Grundes genannt. Es stimmt wirklich, dass ich einsam war in Trisus, aber das war nicht der Hauptgrund. Es gibt einen anderen Grund, der sich aber für mich schon längst erledigt hat."

Er schwieg daraufhin und Lis ahnte nichts Gutes. Sie schwieg weiterhin und ließ ihm Zeit, die richtigen Worte zu finden.

„Es ist schwer, dir meine Pläne zu beichten, die ich gemacht hab, als ich noch in Trisus gelebt habe und die Welt noch mit anderen Augen gesehen habe. Seit ich dich kenne, hat sich mein ganzes Leben gravierend verändert und es stört mich nicht. Im Gegenteil, ich habe so viel gelernt und gesehen. Und überhaupt bereue ich keine einzige Sekunde, die ich mit dir verbracht habe, auch wenn es gefährlich war und mich einiges an Schmerz gekostet hat. Da bin ich aber auch selbst schuld."

Arok wollte es Lis in Portionen beichten, sie langsam darauf vorbereiten und es so gut wie möglich verpacken, damit sie es nicht falsch verstand.

Er hatte furchtbare Angst, sie zu verlieren, aber er musste es tun, sonst würde er sie mit Sicherheit verlieren, früher oder später.

Lis hörte ihm aufmerksam zu und wollte ihm alle Chancen geben. Es kostete sie zwar sehr viel Geduld, aber das war es ihr wert.

„Du musst mir glauben, hätte ich vorher gewusst, was für ein liebenswertes Wesen du bist, hätte ich nie an so etwas gedacht", versuchte sich Arok rauszureden, aber Lis konnte es nicht mehr hören und unterbrach ihn: „Sag mir endlich, um was es geht."

Arok schaute Lis bedrückt an und blieb stehen. Er schaute ihr einen kurzen Moment lang in die Augen und schaute dann wieder zu Boden.

„Als ich von dir erfahren habe, von der großen Prinzessin, die für jedes Abenteuer zu haben war, hatte ich nur noch ein Ziel. Ich wollte dich nach Trisus locken, dein Vertrauen gewinnen und durch dich nach Loikes kommen. In Loikes wollte ich deine Familie versklaven und meinem Vater die Möglichkeit verschaffen, die Stadt des ewigen Lichts zu erobern."

Lis schaute erschrocken zu Arok und ließ seine Hand los, doch Arok ergriff ihre Hand wieder und sprach weiter: „Ich hab dir jetzt die Wahrheit gesagt und ich bitte dich, hör mir bis zum Schluss zu. Es ist wirklich wichtig, dass du mich anhörst."

Lis schüttelte entsetzt den Kopf und konnte ihren Ohren nicht trauen.

Ein eisiger Schauer lief ihr über den Rücken und sie wusste im ersten Augenblick nicht, wie sie reagieren sollte.

Wieso hatte sie ihm überhaupt vertraut? Das war es also gewesen, was er von Anfang an mit ihr vorgehabt hatte.

Es waren keine guten Absichten gewesen. Nein, es waren grauenhafte Pläne, die er geschmiedet hatte.

Aber was hatte sie denn erwartet von einem Wesen, das nur eines kannte.

Leid, Schmerz, Gewalt und das für das Böse bestimmt war.

Was jetzt in ihm vorging, wollte sie gar nicht mehr wissen.

Der Fakt, dass er ihr und ihrer Familie Leid zufügen wollte, schmerzte Lis und verschlang ihr förmlich die Sprache.

Tränen der Furcht und der Überraschung schossen ihr in die Augen und sie riss ihre Hand von seiner los.

„Lauf bitte nicht weg, Lis", sagte Arok und wollte sie zurückhalten, aber Lis wollte sich nicht mehr von ihm aufhalten lassen.

Gerade, als sie loslaufen wollte, fühlte sie eine innere Unruhe und blieb verwirrt stehen. Ein Gefühl von fremder Magie, so was, was sie auch bei Lia gespürt hatte, machte sich in ihr breit. Lis schaute sich aufmerksam um und spannte sich angsterfüllt. Es war alles anders, ganz anders.

Die Zeit schien wieder stillzustehen, denn Arok stand da und rührte sich nicht mehr und sein Blick blieb unverändert starr.

Der Wind war verstummt und kein Grashalm bewegte sich mehr im lauen Herbstwind.

„Lia? Bist du es?", fragte Lis und schaute sich ängstlich um.

Sie spürte ihre Gegenwart nicht, sondern etwas Fremdes.

Sie konnte es nicht beschreiben, es war eine starke Aura, die sie zum ersten Mal in Trisus verspürt hatte. Es war ein Gefühl, das nichts Gutes zu bedeuten hatte.

Niemand antwortete auf Lis' Frage und es war weiterhin ungewöhnlich ruhig.

Es war nicht so, wie beim ersten Mal. Lis schaute sich weiterhin mit wachsender Nervosität um.

Dunkle Wolken zogen auf, verdunkelten den Himmel und Lis spürte eine immer stärker werdende Gefahr und eine unheimliche Unruhe in sich aufsteigen.

Sie wusste, dass es keinen Sinn machte, wegzulaufen, denn diese Art von Gefahr würde sie überall aufspüren und mit unwiderruflicher Härte treffen.

„Na, na, na. Nicht so ängstlich, mein Kind", sprach eine dunkle und fremde Männerstimme. Lis schaute sich erschrocken um und sah einen Mann neben Arok stehen. Seine Hände waren hinter dem Rücken verborgen, seine Haltung war entspannt und ein überhebliches Lächeln lag auf seinen Lippen.

Lis drehte sich zu ihm um und schaute ihn verwirrt an.

Die Stärke, die von ihm ausging, schnürte Lis die Kehle zusammen und sie musste sich stark konzentrieren, um noch atmen zu können.

Panik stieg in ihr hoch, die sie nur sehr schwer bekämpfen konnte.

Sie wusste nicht, welch göttliches Wesen sich auf die Erde herabgelassen hatte, um mit ihr zu sprechen.

Ihr machte es Angst und sie wusste nicht, was sie sagen und machen sollte.

Situationen, die Lis nicht kannte, Angst, die Lis nicht verstand und eine Liebe, die doch nie gut gehen konnte.

Lis' Gefühlsebene wurde stark strapaziert, seitdem sie nach Trisus gegangen war, und es wurde mit jedem Tag schlimmer.

Gab es denn nicht auch mal eine Pause für das ganze Chaos, das in Lis' Gefühls- und Gedankenwelt herrschte?

Der Mann sah aus wie ein starker Krieger, mit seiner schwarzen Rüstung und mit seinem schwarzen, großen Schwert auf der linken Seite.

Lis war klar, dass er durch seine pompöse Kleidung Eindruck schinden wollte und das gelang ihm auch. Lis war enorm eingeschüchtert.

Die schwarze Farbe erinnerte sie außerdem an Trisus und automatisch an Arok.

Es wirkte sehr mächtig und auch auf gewisse Weise gefährlich.

Er stand neben Arok und die Ähnlichkeit war verblüffend.

Edle und göttliche Züge waren bei beiden Männern zu sehen. Eine unheimliche Ruhe und Stärke wurde von beiden ausgestrahlt.

Charakterzüge, die Lis an Arok geliebt hatte und im Grunde immer noch liebte.

Der Krieger lächelte Lis auf sonderbare Weise an, doch dann erlosch sein Lächeln und er sah sie vielsagend an.

„Lis, wenn du jetzt gehst und ihn alleine stehen lässt, gehst du in deinen Untergang und in den Untergang dieser Welt", sagte er und wartete auf eine Reaktion von Lis.

„Was bedeutet das alles?", flüsterte Lis leise und sie merkte, wie schwer es ihr fiel, zu sprechen.

„Loikes wird untergehen, Trisus, der Sumpf, Klines, Agathares und der Rest dieser großen und zwiespältigen Welt", antwortete der Gott des Krieges und schaute Lis ernst an.

Lis war vollkommen verwirrt.

Ihre Hände zitterten und ihre Unruhe wurde zu einem quälenden Schmerz in der Bauchgegend.

„Ich will dich nur warnen, meine Tochter des Mutes. Du bestimmst mit jeder deiner Entscheidungen, wie es mit dieser Welt weitergehen wird.

Behandle Digit gut, er ist mein schönstes Werk. Er wird dir ein guter Begleiter sein. Handle überlegt, mein Kind, und gib deinen Emotionen keine Chance", sagte er, und als er die Worte sprach, verschwand er auf ähnliche Weise wie Lia.

Er verblasste mit jedem Wort mehr.

Mit seinem Verschwinden kehrte auch das Leben zurück und die Zeit nahm wieder ihren gewohnten Lauf.

Arok gewann wieder seinen lebenden Funken in den Augen und ging auf Lis zu.

Lis stand da, wie angewurzelt, und musste erstmal all ihre Gedanken ordnen. Sie schwieg und schaute schockiert zu Boden. Sie wusste, wer dieser Mann gewesen war. Der Gott des Kampfes, Alisis.

Wieso sagte er ihr das?

Was hatte das alles zu bedeuten?

Arok bemerkte ihren starren und ängstlichen Blick und nahm sie bei der Hand.

„Was ist los, Lis? Was ist passiert?", fragte er sie mitfühlend.

Lis reagierte nicht und hörte ihn nur ganz entfernt. Sie war in ihre Gedanken untergetaucht und versuchte, sich einen Reim auf das Ganze zu machen. Sie konnte das alles nicht verstehen.

Gefangen in ihren Gedanken stand sie da und Arok machte sich Sorgen um sie.

Er hatte gemerkt, dass sie etwas zu Tode erschreckt hatte, er wusste nur nicht, ob er oder etwas anderes es gewesen war.

Lis konnte ihn nicht verstehen und war gefesselt in ihren Gedanken, Gefühlen und Befürchtungen.

Die Angst traf sie härter, als sie es für möglich gehalten hätte.

Arok betrachtete sie und nahm sie dann in den Arm. Er wusste nicht, was mit ihr war und Lis spürte ihn nicht einmal.

Eine lange Zeit standen sie da, Lis rührte sich nicht und versuchte, das Erlebte zu verarbeiten und Arok machte sich schreckliche Vorwürfe, dass er es ihr nicht schon früher gesagt hatte.

Er wusste nicht, dass Alisis bei ihr gewesen war. Er wusste überhaupt zu wenig, um sich in Lis' Lage zu versetzen. Er konnte nur eines tun, und das war auch das einzig Richtige.

Er hielt sie in seinen Armen und gab ihr in diesem Chaos ein kleines bisschen Ruhe, die Lis so sehr brauchte.

Nach und nach kam Lis wieder zu sich und hatte ihr gröbstes Chaos in eine übersichtliche Verwüstung verwandelt. Sie würde noch eine geraume Zeit brauchen, um alles wirklich verarbeiten zu können.

Lis löste sich aus Aroks Umarmung und schaute ängstlich und verwirrt zu ihm hoch.

Er verstand, was sie ihm sagen wollte, nickte stumm und ging zwei Schritte zur Seite.

Jetzt war Lis endlich bereit, Emotionen zu zeigen.

Sie hatte alles verloren und jetzt erfuhr sie, dass das Wesen, was sie über alles liebte, keine guten Absichten ihr gegenüber gehabt hatte, noch dazu kam ein Gott zu ihr und sagte ihr, sie müsse ihm verzeihen.

Auch wenn Arok es sich anderes überlegt hatte, er hätte ihr um ein Haar weh getan, ihrer Familie und ihr ganzes Land ins Verderben gestürzt.

Wie konnte sie ihm das verzeihen?

Sie musste es ihm aber vergeben, denn in Alisis Worten war eine leise Drohung zu vernehmen gewesen, die Lis nicht ignorieren konnte.

Innerliche Zerrissenheit trieb ihr die Tränen in die Augen.

Sie war so hilflos.

Wieso war sie es, die über das weitere Schicksal der Welt entschied? Wieso war es nicht jemand anderes?

Natürlich war es schön, jemand Besonderes zu sein, aber zu welchem Preis?

Lis verbarg ihr Gesicht in ihren Händen.

Tränen des Schmerzes, der Ungewissheit, der Trauer und der Enttäuschung liefen über ihr Gesicht und sie schluchzte leise.

Arok schaute weiter zu Boden. Er war verzweifelt und wusste nicht, wie er ihr helfen konnte.

Er schob sich die ganze Schuld in die Schuhe.

Wie ein Blitz schoss es durch seine Gedanken. Er wusste mit einem Mal, wie er Lis helfen konnte.

Das Einzige, was er für sie tun konnte, war, für sie da zu sein und ihr Trost zu spenden. Nun war er es, der ihre Familie ersetzte.

Er schaute zu Lis, ging entschlossen zu ihr hin und nahm sie bei der unverletzten Hand.

Er wollte ihr Gesicht sehen.

Ihm war es egal, dass es voller Tränen war, denn die Tränen änderten nichts an Lis' schönem Antlitz.

Lis wollte sich von seiner Hand lösen, aber Arok hatte ihre Hand fest umschlossen. Nicht zu stark, aber stark genug, um Lis zu verstehen zu geben, dass er sie nicht so schnell loslassen würde.

Sie hörte auf zu weinen und schaute wehmütig zu Arok.

Sie war so hilflos wie ein kleines Kind, das seine Mutter suchte.

Das war Aroks Bestimmung.

Er war für Lis da, wenn sie jemanden brauchte.

Mit der freien Hand wischte er ihre Tränen aus dem Gesicht und lächelte sie aufmunternd an.

Lis konnte sich ein kleines Lächeln nicht verkneifen, als sie sein Lächeln sah, und schaute dann traurig zu Boden.

„Es tut mir aufrichtig Leid, Lis. Darf ich mein Geständnis zu Ende führen, damit nichts mehr zwischen uns steht?", fragte Arok mit ruhiger Stimme und schaute auffordernd zu Lis.

Sie nickte verzweifelt und kämpfte mit den nächsten Tränen.

Arok umschloss ihre Hand noch etwas fester, um seinen Worten Nachdruck zu verleihen und begann zu erzählen:

„Du kannst dich nicht mehr daran erinnern, was da im Seelenwald passiert ist. Sonst hättest du mich einfach liegen gelassen. Ein Glück für mich, sonst wäre ich verblutet.

Ich glaube, ich sollte dir sagen, was passiert ist. Eine Seele aus dem Seelenwald ist in deinen Körper geschlüpft, als ich dich im Arm hatte. Du warst nicht mehr du selbst und du hast mich weggeschleudert und ich bin gegen den Baum geprallt. Den Rest weißt du ja."

Er machte eine kurze Gedenkpause und sammelte Kraft.

Lis schwieg verbissen und wartete auf das lang ersehnte Ende. Wenn sie ehrlich war, hatte sie für diesen Tag schon genug gehört. Aber sie hatte keine andere Wahl, als Arok zuzuhören.

„Der Punkt ist, dass ich seit diesem Augenblick meinen Plan aufgegeben habe. Die Seele, die in deine Haut geschlüpft ist, hat mir unmissverständlich zu verstehen gegeben, dass ich meinen Plan verwerfen soll. Als Warnung hat sie mich, also du, gegen den Baum geschleudert."

Bei seinen Worten erschien ein überraschter Ausdruck auf Lis' Gesicht. Sie schaute Arok aus großen Augen an und versuchte, die unübersichtliche Verwüstung unter Kontrolle zu halten.

„Wenn du jetzt denkst, dass ich nur wegen der Seele meinen Plan aufgegeben habe, liegst du falsch. Es war deine Fürsorge, die mir meine Augen geöffnet hat.

Du hast mich den ganzen, langen Weg gestützt und versucht, meine Wunde zu heilen. Du hast mich in dein Haus gelassen und mir vertraut. Als ich in deiner Eingangstür stand und deine Familie gesehen habe, wusste ich, dass ich es nicht übers Herz bringen konnte. Ich konnte dir einfach nicht wehtun. Nicht dir und deiner Familie, die dir so viel bedeutet", fügte er noch hinzu, schaute ihr dabei tief in die Augen und schwieg einen kurzen Moment.

„Was ich dir mit alldem sagen will, ehrenwerte Lis, Tochter des stolzen Hysis", er flüsterte diese Worte und machte eine bedeutungsvolle Pause.

Er schaute ihr dabei weiter in ihre blauen Augen und streichelte ihr über die Wange, die immer noch nass glänzte.

Lis entgegnete seinen Blick und sie schaute ihn fragend an.

Als Arok nicht weiter sprach, drückte Lis seine Hand und fragte leise: „Was willst du mir sagen?"

Arok lächelte Lis an, als hätte er nur darauf gewartet.

Mit einem Male hatte er den gewünschten Mut, den er brauchte, um ihr zu sagen, wie er empfand. Und er wollte es ihr auf ganz besondere Weise zeigen. Wie lang hatte er auf diesen Moment gewartet, wo er ihr endlich beweisen konnte, dass er sie liebte und das mehr als er je für möglich gehalten hätte.

„Darf ich es dir auch anders sagen?", fragte Arok und schaute Lis verspielt in die Augen.

Lis war nun gänzlich verwirrt. Sie schaute ihn fragend an und nickte zögernd.

Was hatte das alles jetzt schon wieder zu bedeuten?

Arok nahm Lis bei der Hüfte und drückte sie etwas näher an sich.

Seine andere Hand legte er auf Lis Hals und schaute ihr tief in die Augen. Lis konnte ahnen, was er vorhatte.

Und da war es wieder. Dieses komische Gefühl, das sie schon so oft verspürt hatte.

Aber nur in Aroks Gegenwart und in solch verfänglichen Situationen.

Ein wohliges, aber auf der anderen Seite aufgeregtes Gefühl breitete sich in ihrer Magengegend aus. Lis konnte es kaum in Worte fassen.

Nun standen sie da, mitten auf einer großen Wiese.

Das herrliche Grün verbreitete eine frühlingshafte Stimmung und Lis konnte entfernt Vögel zwitschern hören und sie bemerkte, dass sie alles viel intensiver wahrnahm.

Sie hörte den Wind im Gras rauschen und sie spürte ihn auf ihrer Haut. Ihre nassen Wangen wurden langsam wieder trocken und hinterließen ein komisches, gespanntes Gefühl auf der Haut.

Arok streichelte über ihren Hals und kam ihr etwas näher. Dabei schaute er ihr immer noch in die Augen und suchte eine Antwort auf die Frage, die schon seit Tagen in seinem Herzen brannte.

Lis wurde klar, was er ihr sagen wollte und sie war wie verzaubert. Sie wusste nicht, ob sie das Richtige oder das Falsche tat. Auch ihre Intuition ließ sie im Stich. Sie war zu aufgeregt, um einen klaren Gedanken zu fassen. Sie hatte sich immer auf diesen Moment gefreut, doch als er nun Wirklichkeit werden sollte, war sie zu sehr durch den Wind, um die Wichtigkeit in diesem Moment zu sehen.

Es war ein perfekter Moment.

Zu perfekt und Lis war noch nicht bereit dazu.

Gerade ‚als Arok ihr nah genug war und seine Augen schloss, drehte Lis ihr Gesicht von ihm weg und löste sich aus seinem Griff.

„Was soll das?", fragte Lis bestürzt. Aroks Lächeln erlosch und er schaute sie aus traurigen Augen an.

„Weißt du wenigstens, was ich dir sagen wollte?", fragte er und seine Augen waren voller Tränen. Das erste Mal, dass Lis Tränen bei einem Mann sah.

Lis nickte, schaute schüchtern zu Boden und bereute ihren forschen Ton.

Arok musste mit sich kämpfen und gewann auch den Kampf. Er konnte seine Tränen zurückdrängen.

Ein Moment der Stille kehrte ein und Arok schaute ein letztes Mal zu Lis, berührte sie an der Schulter, kam ihr einen Schritt näher und flüsterte ihr ins Ohr:

„Ich liebe dich, Lis."

Lis war wie erstarrt. Sie schaute weiter zu Boden und musste sich der Bedeutung der Worte erst einmal klar werden.

Arok wartete keine Antwort ab, sondern ging in die Richtung, aus der er und Lis gekommen waren.

Er hatte es befürchtet. Seine Ängste hatten sich bewahrheitet. Er schüttelte betroffen den Kopf und versuchte Ruhe zu bewahren. Er empfand eine tiefe Enttäuschung, die er sich selbst zuzuschreiben hatte. Er wusste nicht, was er jetzt machen sollte. Vielleicht war es besser, Lis ziehen zu lassen und ihrem Weg nicht mehr zu folgen.

Doch woher sollte er wissen, was jetzt das Richtige war?

Er liebte Lis und konnte sie doch nicht einfach alleine lassen.

Lis überwand ihre Starre und schaute zu Arok, der sich mit festen Schritten von ihr entfernte. Sie schluckte ihre Nervosität einfach hinunter und rief seinen Namen. Arok blieb stehen, drehte sich langsam um und schaute Lis fragend an.

Sie stand im ersten Moment reglos da und wusste nicht, was sie machen sollte. Doch dann wurde es ihr klar.

Sie lächelte und lief zu Arok hin, nahm ihn bei der Taille und kam ihm gefährlich nahe.

Arok schaute Lis verwirrt und fragend an und wusste nicht, was geschah. Er schloss ganz instinktiv seine Arme um Lis.

Sie legte daraufhin ihre Hand auf seinen Hals und blickte verführerisch zu ihm hoch.

„Ach so ist das, du willst hier mal wieder die Heldin spielen", flüsterte Arok und Lis küsste ihn, ohne ihn um Erlaubnis gebeten zu haben.

Der Moment schien kein Ende zu nehmen, in dem Lis ihre Lippen auf Aroks legte und seine unmittelbare Nähe spürte. Ihre Aura verschmolz mit seiner, sie waren in vollkommener Harmonie vereint.

Es war eindeutig zu sehen, dass sie ihn um den Finger gewickelt hatte, aber war es wirklich sie gewesen? Hatte Arok nicht die ganze Zeit darauf hingearbeitet, um sie endlich an diesen ausweglosen Abgrund zu führen?

Nun, als der Augenblick gekommen war, war Arok nicht mehr er selbst und zutiefst überrascht.

Ihr zukünftiges Schicksal hatte die ersten Knospen sprießen lassen und mit jeder weiteren Sekunde, die verstrich, wurde ihre Bestimmung greifbarer.

Arok konnte keinen klaren Gedanken fassen, denn er war überwältigt von diesem überraschenden Ereignis.

In Aroks Kopf drehte sich alles nur noch um Lis, ihre Lippen und ihren unbeschreiblichen Duft.

Erst jetzt bemerkte er Dinge an ihr, die er früher nie gesehen hatte. Ihre Haut war zart und weich, ihre Lippen so unbeschreiblich verführerisch wie der Honig für einen grimmigen Braunbären.

Jede Kleinigkeit an ihr gefiel ihm.

Die kleinen Fältchen, die sich an Lis' Augenrändern bildeten, wenn sie lächelte, ihre geschwungenen Augenbrauen, die ihre Emotionen in vielerlei Hinsicht wider-

spiegelten, und ihre Haare, die so undurchschaubar waren wie ihr Temperament.
Seine ausschweifenden Gedanken waren kaum in Worte zu kleiden. Er empfand es als größte Ehre und gleichzeitig überraschte es ihn, dass Lis ihn wirklich geküsst hatte.
Als sie ihm so unmissverständlich klargemacht hatte, dass sie seine Liebe nicht erwidern konnte, war für ihn eine Welt, ganz tief in seinem Inneren, zusammengebrochen.
Jetzt, wo sich plötzlich alles verändert hatte, brauchte er erst einmal eine gewisse Zeit, um sich über die ganze Situation klar zu werden. Für ihn war es zu schön, um wahr zu sein.

Auch wenn sich für die beiden der Moment unendlich in die Länge zog, verging er.
Lis ließ von Arok ab, ihre Augen öffneten sich wieder und sie schaute ihn fragend, aber auch auf sonderbare Weise verträumt an.
Ein unschuldiger, aber auch schuldbewusster Ausdruck erschien auf ihrem Gesicht. Sie wusste nicht, ob er es wirklich gewollt hatte, sie hatte ihn einfach überrumpelt, ohne sich Gedanken über Aroks Wünsche zu machen.
Arok hielt sie weiterhin im Arm und schaute ihr bedeutungsvoll in die Augen. Er sah ihren fragenden und schuldbewussten Blick und musste lächeln. Aufkommende Tränen musste er unterdrücken und sich innerlich zur Disziplin zwingen.
Genau das hatte er von ihr erwartet, es fehlte nur noch, dass sie sich für ihr Verhalten entschuldigte. Arok betrachtete Lis' Augen und sah einige Sonnenstrahlen, die sich in ihnen brachen.
Diese unendliche Unschuld war ein weiterer Grund für Aroks Zuneigung.
Lis war so gütig und so ein liebenswertes Wesen, dass sie keinem unschuldigen Geschöpf etwas tun würde. Er wusste es und dachte an ihre unterschiedlichen Welten, die sich mit ihnen vereinten. Trotz ihrer kulturellen und sozialen Unterschiede waren sie hier zusammen und keiner konnte sie trennen. Und wenn es jemand versuchen würde, würde er gnadenlos scheitern, denn diese Liebe war für die Ewigkeit gemacht.

Ihr Schicksal hatte die ersten richtigen Bahnen erreicht und entwickelte sich nach den Vorstellungen der hohen Mächte.

Davon wusste Arok natürlich nichts und das würde er erst sehr spät erfahren, genau wie Lis.

Ein junger Baum hat einen starken Stamm und nur wenige Äste. So ähnlich könnte man Lis Situation beschreiben.

Ihr Stamm war gegeben und mit der Zeit würden auch die Äste kommen.

Ereignisse, die Lis helfen, ihr schaden und sie prägen würden.

Und am Ende würde sie starke Wurzeln und ein festes Fundament haben, um ihr wahres Schicksal anzutreten.

Lia betrachtete das Liebespaar aus sicherer Entfernung und lächelte.

„Genauso habe ich es mir vorgestellt", flüsterte sie leise. Sie war sichtlich zufrieden mit dem Verlauf ihres Weges, war aber auch etwas angespannt.

Das Passionsspiel schien sich nach ihren Wünschen zu entwickeln. Im hohen Gebirge, weit ab von der irdischen Welt, war ihr zu Hause.

Hallen des Lichts waren vor Uhrzeiten für die Göttin erbaut worden und von da konnte sie ihr ganzes Land überblicken. Doch nicht nur ihre Augen gaben ihr Auskunft über die Dinge, die geschahen, sondern auch die von Tieren, Menschen und anderen Wesen. Sie brauchte ihre Augen nur zu schließen und die gewünschten Bilder wurden ihr gesandt.

Die Hallen des Lichts waren groß und ähnelten einer riesigen Tempelanlage. Die Wände und Decken waren weiß und mit Säulen verziert.

Im Groben und Ganzen war es schlicht, aber durch die Größe des Gebäudes wirkte alles pompös und unglaublich schön.

Hallen, die für eine Göttin des Friedens gebaut worden waren und sie auch repräsentierten. Die Harmonie war vollkommen und Lia fühlte sich ausgesprochen wohl in ihrem Heim.

Ein Schatten legte sich über das glänzende Weiß des Tempels und Lia wurde aufmerksam. Mit einer wachsenden Gewissheit nahm sie das Geschehen wahr und war nicht gerade überwältigt vor Freude.

Ein Knistern erklang und der Schatten begann, sich nicht weit von ihr zu konzentrieren. Nach wenigen Augenblicken bildeten sich erste menschliche Konturen, die mit jeder Sekunde schärfer, deutlicher und schwärzer wurden.

„Was willst du, Alisis", fragte Lia kalt und drehte sich von ihm weg. In ihren Augen spiegelte sich tiefer Zorn, den sie mit ungeheurer Anstrengung unterdrücken musste.

Sie hatte schon geahnt, dass er sie aufsuchen würde. Sie hatte ja gesehen, was er mit Lis angestellt hatte.

Jetzt wollte er seine Errungenschaft vor ihr ausbreiten und sich selber loben.

Alisis war nun gänzlich erschienen und ging im Raum auf und ab. Er hatte sein Schwert und die schwere Rüstung abgelegt, in den Hallen der Schatten, die auf dem Gebirge der Dunkelheit erbaut worden waren, und war nur in seine schwarzen Samtkleider eingehüllt.

Er wartete darauf, dass Lia ihm seine ganze Aufmerksamkeit schenkte, und war etwas ungeduldig.

Widerwillig drehte sich Lia um und richtete ihren Blick auf Alisis. Er verbeugte sich zur Begrüßung und wartete auf eine Antwort. Lia nickte und machte eine Geste mit der Hand, um Alisis zu verstehen zu geben, dass er sprechen solle.

„Lia, die schöne Göttin des Lieblichen. Wie steht es um euer Wohl?", fragte er übertrieben freundlich und lächelte Lia dabei an. Ein verwunderter Ausdruck erschien auf ihrem Gesicht und sie musste sich stark zusammenreißen, um Alisis ernst zu nehmen.

Es geziemte sich nicht für sie, über ihn zu lachen, obwohl sie sehr genau wusste, dass er es nicht ernst meinte. Es würde nur Streit und Unmut zutage fördern.

„Meine Hoffnungen und meine Zuversicht wurden bestätigt", antwortete sie und ging einige Schritte durch den Raum, dabei ließ sie Alisis nicht aus den Augen, und ein neutraler Gesichtsausdruck legte sich über ihr schönes Antlitz.

„Ja, auch meine Hoffnungen werden mit jeder Sekunde stärker. Ein hübsches Paar, das wir zwei geschaffen haben, denken sie nicht?"

„Du hättest dich nicht einmischen sollen. Sie wären auch so zusammen gekommen", sagte Lia ruhig, aber aus ihren Augen konnte man ohne Zweifel lesen, was in der Göttin vorging.

„Ja, Liebste, aber dann hätte es länger gedauert und sie wissen gut, dass ich ein ungeduldiger Gott bin", antwortete er ebenso ruhig, aber mit einem veränderten Unterton in der Stimme.

Lia schaute noch kurz zu ihm hin, warf ihm einen eher resignierenden Blick zu, und drehte sich wieder um.

Sie sah aus ihrem Fenster, das den Blick auf ihr Land richtete, und bemerkte die Sonne, die zum Horizont hinsteuerte. Ein verbissenes Schweigen legte sich über sie.

Lia wollte Lis das Gefühl geben, dass sie alleine über ihr Leben entschied, und verhindern, dass sie die Wahrheit erfuhr. Das, was Lis wissen durfte, hatte sie ihr gesagt und dass Alisis nun auch von den anderen Ländereien gesprochen hatte, hatte die Göttin sehr verärgert.

Menschen waren am leichtesten zu lenken, wenn sie nichts wussten. Dann konnte man mit ihnen machen, was man wollte.

„Womit hab ich das verdient?", fragte Arok leise, lächelte Lis liebevoll an und brach die emotionsgeladene Stille.

„Wenn ich das wüsste", antwortete sie und schwebte immer noch auf Wolke Sieben.

Ihre Bedenken waren verflogen und sie wusste selbst nicht, was sie dazu gebracht hatte, ihn zu küssen, aber sie bereute es keineswegs. Das war ihre Art zu sagen, dass sie seine Liebe erwiderte.

Seine Lippen waren unendlich weich, zart und hatten ihre unheimliche Kälte verloren.

Arok schien sie hinter sich gelassen zu haben, wie seine Heimat.

So schön hatte sie es sich immer in ihren kühnsten Träumen vorgestellt. Auch wenn sie nie geahnt hätte, dass sie einen Todeselfen anstatt Ihresgleichen küssen würde.

Arok lächelte umso mehr, als er ihre Antwort hörte, und konnte sich nicht an ihr sattsehen. Ihre Augen waren so strahlend, wie die Sonne am Himmel und ihre Lippen so leidenschaftlich, wie die Liebe selbst, die er in seinem Herzen spürte.

Lis spürte immer noch die Nachwirkungen des Kusses, ihr war ungewöhnlich warm und sie hatte das Gefühl, als wären ihre Backen rot angelaufen.

Nicht zu vergessen raste ihr Herz wie nach einem Dauerlauf und sie fühlte genau, dass es Arok nicht anders erging. Sie spürte seinen schnellen Herzschlag und sie sah das verträumte Glitzern in seinen Augen.

So was konnte man nicht spielen, seine Gefühle waren durch und durch echt. Tausend Worte hätten seine Gefühle nicht besser verdeutlicht, als dieser eine Blick in ihre Augen.

Lis wünschte sich, dass dieser Augenblick nie vergehen würde, doch sie war realistisch genug, sich nicht all zu viele Hoffnungen zu machen. Sie genoss das Gefühl in vollen Zügen und verinnerlichte es bis in ihre tiefsten Tiefen, um es nie wieder zu vergessen.

Ihr Glück war vollkommen, doch nicht von unendlicher Dauer. Es schien zwar unerschöpflich, aber Lis' Sorgen kamen wieder hoch.

Sie dachte an Miran, der ganz alleine zurückgelassen worden war.

Außerdem knurrte ihr Magen und sie brauchte etwas zu trinken. Ihr Selbsterhaltungstrieb zauberte ihr einen nachdenklichen Ausdruck aufs Gesicht und sie schaute bedrückt zu Boden.

Arok bemerkte ihren Blick und ließ sie vorsichtig los, dabei streichelte er ihr über ihre Arme und hielt dann ihre Hände fest.

„Du machst dir Sorgen um Miran, habe ich recht? Lass uns zurückgehen und nach ihm sehen", sagte er anschließend und zog etwas an ihr, um sie aus ihren Gedanken zu reißen.

Lis wachte auf, schaute überrascht zu Arok und nickte anschließend, als sie seine Geste verstand.

„Du hast Recht, Miran macht mir wirklich Sorgen", antwortete sie leise und drückte seine Hand etwas fester. Er schaute fragend zu ihr, aber sie lächelte ihn nur an.

Arok konnte es immer noch nicht glauben, was vor wenigen Augenblicken geschehen war. Es war so überraschend gekommen, dass er nicht mal ansatzweise Zeit gehabt hatte, sich über die Besonderheit dieses Momentes bewusst zu werden.

Lis und Arok verfielen in ein schüchternes Schweigen. Beide waren in Gedanken versunken und schlenderten gemütlich zu ihrem Lager zurück.

Dieser Moment war wie ein Schlüssel, der ihnen eine neue Tür öffnen konnte, wenn sie es nur wollten.

Aber nicht nur das, es war außerdem noch ein untrennbares Band, was sie beide von nun an zusammenhalten würde. Ob sie nun zusammen waren oder nicht.

Lis hatte seine Liebe erwidert und damit das Schicksal von ihnen und der Welt besiegelt.

Dieser eine Kuss war wie ein Schwur an die Götter, der nicht mehr rückgängig zu machen war.

Lis war sich der Tatsache bewusst und wollte es auch nicht anders. Auf lange Sicht hin würde sie ihm verzeihen. Sein Verhalten war zwar falsch gewesen, aber seine Ehrlichkeit sollte belohnt werden.

Sie wusste nicht, ob es das Richtige war, aber es schien die richtige Entscheidung zu sein, ihm zu vertrauen.

Zur gleichen Zeit streiften einige Menschen durch den Wald und näherten sich der Lichtung. Es waren zum größten Teil Krieger, die mit Knüppel, Äxten und Schwertern bewaffnet waren. Nur zwei Frauen waren dabei und sie trugen Körbe mit eigenartigen Blättern. Sie sahen ziemlich erschöpft und ängstlich aus.

Es war recht dunkel im Wald und mit seinen hohen Tannen dominierte grüne Farbe das Herbstkleid des Mischwaldes. Allerdings färbten sich die anderen Bäume auch langsam in ihre vielfältigen Farben und bildeten das Tröpfchen Farbe, was den Wald angenehmer erscheinen ließ.

Der Waldboden war teilweise mit Gras und grünem Moos bedeckt. Die Schritte der Menschen waren kaum zu vernehmen, der weiche Boden schluckte die Geräusche ihrer Schritte, einzig das Leben des Waldes würde gestört und Vögel wurden aufgescheucht.

An ihr Ohr drangen gedämpfte Stimmen von der Lichtung. Sie näherten sich dem Waldrand und spähten durchs Gebüsch.

Sie sahen Lis und Arok vorbeigehen und zuckten bei Aroks Anblick zusammen.

Eine Todeself in ihrer Region?

Nur einer von den Männern hatte je einen richtigen Todeselfen gesehen und dieser fuhr erschrocken zusammen. Die anderen Männer kannten solche Wesen von Beschreibungen und Erzählungen.

Ein eisiger Schauer lief ihnen allen über den Rücken, als sie an die Worte einer alten Frau dachten, die einmal erzählt hatte, dass Todeselfen Wesen seien, die ohne Erbarmen und Gewissen handelten.

Dieser Mann, der schon einmal diesen unfreundlichen und bösen Wesen entkommen war, wollte davonstürmen, aber der stärkste der Männer hielt ihn mit aller Kraft zurück. Er hielt ihn an der Schulter fest und schüttelte ihn erst einmal, um ihn zur Besinnung zu bringen.

„Was ist los, Fanir? Wieso hast du solche Angst?", fragte er und versuchte, ihn weiter festzuhalten. Unter Aufbietung aller Kräfte gelang es ihm, ihn zu beruhigen.

„Ein Todeself, Kamin, ein Todeself! Er wird uns alle versklaven – oder schlimmer noch, uns alle töten!", schrie der Mann aufgebracht und zitterte am ganzen Leib.

Ein Ausdruck voller Entsetzen war in seinen Augen zu lesen. Er war sichtlich erbleicht und wirkte wie ein Geisteskranker.

Alegron erschreckte sich, als er seine Veränderung und Angst sah, hatte sich aber genug unter Kontrolle, um es sich nicht anmerken zu lassen

„Hier wird keiner versklavt, beruhig dich, Fanir", entgegnete Alegron und schüttelte ihn an der Schulter.

„Wie will er das machen? Er ist alleine da. Nur eine Frau begleitet ihn", fügte er nach wenigen Sekunden hinzu und lächelte ihn aufmunternd an. Er musste sich zwar sehr überwinden, sich seine Bedenken nicht anmerken zu lassen, gewann aber den Kampf und beruhigte seinen Kameraden.

Alegron war der Anführer vom Dorf der Araken. Es war ein Menschendorf, das sich im Sumpf angesiedelt hatte. Ein eher unbedeutendes Dorf, das die Vorteile und die Nachteile des Sumpfes auslebte, aber sonst keine Bedeutung hatte.

Er hatte die Führung von seinem Vater geerbt und versuchte mit Kraft des Wissens und der Vernunft, das Leben seines Stammes zu lenken. Mit mehr oder weniger großem Erfolg.

„Aber er kann doch nicht so frei rumlaufen, wenn er unser Dorf findet und sie dann kommen?", sagte Fanir und blanke Panik stand in seinen Augen.

„Du hast recht, mein Freund, deshalb werden wir ihn auch fragen, was er hier will", antwortete Alegron und gab das Zeichen, ihnen zu folgen.

Lis und Arok hatten ihr Lager erreicht und stellten mit Verwunderung fest, dass Miran nicht mehr da war. Ihre Sachen lagen unverändert an ihrem Platz, aber von der Eidechse war keine Spur zu sehen.

Arok ersparte sich einen Kommentar, aber Lis wusste, was er am liebsten gesagt hätte. Sie konnte es in seinen Augen lesen.

Dennoch dankte sie ihm, dass er nicht schlecht über Miran sprach.

„Wir hätten ihn nicht alleine lassen sollen", sagte Lis nachdenklich und schaute sich weiter suchend um. Sie fühlte sich etwas hintergangen, aber eine leise Hoffnung blieb, dass Miran zurückkommen würde.

Arok zuckte mit den Schultern und sagte: „Jetzt können wir nichts dran ändern, dass er weg ist."

Lis dachte sich, dass Arok so was Ähnliches sagen würde.

Er wusste, dass sie Miran lieb gewonnen hatte, und wollte ihr nicht wehtun. Sie schüttelte nur traurig den Kopf und drehte sich zu Arok um.

Während sie das tat, hob sie ihren Blick und sah fremde Männer auf sie beide zulaufen.

Ihre Augen weiteten sich und sie ging an Arok vorbei und stellte sich zwischen die Männer und Arok.

Sie ahnte schon, dass sie mit Arok mehr Probleme haben würden als mit ihr, und daher wollte sie den aufkommenden Streit verhindern.

Arok sah ihr komisches Verhalten und schaute sie fragend an. Das Erste, was ihm in den Sinn kam war, dass vielleicht Miran irgendwo aufgetaucht war.

„Siehst du Miran irgendwo?", fragte er überrascht und drehte sich neugierig um.

Er erblasste sichtlich, als er die Männer mit gezückten Waffen sah, wich einen Schritt zurück und spannte sich, um für jeden Angriff gewappnet zu sein.

Er hatte zwar keine Angst vor ihnen, aber Respekt. Menschen waren in ihrem Territorium schon eine Bedrohung für ihn.

Wenige Sekunden später war Alegron als Erster bei ihnen und blieb vor Lis stehen.

Er atmete einige Male tief ein und aus und schaute Arok dabei direkt an.

Seine volle Konzentration galt dem großen Fremdling, dabei beachtete er Lis im ersten Moment gar nicht.

Sie reichte ihm nur bis zur Brust und sein Blick richtete sich starr auf Arok. Er war wie besessen von ihm und den anderen Männern erging es nicht anders.

„Was willst du Fremder hier auf unserem Land?", sagte er und sein Schwert blitzte kurz in der Sonne auf. Es war kein richtiges Schwert, wie es Lis aus Loikes kannte, sondern eine Art Messer, das die Menschen wohl hergestellt hatten.

Sein Schwert war zwar eine bessere Anfertigung als die seiner Anhänger, aber im Vergleich zu dem, was Lis kannte, war es lächerlich.

Arok schaute ihn weiter überrascht an, sagte hingegen nichts.

Lis antwortete mit ruhiger Stimme an Aroks Stelle:

„Die Frage ist doch, was wir verbrochen haben, dass ihr uns mit Waffen begrüßt?"

Kamins Gesichtsausdruck veränderte sich augenblicklich. Erst jetzt bemerkte er Lis und ging einen Schritt zurück, um sie besser sehen zu können.

Sein Erstaunen wurde noch größer, als er ihre prächtigen Kleider sah, die im Sonnenlicht glänzten. Darauf hatte er vorher nicht geachtet.

Nach wenigen Sekunden der Überraschung hatte er sich wieder unter Kontrolle und sagte immer noch an Arok gewandt:

„Eine Todeself hat hier nichts zu suchen! Geh zurück in deine Höhle!"

Arok schaute ihn erst verwirrt an und begann dann schallend zu lachen. Er hatte die Unsicherheit in seiner Stimme gehört und amüsierte sich köstlich darüber. Ebenso die Unwissenheit dieses Menschen brachte ihn zum Lachen. Wer hatte ihm jemals erzählt, dass Todeselfen in Höhlen, wie Barbaren, lebten?

Lis schaute kritisch zu Arok hin und wendete sich dann an den Mann vor ihr.

Mit Mühe konnte sich Arok beruhigen und wischte sich die Tränen aus den Augen. Solch einen guten Witz hatte er schon lange nicht mehr gehört.

„Werde ich hier ignoriert? Was wird hier gespielt?", fragte Lis wütend und schaute dem Mann feindselig in die Augen.

Was sie nicht leiden konnte, war, wenn sie einfach vergessen oder übersehen wurde. Und wenn sie dann noch bemerkte, dass sie mit Absicht ignoriert wurde, sah sie rot.

Alegron hatte genug, er senkte seine Waffe zu Lis hinunter und sagte: „Frauen haben nichts zu sagen, schweig still, sonst werde ich dir Manieren beibringen."

Ein zustimmendes Murmeln ging durch die Männer und sie spannten sich, um augenblicklich angreifen zu können.

Lis versank hingegen in einer völligen Fassungslosigkeit. Sie konnte im ersten Moment nicht ganz verstehen, was dieser Mensch sich eigentlich einbildete.

Sie schluckte abermals und fragte nochmal, mit besonnener Stimme: „Könntest du das wiederholen, was du gerade gesagt hast? Ich glaube, ich habe dich nicht richtig verstanden."

Kamins Geduld näherte sich dem Ende.

Er kam Lis einen weiteren Schritt näher und hielt ihr sein Schwert unter die Nase.

„Schweig, du dummes Weib, sonst wirst du es bitter bereuen", sagte er wütend und schaute sie grimmig an. Seine Hand schloss sich dabei fester um den Griff des Schwertes und begann leicht zu zittern.

Arok schaute skeptisch zu Kamin hinüber und musste sich stark zusammenreißen, um nicht wieder zu lachen anzufangen.

Außerdem wägte er noch ab, ob es sich um eine gefährliche Situation handelte, oder nicht.

Nachdem er aber den bösen Ausdruck in Lis' Augen vernahm, wusste er, dass sie ohne Probleme mit ihm fertig werden würde. Er fragte sich nur, wie sie das anstellen wollte.

Die Waffen der Männer klirrten nervös und eine angespannte Atmosphäre legte sich über die Meute.

Lis hatte aber nicht die Kraft, sich zusammenzureißen und begann nach kurzem Zögern, leise zu kichern, was in ein ausgelassenes Lachen ausuferte.

Es klang echt amüsiert und Alegron wusste nicht, wie er reagieren sollte. Er stand reglos da und blickte verwundert erst zu Arok und dann wieder zu Lis.

Auf einmal hörte Lis auf zu lachen, drehte sich zu ihm um, griff zur gleichen Zeit nach Digit, bat ihn in Gedanken um Hilfe, zog ihn aus der Scheide und mit perfekter Präzision schlug sie ihm das krüppelige Schwert aus der Hand. Ihre Augen waren dabei mit einer unheimlichen Kraft und Entschlossenheit getränkt, dass Alegron innerlich zu Stein erstarrte.

Alles geschah so schnell, dass er erst nach wenigen Augenblicken bemerkte, dass er waffenlos war und ein Schwert an seiner Kehle lag.

Digit hatte sich, in weniger als einer Sekunde, zu seiner ganzen Größe verändert und glänzte im Schein der Sonne wie ein Diamant.

Ein erschrockenes Stöhnen ging durch die Männer und sie ließen ihre Waffen augenblicklich fallen.

Lis schaute den Mann aus zusammengekniffenen Augen an und fühlte ihren schnellen Pulsschlag. Sie war aufgeregt, denn für sie war es nicht so gängig, sich mit einer Waffe anstatt mit Worten zu wehren.

Doch bei all ihrer Nervosität behielt sie die innere Ruhe und ließ es sich nicht anmerken.

Alegron versuchte krampfhaft, sich nicht zu bewegen. Er spürte den eisigen Hauch, der von Digit ausging und das beschleunigte seinen Puls noch zusätzlich.

„Wer wird hier wem Manieren beibringen?", zischte Lis böse.

Mit aufgerissenen Augen schaute er zu ihr hinunter. Furcht stand in seinen Augen geschrieben. Seine Kehle war wie zugeschnürt und er brachte keinen Ton heraus. Außerdem hatte er Angst, etwas zu sagen, was diese eigenartige Fremde verärgern könnte.

Lis ließ noch einige Sekunden verstreichen und senkte Digit anschließend wieder. Er verwandelte sich zurück und sie konnte ihn wieder an seinen Platz legen. Ihren Blick behielt sie aber permanent bei ihrem Gegenüber.

Lis strahlte eine außergewöhnliche Kraft aus, die Arok zuvor nicht bei ihr bemerkt hatte.

Noch dazu hatte er nicht gewusst, dass Lis ein Schwert hatte. Ein überraschter Ausdruck legte sich auf sein Gesicht. Er stand hinter ihr und sie war mehr damit beschäftigt, Alegron auf Trapp zu halten.

Arok hingegen war fasziniert von Lis' Waffe, die ihm unmenschlich vorkam und ihm sogar Angst einjagte.

Wann hatte sie diese Waffe erhalten, wo und von wem?

Ein leises Gefühl von Misstrauen, aber auch Neid, schlich sich in seine Gedanken.

Er konnte die ganze Situation nicht richtig verstehen.

Erst besiegte sie eine Kreatur der Hölle, und dann einen Mann in weniger als zwei Sekunden?

Er würde mit Lis reden müssen und zwar so schnell wie möglich.

Nachdem Lis ihr Schwert verstaut hatte, drang ein erleichtertes Keuchen aus Alegrons Kehle und er schaute verstört zu Lis und dann zu Arok.

Arok hatte sich in der Zwischenzeit wieder gefangen und ließ sich seine Gefühle, wie er es gelernt hatte, nicht anmerken.

„Sie hat hier das Sagen", sagte er auf Alegrons fragenden Blick hin, und deutete mit seiner rechten Hand auf Lis.

Alegron musste daraufhin abermals Schlucken, um den Schock zu verarbeiten. Er war es gewohnt, dass Frauen nur für die Kinder und für das Essen zuständig waren. Sie hatten in seinem Dorf kein Mitspracherecht und waren ihrem Mann zugehörig. Für ihn war es einfach nicht verständlich, dass eine Frau den Ton angab.

Lis atmete hörbar ein und schaute mürrisch zu Alegron. Sie konnte seinen Gesichtsausdruck deuten und das verärgerte sie zusätzlich. Es gelang ihr aber, ihren gröbsten Ärger hinunter zu schlucken und sie versuchte, neutral zu wirken.

„Und wie verbleiben wir?", fragte sie anschließend ungeduldig und schaute zu ihm hoch.

Sein Gesichtsausdruck veränderte sich nicht und er schaute immer noch zweifelnd zu Lis, dann nochmal zu Arok und dann schenkte er seine ganze Aufmerksamkeit Lis.

„Eine Todeself hat hier bei uns nichts zu suchen, ehrenwerte Dame", sagte er mit Vorsicht und wartete auf Lis Reaktion.

„Der Ton gefällt mir schon viel besser. Ihr braucht keine Angst vor ihm zu haben, er ist zwar ein Todeself, aber er wurde selbst verbannt. Er ist keine Gefahr mehr für euch", erklärte Lis und schaute abwechselnd zu Arok und dem Mann.

„Mein Name ist Lis, das ist Arok. Ich komme aus Loikes und er aus Trisus, wir haben aber beide unsere Heimat verlassen", fügte sie noch hinzu und lächelte freundlich.

Nachdem sich der Ton von Alegron verändert hatte, hatte auch Lis bessere Laune. Sie wollte sich mit den Männern nur ungern anlegen.

Alegron nickte, immer noch etwas eingeschüchtert, und sagte: „Mein Name ist Alegron, Herrscher der Araken, und ich begrüße euch auf meinem Land."

Lis nickte zufrieden, schaute sich kurz die Männer hinter ihm an. Daraufhin senkte sie ihren Blick, kümmerte sich um ihre Sachen und packte ihre Decke zusammen.

Als sie fertig war, schaute sie fragend zu Arok und dann zu Alegron. Sie wollte sich auf den Weg ins Dorf machen.

„Wo wollt ihr nun hin, Frau aus dem fernen Loikes?", fragte Alegron und ließ sie nicht aus den Augen. Er hatte erkannt, dass Lis wirklich das Sagen hatte, und wollte taktisch mit ihr umgehen.

„Wir gedenken, euch zu begleiten. Wir brauchen einen geeigneten Schlafplatz und eine warme Mahlzeit, wenn es euch nichts ausmacht?", fragte Lis und beobachtete Alegrons Gesichtsausdruck genau.

Er schluckte abermals, nickte aber nach einigen Augenblicken. Er hatte es sich zwar nicht gründlich überlegt, aber er wusste, dass Lis ihn dazu zwingen würde. Besser, er gab ihr, was sie wollte und dann wurde er sie auch schnell wieder los.

Die Männer waren schockiert über seinen Entschluss, aber keiner wagte es, sich zwischen Lis und Arok zu stellen. Ein aufgeregtes Stimmengewirr entstand unter den Männern.

Alegron blickte kritisch zurück und alle verstummten mit einem Male.

Anschließend machten sie sich auf den Weg.

Arok, Lis und Alegron gingen an der Spitze und das Schlusslicht bildeten die zwei Frauen mit ihren Körben. Sie waren mittlerweile zu ihren Männern vorgedrungen und hatten sich hinter ihnen versteckt, während Lis mit Alegron am Diskutieren war.

Ein unangenehmes Schweigen breitete sich unter den Menschen aus.

Alegron war stark in Gedanken versunken und dachte darüber nach, wie er es den anderen erklären könnte. Es würde sich schwierig darstellen, weil er noch jung war und die älteren Dorfbewohner seine Entscheidungen immer anzweifelten.

Es war mühsam, ihnen alles recht machen zu wollen, und seit Kurzem dachte er bei seinen Entscheidungen nur daran, was er am besten fand, nicht was die anderen fanden.

Trotzdem war er sich der Konsequenzen bewusst. Er fürchtete sich sogar etwas vor ihnen.

Kritisch schaute er zu Lis hin und musterte sie von der Seite. Er hatte schon vorher bemerkt, dass sie kein normaler Mensch war, aber er konnte sie nicht wirklich einordnen.

Ein Mensch, der mit einem Todeselfen verkehrte? Was für eine eigenartige Zusammenstellung. Außerdem verstand er nicht, wie ein Mensch in Loikes leben konnte, war sie da ein Dienstmädchen gewesen, bei den hohen Elfen? Die Pracht ihrer Kleider und ihr Aussehen beschäftigten ihn ebenfalls.

Dienstmädchen würden solch wertvolle Gegenstände nicht tragen. Er hatte ihre Kette, ihr Armband und das gefährliche Schwert nicht übersehen.

Lis bemerkte seinen Blick und schaute ihn direkt an. Ihre Augen bohrten sich in seine und ein Gefühl der Verlegenheit stieg in Alegron hoch. Er schaute schuldbewusst weg und räusperte sich leise.

Lis wusste nicht, was sie davon halten sollte, sie würde ihn im Auge behalten und angemessen reagieren, wenn sie einen Verrat wittern würde.

Arok bemerkte die komische Spannung zwischen ihnen und schaute Lis fragend an. Sie schüttelte nur beschwichtigend den Kopf und schaute sich ihre Umgebung an.

Sie waren immer noch am Rande der Lichtung und folgten dem Weg, den die Menschen gemacht hatten.

Es war schön ruhig, man hörte ausnahmslos die natürlichen Geräusche des Waldes.

Arok stand etwas neben sich. Ihm war nicht klar, wie er sich verhalten sollte. Er wusste, dass sich alle vor ihm fürchteten und er hatte nicht vor, seine Machtstellung ausnutzen. Lis würde schon wissen, was sie zu tun hatten. Doch war es wirklich das, was er gewollt hatte, als er mit Lis mitgegangen war?

Arok wusste die Antwort auf diese Frage nicht.

Er war hin- und hergerissen und völlig durcheinander. Lis, diese Menschen und Miran machten Arok zu schaffen.

Auch wenn es ihm schwer fiel, gab er sich seinem Schicksal hin und blieb die rechte Hand von Lis.

Im Grunde seines Herzens wusste er, dass er es nicht lange schaffen würde. Er war es gewöhnt, die Macht zu sein, die über alle Instanzen entschied.

Er fühlte eine unangenehme Spannung in sich und musste dagegen ankämpfen. Er kannte dieses Gefühl nicht und es war noch zu schwach, als dass es sich lange in seinem Bewusstsein halten konnte.

„Wir sind in der Nähe des Dorfes", sagte Alegron nach einer Weile, als die Straße in den Wald einbog. Lis schaute sich aufmerksam um und nickte zur Antwort.

Normalerweise spürte Lis, wenn es Wesen in ihrer Nähe gab, die unglücklich waren. Diesmal war sie aber so voreingenommen von Alegron und den Menschen, dass ihr innerster Instinkt einfach aussetzte.

Arok blieb stumm bei Alegrons Worten und schaute erst zu ihm, dann zu Lis, anschließend ließ er seinen Blick schweifen. Er tauchte seine Aufmerksamkeit zurück in die Weiten der Lichtung, als würde er nach etwas suchen.

Ein aufgeregtes Murmeln ging durch die Männer hinter ihnen und Alegron schaute besorgt zurück.

Es war aber nichts zu sehen. Alles lag still und friedlich da.

Doch etwas stimmte nicht, es war zu friedlich.

Die Vögel hatten aufgehört zu zwitschern, nur der Wind strich mit einem lauen Hauch über die Baumwipfel.

Als Lis die merkwürdige Beobachtung machte, stieg in ihr eine böse Ahnung auf und sie wusste nicht, wie sie es deuten konnte. Sie spürte eine drohende Gefahr, der sie selbst noch nicht gewachsen war – und das in ihrer unmittelbaren Nähe.

Sie schaute verängstigt zu Alegron hinüber, aber er schüttelte nur wortlos den Kopf. Sein Gesichtsausdruck war unangenehm kalt, als würde er versuchen, seine Gefühle zu kontrollieren.

Seine Schritte beschleunigten sich und er winkte den anderen zu. Lis begann ebenfalls zu laufen und nahm Arok dabei an der Hand.

Er schaute sie fragend an und sah dabei einen verängstigten Ausdruck auf ihren lieblichen Zügen. Arok spürte außerdem noch durch ihre Hand, wie sehr sie sich fürchtete, denn sie zitterte etwas.

Ein ungutes Gefühl stieg ebenfalls in ihm hoch und er hoffte, auf seine Ungewissheit eine Antwort zu bekommen.

„Lis, was ist los? Wieso hast du denn Angst?", fragte er besorgt und schaute zu ihr. Er konnte ihr Gesicht nicht mehr sehen, sie lief voran, zog Arok mit sich, schwieg verbissen und lief Alegron hinterher. Sie wollte gar nicht wissen, was ihr solche Angst bereitete. Es musste etwas überaus Böses sein.

Der Wald, der an ihnen vorbei flog, wurde immer dichter und dunkler, doch die Stimmung des Waldes war durchaus angenehm. Die Sonne näherte sich dem Horizont und färbte vereinzelte Wolken in violette und orangene Farbtöne.

Im Wald kamen keine Sonnenstrahlen mehr an und es wurde immer finsterer.

Die Dunkelheit schien dem Wesen zusätzlich Kraft zu spenden und Lis erschauderte unter diesem Gedanken sichtlich.

Auch die Atmosphäre zwischen den Menschen veränderte sich mit jedem Schritt.

Die Frauen hatten angefangen zu weinen und die Männer hatten sie an den Armen gepackt und mussten sie förmlich tragen.

„Im Dorf wird uns nichts passieren", brüllte Algeron und beschleunigte noch zusätzlich sein Tempo. Er wusste, was dieses Geschöpf war und Lis würde ihn dazu ausfragen. Aber jetzt war nicht die Zeit dazu, sie mussten sich erst mal in Sicherheit bringen.

Sie fühlte sich auf eigenartige Weise elend, als würde etwas an ihren Kraftreserven nagen.

Sie waren den ganzen Tag unterwegs gewesen und im Grunde hatte Lis das Recht, müde und erschöpft zu sein, doch es war etwas anderes, was ihr ihre Kräfte stahl. Sie spürte, wie dieses Ding sie lähmen und sich ihrer bemächtigen wollte.

Der Weg der Menschen wurde immer schmaler und wo drei Männer nebeneinander Platz gefunden hatten, konnte nur noch eine Person laufen.

Ein kaum erkennbarer, formloser Schatten bildete sich hinter den Frauen und er kam ihnen bedrohlich nahe.

Alegron schaute zurück, sah mit Erschrecken dieses pechschwarze Ding und schrie etwas.

Lis konnte es nicht verstehen, aber die Schritte der Frauen wurden schneller und ein panischer Ausdruck erschien auf ihren Gesichtern.

Dann, mit einem weiteren Schritt, war alles vorbei. Der Weg schlug eine erneute Kurve ein und mündete in das Dorf der Menschen.

Lis und Arok waren völlig außer Atem und auch der Rest ihrer Truppe.

Erschöpft ließen sich auch einige von ihnen nieder und eine der Frauen versank in ihren Tränen.

„Was war das?", fragte Lis erschüttert, schaute fragend zu Alegron und dann zu Arok. Alegron schüttelte nur den Kopf und rang weiterhin nach Atem.

Arok hingegen erwiderte ihre Frage mit einem Schulterzucken.

Dorfbewohner hatten die Wehklagen vernommen und kamen langsam aus ihren Häusern heraus, doch bei Aroks Anblick wichen sie wieder zurück und versteckten sich.

Einzig ein kleiner Junge rannte zu ihnen hin und blieb wenige Meter vor Arok stehen. Er schaute ihn aus großen Augen an und wartete auf etwas.

„Loan, geh zu deiner Mutter", sagte Alegron, richtete sich gänzlich auf und entfaltete seine ursprüngliche Größe.

„Aber Vater", sagte der Junge und schaute ihn aus großen Augen an. Man spürte seine Angst förmlich. Genau wie die anderen Männer hatte er Geschichten über die Todeselfen gehört und wusste ganz genau, dass Arok einer war.

„Geh!", sagte Alegron, gefolgt von einer herrischen Geste.

Loan schaute noch kurz zu Arok und rannte dann davon. Er erreichte seine Hütte und wurde von der Mutter fast hineingezerrt.

Alegron drehte sich wieder zu Lis um und sagte: „Wenn ihr mir nun folgen wollt? Es gibt eine Hütte, die seit Kurzem leer steht. Wenn ihr es wollt, könnt ihr ein paar Tage bei uns bleiben."

Lis nickte und schaute sich etwas im Dorf um. Es waren vielleicht zwanzig Hütten, die aus Holz und Stroh angefertigt worden waren. Also keine luxuriösen Häuser, aber mehr, als sie sich für ihre Nachtruhe erträumt hätte.

Arok erging es nicht anders. Er war etwas höheren Standard gewöhnt und konnte sich, in seinem Inneren, nicht mit so etwas zufriedengeben. Dennoch war er froh darüber, dass sie nicht wieder in der Wildnis übernachten mussten.

Er schwieg und freute sich schon auf das Essen, das ihnen bevorstand. Das hoffte er zumindest.

Wenn Gut und Böse sich vereint ...

Lis nickte Alegron zu und lächelte. Das war sehr nett von ihm, dass er ihnen Zeit ließ, um sich etwas zu erholen.
Lis wusste, dass sie nur so lange hierbleiben würde, wie es nötig war.
„Ich danke euch", sagte Lis mit ruhigem Ton und verbeugte sich etwas vor Alegron, dabei senkte sie respektvoll ihren Blick und erwies ihm die nötige Ehrerbietung.
Sie hatte ihn bisher nicht gerade freundlich behandelt und das wollte sie wieder gutmachen. Sie spürte, dass sie seine Autorität angegriffen hatte, und konnte sich vorstellen, welche Konsequenzen es im Dorf geben könnte.
Alegron bemerkte ihr Verhalten und fühlte sich bestätigt. Er schaute sie aus gutmütigen Augen an und lächelte.
„Folgt mir, ich zeige euch eure Hütte", sagte er ruhig und gab Lis zu verstehen, ihm zu folgen.
Sie schaute kurz zu Arok, lächelte ihn an und nahm ihn bei der Hand. Dabei trafen sich ihre Blicke und es brauchte keine Worte.
Seit ihrem Kuss war alles anders geworden. Sie konnte Aroks Blicke deuten und hatte das Gefühl, dass es ihm nicht anders erging. Es schien sie ein Zauber zu umgeben, der sie für immer verbinden würde.
Während Lis hinter Alegron ging, schaute sie zu ihrer Hand hinunter, die fast gänzlich in Aroks verschwunden war.
Ihre Hand war im Vergleich zu seiner mickrig, aber das machte ihr nichts aus. Sie fühlte Aroks Stärke in seinem pulsierenden Herzschlag. Dum, dum. Dum, dum. Dum, dum.
Sein Herr schlug ruhig, gleichmäßig und gab ihr die nötige Ruhe, die sie seit Tagen vermisst hatte.
Arok bemerkte ihr Lächeln und lächelte zurück. Er dachte an ihren Kuss und wohlige Wärme breitete sich in ihm aus. Diesen Moment würde er nie vergessen und im Grunde hoffte er, dass es keine einmalige Sache bleiben würde.

Nach wenigen Augenblicken kamen sie zu einer großen Hütte, die aus jungen Baumstämmen angefertigt worden war.

Alegron deutete auf die Hütte und gab ihnen zu verstehen, dass sie es sich gemütlich machen sollten. Er schenkte ihnen nur einen kurzen, musternden Blick und blieb an ihren Händen hängen. Er sagte nichts, aber man konnte in seinen Augen lesen, dass er etwas erstaunt war.

Er zögerte noch einen Moment und fügte dann hinzu: „Wenn ihr mich braucht, ich bin in meiner Hütte, dort drüben. Zum Nachtmahl werde ich jemanden kommen lassen, der euch zu mir bringt. Wünscht ihr noch was?"

Keiner von beiden machte Anstalten, etwas zu sagen.

Alegron nickte ihnen zu, drehte sich dann um und ging mit schnellen Schritten zu seiner Hütte.

Einen Augenblick schauten sie ihm hinterher, um zu wissen, welche von den Hütten seine war. Sie sahen, wie Loan aus der Hütte kam und ihn sein Vater in die Arme schloss und durch die Luft wirbelte.

Lis musste bei diesem Anblick lächeln, drehte sich zu Arok um und schaute ihn vielsagend an. Arok entgegnete ihrem Blick, schwieg aber und genoss es, Lis' Gesicht in der Abenddämmerung zu sehen.

„Die Hütte ist mehr als wir uns erträumt hätten, oder? Im Vergleich zu gestern Nacht?", fragte Arok und kam ihr anschließend etwas näher.

Er legte seine Hände auf ihre Schultern und schaute ihr dabei verspielt in die Augen. Lis lächelte umso mehr und sagte: „Ja, aber ich brauch trotzdem jemanden, der mich warm hält."

Arok musste lachen und flüsterte ihr ins Ohr: „So wie letzte Nacht wirst du mich aber nicht als Kissen missbrauchen?"

Lis kicherte leise und sagte: „Du darfst halt nicht so warm und kuschelig sein, dann würd ich dich auch in Ruhe lassen."

Das Lächeln von Arok blieb weiter bestehen. Lis löste sich aus seinem Griff, schaute ihm noch ein letztes Mal in die Augen und verschwand dann in der Hütte.

Es war recht dunkel, aber sie sah ein Bett, eine kalte Feuerstelle und ein paar seltsame Gegenstände, die sie nur aus Geschichten ihrer Großeltern kannte.

Es waren Dinge, die in Loikes schon seit Hunderten von Jahren nicht mehr gebraucht wurden und hier schien es ihr einziges Hab und Gut zu sein.

Arok folgte ihr und schaute sich ebenso neugierig um. Wie es schien, kannte er diese Gegenstände nicht und er betrachtete sie aufmerksam, einen nach dem anderen.

Lis legte ihre Tasche ab und setzte sich aufs Bett. Es war ziemlich bequem, was sie auf den ersten Blick nicht erwartet hatte. Ein weiteres Bett stand auf der gegenüberliegenden Seite und war etwas größer als das, auf welchem Lis saß. Ein beruhigendes Gefühl machte sich in ihr breit und sie konnte das erste Mal seit Tagen ruhig durchatmen.

Nur der Gedanke an Miran bereitete ihr noch Sorgen. Bis jetzt war er nicht aufgetaucht und sie wusste nicht, ob ihm etwas passiert war.

Lis schaute nachdenklich und etwas müde zu Arok hin. Er bemerkte ihren Blick, drehte sich um und ging zu ihr.

Das Bett knarrte hörbar, als er sich setzte, blieb aber noch ganz.

„Was ist los, Lis?", fragte er besorgt und nahm ihre Hand, um ihr wenigstens etwas Trost zu spenden.

Er spürte die Schwäche, die von Lis Besitz ergriffen hatte und sie erbarmungslos in ihren Bann zog. Das wollte er verhindern, denn er wusste, wie schnell solch ausweglose Situationen und solch eine Belastung zu seelischen Schäden führen konnten.

Lis atmete erschöpft ein und aus und schaute Arok nachdenklich in die Augen.

„Ist es wegen Miran?", fragte er und seine Stimme veränderte sich etwas.

„Ja", antwortete Lis knapp und wendete ihren Blick von Arok ab.

„Mach dir keine Sorgen, die Eidechse taucht schon irgendwann auf und das vielleicht schneller als du denkst", sagte er aufmunternd und streichelte ihre Hand.

Ihre Haut war etwas trocken, aber immer noch so zart wie eine Blüte.

Lis nickte. Sie war völlig erschöpft und sogar ihr Hungergefühl war verschwunden. Sie lehnte sich an Arok und schloss die Augen. Sie spürte seine wohlige Wärme, die von ihm ausging und das beruhigte sie unheimlich.

Wenige Augenblicke später schlief sie ein.

„Alegron, wie konntest du das tun?", fragte seine Frau, Ganelia.

Loan war von seinem Vater weggeschickt worden, um etwas Wasser zu holen. Alegron war alleine mit seiner Mutter und Frau.

Er wollte zuerst mit ihr darüber sprechen, um sich noch einmal ein klares Bild von allem zu machen und seiner Frau zu erklären, wieso alles so gekommen war.

Alegron schüttelte auf ihre Frage hin nur den Kopf und hob besänftigend die rechte Hand.

„Ich hatte meine Gründe", sagte er knapp und setzte sich auf einen der vielen Hocker in der Hütte.

„Das ist alles, du hattest deine Gründe? Was ist, wenn morgen ein ganzes Heer von diesen Bestien kommt?", fragte Ganelia aufgebracht und erhob sich empört. Sie ging einige Schritte in der Hütte auf und ab, dabei versuchte sie, sich etwas zu beruhigen.

„Ganelia, wäre es dir lieber gewesen, ich wäre gar nicht nach Hause gekommen? Diese Frau hätte mich um ein Haar umgebracht!", entgegnete Kamin zornig.

„Das kleine Mädchen da?", fragte sie zweifelnd und lächelte ihn verlogen an.

„Ich bin zwar eine Frau, aber ich bin nicht so leichtgläubig, wie du vielleicht denken magst", antwortete sie auf ihre eigene Frage hin ruhig und setzte sich wieder.

Das Feuer in der Feuerstelle brannte und erwärmte die kalte und düstere Hütte. Ganelia verbreitete mit ihrer Laune eine unnatürliche Kälte und Alegron spürte das genau.

Seine Gefühle waren mit der Zeit erloschen und er empfand es als große Bürde, sich immer noch um sie kümmern zu müssen. Einzig sein Sohn gab ihm die Lebensfreunde, um nicht endgültig aufzugeben.

Seine Frau war halt nicht mehr die, die er einst so unsterblich geliebt hatte.

Seitdem der erste Schatten aufgetaucht war, hatten sich viele Menschen im Dorf verändert. Vielleicht auch er selbst, aber er wusste es nicht.

Es herrschte seitdem oft Streit unter den Dorfbewohnern und eine permanente Anspannung floss durch all ihre Adern.

„Das kleine Mädchen, wie du sie nennst, ist stärker als es den Anschein hat", erwiderte Alegron ebenfalls ruhig und verbarg sein Gesicht nachdenklich in seinen Händen.

„Die Schatten greifen uns immer häufiger an und nun auch noch dieser Todeself. Wie gern wüsste ich ein Ausweg aus diesem Teufelskreis", sagte er nachdenklich und schwieg anschließend betroffen.

„Das, was ich denke, zählt ja üblicherweise nicht, also sage ich besser nichts dazu", sagte Ganelia mit einem spürbar scharfen Unterton in der Stimme.

Sie stand entschlossen auf und verließ aufgebracht die Hütte.

Das war nun eine Reaktion auf Alegrons Entscheidung gewesen und die der anderen Dorfbewohner würde nicht anders aussehen.

Der Stammesführer richtete sich aus seiner gebeugten Haltung auf, blickte aus der Tür und sah das immer dunkler werdende Himmelszelt.

Mit einem Ruck stand er auf und ging aus der Hütte.

Das Gemeinschaftshaus war überfüllt mit Dorfbewohnern und auch Kamin konnte sich nur mit Mühe Zutritt verschaffen.

Die Männer hatten sich alle um Fanir versammelt und er erzählte die spannende Geschichte, die auf der Lichtung passiert war.

… es war ein großer Todeself, ihr habt ihn ja alle gesehen, und seine Augen waren so teuflisch böse. Ich habe sofort Angst bekommen, aber Alegron hat mich beruhigt und mir gesagt, dass wir ihn besiegen können, weil wir ja starke Männer sind. Dann sind wir ihnen gefolgt und haben unsere Waffen gezückt, um ihm Angst zu machen. Alegron war der Erste, der bei diesem komischen Menschen und dem Todeself angekommen war. Er war so mutig.

Er hat dem Todeselfen gesagt, dass er hier nichts zu suchen hat. Doch er reagierte nicht drauf. Er hat einfach nur gelacht. Einzig die Frau redete auf Alegron ein, und ehe ich mich versehen konnte, hatte Alegron seine Waffe fallen gelassen und die Frau hatte ein gigantisches Schwert in der Hand. Aus dem Nichts hatte sie das große Ding hervorgezaubert. Natürlich mussten wir alle unsere Waffen niederlegen, wir wollte ja nicht, dass man Alegron tötet …

„Genug", brüllte Alegron und drängte sich bis zu Fanir hindurch.

„Wer hat dir erlaubt, über die Geschichte zu sprechen?", fragte er ihn zornig, wollte aber keine Antwort hören und schnitt ihm mit einer herrischen Geste das Wort ab.

„Aber Alegron, wir wollen doch wissen, was passiert ist und wieso du einen Todeselfen in unser Dorf führst", sagte einer der älteren Dorfbewohner und ein zustimmendes Stimmengewirr entstand in der Menge.

Alegron hob besänftigend die Arme und sagte laut und deutlich:

„Von ihnen geht keine Gefahr aus. Es sind Reisende, die eine Nachtunterkunft und etwas Essen brauchen. Bald verlassen sie uns wieder."

Einer der Männer trat aus der Horde heraus und sprach ebenfalls laut: „Du bringst uns alle in Gefahr, dieser Todeself kann ein Späher aus Trisus sein."

„Mein Gefühl sagt mir, dass er es nicht ist. Die Konstellation mit der Frau ist zu abstrakt, als dass es sich um so etwas handeln könnte. Ich bitte euch um Vernunft und Vertrauen. Ich tue das, was für unser Dorf das Beste ist."

„Dessen bin ich mir nicht so sicher, Alegron", sagte der Mann und verschränkte provozierend die Arme vor der Brust.

„Noal, du bist stark und auch mutig, aber es fehlt dir an bestimmtem Feingefühl, um die Situation mit den richtigen Augen zu sehen", entgegnete Alegron und schaute ihn aus mitleidigen Augen an.

Noal war einer der Männer, der sich als neuer Herrscher sah. Er nutzte alle möglichen Situationen, um Alegron schlecht zu machen und sich selbst als strahlenden Ritter zu präsentieren.

Alegron wusste, dass eine Gefahr von ihm ausging, aber er nahm es nicht wirklich ernst. Er hatte andere Probleme, die ihm wichtiger erschienen, als sich um einen kindischen Rivalen zu kümmern.

„Meine Freunde, wir alle haben Hunger und unser Unmut spricht aus uns. Lasst das Mahl anrichten und ihr werdet alle den Todeselfen und die Frau kennenlernen. Ich habe sie eingeladen und ich hoffe, ihr wisst euch zu benehmen. Habt keine Bedenken, ich bürge mit meinem Leben für diese zwei Wesen", sagte Alegron nach einigen

Augenblicken des Schweigens und die Dorfbewohner hielten sich an seine Worte. Sie waren gespannt und erwarteten mit Neugier, aber auch mit Furcht, das Nachtmahl.

Loan lief zu der Hütte hin, in der Arok und Lis ihr Lager ausgerichtet hatten, und schaute mit seiner kleinen Laterne hinein. Er war neugierig, hatte aber auch Respekt vor diesem fremden Wesen, über das man so unfreundliche Sachen sagte.

Er trat leise in die Hütte, dabei kam er Lis und Arok etwas näher. Der große Todeself bemerkte wenige Augenblicke später den kleinen Jungen, stupste Lis an der Schulter und versuchte sie aufzuwecken.

Loan kam ihnen noch einen Schritt näher, hob etwas seine Lampe und erhellte Aroks und Lis Gesicht. Seine Augen strahlten im Schein der Laterne und Arok konnte die Angst, die Neugier und auch die Ehrfurcht in den Augen von Alegrons Sohn sehen.

„Mein Vater schickt mich. Ich soll euch zu ihm bringen", sagte der Junge schüchtern und wartete hinter seiner leuchtenden Deckung.

Lis wachte langsam auf, geweckt von dem eigenartigen Licht und von Aroks Berührung. Sie erkannte und lächelte Loan freundlich an und streckte sich ausgiebig.

Arok schaute ihr dabei zu und wandte sich dann an ihren Besucher: „Wir fühlen uns geehrt, dass dein Vater uns empfangen möchte und wir werden seiner Bitte in Kürze folgen."

Der Junge lächelte bei seinen Worten und ging wieder aus der Hütte. Er wartete außerhalb, schaute aber immer noch von Zeit zu Zeit neugierig in die Hütte. Lis stand auf, legte ihre Haare und Kleider beiläufig zurecht und sie brachen auf.

Loan war ein hübscher Junge mit braunen Haaren, soweit es Lis in der Dämmerung hatte sehen können. Seine Augen waren groß und ähnelten den Augen seines Vaters.

Als er bemerkte, dass die beiden fertig waren, setzte er sich in Bewegung und sie folgten ihm.

Es war eine kühle und angenehme Herbstnacht, aber man spürte immer mehr den aufkommenden Winter.

Dunkle Wolken hatten sich über den sonst klaren Sternenhimmel gelegt und eine frische Brise wehte ihnen entgegen.

Sie hatten nicht mehr viel Zeit. Lis spürte innerlich, dass sie vor dem Winter einen besonderen Ort erreichen mussten. Sie wusste nicht, weshalb, aber sie ahnte, dass etwas Schlechtes passieren würde und sie einen Platz brauchten, um sicher zu sein.

Der kleine Junge tänzelte mit dem Licht vor ihnen hin und her und die Nacht erschien nicht mehr so trist und gefährlich.

Einige Augenblicke später erreichten sie auch schon das Gemeindehaus und Loan schlüpfte zielsicher hinein.

Lis ließ Aroks Hand los und ging als Erstes hinein. Sie ließ ihren Blick über die Menschen schweifen und hielt Ausschau nach Alegron.

Ein großer Tisch war in der Mitte positioniert worden. Speisen und Getränke waren bereitgestellt und die Menschen setzten sich nach und nach an den reich gedeckten Tisch.

Als Lis nach Alegron suchte, erkannte sie ihn am Ende des Tisches und sah, dass er ihnen ein Zeichen gab, zu ihm zu kommen.

Lis gehorchte und auch Arok folgte ihr augenblicklich.

Arok fühlte sich komisch, denn er wurde von allen Seiten beobachtet und es herrschte Totenstille in einem Raum, der mit mehr als zwanzig Menschen gefüllt war. Eine gespenstische Vorstellung, die eingetreten war.

Jeder hatte Ehrfurcht vor diesem großen und starken Geschöpf, das auch noch zu den Bösen gezählt wurde.

Lis kam zu Alegron und er gab ihr zu verstehen, dass sie sich setzen sollte. Sie nickte ihm zu und auch Arok bekam diese Geste.

Es herrschte unangenehmes Schweigen und Alegron war es, der es brach.

Er räusperte sich und sagte: „Nun setzt euch alle. Essen und Trinken ist für alle da."

Die Menschen gehorchten und auch er selbst setzte sich, auf die gegenüberliegende Seite von Lis.

Beim Anblick all dieser Köstlichkeiten begann Lis Magen lautstark zu knurren und Alegron musste lachen.

„Es stimmt also wirklich, dass ihr etwas zu essen braucht. Greift zu, ihr zwei", sagte er freundlich, nahm dabei seinen Teller und füllte ihn mit Fleisch, Brot und gesäuberten Salatblättern.

Trotz der klirrenden Teller und Tassen war es immer noch unheimlich still. Verstohlene Blicke wurden Lis und Arok zugeworfen, doch keiner wagte es, sie etwas zu fragen.

Alegron bemerkte die wachsende Anspannung der Menschen und dachte angestrengt nach, wie er es etwas auflockern könnte.

Lis und Arok hatten währenddessen ihre Teller gefüllt und aßen voller Genuss.

Arok kannte diese Art von Nahrung nicht so gut, aber er war relativ zufrieden. Lis war im Gegensatz zu Arok verrückt nach Brot und dem geräucherten Fleisch.

Nachdem alle etwas gegessen hatten, legte sich die unangenehme Stimmung etwas und Alegron begann das Gespräch mit Lis. Dabei schaute er ihr permanent in die Augen, um festzustellen, ob sie lügt oder nicht. Es schien, als könne er durch ihre Augen ihre Seele erkennen.

„Was hat euch hierher verschlagen?" Alegrons Stimme war ruhig und entspannt.

Lis kam es so vor, als wollte er nur einen kleinen Plausch halten. Sie lächelte ihn an und sagte:

„Wie schon gesagt, haben wir beide unsere Heimat verloren. Ich kann als Mensch nicht mehr in Loikes und Arok kann ebenfalls nicht mehr in Trisus leben. Wo sollen wir hin? Ich weiß es selber nicht, wir folgen unserem Glück und vielleicht finden wir einen Ort, wo wir hingehören."

Kamins Gesichtsausdruck veränderte sich. Er sah, dass Lis die Wahrheit sprach, aber was hatte sie früher in Loikes gesucht, als Mensch?

„Wieso konntest du früher in Loikes leben?", fragte er verwundert und die meisten Männer am Tisch, wie auch die meisten Frauen, schauten gespannt zu Lis.

„Ich war eine Elfe", sagte Lis ruhig und senkte ihren Blick.

Dieser Satz von ihr weckte viele Erinnerungen an ihre Heimat und an ihr früheres Leben, das seit Kurzem zu Ende war.

Alegron verschlug es für einen kurzen Moment die Sprache und ein überaus skeptischer Ausdruck erschien in seinen Augen.

Sie sprach die Wahrheit, aber er war nicht wirklich imstande, ihr zu glauben. Arok konnte es genau in seinen Augen lesen.

„Sie wurde meinetwegen verbannt", sagte er und die Augen der Menschen wurden groß. Ein aufgeregtes Stimmengewirr ging durch die Reihen.

Lis schaute zu Arok hin und ein trauriger Ausdruck erschien in ihrem Gesicht. Sie konnte nicht verstehen, wieso er sich die Schuld gab.

„Ob es nun meine oder deine Schuld ist, ist doch gleich. So wollte es das Schicksal", sagte Lis resignierend und schaute wieder auf ihren leeren Teller. Sie hätte sich gerne noch etwas genommen, aber sie hatte das Gefühl, dass es etwas unhöflich gewesen wäre.

„Das heißt, du konntest mal Magie anwenden?", fragte Alegron neugierig und ein veränderter Unterton mischte sich in seine Stimme.

Lis betrachtete ihn etwas verwirrt und nickte. Sie konnte sich nicht vorstellen, dass ein Mensch nicht wusste, dass die Elfenmagie eine der stärksten magischen Elemente dieser Welt war. Aber dennoch wollte sich Alegron ein besseres Bild darüber verschaffen, ob sie solche Kräfte noch besaß.

Langsam aber sicher verstand sie, worauf er hinauswollte.

„Kannst du es denn noch?", fragte Alegron und Lis' Befürchtung wurde zur Gewissheit.

„Nicht so wie früher", entgegnete sie leise und schaute fragend zu Arok. Er verstand ihren Blick und fragte: „Wieso fragst du?"

Alegron schaute nachdenklich zu Lis, dann zu Arok und nach wenigen Augenblicken schaute er in die Runde der anderen Dorfbewohner.

Er schwieg dann noch weitere Sekunden und atmete tief ein und aus. Man konnte ihm ansehen, dass es in ihm arbeitete und es ihm schwer fiel, darüber zu reden. Er überwand seine Bedenken und schaute erneut zu Lis.

„Habt ihr das heute miterlebt?", fragte er, anstatt auf Lis' Frage zu antworten.

Lis schaute ihn misstrauisch an und nickte anschließend, ebenso wie Arok.

„Was war das für eine grässliche Kreatur?", fragte sie, als keine weitere Bemerkung von Alegron kam.

„Schatten, böse Wesen, die uns seit Monaten heimsuchen und uns unsere Freunde stehlen", antwortete er und senkte den Blick.

Im ersten Moment konnte Lis nicht ganz verstehen, was Alegron meinte und schaute erschrocken zu ihm und dann zu den anderen Dorfbewohnern.

In den Augen der anwesenden Menschen mischte sich eine unheimliche Trauer und Angst. Lis und Arok spürten es auf Anhieb.

Anschließend blickte Lis den Stammesführer mitfühlend an und wusste, was sie zu tun hatte.

Sie wollte genau wissen, was hier vorgefallen war. Eine innere Stimme vermittelte ihr das Gefühl, dass sie sich dieser Sache annehmen musste.

Sie legte ihre Hände auf den Tisch, nach oben hin offen und sagte mit leiser Stimme:

„Gib mir deine Hände, Alegron."

Er hörte ihre Worte, hob seinen Blick und schaute sie fragend an, gehorchte dann aber. Er legte seine Hände in die kleinen Händchen von Lis und schloss instinktiv seine Augen, ohne dass ihn Lis darum bitten musste.

Lis schloss ebenfalls ihre Augen und konnte durch Algerons Erinnerungen streifen.

Der Tag näherte sich dem Ende. Die Dämmerung war angebrochen, aber noch einige der Dorfbewohner waren auf ihren Feldern und arbeiteten. Es war Sommerzeit und es gab viel zu tun. Der Himmel war in einen wunderschönen roten Ton getaucht und Alegron rief die restlichen Dorfbewohner zusammen, um den Tag endlich zu beenden.

Und dann kamen sie.

Schwarze Schatten konzentrierten sich über den Menschen und warfen sich ohne Erbarmen auf sie. Einzig, was zurückblieb, war ihre Kleidung.

Alegron hatte das Szenario mit Schrecken verfolgt und sah sogar einen Schatten über sich. So schnell er nur konnte, drehte er sich um und lief zum Dorf zurück, dabei gab ihm seine Angst zusätzlich Kraft.

Mit einer tiefen Erschütterung davongekommen, erreichte er das Dorf und musste den Menschen erzählen, was er Schreckliches gesehen hatte. Er deutete dabei auf die Hütte, die Arok und Lis für eine kurze Zeit bewohnen würden.

Lis öffnete die Augen und schaute sich verwirrt um. Sie ließ seine Hände los und musste erst mal die aufkommenden Gedanken ordnen.

In ihrem Kopf drehte sich alles.

Arok schaute sie besorgt an und streichelte ihr über den Rücken, aber Lis nahm seine Hand weg und schaute weiterhin auf den Tisch. Aroks Berührung bereitete ihr unvorstellbare Schmerzen, als würden tausend Armeisen zugleich ihre giftige Säure in ihren Körper spritzen.

Ein gespanntes Schweigen breitete sich zwischen den Menschen aus und die Dorfbewohner betrachteten Lis mit wachsender Aufregung.

Nach kurzem Aufatmen hob Lis ihren Blick und schaute Alegron direkt an. Ihr Blick war verändert und völlig kalt.

Lis Gedanken hatten sich nun zu einem Satz geformt und diesen sprach sie laut aus: „Ihr braucht wohl dringend Hilfe."

... das Gute um das Böse weint ...

Lis konnte die Antwort in Alegrons Augen lesen und erkannte ähnliche, schmerzende Züge in den Gesichtern der Dorfbewohner.

Das Leid und der Schmerz spiegelten sich in den Augen der anderen wieder und erfüllten Lis mit tiefem Mitleid. Sie spürte die unstillbaren Tränen, die über den Verlust von Kindern, Freunden und Verwandten geflossen waren und in stillen Momenten immer noch flossen.

Sie schaute sich jeden Dorfbewohner genau an und sah in jedem das Leid, welches ihm persönlich widerfahren war.

Während Lis die Menschen der Reihe nach betrachtete, drängte sich ein Gefühl der Hilflosigkeit in ihr Bewusstsein. Doch bei einem Dorfbewohner, einem jungen Mann, blieb ihr Blick hängen.

Seine Gesichtszüge waren streng und sehr angespannt. Tiefe Furchen in seinem Gesicht deuteten darauf hin, dass er schon viel in seinem Leben miterlebt hatte. Doch das war nicht alles, was Lis sah. In ihrem inneren Auge wirbelten Bilder umher, manche waren klar zu erkennen, andere hingegen waren zu dunkel oder zu hell.

Sie ließ es geschehen und schaute sich jedes der aufkommenden Bilder aufmerksam an. Eines nach dem anderen prägte sich auf ihre Netzhaut und hinterließ ein Bild des Schreckens.

Lis sah, wie der Mann versuchte, seine Geliebte vor den schwarzen Ungeheuern zu retten und dabei kläglich versagte. Dann sah sie Alegron, der versuchte, diesen Mann zu beruhigen, der hingegen schlug Alegron zu Boden und ging wütend davon.

Das nächste Bild, das Lis dann erkennen konnte, war eine große Menschenansammlung und aufgeregte Gespräche, die von ihrem Anführer unterbunden wurden.

Mit der drohenden Hand in der Luft blieb das Bild von Alegron kurz erhalten und verschwand dann so plötzlich, wie die Vision gekommen war.

Lis atmete tief ein und aus und schaute dann weg, sie hatte genug gesehen, um sich ein Bild über die Lage im Dorf zu machen. Es musste etwas passieren – dessen war sie sich bewusst.

Wie ein drohendes Gewitter hing eine unangenehme Spannung im Gemeinschaftshaus. Nicht jeder war Lis und Arok freundlich gesonnen.

Dennoch hatte sie das Gefühl, dass die Mehrheit auf ihrer Seite war. Sie wusste nicht, wie sie es sich erklären konnte, aber sie spürte das tiefe Misstrauen der Dorfbewohner nicht mehr so stark wie zuvor. Die bedrohlichen Geschehnisse hatten alle Menschen im Dorf geprägt und vorsichtig gemacht.

Arok schaute sich verwirrt um und konnte die Stille nicht verstehen. Er spürte die unangenehme Stimmung immer mehr und wartete auf einen Hinweis, der ihm die ganze Situation erklären könnte.

Lis fühlte eine unaufhaltsame Kälte in sich aufsteigen. Es schien kein Zufall zu sein, dass sie gerade dieses Dorf erreicht hatten. Ein kalter Schauer lief ihr zusätzlich über den Rücken und sie musste sich zusammenreißen, um es sich nicht anmerken zu lassen.

Eine lange Weile saßen alle schweigend am Tisch und waren in ihre Gedanken versunken, bis Alegron sich vom Stuhl erhob und sich übertrieben laut räusperte.

„Meine Freunde, es ist schon spät und morgen wird wie immer ein anstrengender Tag werden", sagte er mit ruhiger Stimme und lächelte freundlich in die Runde. Es war ein aufgesetztes Lächeln, aber es gab den Einheimischen etwas Kraft und das war das Einzige, was zählte.

„Lasst uns mit neuer Hoffnung den morgigen Tag beginnen, damit wir nicht versinken in der nutzlosen Trauer um unsere Brüder und Schwestern", fügte er nach wenigen Augenblicken hinzu und wandte sich dann an Lis.

„Ich hoffe, es ist alles nach ihren Wünschen? Wollen sie, dass ich jemanden kommen lasse, der das Feuer in ihrer Hütte anzündet?", fragte er in etwas leiserem Ton und Lis schaute ihn zuerst fragend an, dann nickte sie.

Der Stammesführer nickte ebenfalls, grüßte sie nochmal zum Abschied und verließ die große Versammlungshütte mit entschlossenen Schritten. Dabei blieb er noch kurz bei einem der Dorfbewohner stehen und wechselte einige Worte mit ihm, dieser nickte gehorsam und Alegron verschwand in der Dunkelheit der Nacht, als er durch die Tür trat.

Lis und Arok machten sich auf den Weg in ihre Hütte und konnten sich nur schwer in der Dunkelheit orientieren.

Nach einer unerträglich langen Sucherei fanden sie ihre Hütte. Das Feuer loderte schon , trockenes Holz lag neben der Feuerstelle und man konnte sehen, dass das Feuer erst vor Kurzem angezündet wurde.

Die kleinen Zweige und das trockene Holz knisterten leise. Es war ein beruhigendes Geräusch und die Hütte füllte sich mit immer mehr Wärme.

Vollkommen erschöpft setzte sich Lis aufs Bett und atmete erleichtert auf.

Arok setzte sich neben sie und wollte endlich erfahren, was im Gemeinschaftshaus passiert war. Er fühlte sich wie ein stiller Beobachter, der keine Ahnung hatte, was vor sich ging.

„Was hast du gesehen?", fragte er und nahm Lis bei der Hand, um seinen Worten Nachdruck zu verleihen.

„Sehr viel Leid und Schmerz, mein Liebster. Die Menschen hier brauchen unsere Hilfe, leider weiß ich noch nicht, was ich, oder besser gesagt, wir tun können", antwortete sie und seufzte leise.

Ihre Augen hatten den besonderen Glanz verloren und etwas anderes nistete sich dort ein. Arok konnte sehen, wie sich dunkle Schatten in ihren Augen bewegten und ihre Hoffnung zu ersticken versuchten.

„Sag mir doch endlich, was du genau gesehen hast", wiederholte Arok verzweifelt und schaute sie fragend an.

Lis schluckte abermals und erwiderte mit ruhiger Stimme: „Schatten, so schwarz wie die Dunkelheit im Seelenwald. Sie stürzen sich auf die wehrlosen Bewohner dieses Dorfes. Ich weiß nicht, was mit ihnen passiert, aber es kann nur etwas Schreckliches sein."

Arok schaute sie aus aufgerissenen Augen an.

„Hab ich richtig verstanden? Schatten?", fragte er überrascht.

Lis nickte erschöpft und stand auf.

Das Feuer hüllte die Hütte in ein sanftes Rot, das einem Wärme und, Geborgenheit schenken sollte. Es war aber kalt und ungemütlich.

Diese Kälte zerrte an Lis Gliedern und an ihren fast verbrauchten Kraftreserven.

„Lass uns morgen darüber reden. Ich bin nicht mehr imstande, einen klaren Gedanken zu fassen", sagte sie müde und legte sich hin.

Arok wollte noch etwas sagen, aber Lis schüttelte nur den Kopf und gab ihm zu verstehen, dass es keinen Sinn mehr hatte, mit ihr reden zu wollen.

So machte er es sich ebenfalls etwas bequem und legte sich neben sie, um sie etwas zu wärmen, dennoch konnte er keine Ruhe finden und das, was Lis ihm gesagt hatte, bereitete ihm unheimliche Sorgen.

Als er neben ihr lag, spürte er, wie Lis zitterte und schloss sie in seine Arme. Lis dankte ihm mit einem Lächeln und kuschelte sich etwas näher an ihn, um ein wenig mehr von seiner kostbaren Wärme zu erhaschen. Es tat ihr gut, ihn bei sich zu haben.

Sie ahnte auch noch nicht, wie sehr sie ohne ihn leiden würde.

Unendliche Dunkelheit. Unangenehmes Flüstern und Scharren war zu vernehmen.

Lis war alleine in einem finsteren Wald und rannte um ihr Leben. Ihre Kleider waren zerrissen und blutgetränkt.

Sie war völlig allein, hilflos und körperlich am Ende.

Ein fremdartiges Wesen verfolgte sie und war direkt hinter ihr. Angst gab Lis die Kraft, die sie normalerweise nicht gehabt hätte und sie rannte unbeirrt weiter.

Arok war nicht da, um ihr zu helfen, keiner war da.

Sie rannte mit ausgestreckten Händen und konnte kaum was erkennen. Büsche schlugen ihr ins Gesicht und Dornen zerkratzten ihre nackten Beine. Mit jedem Augenblick wurde Lis langsamer und hörte immer deutlicher das wilde Keuchen der Bestie, die nur darauf wartete, dass ihr Opfer seine Kraft aufbrauchte, um es dann genüsslich zu verschlingen.

Lis stolperte ungeschickt und fiel zu Boden. Sie versuchte sich mit aller Macht zu beruhigen und weiter zu laufen, aber die Angst lähmte sie. Sie drehte sich auf den Rücken und wollte gerade aufstehen, als sich etwas auf sie warf und sie wieder auf den Boden drückte.

Arok lag auf ihr, hielt sie an ihren Händen fest und drückte sie auf den Boden.

„*Ruhig*", flüsterte er und bewegte sich nicht mehr. Lis spürte seinen schweren Körper auf ihrem und konnte kaum atmen. Doch ihre Furcht war so groß, dass sie dem aufkommendem Schmerz keine Beachtung schenkte.

Das Keuchen der Kreatur war verstummt und nur das aufgeregte Atmen von Lis und Arok war zu vernehmen.

Stille.

„*Ich glaub, es ist weg*", sagte er und stand langsam auf.

Er half Lis wieder auf die Beine und sagte: „*Hast du mir nicht versprochen, auf dich aufzupassen, wenn ich nicht da bin?*"

Lis blickte ihn fragend an und schaute sich anschließend verwirrt um. Ihre Angst fesselte sie noch immer und sie war sich sicher, dass dieses Wesen nicht so schnell aufgeben würde. Sie spürte seine Gegenwart immer noch und jetzt sogar viel intensiver denn je.

Die dunklen Wolken, die bis dahin den hellen Vollmond verdeckt hatten, ließen eine kleine Lücke und der Mond erhellte die beiden.

Auch das Monster, das sich hinter Arok aufgebaut hatte und seine scharfen Krallen in seine Richtung ausstreckte.

Erst jetzt sah Lis das schreckliche Wesen in seiner ganzen Pracht.

Lange, messerscharfe Krallen blitzten im Licht des Mondes auf und seine unheimlichen Augen verschwanden im Schatten seiner großen Augenhöhlen.

Ein Tier, das etwas größer war als Arok und um das Doppelte breiter.

Lis sah die starken Muskelstränge unter dem dunklen Fell. Sie konnte die Farbe des Fells nicht erkennen, das Licht des Mondes verwandelte alles in ein schwarz-weißes Meer. Dadurch wirkten der Wald und sein Inhalt bizarr und eigenartig.

Aber das Eigenartigste und Fürchterlichste war diese große Kreatur, die ihren Kiefer senkte und sich Arok unbarmherzig näherte.

Lis konnte seine blanken, gelben Zähne sehen, an denen sich Speichel sammelte und auf den Boden tropfte. Seine hundeähnliche Schnauze mit den messerscharfen Zähnen ließ Lis innerlich erzittern und sie war wie gelähmt.

Panik hatte von ihr Besitz ergriffen und sie fühlte den tiefen Schmerz, der ihr die Fähigkeit nahm, sich zu bewegen.

Mit einer neuartigen Entschlossenheit und der Angst, dass Arok etwas passieren konnte, überwand sie dennoch ihre Starre.
„Pass auf", schrie Lis panisch, aber es war zu spät.
Im selben Moment, in dem Lis Arok warnen wollte, hatte ihm das Monster seine Krallen in den Rücken gebohrt.
Ein triumphierendes Grinsen erschien auf dem Gesicht des Tieres und es wirkte noch bedrohlicher als zuvor.
Als Arok die scharfen Krallen spürte, wurde sein Gesicht zu einer Maske der Pein und Qual.
Mit einem starken Ruck zog das Monster seine Krallen wieder heraus und betrachtet bösartig seine blutige Pranke, um sich zu vergewissern, dass er auch wirklich getroffen hatte.
„Lauf, Prinzessin", brachte Arok als Letztes heraus und fiel anschließend zu Boden. Mit diesen Worten verschwand auch der Mond hinter den dichten Wolken und das Land wurde von einer erneuten Dunkelheit geflutet.
Ein markerschütternder Schrei erklang in der Finsternis.

Lis wachte mit einem entsetzten Keuchen auf und richtete sich im Bett vollends auf. Ihr Atem war hektisch und ihr Herz schlug ihr bis zum Hals.

Arok wachte auf und schaute sie zuerst fragend, dann besorgt an.

„Hast du schlecht geträumt?", murmelte er leise und rieb sich seine Augen, um Lis besser sehen zu können.

Lis war vollkommen außer sich. Sie schaute starr nach vorne und erinnerte sich an den Ausdruck in Aroks Augen, als er die scharfen Krallen in seinem Rücken gespürt hatte. Was für ein grauenhafter Albtraum.

Lis tastete aufgeregt ihren Körper nach Spuren des Kampfes ab und schaute an sich herab.

Das graue Laken war voller Blut. Völlig entsetzt sprang sie auf und spürte mit einem Schlag ungeheure Schmerzen im linken Oberschenkel und in ihrem rechten Oberarm.

Arok bemerkte ihr eigenartiges Verhalten, wachte nun gänzlich auf und sah mit Erschrecken Lis' Verletzungen.

„Was hast du gemacht?", fragte er erschrocken, sprang vom Bett und ging zu Lis hin, um sie zu stützen. Sie konnte sich nur schwach auf den Beinen halten und brach in Tränen aus. Sie fühlte sich unheimlich elend.

Wie konnte es sein, dass ein Traum real werden konnte? War es überhaupt ein Traum gewesen?

„Lis, wie ist so was möglich?", fragte Arok noch einmal und konnte seinen Augen nicht glauben. Das Blut floss in Strömen von ihrem Körper und Lis wurde mit jedem Moment schwächer.

„Hilf mir", flüsterte sie leise unter Tränen und brach anschließend in Aroks Armen zusammen.

Arok hielt sie fest, trug sie aufs Bett und legte erste Bandagen an, um ihren Blutverlust in Grenzen zu halten.

Das Laken war voller Blut. Er nahm es und legte es zur Seite.

Dass alles geschah in einer Art Trance. Er wusste nicht wirklich, was er tat, er machte es aus reinem Instinkt.

Dann zog er sich seinen Mantel an und ging aus der Hütte. Das Mondlicht strahlte auf die Erde hinab und erhellte seinen Weg. Er suchte Alegrons Hütte und fand sie anschließend.

Tausend Dinge schossen ihm durch den Kopf und seine Hände zitterten. Arok hatte Angst, und zwar so große, wie noch nie in seinem jungen Leben. Der Anblick hatte ihn bis aufs Tiefste erschüttert.

Als er die Hütte erreicht hatte, klopfte er einige Male und wartete auf eine Antwort. Seine Gedanken drehten sich um Lis und was er Alegron sagen sollte.

Der erste Verdacht würde auf ihn fallen und ihn zu einem Monster machen, das er gar nicht war. Er wollte sich die schrecklichen Konsequenzen gar nicht erst vorstellen.

Nach wenigen Augenblicken öffnete sich die Holztür und der Anführer des Stammes schaute verschlafen und müde zu ihm nach oben.

„Was willst du, so früh stehen wir normalerweise nicht auf", sagte er etwas mürrisch und streckte sich erst mal ausgiebig. Er hatte nur seine Hose an und fröstelte etwas, als er den morgendlichen Windzug spürte.

Sein Blick überflog kurz Arok und blieb an seinen blutigen Händen hängen. Ein schockierter Ausdruck erschien auf seinem Gesicht, bis er dann fragend in Aroks Gesicht schaute.

„Lis ...", stotterte Arok als Antwort und seine Stimme versagte ihm den gewünschten Dienst. Alegron spürte mit einem Schlag, dass etwas Furchtbares passiert war, und deutete fragend auf Aroks blutverschmierte Hände.

Als Arok nicht weitersprach, sondern einfach nur nach Worten rang, trat er an Arok vorbei und schloss die Tür hinter sich.

Mit schnellen Schritten gingen sie zur Hütte von Arok und Lis und eine unheimliche Ruhe machte sich zwischen ihnen breit.

Alegron erreichte als Erster die Schlafstätte und sah, im schwachen Licht des Feuers, dass Lis ruhig schlief.

Aber es machte nur den Anschein, denn Lis tat alles andere als in Ruhe schlafen.

Ihr Unterbewusstsein kämpfte mit den schrecklichen Bildern und versuchte, sie zu verarbeiten.

„Was soll mit ihr sein?", fragte Kamin und Arok trat an ihm vorbei, schlug die Decke zurück und deutete auf die Bandagen an ihrem Oberarm und Oberschenkel.

Er hatte seine Sprache immer noch nicht wiedergefunden, dafür versuchte er sich, mit Mimik und Gestik zu verständigen. Im wahrsten Sinne des Wortes hatte ihm das Szenario die Sprache verschlagen.

„Was ist passiert?", fragte Kamin erschrocken und kam etwas näher, um sich das Ausmaß näher anzuschauen.

Arok kämpfte mit sich, fand anschließend seine Sprache wieder und versuchte die Situation darzulegen:

„Ich ... ich bin aufgewacht, als Lis urplötzlich geschrien hat. Sie war völlig hysterisch und ist dann in Tränen ausgebrochen. Und wenige Augenblicke später ist sie bewusstlos geworden. Ich kann mir diese Verletzungen einfach nicht erklären, Alegron. Ich hab geschlafen und nichts gemerkt."

Alegron konnte sich vorstellen, wie sich Arok fühlte, wenigstens versuchte er das.

Ihm stand bei Aroks Worten das Entsetzen ins Gesicht geschrieben, Er entfernte das provisorische Verbandszeug und betrachtete Lis Oberschenkel und anschließend ihren Oberarm.

Im ersten Augenblick konnte er kein Wort rausbringen. Er dachte konzentriert nach und war unschlüssig, was zu tun war. Alegron begann leicht zu zittern und musste sich zur Ruhe zwingen. Er wollte nichts Falsches tun und er wollte Arok helfen.

Arok hatte ihn in der Zwischenzeit verzweifelt beobachtet und gemerkt, dass er an seinen Worten zweifelte.

Alegron schaute besorgt zu ihm hin und stand demonstrativ auf, dabei nickte er Arok zu und verschwand in der Nacht.

Aroks Nerven waren bis zum Zerreißen gespannt und er ertrug das Bild nicht, was er von Lis sah.

Sie atmete flach und ihr Gesicht war etwas gerötet. Sie schien Fieber von den starken Verletzungen bekommen zu haben. Arok fürchtete sogar um ihr Leben. So etwas Eigenartiges hatte er noch nie miterlebt und er zitterte immer noch leicht.

Alegron kam nach wenigen Augenblicken, mit Verbänden und einer komischen Truhe, zurück und setzte sich neben Arok.

Er konnte es Arok ansehen, dass er unter einem heftigen Schock stand und wusste nicht, was er sagen sollte, so machte er sich an die Arbeit.

Er war sehr behutsam, entfernte die Bandagen endgültig von Lis Verletzungen und schaute sich die Ausmaße genauer an. Etwas veränderte sich in seinem Gesichtsausdruck, das Arok nicht deuten konnte.

„Wie kann so was nur im Schlaf passieren? Bei meinen Ahnen", flüsterte er schockiert und schlug die Hand vor den Mund.

Arok schaute ihn verzweifelt an und zuckte nur unschlüssig mit den Schultern. Er fühlte sich so hilflos und wusste nicht, was er machen sollte. Alegron entfernte auch die zweite Bandage und erbleichte noch ein weiteres Stück.

„Das sind Spuren eines Kampfes", sagte er anschließend, als er sich die Verletzungen genauer angeschaut hatte und mit den Salben über Lis geschundenen Körper fuhr.

Arok schaute ihn fragend an und entgegnete: „Wir haben beide geschlafen, das kann nicht sein."

„Dann frag ich mich, wo sie sich diesen Klauenhieb eingefangen hat", sagte Kamin ruhig, dabei war ein veränderter Unterton in seiner Stimme, der nichts Gutes zu bedeuten hatte. Er strich das letzte Bisschen Heilsalbe über die Verletzungen und war sehr vorsichtig, als er sie mit weißem Leinenstoff verband.

Arok war in ein tiefes Schweigen verfallen und vollkommen verwirrt. Er konnte es sich nicht erklären, aber das Schlimmste war, dass er Lis nicht beschützt hatte.

Ein Gefühl der Schwäche und des Versagens breitete sich in ihm aus.

In Alegron sah es nicht besser aus. Er sah, wie aufgelöst Arok war, und konnte seinen Zustand nachvollziehen und glaubte ihm, dass er es Lis nicht angetan hatte. Diese Art von Verletzungen konnte er ihr nicht zugefügt haben.

Außerdem machte er sich zusätzlich Sorgen um seinen Stamm und murmelte leise: „Kann das bitte unter uns bleiben? Ich will nicht, dass eine Panik unter den Dorfbewohnern ausbricht."

Arok schaute ihn zunächst fragend an und nickte dann verständnisvoll. Er wollte auch nicht unbedingt die Sache breittreten.

Als Alegron mit seinen Verbänden fertig war, schaute er sich Lis genauer an und sagte dann, an Arok gewandt: „Ihre Verletzungen sind nicht so tragisch, wie es den Anschein gemacht hatte. Mehr kann ich im Moment nicht für sie tun. Brauchst du noch etwas?"

Arok schüttelte den Kopf, würgte ein leises "Dankeschön" aus seiner Kehle und schaute voller Sorge zu Lis hin.

Alegron nickte ihm zu und klopfte ihm auf die Schulter.

„Wenn du auf sie achtgibst, kann es nur besser werden", sagte er aufmunternd und ging mit langsamen Schritten aus der Hütte.

Ohne Alegron kehrte eine unheimliche Stimmung in die Hütte zurück. Lis lag still auf dem Bett und rührte sich nicht.

Arok schaute besorgt zu ihr, betrachtete ihr erschöpftes und mitgenommenes Gesicht. Das Einzige, was er wollte, war, die ganze Sache zu verstehen.

Dieses Unwissen machte ihn so hilflos. Was wäre, wenn sie durch einen Zauber verletzt worden war und er jederzeit wieder zuschlagen könnte?

Angespannt und immer noch voller Sorge setzte er sich neben Lis auf den Boden und strich über ihre Hand. Seine Müdigkeit kam mit jeder Sekunde mehr zu ihm zurück, bis er letztendlich neben Lis einschlief.

Es kündigte sich ein frischer Morgen an und ein angenehmer, lauwarmer Tag. Mit den ersten Sonnenstrahlen erwachte auch das Leben im Dorf und die gespenstische Stille verabschiedete sich.

Aufgebrachtes Stimmengewirr drang an Aroks Ohr und er öffnete müde seine Augen. Es war schon helllichter Tag und die Sonne warf einige Strahlen in die Hütte.

Mit der morgendlichen Sicht veränderte sich auch die Atmosphäre in der Hütte. Sie war warm und durch und durch angenehm.

Arok kannte so etwas nicht, denn in Trisus war es zu jeder Tageszeit dunkel und ungemütlich. Er kannte nichts anderes von klein auf, erst jetzt bemerkte er, wie düster sein Leben bisher gewesen war.

Besorgt schaute er von der Tür weg zu Lis und sah, dass sie immer noch schlief. Er wusste nicht, was er tun sollte.

Konnte er sie überhaupt alleine lassen?

Ein überaus besorgter und nachdenklicher Ausdruck erschien auf seinem Gesicht und er stand vorsichtig auf, um Lis nicht zu wecken.

Sie hatte all ihre Farbe verloren und wirkte sehr erschöpft und krank.

Das Gefühl, das Arok empfand, war tiefes Mitleid. Er hätte alles dafür getan, um ihr die Schmerzen abzunehmen und sie gesund werden zu lassen.

Er ging leise einige Schritte durch die Hütte und blieb an der Tür stehen. Neugierig schaute er hinaus und sah das morgendliche Treiben der Menschen.

Frauen machten die Hütten sauber und Männer sammelten sich und bereiteten sich auf die Arbeiten auf dem Feld vor. Kinder rannten vergnügt zwischen den Häusern hindurch. Ein sehr idyllisches Bild, was Arok zu Gesicht bekam.

Er lehnte sich locker gegen den Türpfosten und betrachtete weiter das angenehme Schauspiel.

Was hatte er erwartet, als er mit Lis losgezogen war? Abenteuer und Gefahr?

Ja, er wusste, dass es noch auf ihn warten würde, aber das, was er hier erlebte, hätte er sich in seinen kühnsten Träumen nicht vorgestellt. Nie hatte er nachgedacht, wie so ein Familienleben sein konnte und je mehr er die spielenden Kinder beobachtete, umso mehr wünschte er sich selber eine solche Familie.

Das alles waren Gefühle, die er früher nie erlebt hatte. Seine Mutter hatte er nie gesehen und sein Vater hatte ihm nie die Liebe geschenkt, die ein Kind benötigte.

Lis hatte ihn nun in diese Welt geführt und sie gefiel ihm.

Lis war währenddessen aufgewacht und wollte zu Arok hingehen. Einige Schritte hinter ihm bemerkte er ihre Anwesenheit durch ein kleines verräterisches Geräusch und er drehte sich sofort um.

Auf seinem nachdenklichen Gesicht erschien ein Lächeln und er kam Lis entgegen.

Seine Arme schlossen sich um sie und er wollte sie nicht mehr loslassen.

„Wie geht es dir, Lis? Ich habe mir furchtbare Sorgen gemacht", flüsterte er ihr ins Ohr und ließ ihr dann etwas Platz, damit sie ihm antworten konnte.

„Mein Liebster, es ging mir nie besser", antwortete Lis und lächelte zurück. Arok schaute sie skeptisch an und sagte: „Was ist mit deinen Verletzungen?"

Das Lächeln verschwand von Lis Gesicht und sie schaute ihn fragend an: „Hast du schlecht geträumt? Ich bin nicht verletzt."

Ein fassungsloser Ausdruck erschien auf seinem Gesicht und er musste sich vergewissern. Er nahm Lis Arm und wickelte den weißen Stoff nach oben, um sich ihren Oberarm anzuschauen.

„Siehst du, du hast da einen Verband. Weißt du nicht mehr, was gestern passiert ist?", fragte Arok etwas verwirrt und versuchte die aufkommenden Fragen zu unterdrücken, die seinen Verstand belasteten.

Lis schaute sich ihren Oberarm an und blickte etwas entgeistert zu Arok hinüber.

„Was ist das?", fragte sie und versuchte, den Verband zu lösen. Nach wenigen Augenblicken hatte sie den Knoten aufgemacht und entfernte den rauen Stoff.

Was darunter zum Vorschein kam, war reine Haut und sonst nichts.

„Hast du ihn mir angelegt? Woher hattest du den Verband?", fragte Lis völlig verständnislos.

Arok konnte es nicht glauben. Er betrachtete ihren Arm und erinnerte sich an die tiefe Verletzung und an die fürchterliche Menge Blut.

Etwas verstört ließ er von Lis ab und ging zu dem Laken hin, das gestern Nacht noch voller Blut gewesen war. Er hatte es zu einem Haufen gewickelt und nun breitete er es aus und schaute es sich genauer an.

Nichts war zu sehen. Das Laken war grau und etwas zerknittert, aber sonst nichts.

Das blanke Entsetzen war in Aroks Gesicht geschrieben und er setzte sich aufs Bett, um nicht endgültig die Fassung zu verlieren.

Lis konnte Aroks Verhalten nicht nachvollziehen und schaute ihn fragend an.

Stille breitete sich zwischen ihnen aus und in Arok arbeitete es.

Es sah wirklich danach aus, als ob er sich alles eingebildet hatte. Das ganze Blut und Lis schlimme Verletzungen, die ihr fast den Tod gebracht hatten.

Hatte er sich das alles eingebildet? Aber es war doch so real gewesen, wie sie auf einmal geschrien hatte und dann bewusstlos geworden war.

Mit einem Schlag kam Arok eine Idee. Er stand mit einem Ruck auf und verließ die Hütte. Lis schaute ihm fragend hinterher, folgte ihm aber nicht. Sie war etwas verwirrt und wusste nicht, was mit Arok geschehen war.

Der Einzige, der Arok helfen konnte, war Alegron. Er hatte ja das ganze Spektakel miterlebt.

Das rege Treiben der Menschen wurde von Arok unterbrochen und sie zogen sich verängstigt zurück. Sie hatten Respekt vor ihm und die Ängste immer noch nicht vergessen.

Nach wenigen Augenblicken erreichte Arok Alegrons Hütte und klopfte vorsichtig an der Tür. Zuerst geschah nichts, doch nach wenigen Augenblicken öffnete sich die Tür und Alegron schaute Arok fragend an.

„Was kann ich für dich tun?", fragte er augenblicklich und eine weibliche Stimme rief im Hintergrund: „Loan, bist du es?"

Arok schaute zuerst zu Alegron, dann warf er einen fragenden Blick in die Hütte und sagte stockend: „Lis geht es gut."

Alegron schaute ihn verwirrt an und entgegnete vorsichtig: „Wieso sollte es ihr nicht gut gehen?"

Etwas zerbrach in Aroks Innerem und er konnte nicht sagen, was.

„Du hast doch gestern Lis' Verletzungen gesehen? Sie wäre fast ums Leben gekommen!", sagte Arok verzweifelt und klammerte sich an die Hoffnung, dass Alegron sich doch noch erinnern würde.

„Geht es dir gut, Arok?" ‚hallte es in Aroks Ohren wieder.

„Geht es dir gut, Arok?", fragte Lis und stupste ihn an der Schulter.

Arok wachte auf und schaute sich benommen um. Er erkannte Lis und musste lächeln, schloss aber wieder seine Augen und fuhr sich mit der Hand übers Gesicht.

„Ich hatte einen komischen Traum", murmelte er und schaute wieder zu Lis.

„Ich auch", antwortete Lis und schlug die Decke weg.

„Und ich frag mich, wieso ich verletzt bin", fügte sie nach wenigen Augenblicken hinzu und betrachtete den dicken Verband an ihrem Oberschenkel und dann an ihrem Oberarm. Arok riss ungläubig die Augen auf und stand ruckartig auf.

„Also war es doch kein Traum", flüsterte er erschrocken und sein Blick wurde mit einem Mal leer und leblos.

„Hast du mir diese Verbände angelegt?", fragte Lis leise und musterte den grauen Stoff mit einem kritischen Blick.

Arok wachte aus seinen Gedanken auf und schaute fragend zu Lis rüber. Im ersten Moment wusste er nicht, was sie meinte, aber dann erinnerte er sich wieder an die unheimliche Nacht und sagte: „Alegron hat sie dir angelegt. Er hat dir auch irgendeine Salbe gegeben, aber Genaueres weiß ich nicht."

Lis schaute kurz zu Arok hin, warf dann einen Blick nach draußen aus dem kleinen Fenster auf der gegenüberliegenden Seite und seufzte leise. In ihrem Gesicht arbeitete es.

Es war kein Lächeln und auch keine Fröhlichkeit zu erkennen. Mit Mühe versuchte sie, ihren Oberschenkel zu bewegen und sich vom Bett zu schwingen, aber es gelang ihr nur halbwegs. Sie spürte einen stechenden Schmerz bis hin zu ihren Hüften und musste innehalten.

„Ahhhh ...", murmelte sie leise und verzog ihr Gesicht.

Mit ihrem schmerzenden Ton wurde auch Aroks Aufmerksamkeit geweckt. Er stand etwas verschlafen auf und wollte ihr helfen, aber Lis schüttelte nur den Kopf.

„Ich schaff das schon, mach dir um mich keine Sorgen. Das ist nur ein Kratzer", behauptete sie tapfer und biss die Zähne zusammen, um sich endlich vom Bett zu erheben.

Sie schaffte es glücklicherweise, ohne sich wieder aufs Bett fallen zu lassen und betrachtete ihre blutverschmierten Beine und Hände.

Ein eigenartiger Ausdruck war in Lis Augen zu erkennen. Sie überlegte angestrengt, was sie jetzt machen sollte. Sie entschied sich, eine geeignete Wasserstelle zu suchen, um ihren Durst zu stillen und ihren geschundenen Körper zu waschen.

Arok kam einen Schritt auf sie zu, gab ihr seinen Umhang und flüsterte ihr leise ins Ohr: „Wir müssen Alegron fragen, wo wir etwas Wasser suchen können, um dich zu versorgen."

Lis schaute ihm überrascht in die Augen und ein kleines Lächeln erschien auf ihren Lippen. Sie nickte ihm zu, er nahm sie mit einem kräftigen Ruck auf seine Arme und Lis ließ sich bereitwillig tragen.

Es war ein ähnlicher Morgen, wie es Arok geträumt hatte. Die Kinder liefen vergnügt herum und die anderen Dorfbewohner waren mit ihren alltäglichen Arbeiten beschäftigt. Als Arok mit Lis aus der Hütte kam, wurde es still. Die Besen blieben stehen und kehrten nicht mehr die Blätter des Herbstes zusammen und die Kinder schauten erschrocken zu Arok hin, der ihnen wie ein Riese vorkam.

Mit entschlossenen Schritten ging Arok auf Alegrons Hütte zu. Lis schloss die Augen, um nicht die neugierigen Blicke der Dorfbewohner zu sehen, aber es brachte nichts. Die Blicke bohrten sich in ihre Haut wie Messerstiche und bereiteten ihr zusätzliche Schmerzen.

An der gesuchten Hütte angekommen setzte Arok Lis vorsichtig ab und klopfte leise. Zuerst kam keine Antwort, aber nach wenigen Augenblicken wurde die Tür geöffnet und Ganelia trat hinaus.

Ihr Gesichtsausdruck veränderte sich schlagartig und sie musste sich stark zusammenreißen, um nichts Falsches zu sagen. Sie brauchte einen kurzen Augenblick und fragte dann höflich: „Was kann ich für euch tun? Mein Mann ist gerade nicht da."

„Könntet ihr uns sagen, wo es eine Quelle oder einen Bach gibt, an dem wir etwas Wasser schöpfen können?", fragte Arok in ruhigem Ton und schaute Ganelia erwartungsvoll an.

Ihr Blick verdüsterte sich noch ein wenig mehr. Man merkte es ihr an, dass sie nicht begeistert von der Idee war, aber sie hatte keine andere Wahl, als höflich zu sein und auf Aroks Frage zu antworten.

„Ihr müsst von hier aus gesehen nach Norden gehen. Es ist nicht weit von unserem Dorf, dort gibt es eine kleine Quelle mit einem daraus sprießenden Bach. Wenn ihr in den Wald geht, dann hört ihr ihn auch schon plätschern. Er ist sehr leicht zu finden."

Bei diesen Worten deutete sie in die Richtung, aus der sie am vorherigen Tag gekommen waren und Arok folgte ihrer Geste.

„Ich danke ihnen vielmals", sagte er und verabschiedete sich mit einem höflichen Nicken bei ihr, dann nahm er Lis wieder auf seine Arme.

Lis klammerte sich fest an Arok, während er in die Richtung ging, die ihnen Ganelia vorgegeben hatte. Sie fühlte den stechenden Schmerz bei jedem von Aroks Schritten, aber sie ließ es ihn nicht merken. Lis war ihm dankbar genug, dass sie ihn nicht noch zusätzlich belasten wollte.

Ganelia sollte recht behalten.

Nach wenigen Schritten im Wald wurde das Plätschern des Baches hörbar und mit jedem Schritt wurde es lauter. Ihre Umgebung wurde wiederum immer dunkler und unheimlicher. Hätten sie nicht das kostbare Wasser gebraucht, wäre Arok nicht freiwillig in den Wald gegangen, genauso wie Lis. Sie konnten es sich nicht erklären, aber diese unheimliche Stille war untypisch für einen lebendigen Wald.

Das Problem war, Lis war sich nicht so sicher, ob er wirklich noch so lebendig war.

Um die unheimliche Stille zu durchbrechen, räusperte sich Lis und schaute Arok in die Augen.

„Geht es dir gut da unten?", fragte er anschließend und versuchte, ein aufmunterndes Lächeln auf seine Lippen zu zaubern, aber ihm gelang nur eine kleine Bewegung der Lippen und sein Gesicht wurde wieder ernst und sehr besorgt.

„Ja, über den Transport kann ich nicht klagen", antwortete sie leise und drückte sich wieder an seine Brust.

„Die Verletzungen müssen wohl sehr schmerzhaft sein", flüsterte er leise und blieb stehen.

Vorsichtig setzte er sie an einen Baumstamm und lockerte eine Arme.

„Ich schau mich kurz um, meine Arme brauchen eine kurze Pause", sagte er an Lis gewandt und wartete auf ein kurzes Ja oder Nein, aber Lis schaute ihn nur entsetzt an.

„Du willst mich alleine lassen?", fragte sie verwirrt und konnte ihren Ohren nicht glauben. „Nicht lange, Lis, ich bin in wenigen Augenblicken wieder da", entgegnete Arok und drehte sich demonstrativ um.

Seine Schritte knirschten verräterisch auf dem Laub und wurden mit jeder verstreichenden Sekunde leiser.

Lis blieb alleine und verlassen zurück und spürte eine immer stärker werdende Angst in ihrem Inneren. Und das auch zu Recht. Sie schaute sich ängstlich um und wusste nicht, was um sie herum geschah. Der dunkle Nadelwald wurde immer schwärzer und begann sich bei ihr zu verändern.

Lis vermutete, dass es die eigenartigen Schatten waren und versuchte, mit ihren verfügbaren Kräften aufzustehen und Arok nachzugehen.

Ihre Unruhe wurde mit jeder Sekunde stärker, ihr Herz schlug heftig in ihrer Brust. Sie fühlte sich hilflos und gefangen in ihrem schwachen Körper. Wäre sie eine Elfe, würde sie die Schmerzen nicht so stark spüren, aber als Mensch war sie ein kleiner Fisch unter hungrigen Haien.

Lis humpelte einige Schritte und machte eine kurze Pause. Sie wagte es nicht, sich die dunklen Baumkronen anzuschauen, so schaute sie konzentriert auf den Boden und versuchte, sich zu beruhigen, aber es war nicht möglich. Sie spürte die Anwesenheit einer eigenartigen und gefährlichen Kreatur.

„Lis, du solltest doch auf mich warten", sagte Arok und riss Lis aus ihren Gedanken. Sie erschreckte sich bis ins Mark und atmete einige Male tief ein und aus.

Arok kam ihr zur Hilfe und nahm sie wieder auf seine Arme.

„Ich hab die Quelle gefunden, sie ist nur wenige Schritte von hier entfernt", fügte er nach wenigen Sekunden hinzu und ging los, ohne auch nur auf eine Antwort zu warten.

„Sie sind hier", flüsterte Lis leise und eine Träne der Angst floss über ihre rechte Wange. Sie hinterließ eine feine, leuchtende Linie auf ihrer Haut und Arok schaute überrascht zu Lis hin.

„Gut, wir beeilen uns", antwortete er und beschleunigte seine Schritte. Nach wenigen Augenblicken waren sie an der Quelle und dem kleinen Bach angekommen, von dem Ganelia gesprochen hatte. Lis schaute sich um und war völlig hin und weg. Der kleine Bach mündete in einen großen Fluss und dieser entpuppte sich als Wasserfall. Wenige Meter von ihnen entfernt war eine klaffende Schlucht, die Lis Aufmerksamkeit auf sich zog.

„Gehst du etwas näher ran?", fragte sie leise und schaute zu Arok hoch. Er nickte, bewegte sich langsam auf die Schlucht zu und beide schauten neugierig hinab.

Die Felsen waren von der Witterung glatt geschliffen und die Schlucht war tiefer, als es sich Lis vorgestellt hatte.

Lis verwunderte diese Schlucht, denn sie konnte sich nicht erinnern, jemals so etwas gesehen zu haben. In Loikes hatte sie eine solche Schlucht auch nicht gesehen, nur aus den Geschichten der Alten wusste sie, dass es so was wie Risse in der Oberfläche dieser Welt gab.

Arok schaute kurz zu Lis und drehte sich dann um.

„Wir sind hier, um dich zu waschen und nicht, um die Aussicht zu genießen", sagte er daraufhin und Lis konnte seine Nervosität spüren, die auch von Sekunde zu Sekunde stärker wurde. Auch er spürte die Disharmonie an diesem Ort.

Er legte Lis am Bach ab und half ihr, eine bequeme Sitzart zu finden, drehte sich dann um und wollte gehen. Lis bemerkte sein Verhalten, schaute zu ihm zurück und sagte zögerlich: „Lass mich nicht allein."

Arok drehte sich verwundert um und sah ihren ängstlichen Blick, ein kleines Lächeln erschien auf seinem Gesicht und auch etwas anderes, was Lis nicht deuten konnte. Er nickte ihr zu und setzte sich an den nächstgelegenen Baum, mit dem Rücken zu ihr.

Als sich Lis vergewissert hatte, dass Arok noch da war, aber sie nicht beobachtete, fing sie an, ihre Hände und ihr Gesicht im kühlen Wasser des Baches zu waschen. Stück für Stück streifte sie die schmutzigen und blutverschmierten Sachen ab und versuchte sie zu reinigen. Es gelang ihr auch teilweise, das schöne strahlende Weiß kehrte zurück und sie nahm das nächste Kleidungsstück. Dabei war sie sehr vorsichtig, um ihren Verband nicht zu verschmutzen oder ihn nass zu machen.

Nach einiger Zeit war sie mit der Prozedur fertig und legte die teilweise noch nassen Sachen an, weil sie nichts anderes hatte. Trotz ihrer Vorsicht wurde ihr Verband nass und sie spürte ein unangenehmes Ziehen in ihrem verletzten Oberschenkel. Sie biss tapfer die Zähne zusammen und richtete sich auf. Der Schmerz hatte im Vergleich zum Morgen etwas nachgelassen. Die Salbe hatte wohl angefangen, ihre heilende Wirkung zu entfalten.

Nachdenklich schaute sich Lis dann ihre anderen Gegenstände an, die ihren müden und verletzten Körper zierten. Xeres, Digit, Ruben und dann noch die Pfeife, um Eldur zu rufen. Bisher hatten sie ihr Leben gerettet und auch das von Arok und Miran, aber Lis merkte, dass es mehr brauchte als nur ein paar mächtige Hilfsmittel.

Die Erkenntnis traf sie wie ein Schlag und nahm ihr die Fähigkeit, klar zu denken. Sie schüttelte alle Gedanken ab und schaute dann hilfesuchend zu Arok. Er saß immer noch am Baum und hatte seine Augen geschlossen.

„Arok? Alles in Ordnung?", fragte Lis und versuchte, langsam zu ihm zu kommen. Arok hörte ihre Stimme, machte die Augen auf und schaute in ihre Richtung.

Diesen Blick würde Lis nicht vergessen. Arok schaute sie verträumt und liebevoll an, aber dann mischte sich etwas Fürchterliches in seine Augen und es wurde alles anders.

Der Himmel verdunkelte sich in Sekundenbruchteilen und die Dunkelheit aus dem Wald schien sich bei Arok vermerkt zu konzentrieren. Er versuchte vergeblich, aufzustehen, doch eine unheimliche Kraft schleuderte ihn mehrere Meter weit weg und zog ihn unaufhaltsam auf die Schlucht zu.

Ein erschütternder Schrei drang aus Aroks Kehle und er versuchte, sich irgendwo festzuhalten, aber es gelang ihm nicht und er schlitterte ohne Erbarmen weiter seinem Tode entgegen.

Mit Entsetzen verfolgte Lis das Schauspiel und war wie gelähmt. Als sie das Ganze realisiert hatte, stürmte sie so gut sie konnte zu ihm hin, um ihn festzuhalten, aber die eigenartige Macht beschleunigte nur noch mehr.

Knapp am Rand des Abhangs konnte sich Arok noch festhalten und Lis erreichte ihn und hielt seine Arme fest. Er schaute ihr bedeutungsvoll in die Augen und wusste, dass es für ihn kein Entrinnen gab.

„Ich liebe dich, Lis", quälte er aus sich heraus und all das andere, was er ihr sagen wollte, konnte Lis in seinen Augen lesen.

„Ich liebe dich auch, Arok, halt durch, wir …" sagte Lis, aber Arok verlor seinen Halt und wurde mit einem Ruck in die Schlucht gezogen.

Nachdem Lis Aroks Schreie nicht mehr hören konnte, wurde es still.

Sie kniete vor dem Abgrund und betrachtete ihre Hände, die vergeblich versucht hatten, Arok festzuhalten. Auch in ihr herrschte vollkommene Ruhe, es war die Ruhe vor dem Sturm und dann traf es sie. Ihre Augen füllten sich mit Tränen, die nicht mehr aufhören wollten zu fließen. Sie saß da, spürte nichts anderes mehr als den Schmerz, dass sie Arok verloren hatte. Nicht einmal ihre Verletzungen schmerzten so sehr wie die Erkenntnis, dass sie Arok nie wieder sehen würde und nun völlig auf sich alleine gestellt war. Ein heftiges Zittern überfiel ihren Körper, sie war in einer Art Trance, saß da und zitterte, bemerkte nichts mehr um sich herum und saß einfach nur da.

Nach einigen Stunden wurde Alegron etwas unruhig. Ganelia hatte ihm gesagt, dass Lis und Arok zur Quelle gegangen waren. Er wusste, dass sie nicht sehr weit entfernt war und Lis zudem noch verletzt war und sie bestimmt nicht aufbrechen würden.

So machte er sich auf den Weg zur Quelle. Als er Lis am Abgrund sah, machte sich ein ungutes Gefühl in ihm breit. Er ging zu Lis hin und berührte ihre Schultern, aber sie reagierte nicht und blieb in ihrer merkwürdigen Stellung sitzen.

„Wo ist Arok, Lis?", fragte er vorsichtig und ging neben sie auf die Hocke.

Lis sagte immer noch nichts und schaute auf ihre Hände hinab. Alegron schaute sie besorgt an, dann betrachtete er kurz die Umgebung und entschied , Lis einfach mitzunehmen. Er nahm sie auf seine Arme und fühlte ihren kalten Körper.

Er sah, dass sie sich gewaschen hatte und die nassen Kleidungsstücke trug. Sie waren immer noch etwas feucht und er schüttelte nur entsetzt den Kopf. Mit schnellen Schritten ging er in Richtung seines Dorfes und beschleunigte zusätzlich, als er den schwachen Atem von Lis bemerkte … **und sich das Spiel nun um die Zukunft dreht …**

„Sie wacht auf, siehst du? Ihre Augen öffnen sich langsam", sagte eine Stimme, die Lis keinem Gesicht zuordnen konnte und welche sehr jung klang. Sie machte langsam die Augen auf und das Licht des Feuers, das in der Mitte der kleinen Hütte brannte, stach in ihre müden Augen.

Sie blinzelte noch einige Male und versuchte, den hartnäckigen Schlaf von sich zu schütteln. Es gelang ihr auch halbwegs, aber sie schien nicht gänzlich bei Kräften zu sein.

„Lass sie aufwachen, sie braucht jetzt vor allem Ruhe, ja, Loan?", sagte Alegron leise und deutete mit seiner rechten Hand zur Tür.

Lis gewöhnte sich immer mehr an das Licht und versuchte, sich etwas aufzurichten. Alegron setzte sich neben sie aufs Bett, als Loan aus der Tür war und sie hinter sich geschlossen hatte.

„Wo bin ich", fragte Lis leise und spürte, wie trocken ihre Kehle war.

„In meiner Hütte", sagte er und schaute sie betroffen an. Lis zuckte mit den Schultern und schaute sich etwas verwirrt um.

„Hast du noch starke Schmerzen?", fragte er anschließend mit einem besorgten Gesichtsausdruck.

Lis schaute ihn zuerst fragend an und wusste nicht, was er meinen könnte.

Doch dann kam mit einem Mal ihre Erinnerung zurück und die vor wenigen Sekunden existierende Welt brach für Lis zusammen. Alegron nahm sie in den Arm und versuchte, sie wieder zu beruhigen, aber Lis' Tränen wollten sich nicht stoppen lassen.

„Du warst drei Tage bewusstlos, weißt du das? Seitdem ich dich im Wald gefunden habe, haben die Schatten sich nicht mehr sehen lassen", sagte Alegron.

Lis Augen füllten sich mit zusätzlichen Tränen und sie brachte kein Wort mehr heraus, die erdrückenden Erinnerungen schnürten ihr die Kehle zu und machten es ihr unmöglich, zu sprechen.

„Schon gut, versuch, dich zu beruhigen. Nur so kannst du eine Lösung finden", flüsterte er, während er sie in seinen Armen hielt.

„Sag mir, wo ist Arok?", flüsterte er einige Sekunden später und schaute Lis neugierig an.

Brodelnde Wut stieg in Lis hoch, als sie seine Worte hörte und ihr Geist klärte sich auf magische Weise.

„Ich will keine Lösung finden, hörst du?", sagte sie und löste sich aus seiner Umarmung. Ihre Augen waren in Wut getränkt und sprühten vor Energie.

„Er wird es bezahlen, mit seinem Leben", flüsterte sie leise und eine unheimliche Spannung ging von Lis aus.

„Wer wird bezahlen, Lis, sprich bitte nicht in Rätseln", flüsterte Alegron verwirrt und wartete auf eine Antwort von Lis.

Die wurde auf einmal ruhig. Ihr Gemütszustand wurde wie zuvor und ihre Gedanken hüllten sie ein. Sie hörte nichts mehr um sich herum, einzig nur Aroks Schreie, als er in die Tiefe hinabgestürzt war.

Alegron bemerkte ihre Abwesenheit und zog sich zurück. Er wollte seine Neugier zwar stillen, aber er sah, dass Lis noch nicht alles überstanden hatte.

Der seelische Schaden müsste um Welten größer sein als ihr körperlicher, der in den letzten drei Tagen schon fast gänzlich geheilt war.

Alegron erhob sich vom Bett, nahm einen seiner Fellmäntel und ging hinaus. Er schloss die Tür hinter sich und dachte angestrengt über das weitere Vorgehen mit Lis nach.
Immer deutlicher wurde es für ihn, dass Lis zu einer Gefahr werden könnte. Sie war es schon von Anfang an gewesen, aber er hatte sich verleiten lassen, zu glauben, dass sie ihnen helfen könnte. Er war sich aber nicht sicher, wie viel sie für das Dorf getan oder nicht getan hatte.

Wilde Thesen und Ideen geisterten in seinen Gedanken herum und zu einem Entschluss konnte er nicht kommen.

Etwas hinderte ihn daran, sich ohne Zweifel für etwas zu entscheiden.

Es war kalt. Sie hörte Wasser tröpfeln und spürte einen kalten Wind, der ihr durch das Haar strich und ihr eine unangenehme Gänsehaut bereitete. Es war nicht einmal dunkel, aber Lis konnte nichts erkennen. Alles war verschwommen, und wenn sie etwas greifen wollte, entfernte sich der Gegenstand nur noch mehr von ihr. Sie spürte eine tiefe Verzweiflung, die sie immer weiter trieb, aber sie wusste nicht, wohin. Ein Netz von Gefühlen überfluteten sie und sie befürchtete, dass sie durch sie ertrinken könnte.

Sie schaute sich erstaunt in Alegrons Hütte um und atmete ruhig ein und aus.

Es war still, so ungewohnt still wie in diesem fürchterlichen Wald. Lis schaute sich weiter um und versuchte, sich vom Bett zu erheben.

Erst da sah sie, dass Alegron ihr andere Sachen angelegt hatte und sie aussah wie eine der Frauen hier im Dorf. Vorsichtig stützte sie sich vom Bett ab und stand auf.

Von ihren anfänglichen Schmerzen spürte sie kaum mehr etwas und so wagte sie einen Schritt zu machen. Ihre Kraft kam mit jedem weiteren Schritt mehr zu ihr zurück und nach einigen Schritten spürte sie nichts mehr von ihrer Schwäche.

Etwas unsicher schaute sie sich um und suchte ihre ursprünglichen Kleidungsstücke. Nach wenigen Augenblicken fand sie einen weißen Stapel neben ihrem Bett und nahm ihn an sich.

Ohne Bedenken zog sich Lis um, legte die Bauernkleidung aufs Bett und trat entschlossen aus der Hütte. Es war spät nachmittags und die Sonne strahlte höhnisch auf Lis herab.

Sie wusste nicht, was sie machen sollte. In Alegrons Hütte wollte sie nicht bleiben und so musste sie etwas tun, aber was nur?

„Lisssssss ...", zischte es hinter ihr und sie schaute sich erschrocken um. Miran stand hinter ihr und betrachtete sie kritisch.

Aus der anfänglichen Überraschung wurde Freude und Lis kam zu Miran gestürmt.

„Wo warst du nur? Was war mit dir los?", fragte Lis aufgeregt und hätte Miran am liebsten in den Arm genommen, aber seine schwarzen, bedrohlichen Stacheln hinderten sie dran.

„Isss weisss ess nissst ...", zischte er leise und schaute sich beunruhigt um.

„Wir werden beobasssssstet", ertönte es aus seiner hässlichen Kehle und Lis spürte etwas sehr Fremdartiges und ungeheuer Starkes in ihrer Nähe.

„Es sind nicht die Dorfbewohner, hab ich recht?", fragte Lis und sah, dass das Dorf völlig leer war.

Keine Kinder spielten mehr zwischen den Häusern und auch keine Frauen fegten die Blätter um ihre Häuser.

„Was ist passiert, als ich bewusstlos war?", flüsterte Lis erschrocken und blankes Entsetzen stand in ihrem Gesicht geschrieben.

„Wenn du nur wüsstest, …" sagte Miran in einer ganz normalen Männerstimme und packte Lis an der Schulter, sodass sie sich nicht bewegen konnte.

„Miran, was soll das?", fragte Lis erschrocken und versuchte sich aus seinen Pranken zu lösen, aber sie hatte keine Chance.

„Ich und Miran?", sagte Miran und fing an, hämisch zu lachen. Dann verblasste der Panzer aus schwarzen Schuppen langsam und ein Mann kam zum Vorschein, der Lis mit seinen Händen ohne Probleme festhalten konnte. Seine Statur war mit der von Miran nicht mehr zu vergleichen.

Der Mann war etwas kleiner und trug einen glänzenden Panzer aus Drachenschuppen. Sein Gesicht war hart und gezeichnet von Leid und Schmerz. Seine starken Hände waren rissig und ziemlich verschmutzt. Lis kam es vor, als würde sie einem Krieger von unheimlichen Fähigkeiten gegenüberstehen und war völlig hilflos.

Als sie die eigenartige Veränderung und ihren Zustand wirklich realisiert hatte, versuchte sie alles, um sich aus seiner Gefangenschaft zu lösen, aber es gelang ihr nicht.

Der Griff des Fremden wurde nur noch fester und bereitete ihr zusätzliche Schmerzen.

„Hör auf, so zu zappeln, du wirst nicht entkommen können", grölte es aus seiner Kehle und ein triumphierendes Lachen erklag.

„Freu dich nicht zu früh", zischte Lis und spannte ihre Muskeln zum letzten, entscheidenden Manöver an.

Es gelang ihr, ihre Hand zu befreien und nach Digit zu greifen. Ein Zischen durchfuhr die Luft, als Lis mit Digit ausholte und ihn durch die Luft fliegen ließ.

Der Krieger erkannte die Gefahr und sprang rechtzeitig zur Seite, um der tödlichen Klinge zu entkommen. Aber Lis ließ nicht locker.

Sie stürzte sich wagemutig und unüberlegt auf den erfahrenen Mann, landete aber nach einigen Schritten unvermindert im Staub und hatte das Schwert des Kriegers an ihrer Kehle.

Der Mann hatte ihren Übermut ausgenutzt und ihren eigenen Schwung gegen sie verwendet. Das Resultat war, dass Lis das Gleichgewicht verloren hatte und gestürzt war.

„Reicht dir dieses Kinderspiel endlich?", fragte er und schaute sie zornig an.

Lis konnte die Schwertspitze an ihrem Hals spüren und wusste, dass er jederzeit zustechen konnte. So schwieg sie verbissen und zählte innerlich jede Sekunde, die verstrich.

Nach mehr als einer halben Minute nahm er sein Schwert von ihr weg, hielt es aber immer noch in ihre Richtung und sagte etwas ruhiger: „Du kommst mit mir mit, ob es dir passt oder nicht. Wenn du Schmerzen willst, dann mach so weiter, wenn du gehorchst, werde ich deinen wunderschönen Körper verschonen."

Lis richtete sich langsam auf, schaute trotzig zu dem Mann hoch und stand anschließend auf.

„Waffe her, sonst bekommst du mein Schwert erneut zu spüren", sagte er, als er Digit in Lis Hand aufblitzen sah.

Er fühlte die Bedrohung, die von diesem Schwert ausging, und wollte sich sicherer fühlen. Lis schaute zu Digit hinab, schob ihn dann zurück in seine Scheide. Mit ihren zarten Fingern löste sie den Knoten, der das Schwert mit ihrer Hüfte verband, und reichte dem Mann ihr Schwert. Ein Lächeln erschien auf seinen Lippen und er wollte danach greifen, aber Lis zögerte noch einen Moment und zog Digit schnell zurück.

„Du solltest darauf aufpassen, er ist mächtiger, als du denkst", sagte Lis bedeutungsvoll und reichte Digit zu ihm hin, um seinen Zorn nicht weiter zu schüren.

In den Augen des Fremden blitzte es böse auf und er wollte auffahren, als er aber sah, dass sie ihm Digit freiwillig gab, hielt er inne und ersparte sich seine Standpauke.

Wie es Lis erwartet hatte, fing Digit an, sich in den Händen des bösen Kriegers zu verändern. Zuerst wurde er so klein wie ein Dolch und dann bildete sich eine dicke Rostschicht über der Klinge, sodass man niemanden mehr damit verletzten konnte.

Im Gesicht des Mannes arbeitete es. Er konnte nicht glauben, was er da gerade sah, und versuchte mit aller Macht, bei Verstand zu bleiben. Aber vergeblich, man konnte in seinen Augen sehen, wie schwer es ihm fiel, ruhig und besonnen zu bleiben. Etwas angeekelt und ängstlich warf er die Waffe weg und wendete sich wieder Lis zu.

„Was für eine Hexe bist du denn, dass du über solche Kräfte verfügst?", fragte er und kam mit seinem Schwert etwas näher.

„Was bist du für einer, der einer unbewaffneten Frau ein Schwert ins Gesicht hält?", fragte Lis frech und wartete auf eine Antwort.

Der Krieger schaute auf sein Schwert und senkte es etwas, er hatte eingesehen, dass Lis recht hatte und er sich ziemlich unhöflich verhielt.

„Komm mit", sagte er knapp und machte eine Handbewegung in Richtung Westen.

„Ich bring dich mit meinem Pferd zur großen Königin", fügte er nach wenigen Augenblicken hinzu, als er Lis' fragenden Blick sah.

Während er sich umdrehte, sprach Lis einige leise Worte und Digit kam wie auf Befehl in ihre Hand zurückgeflogen. Doch Lis sah keinen Nutzen darin, diesen Mann anzugreifen.

Am Ende des Dorfes standen einige Pferde und bewaffnete Männer, die alle in eigenartige schwarze Fälle gekleidet waren. Nur der Fremde, der Lis aufgespürt und sich als Miran ausgegeben hatte, war in hochwertige Rüstung eingehüllt. Er gab Lis zu verstehen, sich eines der Pferde zu nehmen und sie gehorchte.

Mit einem eleganten Satz schwang sie sich aufs Pferd und wartete darauf, dass der Krieger sich ebenso auf sein Pferd erhob. Die ganze Zeit über schwieg sie, aber als er sich gesetzt hatte, schaute Lis den Mann direkt an und fragte:

„Wo sind die ganzen Dorfbewohner?"

Die Aufmerksamkeit, die er vorher dem Pferd geschenkt hatte, verging. Er schaute zu Lis hin und sagte: „Die Sklaven wurden abtransportiert. Sie werden woanders gebraucht."

Lis verstand die Welt nicht mehr, wieso wurden diese Menschen als Sklaven bezeichnet und wieso hatte Alegron ihnen nicht gesagt, dass sie Gefangene einer höheren Instanz waren? Völlig verwirrt schaute Lis zu Boden und musste versuchen, es sich nicht anmerken zu lassen.

Doch der Mann hatte es gesehen und deutete es richtig.

„Vertrau keinem Menschen, den du nicht selber ausgebildet hast", sagte er verächtlich und gab dem Pferd die Sporen.

Während sie kurz miteinander redeten, hatte er Lis' Pferd mit seinem verbunden und vergewisserte sich, dass die Zügel gut hielten.

Immer wieder schaute er zu Lis hin, um sicher zu gehen, dass sie nicht abgestiegen war und auch keine Anstalten machte, abzuhauen.

Lis registrierte sein Verhalten mit einem Lächeln und wusste, dass dieser Mann ihr gegenüber immer misstrauisch sein würde. Sie selbst sah keinen Sinn darin, vor ihm wegzulaufen. Sie hatte das Gefühl, dass dieser Mann ihre Antwort auf die Frage war, was sie zu tun hatte. Außerdem hoffte sie darauf, zu den anderen Menschen gebracht zu werden, um Alegron zur Rede stellen zu können.

Der Ritt erwies sich als lang und beschwerlich. Das zuvor sonnige Wetter schlug um und es wurde bewölkt und regnerisch.

Lis fühlte sich nach einiger Zeit sehr ermüdet und die Kälte fing an, ihren Körper zu lähmen. Sie spürte, wie die andauernde Belastung und der dazukommende Wind ihre Muskeln verhärtete.

Der Krieger bemerkte es und schaute besorgt zu seiner Gefangenen.

„Es dauert nicht mehr lange und wir sind da", sagte er schroff.

Lis wachte aus ihren Gedanken auf und schaute fragend zu ihm hin, bis sie seinen besorgten Blick sah. Dann wurde ihr klar, dass sie ziemlich elend aussehen musste, wenn sogar ein solcher Barbar Angst um sie hatte.

Es dauerte wirklich nicht mehr lange, bis sie aus dem Wald und auf eine offene, grasbedeckte Fläche hinaus ritten. Am Horizont waren schon erste Häuser und Wachtürme zu erkennen. Lis atmete erleichtert auf, weil sie sich nicht mehr lange auf dem Pferd halten würde, und wartete geduldig, bis sie endlich die ersten Häuser erreichten und eine riesige Stadt mit hohen Mauern sich vor ihnen ausbreitete. Lis konnte ihren Augen nicht trauen und schluckte abermals.

„Nein, das kann nicht sein", flüsterte sie leise, sodass der Mann sie nicht hören konnte.

Ein ungutes Gefühl machte sich in ihr breit und sie wusste nicht, was sie am meisten empfand.

War es Angst, Neugier oder Panik?

Es war diese Stadt, die sie in ihrer Vision gesehen hatte. Sie ritt mit einem schwarzen Pferd, direkt in ihre Vision, doch es konnte doch nicht so sein, wie sie es gesehen hatte. Miran war nicht da und der Wichtigste fehlte auch, und zwar Arok.

Was hatte das alles zu bedeuten?

Der Krieger blickte immer verwirrter zu Lis hin und konnte nicht verstehen, wieso sie auf einmal so bleich geworden war.

„Noch nie eine Stadt gesehen?", fragte er spottend und lächelte böse.

Lis ignorierte seine Worte und versuchte immer noch, Ordnung in ihr Inneres zu bringen. Sie entschloss sich dazu, die Ruhe zu bewahren, bis sie mit dem Verantwortlichen sprechen konnte.

Lis hatte aber im Grunde kein gutes Bild von den Menschen. Die Häuser waren recht klein und aus Lehm und Strohdächern gebaut worden.

Einzig nur die hohe Mauer der Stadt beeindruckte Lis ein wenig. Sie war schätzungsweise zehn Meter hoch und aus massivem Gestein angefertigt worden.

Die Bauarbeiten für die Mauer hatten mit Sicherheit am meisten Zeit gebraucht. Es war atemberaubend, wie stabil und wie prachtvoll die Stadt aussah. Nicht nur in Lis' Vision hatte sie das Gefühl, einem Meisterwerk gegenüberzustehen.

Mit jeder weiteren Sekunde näherten sie sich der Stadt. Nur Bauern tauchten hier und da auf, aber sonst war alles leer. Das Bild erinnerte Lis an das Dorf, in dem alle Menschen verschwunden waren.

Ein eiskalter Schauer lief ihr über den Rücken und sie schüttelte den bedrückenden Gedanken ab.

Das Tor, das sich für sie öffnete, war gigantisch und mit Eisenspitzen besetzt. Es wirkte mächtig und bedrohlich auf die zwei Menschen, die im Gegensatz zu diesem Bauwerk klein und verletzlich aussahen.

Lis kam aus dem Staunen nicht mehr heraus. Sie betrachtete das Mauerwerk, als sie durch das Tor ritten, und sah, wie dick diese Schutzmauern waren. Es musste schon etwas Schreckliches passieren, um diese Mauern zum Sturz zu bringen.

Nicht weit ab vom Eingang blieb der Krieger stehen, stieg vom Pferd ab und reichte Lis die Hand, um ihr beim Absteigen zu helfen.

Lis aber schaute ihn nur zweifelnd an und stieg ebenso elegant ab wie auf.

Etwas beleidigt nahm er seine Hand weg und drehte sich demonstrativ um. Er gab ihr ein Zeichen, ihm zu folgen und Lis zögerte nicht lange und trat neben ihn, dabei streifte sein Blick Lis' Körper und er sah, dass Digit wieder an ihrer Hüfte baumelte.

„Sehr anhänglich, dieses Ding", sagte er, schaute nachdenklich wieder geradeaus und ging die Straße hinab, die von hohen, steinernen Häusern umgeben war.

Lis wusste im ersten Augenblick nicht, was er meinte, schaute fragend an sich herab und erkannte Digit, der bei ihren Schritten hin und her taumelte.

Lis lächelte, als sie die Worte von dem Mann deuten konnte, und zuckte unschuldig mit den Schultern, als er noch einmal zu ihr sah.

Sie schaute sich neugierig um und sah, dass die Stadt nicht so perfekt war, wie sie angenommen hatte. Die großen, starken Mauern schützten zwar die Menschen vor Überfällen und Angriffen, aber die Menschen ließen überall ihren Müll liegen. Übler Gestank war zeitweise zu vernehmen und Lis verzog angeekelt das Gesicht.

Der Mann bemerkte es und konnte sich ein schadenfrohes Lächeln nicht verkneifen.

„Du warst wirklich noch nie in einer Stadt", stellte er erheitert fest und fuhr sich mit der rechten Hand durch seine langen Haare.

Die schwarzen Haare legten sich über seine Schultern wie giftige Schlangen und schienen ihn förmlich zu erdrücken.

„In keiner Stadt, die von Menschen erbaut wurde", entgegnete Lis und schaute beleidigt zur Seite.

Sie fühlte sich etwas angegriffen und es gefiel ihr nicht, dass er ihr Verhalten so gut deuten konnte.

„Ach, in was für einer Stadt warst du denn schon mal, wenn nicht in einer Stadt der Menschen?", fragte er neugierig und wurde hellhörig.

Lis ertappte sich dabei, dass sie sagen wollte: „Loikes natürlich", aber das durfte sie nicht. Er würde ihr nicht glauben, weil nur Elfen in die Heilige Stadt des Lichts dürfen.

Etwas hilflos sah sie sich um und tat so, als hätte sie es nicht gehört.

Ein wissendes Lächeln erschien auf dem Gesicht des Mannes und er sah, dass Lis nichts zu sagen hatte.

Aber sie fühlte sich nicht nur hilflos, sondern auch allein und schwach.

Seitdem sie Arok nicht mehr an ihrer Seite hatte, wurde alles um sie herum unerreichbar schwer und es geriet alles außer Kontrolle. Die ständige Anwesenheit von Arok hatte ihr Kraft und Zuversicht gegeben, aber jetzt spürte Lis eine unstillbare Leere, die niemand zu füllen vermochte.

„Wo werde ich hingebracht?", fragte Lis nach einiger Zeit der Stille und bemerkte, dass sie in die immer schöner werdenden Gassen gebracht wurde.

„Eine ganz spezielle Frau möchte mit dir sprechen", sagte er und schaute sie lächelnd an.

„Eine Frau also ...", antwortete Lis auf seine knappe Antwort hin und wurde etwas zornig. Die ganze Zeit über hatte sie keine Ahnung, was und wer hier eigentlich das Sagen hatte.

„Wir sind bald da", fügte der Krieger nach wenigen Augenblicken hinzu und deutete auf den großen Schlosseingang, der vor ihnen erschien.

Lis nickte nur und fing an, nervös zu werden. Sie konnte es sich nicht erklären, aber sie fühlte, dass gleich etwas sehr Bedeutendes passieren würde.

Am Ende der Straße angekommen, passierten sie einen kleinen Rundbogen und stiegen auf weißen Marmortreppen in Schloss hinein. Es war ein wunderschönes Objekt, das von sich aus strahlte. Lis spürte die Helligkeit und genoss das Gefühl, unter einem sicheren Dach zu sein.

Nachdem sie die Treppe hinter sich gelassen hatten, brachte der Mann sie in einen großen Saal, den Lis ebenfalls wiedererkannte.

Die großen, hohen Fenster und die Bücherreihe, die sie in ihrer Vision gesehen hatte. Ein Gefühl der Ehrfurcht breitete sich in Lis aus und sie presste angespannt ihre Hand zu einer Faust, um sich ihren Gemütszustand nicht anmerken zu lassen.

Dennoch blieb es dem Mann nicht verborgen und er schaute fragend zu Lis hin. Sie ignorierte seinen Blick bewusst, um sich keine Konflikte oder neugierige Fragen einzuhandeln.

„Sie wird dich bald empfangen", sagte er, als sie den gigantischen Tisch erreicht hatten, und gab ihr zu verstehen, dass sie sich setzen sollte.

Lis gehorchte, setzte sich etwas schüchtern auf einen der Stühle und betrachtete aufmerksam den Saal. Sie konnte immer noch nicht glauben, dass sie hier war, es kam ihr vor wie eine von ihren Visionen, nur viel realistischer.

Durch das schlechte Wetter außerhalb der schützenden Mauern fiel nur ein wenig Licht in den Saal. Das restliche Licht kam aus wenigen Kerzen, die angezündet waren, um dem Raum eine beschauliche Atmosphäre zu verleihen.
Lis musste nicht lange warten. Die Eingangstür wurde von zwei Wachen aufgestoßen und eine junge Frau mit dunklen, glatten Haaren trat hinein.

Lis schaute bedachtsam zu ihr rüber und konnte ihren Augen nicht trauen. Im ersten Moment bildete sie sich ein, dass Lia vor ihr stehen würde, aber im nächsten Moment waren völlig andere Gesichtszüge zu sehen.

Sie schloss noch einmal die Augen und öffnete sie dann erneut. Vor ihr stand eine wunderschöne Frau in einem roten Samtkleid, das ihr bis zum Boden reichte und ihre schmale Hüfte betonte.

Lis stand vorsichtig auf und wartete darauf, dass die fremde Frau endlich etwas sagen würde.

Ebenfalls schien es, dass die Frau darauf wartete, dass Lis etwas sagte, doch dann gab sie sich einen Ruck und räusperte sich leise.

„Nun, willkommen in meinem Schloss. Es wäre angebracht, dass sich der Gast erst einmal vorstellt, meinen sie nicht auch?", sagte sie und ihre Stimme klang weich und sehr gutmütig, wie eine Stimme einer sich sorgenden Mutter.

Lis nickte, beugte sich etwas vor und sagte anschließend: „Mein Name ist Lis und ich komme von weit her."

Die Frau mit dem roten Kleid nickte und sagte: „Mir wurde berichtet, dass ihr über eigenartige Zauber verfügt. Soll ich dies glauben?"

Lis schaute freundlich zu ihrer Gastgeberin hin und sagte: „Nun, was meint ihr, ich habe mich schon vorgestellt und ich glaube, es wäre angebracht, dass die Person, die mir eine solche Hingabe widmet, sich auch vorstellen sollte."

Ein überraschter Ausdruck erschien auf dem Gesicht der Frau und es mischte sich etwas Zorn hinzu, aber diesen konnte sie leicht unterdrücken.

„Mein Name ist Delita, ich bin die Königin dieses Reiches und solche Frechheiten, wie ihr sie euch erlaubt, werde ich nicht länger dulden, haben wir uns verstanden?", sagte sie und ihr Ton wurde etwas strenger.

Lis Lächeln verschwand von ihren Lippen. Sie wurde ernst und nickte bloß.

„Nun, sind die Berichte wahr, die mir erstattet wurden?", fragte Delita noch einmal und sie beruhigte sich wieder.

„Wenn ihr mir den Begriff Zauber erläutern könntet, könnte ich ihnen eine exakte Antwort geben", sagte Lis und schaute Delita fragend und unwissend an.

Lis hatte das Gefühl, dass es besser war, die Unwissende zu spielen. Eine Stimme in ihrem Inneren mahnte sie dazu.

„Mir wurde gesagt, dass ihr über ein mächtiges Schwert verfügt und auch die Kampfkunst erlernt habt, was in der Regel sehr untypisch für eine Frau ist", antwortete Delita und deutete auf Digit, der immer noch klein und verrostet war.

„Dies ist meine einzige Waffe, und wenn ihr dies als mächtiges Schwert erachtet, dann soll es so sein", sagte Lis und deutete ebenfalls auf Digit. Ein nachdenklicher Ausdruck erschien auf Delitas Gesicht und sie ging im Raum auf und ab.

„Also wollt ihr mir damit sagen, dass meine Quellen fehlerhaft sind?", fragte sie und betrachtete nachdenklich ihre kleinen und zarten Hände, während sie im Raum auf und ab ging.

„Nein, euer Gnaden, ich will damit nur sagen, dass dies einzig nur mein Zauber ist", antwortete Lis und sah, wie sich in Delitas Augen etwas veränderte.

Aus dem anfänglichen Interesse entwickelte sich etwas völlig anderes, was Lis nicht deuten konnte.

„Dann kann ich euch wohl nicht weiter gebrauchen", sagte sie ignorant und verließ mit hastigen Schritten den Saal.

„Wachen! Bringt sie in ihr Gemach, das sich für Eindringlinge am besten eignet", sagte sie, als sie gerade aus der Tür treten wollte.

Die zwei Wachen, die an der Tür standen, nickten gehorsam und gingen auf Lis zu.

Sie wusste nicht, was das zu bedeuten hatte, und fürchtete Schlimmes.

Und so kam es auch, sie wurde an den Armen gepackt. Etwas Hartes traf sie wenige Augenblicke später am Hinterkopf und sie verlor sofort das Bewusstsein.

... und alle Hoffnung vergeht

„Diese böse Hexe", sagte Lia, als sie sah, wie Lis behandelt wurde und wie Delita sich über sie lustig machte.

„Wenn ich die Macht über sie hätte, würde ich ihr schon zeigen, wie man mit meinen Schützlingen umzugehen hat."

Zornig ging sie in ihren Hallen umher und versuchte, ihrem Frust keinen Raum zu geben.

Alisis stand an einer Säule gelehnt und schaute gelangweilt zu Lia hin.

„Nun, leider verfügst du über keinerlei Macht über das Reich der Menschen. Genauso wenig wie ich und das wusstest du von Anfang an", sagte er und versuchte, Lia etwas zu beruhigen, aber es war schwerer, als er gedacht hatte.

„Und wieso antwortet Lis nicht richtig? Sie könnte ihr doch ihre Macht demonstrieren und sie damit einschüchtern", sagte Lia aufgebracht und ging weiter auf und ab. In ihrem Gesicht arbeitete es.

„Es wird nie funktionieren, wenn sie nicht endlich vernünftig wird", fügte sie dann etwas entspannter hinzu und es mischte sich ein verzweifelter Unterton in ihre Stimme.

Etwas hilflos schaute sie zu Alisis rüber, aber dieser stand nur da und schaute zu Boden.

Es war kalt, als Lis wieder die Augen öffnete und sich benommen umsah. Sie konnte kaum etwas erkennen und das erinnerte sie wieder an die unglücklichen Verhältnisse in Trisus und ihr Herz wurde mit zusätzlicher Trauer und Angst beladen.

„Wieso passiert immer mir das?", fragte sie sich und sprach es laut aus.

Sie versuchte, ihre Hand an ihre Schläfe zu tun, aber erst da merkte sie, dass sie an die Wand gekettet war.

Ihr Kopf und die Stelle, wo sie getroffen wurde, schmerzten fürchterlich. Das einzige Licht drang unter dem Türspalt hervor, aber es war nicht hell genug, um sich im Raum umschauen zu können.

Lis seufzte erschöpft und dachte an Arok, der ihr in dieser Situation eine Hilfe gewesen wäre. Ihre Augen füllten sich zusätzlich mit Tränen, die sie nicht unterdrücken konnte.

Von einem Moment auf den anderen konnte Lis Stimmen hinter der Tür vernehmen, die sich aufgeregt unterhielten.

„Was sollen wir jetzt mit dem großen Kerl machen? Er ist schwer verletzt und kaum noch bei Kräften, er wird sterben, wenn wir ihn nicht versorgen lassen", sagte eine tiefe Männerstimme.

„Das kann uns doch egal sein", antwortete eine andere, etwas hellere Stimme und mit einem Ruck wurde die Tür aufgerissen.

Grelles Licht einer Fackel fiel in die Zelle und Lis konnte im ersten Moment nichts erkennen, aber nachdem sich ihre Augen an die Helligkeit gewöhnt hatten, sah sie eine Gestalt am anderen Ende der Zelle liegen, die anscheinend noch am Schlafen war.

Die zwei Männer, die sich außerhalb der Tür unterhalten hatten, kamen herein und brachten etwas zu essen und stellten es neben Lis ab. Dabei wurde die Tür noch ein wenig mehr geöffnet und mehr Licht durchflutete den Raum.

Es traf Lis wie ein Schlag, als sie sich im Raum aufmerksam umsah. Die Person, die sie bisher nicht erkennen konnte und die auf der anderen Seite lag, war Alegron.

„Bindet mich los", sagte Lis und schaute besorgt zu ihrem Freund hin.

„Bitte, ich werde mich um ihn kümmern", sagte sie, als sie die zweifelnden Blicke von den beiden Männern sehen konnte.

Der eine zuckte mit den Schultern und ging zu Lis hin, um ihr die Fesseln abzunehmen, aber der andere ging einen Schritt vor und hielt ihn zurück.

„Wenn sie uns davonläuft, dann bist du schuld an dem Ganzen und die Königin wird dich hängen lassen!", sagte er und schüttelte den Kopf.

„Ich werde nicht gehen, wenn ihr mir die Möglichkeit gebt, mich um meinen Freund zu kümmern, ich bitte euch!", sagte Lis flehend und schaute zu dem Mann hoch, der die Schlüssel in der Hand hielt.

Der Mann schaute zuerst zu Lis, dann zu seinem Kumpel rüber und entschied sich, Lis einen Gefallen zu tun.

Der andere Mann schüttelte nur den Kopf und ging aus der Zelle. Als Lis nicht mehr gefesselt war, stand sie auf und ging zu Alegron hin, setzte sich neben ihn und drehte ihn zu sich.

„Könnte ich bitte etwas Wasser haben und etwas Verbandsstoff? Ich wäre ihnen unendlich dankbar", sagte Lis an den Mann gewandt und er nickte. Es schien, als hätte er gefallen an Lis gefunden und half ihr mit Freuden.

Für einen kurzen Moment ging er hinaus und brachte eine Fackel, die er an der Wand montierte.

„Ich danke ihnen vielmals, das werde ich ihnen nicht vergessen", sagte Lis und der Mann lächelte zufrieden.

Alegrons Gesicht war völlig in Blut getränkt und mit einer Blutkruste überzogen. Sein Atem war flach und ziemlich schwach. Lis empfand tiefes Mitleid, als sie ihn und seinen geschundenen Körper sah, und sie fragte sich, wer dazu fähig war, einem Menschen so viele Qualen zu bereiten.

Der nette Gefängniswärter kam nach wenigen Augenblicken mit einer Schale Wasser und Verbandszeug zurück und setzte es neben Lis ab. Sie lächelte ihn glücklich an und nickte ihm zu.

Daraufhin ging er hinaus und schloss die Tür hinter sich ab.

Lis nahm einen bereitgelegten Lappen und tauchte ihn in das kühle Wasser. Zuerst versorgte sie Alegrons Gesicht und dann seine blutigen und verkratzten Hände.

Als der Schmutz endlich weg war, schaute sie auf ihre Handgelenkte und erschrak zutiefst. Die Schlangen der Xeres waren nicht mehr da, wo sie zu sein hatten.

„Wo sind nur die Schlangen der Xeres", sagte sie völlig verständnislos und eine eigenartige Veränderung geschah im selben Moment. Ihr rechtes Handgelenk begann zu leuchten und die Kette erschien.

Lis verstand es auf Anhieb und war sehr verblüfft. Die Gegenstände hatten sich an die Gefahr angepasst und sind unsichtbar geworden. Im selben Moment, wie Xeres auferstanden war, zeigten sich auch Ruben, Digit und die Pfeife wieder an ihrem Platz. Lis lächelte zufrieden, legte ihre Hände auf Alegrons Brust und flüsterte leise: „Schlangen der Xeres, zeigt mir eure Macht."

Wie schon das letzte Mal fingen die Schlangen an, sich zu bewegen. Sie krochen über Alegrons ganzen Körper und hinterließen eine Spur des Lichts. Mit jeder verstrichenen Sekunde bekam ihr Freund eine gesündere Gesichtsfarbe und die Verletzungen verschwanden von einem auf den anderen Augenblick.

Als die Schlangen fertig waren, positionierten sie sich wieder an Lis' Handgelenk. Vorsichtshalber legte Lis einige Verbände an, damit die Wachen nicht bemerkten, dass sie Alegron gänzlich geheilt hatte.

Mit dem Verband am Kopf und an der Hand sah er sehr schwach und verletzlich aus, aber das amüsierte Lis nur ein wenig und beunruhigte sie nicht.

Als sie fertig war, hörte sie draußen Schritte und die Tür wurde erneut aufgemacht.

Der freundliche Mann trat herein, schaute überrascht zu Lis hin und sah, dass es Alegron schon besser ging. Er hatte, im Licht der Fackel, an Farbe gewonnen und atmete nicht mehr so flach.

„Die Hand einer Frau vermag Berge zu versetzen", sagte er erstaunt und nahm das Tablett mit dem Wasser wieder in seine Gewahrsam.

Lis nickte freundlich und fragte anschließend: „Wie lange werde ich hier im Kerker bleiben?"

Der Mann schaute sie überrascht an und zuckte nur unwissend mit den Schultern.

„Aus welchem Grund werde ich überhaupt in solch einer unwürdigen Herberge gehalten? Ich habe mir nichts zuschulden kommen lassen und mich auch nicht widersetzt", sagte sie im freundlichen Ton.

Der Mann schwieg weiterhin und ging wortlos hinaus. Bevor er die Tür hinter sich schließen konnte, sagte Lis: „Sagt der Königin, dass ich eine wichtige Nachricht für sie habe."

Die Tür ging erbarmungslos zu und Lis war wieder alleine mit Alegron, ohne zu wissen, ob die Nachricht wirklich bei der Königin ankommen würde.

„Was für eine Nachricht?", fragte eine Stimme neben ihr und Lis blickte zu Alegron hinunter, der gerade aufgewacht war.

„Es ist eine lange Geschichte, erzähl ich dir, wenn wir alles überstanden haben", antwortete sie und lächelte ihn an.

„Wo ist mein Sohn", fragte Kamin anschließend, versuchte sich dann aufzurichten, was ihm ohne Probleme gelang und ihn selbst überraschte.

„Was ist passiert? Ich fühl mich nicht mehr so schlecht wie vor wenigen Stunden", fügte er hinzu, als er sah, dass ihm seine Bewegungen keinerlei Schmerzen bereiteten.

„Ich weiß es nicht", log Lis und sagte dann: „Ich hab deine Wunden nur mit Wasser versorgt."

Sie wusste nicht, ob es richtig war, Alegron zu nah an sich ranzulassen. Sie vertraute ihm zwar, aber es war sicherer für ihn, und natürlich für sie, wenn er nur das Nötigste wusste.

Er betrachtete aufmerksam seinen Verband und schaute dann zu Lis.

„Ja, ich hab ihn dir angelegt, weil du geblutet hast", sagte sie auf seinen fragenden Blick hin und stand auf, um sich an ihren ursprünglichen Platz zu setzen.

„Was ist mit Arok geschehen?", fragte Alegron direkt und sah, dass Lis bei seiner Frage zusammenzuckte und zu Boden blickte.

Eine unangenehme Stille breitete sich im Raum aus und in Lis kamen alle Erinnerungen zurück. Die des schrecklichen Schauspiels an der Schlucht und die überdimensionalen Schatten.

In ihrem Inneren herrschte ein wahnsinniges Chaos und Lis wusste nicht, ob sie es Alegron sagen sollte, aber wenn sie recht überlegte, dann hatte sie keine andere Wahl.

Er würde nicht locker lassen und sie immer wieder danach fragen, weil Lis und Arok unzertrennlich schienen, als Alegron sie das erste Mal gesehen hatte.

Schlussendlich gab sich Lis einen Ruck und versuchte, die richtigen Worte zu finden.

„Die Schatten haben ihn umgebracht", antwortete sie dann nach einiger Zeit und setzte sich an die Wand. Alegrons Ausdruck veränderte sich und Trauer mischte sich in die sonst gutmütigen Züge.

„Das tut mir leid", sagte er, dabei betrachtete er seinen Verband an der Hand und fing an, an ihm rumzuzupfen.

„Was geschehen ist, ist nicht deine Schuld, es war meine Schuld", flüsterte Lis, als sie Alegrons Worte hörte, und schloss nachdenklich die Augen.

„Ich hab sie gespürt und dennoch habe ich nichts unternommen ...", ergänzte sie, als ihr Gegenüber nichts sagte, und schwieg daraufhin.

„Es war nicht deine Schuld, du konntest nicht ahnen, was diese schrecklichen Kreaturen vorhatten", sagte er und lehnte sich erschöpft gegen die Wand.

„Alegron, ich weiß, dass du mir das nur sagst, damit ich mir kein schlechtes Gewissen mache, aber lass es. Ich bin intelligent genug, um die Situation einzuschätzen. Du warst nicht dabei, als es passiert ist. Du hast ihn nicht festgehalten als er am Abgrund hing und anschließend hinabstürzte", antwortete Lis und unterdrückte die Tränen, die durch die ganzen Erinnerungen in ihr hochstiegen.

Auch wenn es nicht gerade freundlich war, fand es Lis am besten, Alegron ihre Meinung zu sagen. Sie wusste, dass er es nur gut meinte, aber was würde es ihr bringen, wenn sie mit einer Lüge leben müsste, um sich selbst besser zu fühlen. Es würde ihr Arok nicht mehr zurückbringen.

„Was ist mit deinem Dorf passiert?", fragte Lis, um das Thema zu wechseln.

Alegron schaute etwas betrübt zu Boden und entgegnete traurig: „Ich weiß es nicht recht. Ich erinnere mich noch daran, dass ich dich an der Schlucht gefunden und dich dann in meiner Hütte versorgt habe. Die nächsten zwei Tage, an denen du bewusstlos warst, war alles normal, nicht einmal die Schatten haben sich gezeigt."

Dann kam Schweigen auf. Beide wussten nicht recht, was sie sagen sollten. Schließlich ergriff Alegron wieder das Wort.

„Dann bin ich aus der Hütte gegangen und das Nächste, was ich gesehen habe, waren Männer in Fellmänteln, die sich die Frauen und Kinder geschnappt und sie gefangen genommen haben. Ich habe sofort zu meiner Waffe gegriffen, aber die Übermacht war zu groß und zu überraschend."

Seine Stimme klang verzweifelt und er verstummte anschließend. Lis hatte genug gehört und wollte nicht noch mehr Salz in seine Wunde streuen.

Zur selben Zeit war ein Fischer auf dem großen Fluss und versuchte zu angeln. Doch was er auch tat, die Fische wollten um keinen Preis beißen. Enttäuscht legte er seine Angeln und Netze zusammen und bereitete sich auf seinen Heimweg vor.

Als er dann mit seinem Boot an Land gehen wollte, sah er eine schwarze Gestalt am Ufer liegen, die völlig durchnässt und voller Blätter war.

Der Fischer schaute verwundert ein zweites Mal hin, um sich davon zu überzeugen, dass seine Augen ihm keinen Streich gespielt hatten. Er näherte sich dann dem Blätterhaufen und sah, dass es ich um ein unbekanntes Wesen handelte.

Im ersten Moment wusste er nicht, was er zu tun hatte. Sein Menschenverstand riet ihm, zu gehen und dieses eigenartige Ding liegen zu lassen, aber sein Herz sagte ihm, dass es doch auch nur eine Kreatur der Götter war, die Hilfe brauchte.

Er bückte sich zu ihm hin, entfernte die Blätter und sah sich anschließend suchend um. Nachdenklich schaute er sich den hilflosen Kerl an und fuhr sich durch sein krausiges und graues Haar.

Entschlossen stand er auf und entfernte sich für einige Augenblicke. Seine Hütte war nicht weit entfernt und er holte seinen ältesten Sohn. Zusammen brachten sie die Gestalt auf einem Karren ins Schloss.

Am Schlosstor angekommen berichtete der Fischer über seinen merkwürdigen Fund und eine der Wachen wurde zur Königin geschickt, um weitere Befehle einzuholen.

„Was ist das für eine eigenartige Kreatur?", fragte der junge Sprössling des Fischers und wendete sich an eine der übrig gebliebenen Wachen.

Ratlose Blicke kreuzten sich und eine der Wachen zuckte nur mit den Schultern.

Ein bedeutsames Schweigen legte sich über die Anwesenden und auch der neugierige Junge wusste, dass er ein Thema angesprochen hatte, das nichts Gutes zu bedeuten hatte.

„Oh nein!", schrie eine Stimme hinter dem Schlosstor.

Ein Mann, gekleidet in einen langen braunen Mantel und zerrissenen Hosen, stand an einer der Eisenstangen des Schlosstors und deutete ängstlich auf die Gestalt, die auf dem Karren des Fischers lag. Überrascht drehten sich die Wachen und der Fischer zu dem Mann um.

„Ein Todeself!", schrie der Mann entsetzt weiter und deutete auf den Speer der Waffe. „Tötet ihn, sonst wird etwas Schlimmes passieren!"

Der überraschte Ausdruck auf den Gesichtern der Wachen wurde zusehends ängstlicher. Eine der Wachen war so verwirrt, dass sie seinen Speer zu sich nahm und auf Arok zugehen wollte, aber eine andere Stimme, die ihm sehr wohlbekannt war, hinderte ihn an seinem Unterfangen.

„Haltet ein, Wache!", sagte die Königin, die persönlich gekommen war, um die geheimnisvolle Kreatur, so wie es ihr Bote gesagt hatte, zu sehen.

Die Wache blieb wie erstarrt stehen und drehte sich dann zur Königin um, die sie mit einem leichten Hauch von mütterlicher Strenge betrachtete.

Der Mann mit den zerrissenen Sachen hatte sich in den Schatten der Stadtmauern zurückgezogen und beobachtete die ganze Szenerie.

„Ein Todeself also?", sagte sie nach einer bedeutsamen Pause und schaute alle Beteiligten genau an. Anschließend blickte sie zu dem armen Bettler hin und sagte: „Eine Märchengestalt, nichts weiter. Bringt den Mann in den Kerker. Er hat die öffentliche Ruhe gestört und meine Antipathie geweckt."

Eiskalt sah sie zu, wie der arme Bettler gefangen genommen wurde und wendete sich dann an den Fischer: „Dein Herz ist groß und der Segen der Götter wird deinen Weg begleiten."

Der Mann machte eine ehrfürchtige Verbeugung und entfernte sich mit seinem Sohn.

Nur noch die Wachen blieben bei der Königin und ihre Stimme erklang erneut: „Bringt den armen Mann in eine Herberge. Wenn er erwacht und seine Sinne wiedererlangt, bringt ihn zu mir. Ich würde gern erfahren, aus welchem eigenartigen Land er stammt."

Die Wachen verbeugten sich, nahmen den Karren und verschwanden hinter der nächsten Biegung.

„Wieso siehst du nicht ein, dass du nicht schuld bist?", sagte Alegron aufgebracht, nachdem er zu seiner gewöhnlichen Stärke gekommen war. Er konnte es einfach nicht glauben, dass Lis sich so runterziehen ließ.

Lis hingegen schaute nur bedrückt zu Boden und schwieg.

Außerhalb der Zelle wurde es immer lauter und ein aufgeregtes Stimmengewirr drang durch die dicke Zellentür.

Lis schaute neugierig zu Alegron rüber und auch auf seinem Gesicht erschien ein überraschter Ausdruck. Die Stimmen wurden immer lauter, bis die Zellentür aufgemacht wurde und die Wachen einen älteren, verwahrlosten Mann hereinbrachten.

Er wurde unsanft in eine Ecke geworfen, an die Wand gekettet und keiner der Anwesenden verlor ein Wort. Ebenso verließen die Wachen, ohne etwas zu sagen, die Zelle und der Schlüssel wurde erbarmungslos herumgedreht.

Lis schaute bedrückt zu Alegron hin und betrachtete dann aufmerksam den Neuankömmling.

Ein Wimmern ertönte aus seiner Kehle und Lis spürte die Verzweiflung, die drohte, sie zu übermannen.

Sie konnte sich nicht erklären, wieso sie auf einmal von solchen Gefühlen durchflutet wurde, aber seitdem sie Arok verloren hatte, hatte sich alles in ihr verändert.

Lis versuchte, sich dagegen zu wehren, aber es gelang ihr nicht und ein schmerzendes Kopfstechen resultierte aus ihrem verzweifelten Versuch. Alegron bemerkte ihr eigenartiges Verhalten, wollte zu ihr hin, aber seine Ketten hinderten ihn daran. Er machte sich unheimliche Sorgen um Lis.

Woher kamen diese fremden Gefühle? Lis verspürte keine Verzweiflung, sondern einzig die Trauer um ihren Geliebten. Woher also kamen diese Gefühle von Sorge, Verzweiflung und Wut?

Waren es neue Fähigkeiten, die sie von Digit, Ruben und Xeres erhalten hatte? Lia hatte ihr gesagt, dass sie neue Fähigkeiten entdecken würde und vielleicht waren es genau die Art von Fähigkeiten, die sie gemeint hatte.

Lis schüttelte den Kopf und weigerte sich, ihren Gedanken zu glauben. Wenn es wirklich so wäre, dann hätte sie Arok nicht verloren.

Ihre Hoffnungen wurden immer wieder von ihr selbst zunichte gemacht und sie konnte sich nicht aus dem Kreis der Hoffnungslosigkeit befreien.

„Wieso nur, wieso nur …", flüsterte der Mann und atmete jammervoll.

Lis blickte mitleidig zu ihm hin und konnte verstehen, dass der Mann ebenso verzweifelt war, wie sie sich fühlte.

„Was ist geschehen", fragte Alegron, der das Verhalten von Lis nicht verstehen konnte. Sie schien ihm immer mehr in eine andere Welt abzudriften und eine völlig andere Gestalt anzunehmen, als er es von ihr gewohnt war.

„Die Königin hat mich einsperren lassen, weil ich ihre Antipathie geweckt habe", antwortete Lis in einer merkwürdig veränderten Stimme.

Der Mann, der angekettet in der Ecke saß, schaute erschrocken auf. Er hörte auf zu jammern und seine Aufmerksamkeit konzentrierte sich auf Lis.

„Nur wegen einer Warnung haben sie mich eingesperrt. Ich war ihnen lästig", fügte Lis nach einiger Zeit hinzu und ihre Stimme blieb unverändert.

Alegron blickte aufgeregt zu Lis und dem armen Bettler. Er konnte es sich nicht erklären, aber er hatte das Gefühl, dass etwas sehr Eigenartiges vor sich ging.

„Hexe! Wachen! Eine Hexe ist das!", brüllte der Bettler und versuchte, sich von den Ketten loszureißen, aber er schaffte es nicht. Alegrons Gesichtsausdruck wurde immer verwirrter, bis er an seinem eigenen Verstand zweifelte.

Die Tür wurde aufgerissen und eine der zwei Wachen kam herein. Sie sah, dass Lis auf den Boden starrte und sich nicht bewegte, Alegron blickte fragend zur Tür und der arme Mann in der Ecke zog wie verrückt an seinen Ketten. Für ihn war die Sache klar, dass so ein liebenswürdiges Mädchen keine Hexe sein konnte und ging zu dem Bettler hin, um ihn zur Ruhe zu bringen, aber Lis hob ihren Blick und sagte wieder in ihrer normalen Stimme:

„Er hat recht, ich will mit der Königin sprechen, sonst wird etwas Schreckliches passieren."

Arok spürte jede einzelne Muskelfaser in seinem Körper und die Schmerzen schienen ihm den Verstand zu rauben. Als er wieder bei Bewusstsein war, nachdem er gewaschen und seine Wunden versorgt worden waren, versuchte er, sich an das letzte Ereignis zu erinnern, das ihn zu solchen Schmerzen verholfen hatte. Er konnte es nicht.

Er konnte sich an gar nichts mehr erinnern. Er wusste nicht, wie er hierhergekommen war oder wer er selbst eigentlich war. In seinem Kopf herrschte eine Leere, die ihm noch mehr Schmerzen bereitete als seine aufgeschürften und geprellten Glieder.

Er öffnete langsam die Augen, richtete sich im Bett auf und betrachtete das Zimmer, in das er gebracht worden war.

Stille.

Im Haus rührte sich nichts.

Aus dem Fenster neben seinem Bett fiel blasses Licht und erhellte das spärlich eingerichtete Zimmer.

Es schien Morgen zu sein.

Nachdenklich legte sich Arok zurück und spürte das weiche Kissen an seinem Kopf.

„Was ist bloß geschehen, dass ich mich an Nichts erinnern kann?", flüsterte er leise und ließ seinen Blick im Raum schweifen.

Es war so still. Arok konnte es nicht ertragen und richtete sich wieder im Bett auf. Seine Gedanken gingen nur im Kreis und er hatte nur eine Frage, die er einfach nicht beantworten konnte.

Wer bin ich?

Er schüttelte entkräftet den Kopf und schwang seine Beine aus dem Bett.

Neben ihm erblickte er zusammengelegte Sachen auf einem Stuhl und griff automatisch danach.

Es war ein weicher, schwarzer Stoff, der ganz locker auf seiner Haut lag und sich angenehm anfühlte. Eine Kombination von Hose, Bluse und einem dazugehörigen schwarzen Mantel.

Als Arok sich angezogen hatte, ließ er noch einen Blick durch den Raum schweifen und suchte nach etwas, das er beim Gehen benutzen konnte. Sein rechtes Knie war aufgeschürft und schmerzte bei jeder Bewegung. Und immer noch konnte er sich nicht erinnern, wie es zu seinen Verletzungen gekommen war.

Eine unangenehme Stimmung umschlug sein Wesen und er konnte das Bedürfnis nach Erklärungen nicht befriedigen.

Wie erwartet fand er einen langen Stab am Ende seines Bettes und nahm ihn an sich. Beim Versuch, sich aufzurichten, spürte er erst, wie schwer seine Verletzungen wirklich waren. Er atmete tief ein und musste sich beherrschen, um nicht wieder aufs Bett zurückzusinken.

Nach einer kleinen Verschnaufpause machte er sich auf den Weg aus dem Zimmer. Allerdings wusste er nicht, wo er hingehen sollte, wenn er die Tür seines Zimmers erreicht und durchschritten hatte. Aber eines wusste er mit Sicherheit. Die Antworten, auf die er so sehnsüchtig wartete, waren nicht in diesem Raum zu finden.

Wenn das Schicksal sie in fremde Länder führt ...

„Was wird passieren?", fragte der Wachmann allarmiert. Lis aber beachtete ihn nicht mehr, sondern konzentrierte sich auf eine eigenartige Aufhellung des Bodens in der Zelle.

Die dunkle Erde fing an zu leuchten und im Zentrum war die Helligkeit am stärksten. Der Wachmann, Alegron und der Bettler schauten zu ihr hin und folgten ihrem Blick, aber sie konnten nichts erkennen. In ihren Augen hatte sich nichts verändert.

Lis aber spürte es mit jeder Sekunde mehr, dass eine unglaubliche Bedrohung auf sie zusteuerte und sie konnte sich nicht gegen das Gefühl wehren, beobachtet zu werden. Nicht von den anwesenden Personen in diesem Raum, sondern von einem Wesen, das sie nicht einmal ansatzweise beschreiben konnte.

Angst stieg in ihr auf, als sie die goldenen Risse sah, die sich im Boden abzeichneten und von einem zentralen Punkt ausgingen. Es war wie ein Schauspiel der Hölle und Lis fürchtete mit jeder weiteren Sekunde, die verstrich, dass sie sterben würde.

Sie fürchtete es nicht nur, sie spürte, wie der Geruch des Todes ihren Körper zu umhüllen begann. Ein eisiges Frösteln durchfuhr ihren zarten Körper und sie zitterte am ganzen Leib.

Das Licht kam ihr immer näher und sie ging einen Schritt zurück, als könnte sie sich an diesem eigenartigen Licht verbrennen.

Dann war es zu Ende.
Der Boden wurde wieder zu dem, was er ursprünglich war und die Risse aus Licht verschwanden, als hätten die Schatten sie vertrieben und zurück ins Erdinnere verbannt.

Lis' Herz raste wie wild und die erste Welle der Panik, die sie vor wenigen Sekunden noch verspürt hatte, verschwand langsam. Aber was dann kam, war um Welten schlimmer.

Ein unglaublich ängstigendes Gefühl der Hilflosigkeit.
Alegron sah Lis' verzweifelten Gesichtsausdruck und ein ungutes Gefühl machte sich in ihm breit. Er hatte schon einmal gesehen, welche Fähigkeiten Lis besaß.
Ihr Verhalten konnte nichts Gutes bedeuten.
Doch egal wie stark er an seinen Fesseln zog, er konnte nichts tun als zuzusehen, wie Lis letzte Kraft aus ihrem Körper wich. Etwas anderes nahm sich ihrer an und je mehr er es in Lis' Augen sehen konnte, desto größer wurde seine Angst.
„Was wird passieren?", fragte der Wachmann erneut und er erkannte, dass Lis die Wahrheit sagte.
Ihr Gesichtsausdruck hatte alles menschliche verloren und sie schien ein Schatten ihrer selbst zu sein, gefangen in einer eigenartigen Gedankenwelt, aus der sie sich nicht befreien konnte.
So etwas hatten die drei Männer noch nie gesehen und ein Schauer lief ihnen über den Rücken, der ihre Glieder fast erfrieren ließ.
„Macht doch etwas!", brüllte Alegron und zog erneut an den schweren Ketten. Seine Muskeln spannten sich immer mehr unter dem dunklen Stoff, den er trug. All seine Kraft reichte nicht aus, um die eisernen Ketten zu sprengen.
Der Wachmann aber stand wie versteinert da und schaute zu Alegron hin, ohne jegliche Reaktion. Es sah so aus, als ob er gar nicht verstehen würde, was er ihm sagen wollte.
Die schweren Fesseln fielen klirrend zu Boden, als sie der Wachmann schlussendlich löste, und verbreiteten eigenartige Schwingungen in der kleinen, dunklen und übel riechenden Zelle.
Alegron kam zu Lis gelaufen und nahm sie in seine Arme, damit sie nicht das Gleichgewicht verlor und nach vorne fiel.
Lis spürte seine Wärme, registrierte aber nicht, dass es Alegron war.
„Arok, mein Liebster ...", flüsterte Lis leise und ein leeres Lächeln erschien auf ihren Lippen. Ihre Augen waren so verändert, dass er nicht wusste, wie er reagieren sollte. Alles Natürliche, Menschliche, Lebende war aus ihren Augen gewichen. Man konnte nur noch die schwarzen Pupillen sehen, die sich mehr und mehr über ihre

Augen legten. Jede weitere Sekunde wurden sie dunkler und schwärzer, bis sie von einem schwarzen Film überwuchert waren.

Von so einem Schwarz umgeben, dass man das Licht in ihnen verschwinden sah.

„Geht und sagt, dass sie mit der Königin sprechen muss. Ich glaube, sie weiß etwas, was unsere Herrscherin wissen sollte", sagte Alegron.

Sein Blick war auf Lis gerichtet, aber dann blickte er kurz zum Wachmann, der vor lauter Nervosität die Tür offen stehen ließ, als er zur Königin eilte. Die geeignete Situation, um aus diesem verrotteten Kerker auszubrechen.

„Wir haben sie schon erwartet", sagte eine junge Dame, die damit beschäftigt war, in der Küche sauber zu machen. Sie deckte einen runden Tisch, bereitete nebenbei etwas zu essen vor und gab Arok zu verstehen, dass er sich setzen sollte.

Arok gehorchte, allerdings beobachtete er die Frau in all ihren Bewegungen, um sich sicher zu sein, dass sie nichts Böses im Sinn hatte.

Nach wenigen Augenblicken wurde ihm aber klar, dass es eine einfache Frau war, die sich um einen einfachen Gast kümmerte.

Im Nachhinein fiel ihm auf, dass sie sich besonders viel Mühe gab. Es gab so viel zu Essen auf dem Tisch, dass sich mehrere stark gebaute Männer daran hätten satt essen können. War das alles wirklich für ihn?

Sein fragender Blick wurde mit einem Lächeln beantwortet.

„Greifen sie ruhig zu, sie sind mein einziger Gast heute. Ich hoffe, es wird ihnen schmecken", sagte die Frau höflich, schaute noch kurz zu Arok hin und verließ dann das Zimmer.

Frisch gebackenes Brot, Fleisch in allen Variationen und verschiedene Arten von Esswurzeln lagen auf dem Tisch.

Alles schön in Schüsseln serviert, sodass Aroks Appetit immer größer wurde.

Er gönnte sich ein ausgewogenes Frühstück, mit all den außergewöhnlichen Köstlichkeiten. Nachdem er fertig war, lehnte er sich erschöpft zurück und spürte, wie eine erneute Müdigkeit ihn ergreifen wollte. Doch er ließ sie nicht zu und beschäftigte sich mit der Frage, was er jetzt machen sollte. In seinem Kopf arbeitete es und sein Gesichtsausdruck war sehr ernst. Er wusste nicht, wer er war, was er hier tat, wie er hier hingekommen war, was er hier finden wollte.

Er wusste nichts und das bereitete ihm Angst. Obwohl er es sich nicht anmerken ließ, war er ziemlich verwirrt und unsicher. Er saß da, versuchte sich an irgendetwas aus seiner Vergangenheit zu erinnern, aber er konnte es nicht.

Es war so, als wäre er der Antwort sehr nahe, aber ihm würde eine Brücke fehlen, die ihn auf die andere Seite, zur Antwort auf seine Fragen, bringen könnte.

Seine freundliche Gastgeberin kam nach wenigen Augenblicken zurück, als er fertig gegessen hatte. Sie sah seinen nachdenklichen Gesichtsausdruck und musste erneut lächeln.

„Haben sie noch irgendwelche Wünsche?", fragte sie freundlich, um seine Aufmerksamkeit zu erhalten.

Arok sah ihren Blick und sagte verlegen: „Nein, es war sehr köstlich. Danke für alles."

„Danken sie nicht nur mir, sondern auch der Königin, die mir Anweisung gegeben hat, mich um sie zu kümmern", antwortete sie, machte einen höflichen Knicks und begann abzuräumen.

„Wo kann ich ihre Königin denn finden?", fragte er neugierig und wartete ungeduldig auf eine Antwort. Er witterte eine Möglichkeit, etwas über sich zu erfahren.

„Wenn ihr euch noch einen Moment geduldet, bringe ich euch zu unserer heiligen Mutter", erwiderte sie, während sie die übrig gebliebenen Sachen zusammentrug.

Arok nickte und lächelte dankbar.

„Herrin, darf ich sprechen?", sagte der Wachmann, während er verzweifelt versuchte, nach Luft zu schnappen.
„Was gibt es?", fragte Delita und hob ihren Blick aus dem Buch, welches sie gerade in der Hand hielt.

Der Wachmann hatte die Königin in der Königsbibliothek gefunden und wollte sie über die eigenartigen Ereignisse informieren.

„Das Mädchen ...", begann er und rang erneut nach Atem: „... sie ist eine Hexe, ich hab es mit meinen eigenen Augen gesehen. Sie hat eine große Bedrohung prophezeit!"

Delitas Augen weiteten sich und der gelangweilte Ausdruck verschwand aus ihrem schönen Gesicht.

„Was soll das bedeuten?", fragte sie und legte ihr Buch nun gänzlich zur Seite.

„Sie will ihre Hoheit sprechen, weil sie weiß, dass etwas Schreckliches passieren wird", fügte der Mann hinzu.

Sein Blick war zu Boden gerichtet, aber er konnte spüren, wie die Königin unruhig und misstrauisch wurde.

„Sie hat nur das gesagt?", fragte sie etwas skeptisch und der Mann nickte unterwürfig.

Nachdenklich hob die Königin ihre Hand an die Schläfe, schloss ihre Augen und massierte kurz ihre Stirn.

„Bringt mir die Frau in den Ostflügel der Bibliothek. Ich werde mich ihrer annehmen", befahl Delita und erhob sich aus ihrem königlichen Stuhl. Der Wachmann verbeugte sich respektvoll und entfernte sich zügig, um ihrer Anweisung Folge zu leisten.

In der Zwischenzeit war Aroks Gastgeberin fertig geworden. Sie ‚hatte ein etwas schöneres Kleid angelegt, öffnete ihre Haustür und deutete Arok mit einem Kopfnicken, aus der Tür zu treten, damit sie hinter ihm abschließen konnte.

Arok gehorchte auf der Stelle und schaute sich auf der Straße um. Es war etwa um die Mittagszeit. Die Leute, ob arm oder reich, stolzierten auf der Straße auf und ab.

Arok konnte sich an dem Spektakel nicht sattsehen. Er war sich sogar ziemlich sicher, dass er so etwas in seinem Leben noch nie gesehen hatte, obwohl er sich ja an nichts mehr erinnern konnte.

Irgendwie spürte er, dass er an einem völlig fremden Ort gelandet war, aber er konnte sich dieses Gefühl nicht erklären. Er hoffte, eine Antwort bei der Königin zu finden. Vielleicht wusste sie ja mehr über ihn.

Zudem fielen ihm die eigenartigen Blicke auf, die die Leute ihm zuwarfen. Es war eine Art Angst in ihnen, die er sich nicht erklären konnte.

Die Frau an seiner Seite bemerkte sein Interesse an den Menschen und sagte:

„Ihr scheint wohl noch nie in einer Stadt gewesen zu sein, mein Herr?"

Arok nickte instinktiv, ohne über seine Antwort nachzudenken, und betrachtete die Häuserreihen, die wie eine Mauer aneinandergereiht waren.

„Wie kann man auf so kleinem Raum leben?", fragte er verblüfft.

Die Frau zuckte nur mit den Schultern und antwortete: „Ich kenne nichts anderes als diese Stadt. Ich war nur einmal außerhalb der Stadtmauern und das ist schon lange her."

Zwar war damit Aroks Frage nicht beantwortet, aber er ahnte, dass sie ihm einfach keine richtigen Antworten geben konnte.

„Die königlichen Häuser sind nicht weit entfernt. Wir werden in Kürze dort eintreffen", fügte sie nach wenigen Augenblicken hinzu, als Arok nicht geantwortet hatte.

Er nickte nur teilnahmslos und betrachtete weiter die enge und schmutzige Gasse. Die Begeisterung, die er vor Kurzem noch gespürt hatte, verschwand mit jedem Schritt mehr, den er in der Stadt machte.

Schweigend gingen Arok und die Frau nebeneinander her, dabei konnte Arok nicht aufhören, sich alles ganz genau anzuschauen. Er sah Kinder auf der Straße mit Steinen und Kugeln spielen, ältere Frauen, die gekaufte Brote und Obst aus dem Markt nach Hause trugen, und vieles mehr. Aber es schien etwas nicht richtig zu sein. Die Kinder am Straßenrand liefen weg, als sie Arok sahen. Die älteren Frauen beschleunigten verängstigt ihre Schritte und vermieden es, Arok anzublicken.

Alegron hob Lis auf seine Arme, da er befürchtete, dass sie nicht genug Kraft besaß. Der Wachmann ging mit einer kleinen Fackel voran und leuchtete ihnen durch den dunklen Kerker den Weg. Dabei wirkte er etwas nervös und ängstlich.

Zwischen den Dreien herrschte eine gedrückte Stimmung. Lis hatte sich immer noch nicht von ihrer Vision erholt und spürte die eigenartige Magie, die von ihr Besitz ergreifen wollte. Sie zitterte und klammerte sich hilfesuchend an ihren Freund. Vertieft in ihre Vision von Tod und Elend schien sie ihre Umgebung gar nicht wahrzunehmen.

Als Alegron währenddessen in ihre Augen blickte, waren sie leer. Ihre Pupillen hatten sich erweitert und eine schwarze Einöde blickte ihn an. Bei diesem Anblick lief ihm ein kalter Schauer über den Rücken und er sah schnell wieder nach vorne, wo sich der Wachmann mit der Fackel hin und her bewegte.

Lebenslust, Neugier, Fröhlichkeit.

All das war aus ihren Augen verschwunden. Auch wenn ihre Tage in der Vergangenheit dunkel gewesen waren, Lis hatte bis zu diesem Zeitpunkt immer die Hoffnung gehabt, dass alles seine Richtigkeit hatte. Bei ihrem ersten Treffen hatte er eine Stärke in Lis gespürt, wie die einer wahren Führerin. Er hatte großen Respekt vor Lis und ihren Fähigkeiten.

Jetzt war es wohl so, dass sie keine Hoffnung mehr in sich trug und der kämpferische Geist erloschen war.

... dort Gut und Böse kein Ruhm gebührt ...

Der Ostflügel der Bibliothek war der größte und schönste Raum im ganzen Schloss. Lis kannte diesen Raum gut und sie wusste, was ihr noch bevorstehen würde. Aber noch nicht jetzt.

Die Königin stand in ihrer ganzen Pracht am großen Tisch in der Mitte des Saals und empfing Lis mit einem kühlen Blick. Ihr Kleid war aus purpurrotem Stoff und umhüllte ihren Körper wie eine zweite Haut. Das seidige Material glänzte bei all ihren Bewegungen und verlieh der Königin etwas Mystisches.

Lis wurde an der großen Tür abgesetzt. Sie gab Alegron und dem Wächter zu verstehen, dass sie alleine mit ihr sprechen wollte. Beunruhigt schaute der Wachmann zur Königin, diese aber nickte ihm beschwichtigend zu.

Die Tür mit den wunderschönen Holzschnitzereien, von Drachenkämpfen und anderen heroischen Szenen, wurde langsam hinter Lis geschlossen. Außer dem Knarren der Tür und dem Schloss, in das der Türhebel einrastete, war alles still.

Lis ging mit entschlossenen Schritten auf die Königin zu und blieb wenige Schritte vor ihr stehen.

Im Gegensatz zur Königin sah Lis arm und heruntergekommen aus. Ihr weißes Samtkleid war in Mitleidenschaft gezogen worden und man konnte nur ahnen, dass es jemals weiß gewesen war. Ein Grauschleier hatte sich über das Kleid gelegt, zudem war es noch äußerst verschmutzt.

Im Vergleich mit der Königin, wenn es um andere Attribute ging, war Lis die Stärkere und ihre innere Schönheit war von der Königin nicht zu schlagen.

Instinktiv spürte das die Königin. Seit dem ersten Augenblick, in dem sie die Anwesenheit von Lis gespürt hatte, wusste sie, dass ihre Pläne an diesem Mädchen scheitern konnten.

Natürlich wollte sie das verhindern.

Egal, wie sich Lis bewegte, es entging der Königin nicht. Sie schien sogar fast in der Lage zu sein, Lis Gedanken zu lesen.

Keine der zwei Frauen gab einen Ton von sich. Es hing eine unangenehme und lauernde Stille über ihnen. Lis wusste, dass von diesem Gespräch das Leben unzähliger Menschen abhängen würde.

Menschen, die unschuldig waren und nichts von ihrem Unheil ahnten.

Mit einem Mal wurde das Licht etwas düsterer und Lis schaute durch die großen Fenster und sah, dass die Sonne von einer eigenartigen dunklen Wolkenfront überdeckt wurde.

Das war kein gutes Zeichen.

Ein Schauer lief ihr über den Rücken. Sie widmete sich wieder der Königin und schenkte ihr ihre ganze Aufmerksamkeit.

Lis war sich bewusst, dass sie über ihr und das Leben vieler anderer in diesem Moment entscheiden würde. Von einem Augenblick auf den anderen verging der Druck, der auf Lis lastete und sie fühlte sich anders.

Arok stand am Ende des Tunnels und blickte hinaus.

„Nichts im Leben ist leicht und Nichts kommt so, wie man es sich gerade vorstellt", sagte er mit ruhiger und besonnener Stimme ...

Er drehte sich um und sein Blick richtete sich genau auf Lis. Er schaute ihr direkt in die Augen, bis hin in ihre Seele. Lis stockte der Atem und ihr Gesicht erblasste. Das war doch nicht möglich, dass er sie sah ...

... Lis blickte wieder zu Arok und ihr Herz schlug noch heftiger in ihrem Brustkorb ...

„Was willst du von mir?", fragte sie leise.

Ihre Stimme versagte ihr den gewünschten Dienst und aus dem strengen Ton, der dabei herauskommen sollte, wurde ein leises Flüstern

„Ich will einen Kuss von dir", sagte er ungeniert ...

In seinen Augen spiegelten sich förmlich seine Gedanken wieder und Lis war zu fassungslos, um angemessen zu reagieren

„Wieso lässt du mich nicht einfach gehen?", flüsterte sie leise

„Versprichst du mir, dass wir uns wiedersehen?", fragte Arok.

Mit einer inneren Unruhe, mit dem Wissen, dass das alles Konsequenzen haben würde, nickte sie.

Er lächelte zufrieden, trat zwei Schritte zurück und machte den Weg frei.

Doch während sie an Arok vorbei trat, nahm er sie beim Handgelenk und hielt sie noch einen Moment zurück. Seine Hand war unglaublich kühl.

Es war unmöglich, das Gefühl in Worte zu fassen, als Arok sie an der Hand nahm und mit der anderen sanft über ihre Wange streichelte.

Auf komische Weise genoss sie seine Berührungen und den Moment der Zweisamkeit. Solch ein eigenartiges Gefühl hatte Lis noch nie gespürt

Eine wohltuende und wissende Stille, hatte sich über die beiden gelegt.

Arok kam ihr noch ein weiteres Stück näher und gab ihr einen zärtlichen Kuss auf die Wange

Als ihre Vision zu Ende war, konnte Lis immer noch das eigenartige Gefühl spüren, als wäre Arok immer noch am Leben und nur einen Steinwurf weit entfernt.

An seiner Stelle stand nun die Königin, die Lis mit eisigen Blicken strafte und es schien, als würde die Zeit viel langsamer vergehen als sonst.

Lis warf einen Blick aus dem Fenster und sah, dass ein Blatt von einem der hohen Bäume im Schlossgarten langsam Richtung Boden sank, aber so langsam, dass es wohl keinen Naturgesetzten zu gehorchen schien.

Lis überlegte kurz, was das alles zu bedeuten hatte. Eine Vision von der ersten Begegnung mit Arok, die verlangsamte Zeit, die für sie nicht zu gelten schien. Das konnte nur bedeuten, dass Lia oder ein anderer Gott ihr gerade zur Seite stand.

Diese Erkenntnis gab ihr Kraft.

Sie nahm ihren Mut zusammen und sagte: „Ohne meine Hilfe werden sie und unzählige andere Menschen sterben."

Mit dem ersten Wort, das Lis gesprochen hatte, verging der Zauber und die Zeit nahm ihren gewohnten Lauf.

Kein Muskel bewegte sich im Gesicht der Königin, als Lis sprach. Sie blieb wie eine Eisstatue, wunderschön und ebenso kalt.

Nur in ihren Augen konnte man das Verächtliche sehen, was sie Lis gegenüber empfand. Es hatte den Anschein, als ob sie genau wüsste, von was Lis sprach.

Delita wartete einen Augenblick, kehrte Lis den Rücken zu und ging auf und ab.

Sie wollte keine richtige Konfrontation mit Lis eingehen und versuchte daher, sich etwas Raum zu verschaffen. Ein klares Zeichen von Schwäche.

Als sie schließlich antwortete, war ihr Ton äußerst überheblich:

„Ach, das sagt mir eine dahergelaufene Bettlerin? Wenn ich alles glauben würde, was mir solche Menschen sagen, dann würde ich mich vor Kummer wohl einsperren müssen."

„Auch wenn es ihnen eine Bettlerin sagt, solltet ihr mir Glauben schenken. Wollt ihr, dass die Stadt und alle Menschen mit ihr untergehen?", antwortete Lis in ruhigem Ton und man konnte ihr ansehen, dass ihre Geduld gewisse Grenzen erreichte.

„Ein Heer von unvorstellbarer Größe wird vor euren Stadtmauern stehen, und wenn es dem Angreifer gelingt, in die Stadt zu gelangen, wird es ein großes Massaker geben. Auch sie werden davon betroffen sein und sterben", fügte Lis nach einigen Augenblicken hinzu und wartete auf eine Reaktion.

Nichts geschah.

In ihren Augen funkelte es nur spöttisch und sie sagte: „Ich lasse mich von so etwas wie dir nicht einschüchtern, so wie der arme Wachmann. Du bist nichts weiter als eine bedauernswerte Frau und es ist nicht das erste Mal, dass ich solche fantastischen Erzählungen höre."

Diese Worte machten Lis wütend. Sie schloss die Augen, um sich unter Kontrolle zu halten und sprach in einer veränderten, drohenden Stimme:

„Du kannst dein Schicksal nicht ohne meine Hilfe ändern. Entscheide dich, Königin, willst du den friedlichen, oder den kriegerischen Weg gehen?"

Lis spürte eine ungeheure Kraft in sich hochsteigen. Zunächst wusste sie nicht, ob es nur ihr Zorn war, aber etwas hinter ihrer Stirn sagte ihr, dass es nun Zeit war, die Zügel in die Hand zu nehmen.

Gerade, als die Königin etwas sagen wollte, klopfte es an der großen Holztür und die Spannung zwischen den beiden Frauen wurde unterbrochen.

Überrascht wandte sich die Königin zu Tür und rief, „Herein."

Lis beruhigte sich, aber sie fühlte sich immer noch sehr stark, stärker als jemals zuvor.

Nichts ahnend drehte sich Lis um und betrachtete die Tür, wie sie langsam aufging. Ihre Augen weiteten sich, als sie durch den Spalt eine Person sehen konnte, die verlegen und unsicher in den Ostflügel der Bibliothek trat.

Arok.

Für Lis war es wie eine Halluzination, der sie keinen Glauben schenken wollte. Sie schloss die Augen und redete sich ein, dass Arok tot sei und es nicht sein könnte, dass er wenige Meter entfernt vor ihr stand.

Sie konnte keinen klaren Gedanken mehr fassen und sah vor ihrem inneren Auge, wie Arok in die tiefe Schlucht stürzte.

Doch als sie die Augen wieder öffnete und in seine Richtung blickte, war er immer noch da.

Lis konnte es nicht fassen. Sie stand da, schaute Arok aus überraschten Augen an und konnte sich nicht bewegen.

Ihre anfängliche Wut auf die Königin verflog. Das Einzige, woran die denken konnte, war Arok, der wirklich noch am Leben war. Sie wollte auf ihn zugehen, ihn in den Arm nehmen und mit ihm reden, aber etwas hinderte sie daran. Eine unsichtbare Kraft hielt ihre Füße am Boden. Verwirrt schaute Lis zu ihren Füßen hin und sah, dass alles ganz normal war, trotzdem konnte sie sich nicht bewegen.

Die Stimme der Königin bebte förmlich, als sie sprach: „Entfernt diese Verräterin aus meinen Augen!"

Lis drehte sich wieder um und sah, wie die Königin auf sie deutete. Zwei Wachen kamen herein gestürmt und steuerten auf ihr potenzielles Ziel zu. Mit einem Ruck befreite sie sich von diesem eigenartigen Boden und war zur Flucht bereit.

„Das hast du dir so gedacht", flüsterte Lis und ein Schub von neuer Energie durchfloss ihren Körper.

Ruben, Digit und Xeres erschienen wieder an ihrem ursprünglichen Plätzen. Das weiße Samtkleid erschien in einem neuen Glanz, als wäre es neu und strahlte so hell wie ein Abglanz der Sonne.

Lis stand da, so erhaben und schön wie eine Göttin. Ihre Haut strahlte, ihr Kleid schimmerte wie Perlmund und sie besaß unbeschreiblich starke Waffen.

Geblendet von dem Licht, das von Lis ausging, wandte die Königin ihren Blick ab.

Die Wachen waren ebenso geblendet wie die Königin und konnten sich nicht von der Stelle rühren.

Diesen kleinen Moment nutzte Lis aus und lief zur Tür, wo noch immer Arok stand und nicht glauben konnte, welch schönes Wesen er vor sich sah.

Er war als Einziger nicht geblendet und genoss ihre Pracht in vollen Zügen.

Lis wollte ihn an der Hand nehmen und mit sich nehmen, aber Arok weigerte sich.

Er nahm seine Hand aus ihrer und trat einen Schritt zurück. Insgeheim bewunderte er das fremde Mädchen, fürchtete sich aber vor ihrer Macht.

Auch wenn er Angst empfand, etwas in ihm wollte unbedingt mitgehen, aber die Stimme war so leise, dass Arok sie einfach unterdrückte.

Lis sah seinen ängstlichen Blick, den fremden Ausdruck in seinem Gesicht und zog erschrocken die Luft ein.

Ihre Zeit war begrenzt und so entschied sie sich, zurückzukommen, um Arok und auch die Stadt vor ihrem Untergang zu retten. Ihr blieb im Moment auch nichts anderes übrig. Sie schlüpfte geschickt aus der Tür und schaute sich aufmerksam um.

Es war niemand zu sehen. Die Fackeln brannten und gaben der Vorhalle einen mystischen Schein, dennoch schienen sie den Raum nicht wirklich zu erhellen, sondern mehr Schatten als Licht zu produzieren.

Lis lief weiter und wurde durch Ruben gesteuert, die immer dann aufleuchtete, wenn sie ihre Richtung ändern musste.

Im ersten Moment wusste Lis nicht, was das Aufleuchten zu bedeuten hatte, aber je nachdem, wie sie die Lage von Ruben veränderte, leuchtete der Rubin. Lis war beeindruckt, dass sie nicht mal den Wunsch nach Hilfe äußern musste, damit Ruben sie unterstützte. Es muss wohl etwas geschehen sein, dass sich sogar ihre Gegenstände verändert hatten. Die Gänge wurden immer kleiner je weiter Lis vordrang, bis sie schlussendlich die Pforte sah, durch die sie von Alegron getragen wurde.

Vor dem Schloss dann sah sie ihn, wie er auf sie wartete und ihn zwei Wachen begleiteten.

Lis blieb stehen, nahm Digit und gab ihm in Gedanken den Befehl, sie zu beschützen. So leicht wie ein Dolch, aber halb so groß wie Lis erstreckte sich Digit in die Höhe. Blaue Flammen leuchteten an seiner Klinge und waren in ständiger Bewegung.

Lis gefiel das Schauspiel, aber die Soldaten flüchteten, als die Kriegerin auf sie zusteuerte und die Männer das riesige Schwert in den Händen einer Frau sahen.

Alegron stand da, völlig fassungslos, nahe dabei, an seinem Verstand zu zweifeln. Er rieb sich die Augen und warf einen erneuten Blick auf Lis.

Unverändert.

Er schluckte abermals und wollte etwas sagen, aber Lis schüttelte den Kopf und ihre blonden Locken folgten ihrer Bewegung.

„Wir müssen nun gehen", sagte sie knapp und in ihrer Stimme war etwas Wohltuendes.

Ihr Freund nickte bloß und nahm die ausgestreckte Hand von Lis dankbar an.

Lis gab ihm Kraft und sie liefen, so schnell sie ihre Füße tragen konnten, zum Stadttor.

Währenddessen war die Königin aus ihrem geblendeten Zustand aufgewacht und gab neue Anweisungen. Die Wachen wurden rausgeschickt, um Lis zu suchen und sie zur Strecke zu bringen.

Doch Lis und Alegron waren schnell genug am Stadttor und somit auch in Sicherheit.

Lis blieb aber keineswegs stehen.

Sie liefen immer weiter, durch die kleinen Dörfer der Menschen, bis sie den sicheren Wald erreicht hatten. Dabei folgten ihnen unzählige, menschliche Augenpaare, die so etwas wie Lis noch nie in ihrem Leben gesehen hatten.

So leuchtend und schön wie ein Phönix, der nur alle paar Jahre am Himmel erschien.

Erst als sie im Wald waren, gönnten sie sich eine kurze Verschnaufpause. Lis stützte sich an einem der dicken Baumstämme ab und atmete ruhig.

Der Lauf schien ihr nicht viel Kraft entzogen zu haben, dennoch war sie etwas entkräftet. Doch je länger sie sich am Baumstamm abstützte, desto mehr Kraft floss wieder durch ihre Adern.

Lis blickte erstaunt auf ihre Hand, die sich am Baumstamm befand. Ihre Handinnenfläche leuchtete, ebenso spürte sie ein neuartiges Prickeln, das in ihren Körper floss.

Sie ließ ihren Blick schweifen und sah, wie die bunten Blätter dieses Baumes immer brauner wurden und schlussendlich, langsam aber sicher, zu Boden fielen. Solch eine schlagartige Veränderung hatte sie noch nie im Leben miterlebt.

Erschrocken zog Lis ihre Hand weg und betrachtete sie schockiert.

Sie fühlte sich erholt und kräftig, auf der anderen Seite schien sie dem Baum seine Lebensenergie entzogen zu haben. Verwirrt schaute sie zu Alegron hin, der einen Schritt zurückwich und sie ängstlich beobachtete.

„Was hast du da gerade gemacht?", fragte er leise.

Lis schüttelte nur unwissend den Kopf und sagte: „Ich würde es dir sagen, wenn ich es wüsste."

„Ich glaube, du wirst mir eine Menge erklären müssen. Ich hab das Gefühl, dass hier etwas nicht stimmt, dass hier etwas gewaltig nicht stimmt", antwortete er.

Sein Gesicht war ruhig, aber seine Augen verrieten, dass er sehr nervös war und Angst hatte vor dieser eigenartigen Magie, die er nicht verstehen konnte.

Lis setzte sich auf den Boden und sah einen Samen, der neben ihr lag.

„Das scheint wohl von dir zu sein, mein Helfer", dachte Lis und nahm den Samen in die Hand. Er begann zu glühen und Lis wusste, was sie zu tun hatte.

„Wenn die Stadt gerettet ist, werde ich dich an einem Platz pflanzen, wo du wachsen und gedeihen kannst, sodass meine Kinder, deren Kinder und noch weitere Generationen unter deinem Blätterdach spielen können", dachte Lis und verstaute den kleinen Samen in ihrer Seitentasche.

„Geht es dir gut?", fragte Kamin und betrachtete Lis, die nachdenklich auf dem Boden saß und sich gegen den Baum lehnte, der ihr seine Energie abgegeben hatte.

„Arok lebt", sagte sie knapp und schaute zu Alegron hin.

Ein fragender Blick legte sich über sein Gesicht und Lis fuhr fort:

„Gerade als ich mit der Königin sprechen wollte, hatte ich eine Vision von unserer ersten Begegnung. Ich dachte, es sollte mir Mut machen und habe dann das Wort ergriffen, um der Königin klar zu machen, dass ihr Land in großer Gefahr ist. Dann klopfte es, mitten in unserer Diskussion, an der Tür und Arok kam herein."

„Du bist dir sicher, dass er es war?", fragte Alegron ungläubig.

„Ja, wenn ich es dir doch sage", antwortete Lis bestürzt und kämpfte mit den Gedanken, die ihr durch den Kopf schossen.

Tränen füllten ihre schönen Augen, aber sie konnte sie im letzten Moment zurückdrängen.

„Er wollte nicht mit mir gehen, er hat meine Hand abgewiesen und sein Blick war so leer", fügte Lis hinzu und betrachtete verzweifelt ihre Hände. „Ich dachte, ich hätte ihn für immer verloren und dann seh ich ihn, aber er sieht mich nicht, als wäre ich eine Fremde."

Ihre Stimme wurde immer leiser.

Alegron kam zu ihr hin, setzte sich neben sie und legte seinen Arm um ihre Schulter, sodass sie sich an ihn lehnen konnte.

Lis ließ es zu und beruhigte sich etwas. Doch sie konnte immer noch nicht verstehen, wie er es geschafft hatte, zu überleben. Sie hatte doch gesehen, wie Arok in die tiefe Schlucht gefallen war.

Nach einer Weile brachen sie auf und gingen tiefer in den Wald, um von den Soldaten der Königin nicht gefunden zu werden.

Sie sprachen nicht viel miteinander, obwohl Alegron gerne gewusst hätte, was Lis mit der Königin besprochen hatte. Er wusste allerdings, dass es besser war, Lis selber entscheiden zu lassen, was sie ihm sagen wollte.

Der Abend näherte sich, doch Lis machte keine Anstalten, ein Nachtlager zu suchen. So kam es dann, dass sie von sich aus das Gespräch begann.

„Die Königin hat mir nicht geglaubt", sagte Lis nach einiger Zeit des Schweigens. Alegron schaute sie fragend an und Lis fuhr fort:

„Vor Kurzem hatte ich eine Vision von einem großen Heer, das sich vor der Stadt formierte und dann die Stadt eingenommen hat. Wenn diese Stadt fällt, dann wird der Herrscher, der die Armee aufrücken ließ, auch meine Welt angreifen wollen. Wenn ich es also nicht schaffe, dass der Angreifer sich zurückzieht, dann werden die Menschen und Wesen in der Stadt, Loikes, Trisus und dem Sumpf gefangen genommen oder getötet."

Alegrons Gesichtsausdruck veränderte sich und er wurde ernst. Er konnte es nicht fassen, was Lis ihm da gerade gesagt hatte, glaubte ihr aber auf der Stelle.

„Wir befinden uns im Krieg? Aber wer würde denn die große Stadt der Königin angreifen wollen?", fragte Alegron bestürzt.

„Ich habe ihn oder sie nicht gesehen, ich weiß nur, dass es ein Herrscher aus den unbekannten Ländereien sein muss. Meine Göttin Lia hat mir die Vision geschickt, und als ich dann in der Bibliothek der Königin war, ist mir erst klar geworden, wie nah diese Vision vor uns liegt. Wir haben nicht mehr viel Zeit. Es steht das Schicksal von euch Menschen, Elfen und Todeselfen auf dem Spiel", antwortete Lis traurig.

„Und zu welchen dieser drei Arten zählst du dich?", fragte Alegron neugierig und betrachtete Lis etwas genauer.

„Ich war mal eine Elfe, gesegnet von der reichen Erde von Loikes und von meiner Göttin. Jetzt, nachdem mich meine Eltern aus ihrem Haus verbannt haben, bin ich nichts weiter als ein Wesen zwischen Mensch und Elf. Ich habe immer noch Fähigkeiten, die ihr Menschen nicht besitzt, bin aber nicht mehr so stark wie früher", entgegnete Lis, schaute sich nachdenklich um und sprach weiter: „Aber seit heute Mittag ist etwas mit mir geschehen. Ich kann es selber nicht in Worte fassen, aber ich glaube, dass meine Zeit gekommen ist und ich jetzt all diese Kraft brauche, um das Schlimmste zu verhindern."

Alegron schaute sie nachdenklich an und nickte bloß. Für ihn war das alles zu viel und er musste sich erst mal einen Überblick über alles verschaffen.

Es wurde kühler, je näher der herannahende Abend kam.

Lis und Alegron entschieden sich schlussendlich dafür, ein Nachtlager und vielleicht auch etwas zu Essen zu suchen. Lis hatte zwar keinen Hunger, aber sie wusste, dass ihr Hungergefühl von all den anderen Gefühlen unterdrückt wurde und es ihr bestimmt guttun würde, wenn sie etwas zwischen die Zähne bekommen könnte.

Arok stand da, völlig perplex und in seinem Kopf arbeitete es.

Kannte er diese Person nicht irgendwoher? Wieso wollte das Mädchen ihn mit sich ziehen? Was hatte das Leuchten zu bedeuten?

Nachdem die Königin alle Befehle ausgesprochen hatte, ging sie auf Arok zu und begrüßte ihn mit einem freundlichen Lächeln.

„Hallo Fremder", sagte Delita und senkte zur Begrüßung ihren Kopf.

Arok verbeugte sich vor ihr und sagte: „Frau Königin."
„Wie geht es euch? Als ich euch das letzte Mal gesehen habe, hatte ich meine Zweifel, ob ihr die schweren Verletzungen überleben werdet", sagte sie und deutete Arok hin, sich an den großen Tisch zu setzen.

„Es geht mir den Umständen entsprechend gut, ich habe nur noch wenig Schmerzen", antwortete er und setzte sich gehorsam.

„Das freut mich zu hören", entgegnete die Königin höflich und lächelte immerzu.

„Wer war das Mädchen, das eben aus dem Saal gelaufen ist?", fragte Arok neugierig, als die Königin keine Anstalten machte, die vorige Situation aufzuklären.

Das Gesicht von Delita verfinsterte sich und ihre Stimme wurde etwas angespannt:

„Eine dumme Göre, die sich wichtig machen wollte."

Arok runzelte die Stirn, schwieg aber, als er den unfreundlichen Unterton aus der Stimme der Königin herausgehört hatte.

„Viel interessanter ist es doch, dass ihr mir sagt, wer ihr seid", sagte die Königin, wieder in einem übertrieben netten Ton.

Arok schüttelte den Kopf und sagte: „Ich kann mich an nichts mehr erinnern. Ich hoffe, ihr könnt mir meine Unhöflichkeit verzeihen, dass ich mich noch nicht vorgestellt habe, aber ich wüsste nicht, mit welchem Namen ich das machen sollte."

Deliat schaute ihn verwundert an und antwortete: „Es sei euch verziehen, aber nach ihrem Wortlaut zu urteilen scheinen sie einem guten Haus entsprungen zu sein. So etwas findet sich nicht oft, heutzutage."

Arok lächelte und schaute verlegen zu Boden. Er wusste nicht, wieso, aber je länger er mit der Königin sprach, desto unwichtiger wurde das schöne Mädchen und desto wichtiger wurde die Königin, die ihn mit ihren schönen Augen anstrahlte.

Sie unterhielten sich noch eine Weile und die Königin sagte ihm, dass ein Fischer ihn im Fluss gefunden und dann in die Stadt gebracht hatte. Ebenfalls sagte sie ihm, dass ausdrücklich sie der Hausmagd den Auftrag gegeben hatte, sich gut um den Fremden zu kümmern.

Jedoch verschwieg sie ihm einen wesentlichen Faktor, und zwar, dass er ein Todeself und kein Mensch war.

Arok ahnte nichts Böses hinter dem schönen Gesicht der Königin, die insgeheim schon einen Plan hatte, was sie mit Arok machen würde.

Er war stark, gut aussehend, noch dazu war er ein Todeself und genau diese Eigenschaften wollte sich die Königin zunutze machen und ein Kind mit ihm zeugen, das ohne Zweifel sehr mächtig werden würde.

Die Königin hatte sich perfekt unter Kontrolle. So gutgläubig und unwissend Arok war, wickelte ihn die Königin mit jedem ihrer lieblichen Worte mehr und mehr in ihr giftiges Netz ein.

Lia stand an ihrem Fenster, in den Hallen des Lichts, und war fassungslos.

„Siehst du, was dein Schützling gerade macht?", fragte sie Alisis.

Alisis stand gelangweilt an einer der unzähligen Säulen und gähnte.

„Ach, lass ihn doch etwas Spaß haben", entgegnete er und sah zu Lia hinüber, die vor Wut kochte.

„Diese Frau will ihn ausnutzen und du lässt es zu?", fragte sie bestürzt.

„Er wird doch auch seinen Spaß haben", antwortete Alisis und ging auf Lia zu, um sich das Bild der zwei Personen näher anzuschauen.

„Ihr Männer Weißt du nicht, welche Konsequenzen ein Kind haben kann, das über solch eine Stärke verfügt, wie die der Königin und von Arok? Das könnte das Gleichgewicht der Welt stören. Einzig nur Lis ist es vorbestimmt, ein Kind von Arok zu bekommen", sagte Lia und ein leiser Unterton von Schuldzuweisung war zu hören.

„Ihr Frauen seht es immer so dramatisch. Wenn es Lis' Schicksal ist, dann wird es nie dazu kommen, dass Arok sich mit der Königin einlässt", sagte Alisis gelassen und beobachtete Arok, wie er jede der kleinen Anspielungen der Königin erwiderte.

„Aber das Schicksal wurde schon einmal von der Königin beeinflusst, sie hat doch die Schatten beschworen, Arok in die Schlucht fallen lassen und dann den Sturz so weit gebremst, dass er es überlebt hat", entgegnete Lia und sah zu Alisis, der konzentriert die Königin beobachtete.

„Sie hüllt ihn in ihre Verzauberungen, du hast recht, er wird ihr nicht widerstehen können. Wir müssen etwas tun", sagte Alisis leise, eher an sich als an Lia gewandt.

Lia schaute ihn grimmig an und sprach:

„Genau das habe ich dir versucht zu sagen, Alisis, die Frau ist unberechenbar."

… und Sie kämpfen müssen, bis ans Ende …

„Wenn es so ist, wie du sagst, müssen wir alle Männer zusammentrommeln, die fähig sind, eine Waffe zu tragen, auch wenn es nur ein Knüppel ist", sagte Kamin nachdenklich und stocherte im Feuer, das ihnen etwas Wärme spendete.

„Ja. Menschen, Elfen und Todeselfen werden zusammenarbeiten müssen. Ich hoffe, ich kann meinen Vater erreichen und ihm meine Bitte mitteilen. Wenn nicht, werden wir mit dem vorlieb nehmen müssen, was wir auf die Schnelle organisieren können", sagte Lis, schaute dabei nachdenklich in die Flamme und es kam ihr eine Idee:

„Alegron, ich hab es. Ich kann versuchen, Miran zu finden, vielleicht kann er uns auch helfen."

Alegron schaute vom Feuer hoch und fragte Lis zweifelnd:

„Wer ist Miran?"

Lis lächelte und sagte: „Lass dich überraschen."

Sie stand auf, nahm ihre Pfeife zur Hand und blies in sie hinein.

Stille.

Alegron beobachtete Lis kritisch und wusste nicht, was sie vorhaben könnte.

Lis hingegen beobachtete den Himmel, der von dunklen Wolken umhüllt war, und hörte nach einer Weile ein leises Kreischen.

„Eldur, mein Freund, komm zu mir!", sagte Lis und ihre Stimme war voller Freude.

Der große Adler näherte sich ihnen mit einer ungeheuren Geschwindigkeit, kreiste einige Male über ihnen und setzte dann zur Landung an.

Wenige Meter neben Lis kam er auf dem Boden auf und krächzte leise zur Begrüßung. Seine breiten Schwingen faltete er sorgfältig zusammen und schüttelte anschließend sein Federkleid.

Dann richtete er seinen Blick auf Lis und senkte seinen Kopf etwas, um sie besser betrachten zu können.

„Mein Freund, ich brauche deine Hilfe. Ich muss wissen, wo Miran sich befindet und wie weit das große Heer entfernt ist, das auf die Menschenstadt zusteuert", sagte Lis mit einer ruhigen und sehr angenehmen Tonlage, dabei kam sie Eldur etwas entgegen und streichelte ihm sanft über seinen Hals. Ein glücklicher Ausdruck erschien in den Augen des Adlers und ein erneutes, etwas leiseres Krächzen drang aus seiner Kehle.

Eine Stimme hinter ihrer Stirn sprach: „Miran ist nicht weit von hier, er lauert hier und da auf Beute und sucht nach euch, Prinzessin. Das Heer, von dem mir auch die Göttin Lia erzählt hat, ist schon aufgebrochen, es wird sicher noch ein bis zwei Tage dauern, bis es vor den Stadtmauern steht, aber so genau kann ich das auch nicht sagen."

Lis nickte und sagte erneut: „Könntest du Miran zu mir bringen? Ohne ihn kann ich den Kampf um die Stadt nicht gewinnen."

„Ja, ich werde sehen, was ich machen kann, Herrin", sagte die Stimme und Eldur breitete seine, Schwingen aus.

Lis entfernte sich ehrfürchtig einen Schritt von ihm und nickte ihm glücklich zu, dabei verbeugte sie sich etwas, um ihren Dank zu zeigen.

Mit Schwung erhob er sich in die Lüfte, kreiste noch einige Male um das Nachtlager der beiden und verschwand in der Dunkelheit.

Lis schaute ihm nach und war sehr froh über seine Hilfe. Dieses Tier erschien ihr so erhaben, dass sie sich in seiner Gegenwart wie ein unbedeutendes Wesen fühlte, das im Grunde nicht das Recht hatte zu existieren.

Alegron erging es nicht anders. Er saß da, mit offenem Mund und hatte seinen Stock fallen lassen, mit dem er zuvor im Feuer gestochert hatte.

Als er sah, dass Lis wieder in Richtung Lager ging, schluckte er einige Male und hob seinen Stock auf.

Um dem Blick von Lis zu entfliehen, konzentrierte er sich voll und ganz auf das Feuer und versuchte, den überraschten und ängstlichen Gesichtsausdruck verschwinden zu lassen, als wäre so ein riesiges Tier das Normalste, was man sich vorstellen konnte.

Lis aber sah sein vergebliches Bemühen und lachte.

„Es gibt so viel, dass ich dir noch sagen muss, aber es fehlt uns einfach die Zeit. Also musst du dich wohl oder übel damit abfinden, jeden Tag eine Überraschung zu erleben", sagte sie und setzte sich wieder ans Feuer.

Kamin nickte und schluckte erneut, dabei betrachtete er unentwegt das Feuer.

In seinen Gedanken war ein pures Chaos entstanden. Was er heute miterlebt hatte, sprengte all seine Vorstellungen. Zuerst dieses eigenartige Verhalten von Lis, dann das riesige Schwert aus blauem Feuer. Dann auch noch die Sache mit dem Baum und anschließend das mit dem Adler.

In was für einen Schlamassel war er bloß hineingeraten?

Er wollte nicht mehr darüber nachdenken. Alles, worüber sich seine Gedanken drehten, ergab keinen Sinn.

Es war hoffnungslos, verstehen zu wollen, wie diese eigenartige Elfenmagie zustande kam.

So entschied er sich, die erste Wache zu übernehmen und Lis schlafen zu lassen. Er hatte das Gefühl, dass sie es dringend nötig hatte und er auf sie aufpassen musste, solange Arok nicht da war.

„Ich werde die erste Wache übernehmen, du kannst dich jetzt ruhig hinlegen und versuchen zu schlafen. Morgen sehen wir weiter", sagte Alegron.

Lis lächelte ihm zu und legte sich hin, denn sie spürte die nahende Müdigkeit. So ein Angebot konnte sie einfach nicht abschlagen, und so schlief sie auch auf der Stelle ein.

Doch es war kein erholsamer Schlaf.

Arok stand vor ihr und lächelte, aber er lächelte nicht sie an, sondern Delita, die auf der gegenüberliegenden Seite des Saales stand. Er ging auf Lis zu, aber blieb nicht vor ihr stehen, sondern ging durch sie hindurch. Als Lis ihn festhalten wollte, griff sie ins Leere. Überrascht drehte sie sich um und sah Arok nach.

Er blieb vor der Königin stehen, verbeugte sich höflich in seinem festlichen Gewand und bat sie um einem Tanz.

Lis stand da, konnte nicht glauben, was sie sah. Sie versuchte, sich zwischen Arok und die Königin zu stellen, aber sie war wie ein Geist, der alles sah, aber nichts tun konnte.

Arok nahm die Hand von Delita, worauf Lis' Hand zu schmerzen und zu brennen begann.

Dann nahm Arok Delita in seine Arme und überall, wo er die Königin berührte, spürte es Lis wie Messerstiche.

*Sie versuchte, mit ihm zu reden, aber Arok lächelte Delita an und versank in den großen Augen der Königin. Völlig verzweifelt sank Lis zusammen und legte ihr Gesicht in ihre Hände, um das schreckliche Schauspiel nicht länger mit ansehen zu müsse*n.

„Lis, wieso weinst du?", fragte Alegron und rüttelte Lis an der Schulter.

Lis erwachte, erhob ich etwas und sah in das erschrockene Gesicht von ihrem Gefährten.

„Ich weine nicht", antwortete Lis halb schlafend, widersprach sich aber dann doch, indem sie fragte: „Habe ich geweint?"

„Ja, wie ein Schlosshund und du wolltest nicht aufhören, deshalb hab ich dich geweckt. Was hast du denn so

Schlimmes geträumt?", fragte er besorgt und betrachtete Lis im unheimlichen Licht der Morgendämmerung.

Lis schaute sich um und bemerkte, dass die Sonne bald aufgehen würde.

Wütend fragte sie: „Wieso hast du mich nicht zur zweiten Wache geweckt?"

„Du brauchst mehr Schlaf als ich, mir reicht es, wenn ich mich jetzt etwas hinlegen kann", antwortete Alegron und wartete auf eine Antwort auf seine vorherige Frage.

Er bekam keine, denn Lis nickte bloß und gab Alegron zu verstehen, dass er sich jetzt hinlegen konnte. Sie war wach und hätte eh nicht mehr einschlafen können.

Zudem wusste sie, dass der Traum etwas zu bedeuten hatte. Wahrscheinlich wieder eine Nachricht von Lia.

Aber was konnte sie denn tun?

Wenn sie jetzt wieder in die Stadt gehen würde, müsste sie sich mit der Königin anlegen. Das Schlimmste war, dass sie nicht wusste, was mit Arok geschehen war.

Was muss geschehen sein, dass er sich so verhielt. Die Begegnung in der Bibliothek war schon eigenartig genug gewesen und jetzt dieser Traum.

Das konnte nichts Gutes bedeuten.

Lis entschied sich, nach dem Sonnenaufgang auf Miran zu warten und dann Alegron und Miran loszuschicken, um die fähigen Krieger der Dörfer für den Krieg vorzubereiten. Sie war sich sicher, dass die Menschen Alegron Glauben schenken würden und wenn er es nicht schaffen würde, dann würde ihm Miran bestimmt dabei helfen können, glaubhaft zu wirken.

Wie es aussah, musste sie die Königin außer Gefecht setzen, um die Stadt zu retten. Sie wusste, dass es schwer werden würde, aber Lis ahnte nicht, dass die Königin kein normaler Mensch war.

Ebenso ahnte sie nicht, dass Arok das Gedächtnis verloren hatte und sie damit zu rechnen hatte, dass er die Königin beschützen würde.

„Ich gebe heute Abend ein kleines Fest, zu ihren Ehren", sagte die Königin am nächsten Morgen, als sie Arok zu sich bestellen ließ.

Arok verbeugte sich dankbar und sagte: „Das hätten sie nicht machen müssen, ehrenwerte Delita."

„Ich muss gestehen, ich habe bei diesem Anlass auch an mich gedacht, etwas Vergnügung in solch düsteren Tagen wird keinem schaden, hab ich recht?", antwortete Delita, berührte Arok dabei am Arm und spürte seine starken Muskeln.

Arok bemerkte ihre vielsagenden Blicke, ihre Berührungen und fühlte sich zu ihr hingezogen.

Er nickte der Schönheit zu und wurde von zwei Frauen abgeholt, um ihn für das kleine Fest vorzubereiten. Natürlich wusste Arok nicht, dass sich das kleine Fest auf sie beide beschränken würde.

Während Alegron schlief, versuchte Lis Kontakt zu ihren Eltern aufzunehmen.

Sie legte sich auf den Rücken, konzentrierte sich auf Ruben, und hoffte, mit ihrer Hilfe ihren Vater erreichen zu können. Zu der frühen Morgenstunde musste ihr Vater noch schlafen und vielleicht würde es ihr gelingen, im Traum mit ihm sprechen zu können.

Es dauerte eine Weile, bis ihre Seele vollkommen losgelöst war.

„Vater, ich brauche deine Hilfe", sagte sie und eine ihr wohlbekannte Stimme entgegnete ihr:

„Du bist nicht mehr Tochter, geh weg!"

„Wenn du mich nicht als deine Tochter ansehen willst, dann sieh mich als Vision, die dir das Leben retten wird, wenn du sie befolgst", antwortete Lis.

„Ich habe meine Tochter verloren, seitdem sie meinen Rat verweigert hat", sagte ihr Vater stur, aber Lis fuhr fort: „Loikes ist in Gefahr, der Sumpf ist in Gefahr und die ganze natürliche Ordnung ist bedroht. Ein Herrscher aus den unbekannten Ländern will zuerst die große Menschenstadt zerstören und dann das gesegnete Land Loikes einnehmen. Wenn es ihm gelingt, die Stadt zu besetzen, dann werde auch ich fallen und mit mir du, unsere Familie und unser Land."

Sie spürte, dass ihr Vater ihre Worte gehört hatte, aber er antwortete nicht mehr.

Lis machte ihre Augen auf und bemerkte, dass Alegron aufgewacht war und sie verärgert beobachtete.

„Wolltest du nicht Wache halten?", fragte er zornig, bemerkte dann aber, dass Lis Ruben in der Hand hielt und dass sie leuchtete.

„Ich habe meinem Vater eine Nachricht geschickt, aber ich glaube, er vertraut mir nicht mehr. Wir können nur hoffen, dass er sich noch erinnern kann, dass ich ihn nie belogen habe. Dann gibt es Hoffnung, dass er einige Truppen zu unserer Unterstützung schickt", sagte Lis traurig und betrachtete Ruben in ihrer Hand.

Sie dankte der Kette und verstaute sie unter ihrem Gewand.

„Ich verstehe", sagte Alegron und streckte sich erst mal ausgiebig. Es wurde unnatürlich ruhig. Die Vögel waren verstummt und man hörte nur das leise Rascheln der Blätter, die vom Wind in Bewegung gebracht wurden.

Lis hatte das Gefühl, dass sie etwas Ungewöhnliches spürte.

Sie schaute sich alarmiert um und fühlte ein rhythmisches Beben der Erde. Entweder war es Miran, oder sie würden ein großes Problem bekommen.

Zum Glück wurde Lis nicht enttäuscht und Miran erschien hinter einem der dicken Baumstämme. Seine schwarzen Schuppen glänzten durch die ersten Sonnenstrahlen und er sah für Lis alles andere als gefährlich aus.

Sie lächelte ihn überglücklich an und wollte ihm um den Hals springen, aber sie konnte sich doch noch beherrschen. Ihre Augen strahlten vor Freude.

„Miran, wie geht es dir? Wo warst du? Was ist mit dir passiert?", rief sie vergnügt, während sie zu ihm lief. Hätte man nicht gewusst, dass Lis eine erwachsene Frau war, so würde man denken, sie sei ein kleines Mädchen.

Miran war so erschrocken über ihr plötzliches Auftauchen, dass er darüber nachdachte, sich hinter einem der Baumstämme zu verstecken. Aber er erkannte Lis rechtzeitig und antwortete seiner Meisterin fröhlich: „Iss hab misssss verlaufen und dann hab ich euch gesssucht, Lissss", antwortete er und begleitete Lis anschließend einige Schritte zu ihrem Lager.

Alegron sprang erschrocken auf, als er das Ungetüm sah, und wollte weglaufen, aber dann sah er das Strahlen auf Lis' Gesicht.

„Lis, lauf weg, ein Ungeheuer! Er wird dich fressen! Lis!", schrie er aufgeregt und wollte auf Lis zulaufen, um sie vor Miran zu retten.

Lis konnte es sich nicht verkneifen und begann schallend zu lachen.

„Ja, Alegron, das habe ich auch gedacht, als ich Miran das erste Mal gesehen habe. Darf ich vorstellen, Miran, Alegron" sagte Lis, als sie sich etwas beruhigt hatte, und deutete zuerst auf das riesige Ungeheuer und dann auf den erschrockenen Mann, der wohl seinen Verstand fast gänzlich verloren hatte.

Alegron schnaubte aufgebracht und sagte vorwurfsvoll: „Du hättest mich ruhig darauf vorbereiten können, ich hatte wirklich Angst."

Lis lachte erneut und antwortete Alegron: „Dann hätte ich aber deine Einlage verpasst."

Alegron, Miran und Lis lachten über ihre Worte und die Stimmung wurde etwas ausgelassen.

Aber es blieb nicht lange so und Lis wurde wieder ernst.

„Ich bin zu einem Entschluss gekommen. Ich muss zurück ins Schloss, allein. Du und Miran, ihr werdet die Männer mobilisieren, die fähig sind, eine Waffe zu tragen und ihre Stadt zu verteidigen. Um die Armee der Königin werde ich mich kümmern", sagte Lis und schaute Alegron und Miran mit einem Blick an, der keinen Widerspruch duldete.

Alegron betrachtete Lis nachdenklich und überlegte kurz, Miran hingegen war völlig außer sich.

„Du willsssst miss wieder alleine lasssssen? Isss will mit dir gehen!", sagte er aufgebracht.

„Ich weiß, Miran, du hast mir auch gefehlt, aber du muss Alegron helfen", entgegnete Lis ruhig und schaute Miran freundlich an.

Sie konnte verstehen, dass er nicht mehr von ihrer Seite weichen wollte, aber leider gab es keinen anderen Weg.

Miran nickte traurig und schaute enttäuscht zu Boden.

„Dein Vorschlag ist vernünftig, aber willst du nicht mit uns zusammen ins Schloss zurückkehren, um Arok zu retten?", fragte Alegron und schaute Lis beunruhigt an.

„Dann wird es zu spät sein", sagte Lis traurig, „ich kann verstehen, dass ihr euch nicht trennen wollt, aber wenn ich nicht gehe, brauchen wir kein Heer zusammenzustellen. Wenn ich Arok nicht aus den Fängen der Königin befreie, dann …"

Alegron nickte und schaute zuerst zu Lis, dann zu Miran.

Anschließend begann er, wortlos die Feuerstelle zu versorgen und seine armseligen Habseligkeiten zusammenzupacken.

Lis verabschiedete sich von ihnen, wünschte ihnen viel Glück auf ihrem Weg und rief ihnen anschließend zu:

„Denkt daran, bei Morgengrauen müsst ihr vor der Stadt sein, sonst wird es vielleicht zu spät sein."

„Sie hat meine Nachricht verstanden, siehst du, Alisis, sie ist ein kluges Mädchen", sagte Lia und betrachtete Lis zufrieden, wie sie sich von ihren beiden Freunden verabschiedete.

„Ja, wie du meinst, Lia", antwortete Alisis und ging in der Halle auf und ab.

„Dieses Licht, das du hier hast, macht mich langsam krank, es wirkt alles so heiter", sagte er nach einer Weile, als Lia nicht weitersprach.

„Stell dich nicht so an, Gott von Trisus, sondern überleg, wie du Arok helfen kannst, dass er sich wieder an alles erinnert", entgegnete Lia in einem scharfen Ton und warf Alisis einen verärgerten Blick zu.

„Ich kann nichts machen, im Reich der Menschen habe ich keine Macht", sagte Alisis gereizt.

„Wieso kann ich Lis dann Visionen schicken und du nicht?", fragte Lia.

„Kann doch sein, dass Lis selber in die Zukunft blicken kann und es nicht dein Verdienst war, Gnädigste", antwortete Alisis sarkastisch und wandte sich von Lia ab.

Lia konnte nicht glauben, dass Alisis das zu ihr gesagt hatte, und fuhr ihn zornig an:

„Willst du sagen, dass ich meine Fähigkeiten überschätze? Willst du etwa sagen, dass ich genauso machtlos bin, wie du? Was fällt dir ein, meine Kräfte in Frage zu stellen? Ich versuche wenigstens, ihr zu helfen."

„Du musst aber zugeben, dass die anderen Visionen, die du ihr schicken wolltest, sie nicht erreicht haben", sagte Alisis ruhig.

Lia schnaubte wütend und drehte sich demonstrativ um.

Nachdem Arok mit der schönen Königin gesprochen hatte, wurde er von zwei Frauen in ein Zimmer des Schlosses gebracht. Die eine Frau war etwas kleiner und brachte ihm eine Schale mit Wasser, Seife und einem Lappen.

Die andere, größere Frau brachte ihm ein festliches Gewand, das ausdrücklich nach den Wünschen der Königin ausgesucht worden war.

Nachdem alles seine Richtigkeit hatte, wurde Arok gesagt, dass er noch etwas Zeit hatte, um sich auszuruhen und dass er sich dann vorbereiten sollte, wenn die Sonne gegen die Erde sank.

Arok nickte gehorsam und machte es sich auf dem Bett bequem, das gegenüber dem Fenster lag. Er versank anschließend in einen kleinen Dämmerschlaf und sah das schöne Mädchen vor sich, das er im Grunde nicht kannte.

„Falsch gedacht, Lis", sagte eine Stimme hinter dem schönen Mädchen.

Er sah sich und die Fremde, die wohl den Namen Lis trug.

Sie erschreckte sich, fuhr zusammen und versuchte, aufstehen. Es gelang ihr nur so halb. Mitten in der Bewegung verlor sie ihr Gleichgewicht und wäre gestürzt, wenn er sie nicht in der letzten Sekunde gefangen hätte.

Er stützte sie und hielt sie in seinen starken Armen, daraufhin herrschte vollkommene Stille.

Er konnte sogar ihr Herz schlagen hören. Sonst war alles verstummt, sogar der Wind war nicht mehr zu hören.

Sie lag in seinen Armen und er schaute ihr lächelnd ins Gesicht. Seine Augen wirkten besorgt, aber man sah ihm an, dass er seine Helferposition genoss.

Arok sah sich an, dass er diese Person liebte.

Der Moment dauerte nur einen kurzen Augenblick, die unheimliche Stille verging so schnell, wie sie gekommen war.

Arok wachte auf und schaute sich verwirrt im Zimmer um.

Der Traum schien so real gewesen zu sein, dass er vermutete, er würde in diesem eigenartigen Sumpf aufwachen, in dem sein Traum gespielt hatte. Er konnte immer noch den widerlichen Fäulnisgeruch riechen und ein eisiger Schauer lief ihm über den Rücken. Nachdenklich schaute er in den Raum hinein und versuchte, Ordnung in seinen Gedanken zu schaffen.

„Wer war dieses Mädchen?", dachte er und versuchte, sich an mehr zu erinnern, aber es gelang ihm nicht. Frustriert stand er auf, ging zum Fenster und betrachtete den Schlosshof. Mit Entsetzen bemerkte er, dass die Sonne schon fast untergegangen und er immer noch nicht fertig war für das Fest, das die Königin für ihn vorbereitet hatte.

Er nahm den Lappen, wusch sich sein Gesicht, trocknete es mit einem Handtuch ab, das die kleine Frau ihm gegeben hatte, und schlüpfte anschließend in das Festgewand.

Gerade, als er den letzten Knopf zugeknöpft hatte, klopfte es an der Tür und eine der zwei Damen, die ihn am Mittag in das Zimmer gebracht hatten, trat herein, als Arok mit einem „Ja?" antwortete.

„Das Fest wäre so weit angerichtet, mein Herr", sagte sie verlegen und machte einen kleinen Knicks zur Begrüßung.

„Ja, ich bin so weit fertig", antwortete Arok und die kleine Frau brachte ihn zum Festsaal.

Die große Tür wurde geöffnet und Arok konnte seinen Augen nicht trauen.

Es wurden etliche Kerzen angezündet, Essen und Getränke standen auf einem Tisch in der Nähe der Fenster und eine große Tanzfläche öffnete sich vor ihm.

Die Königin stand bei den Musikanten und wechselte einige Worte mit ihnen, bis sie das Knarren der großen Tür hörte und sich freudig herumdrehte.

„Da kommt ja mein Ehrengast", sagte sie glücklich, ging auf Arok zu und lächelte ihn an.

Arok kam ihr entgegen, lächelte zurück und bewunderte die schöne Aufmachung von Delita.

„Ein schönes Gewand tragen sie heute, sie sehen überaus bezaubernd aus", sagte Arok und Delita lächelte umso mehr.

Die Musik begann zu spielen und Arok hatte das Bedürfnis, nach einem Tanz zu fragen: „Würden sie mir den ersten Tanz gestatten?"

„Aber mit Vergnügen", sagte die Königin und reichte Arok ihre rechte Hand.

Arok legte seine rechte Hand auf ihr Schulterblatt, zog sie zu sich und Delita legte ihre linke Hand auf seine Schulter.

Die Musik war schön ruhig. Arok und Delita schienen über die Tanzfläche zu schweben, im Rhythmus der Violinen, Kontrabasse und Flöten.

„Wann kommen die anderen Gäste", fragte Arok nach einer Weile.

„Es kommen keine Gäste mehr, es ist ein kleines Fest, nur für uns zwei", entgegnete sie und lächelte Arok verführerisch an.

Bezaubert von ihrem Lächeln, ließ er seine skeptischen und hinterfragenden Gedanken ruhen und genoss ihre Nähe.

Lis war währenddessen ins Schloss eingedrungen und schaute sich hilflos um.

Wo konnte sie Arok jetzt finden, das Schloss war doch riesengroß.

Als ob Ruben ihr auf ihre Gedanken geantwortet hätte, leuchtete sie auf und Lis nahm sie unter ihrem Gewand hervor.

Ein pulsierendes Licht ging von Ruben aus und je nachdem, in welche Richtung Lis sie hielt, wurde es schneller.

Da hatte Lis ihre Antwort und folgte den Anweisungen der Kette. So einfach hatte sie es sich nicht vorgestellt, aber die Gegenstände, die ihr Lia gegeben hatte, schienen mit ihr eine Symbiose eingegangen zu sein.

Egal was sie dachte, egal was sie tat, Ruben, Digit und Xeres befolgten ihre Bitten und halfen ihr, wo sie nur konnten.

Lis betete zu ihrer Göttin, dass es auch weiterhin so sein möge.

Nach einer Weile des Herumirrens konnte Lis Musik hören. Sie erinnerte sich an ihre Vision, in der Arok mit der Königin getanzt hatte und beschleunigte ihre Schritte.

Die Musik kam immer näher mit jedem Schritt, den Lis tat. Schließlich kam sie an eine große Tür und konnte Licht durch einen kleinen Türspalt sehen.

Die Tür wurde mit einem Ruck aufgestoßen. Arok und Delita fuhren zusammen und blickten erschrocken zur Tür. Die Musik verstummte mit einem Mal.

Lis kam mit entschlossenen Schritten in den Saal. Es machte zwar keinen Anschein, dass sie Angst hatte, aber ihr Herz raste.

„Tut mir leid, wenn ich störe, aber wieso hat mich niemand zu der Feier eingeladen?", fragte Lis.

Völlig außer sich rief die Königin, nachdem sie den ersten Schreck überwunden hatte: „Wachen! Wachen!"

Aber keiner kam, um der Königin zu helfen. Arok wich einen Schritt zurück und schaute zuerst zu Delita und dann zu Lis.

Er wusste nicht, was das schon wieder zu bedeuten hatte und wie er sich verhalten sollte.

„Och, hab ich vergessen zu erwähnen, dass die Wachen gerade ein Nickerchen machen?", sagte Lis böse.

Während sie auf der Suche nach Arok gewesen war, hatte sie die zwei Wachen überrascht und außer Gefecht gesetzt.

„Du dummes Gör, du hast es nicht anders gewollt, dann werde ich mich um dich kümmern!", sagte die Königin, ging einige Schritte zurück und fing an, eigenartige Worte vor sich herzumurmeln.

Lis schaute verwirrt zu ihr und verstand nicht, was Delita da tat, bis sie ein seltsames Stechen in ihrer linken Brustgegend spürte.

Lis keuchte erschrocken auf und der Schmerz schnürte ihr förmlich die Luft ab.

Sie hielt sich mit der rechten Hand die linke Brustseite und versuchte, sich noch auf den Beinen zu halten.

Sie war auf alles gefasst gewesen, aber hätte sich im Traum nicht einfallen lassen, dass die Königin über magische Fähigkeiten verfügte.

„Was hat das alles zu bedeuten?", sagte Arok aufgebracht.

Er sah die zwei Frauen, die grundlos aufeinander losgingen, und konnte sich nicht entscheiden, wer nun Schuld an allem hatte.

Als er sprach, schaute die Königin für einen kurzen Moment zu ihm und ihre Konzentration verlagerte sich.

Lis' Schmerz ließ augenblicklich nach und sie konnte wieder atmen. Mit einer schnellen Bewegung griff sie nach Digit und warf ihn der Königin entgegen. Erschrocken sprang diese zur Seite und ihr Zauber wurde gänzlich unterbrochen.

„Noch einmal gelingt es dir nicht", schrie Lis und gab Digit den Befehl, zu ihr zurückzukommen.

Ein Zischen durchfuhr die Luft und Lis spürte, wie Digit wieder in ihre Hand glitt. Von einer Sekunde auf die andere wurde der Dolch wieder zu einem Schwert, das mit blauen Flammen geschmückt war und genauso knisterte, wie ein auflodernder Feuer.

Delita ging einen weiteren Schritt zurück und tat so, als ob sie eingeschüchtert wäre.

Arok war ebenso überrascht und rief, ohne über seine Worte nachzudenken:

„Lis, wenn das dein Name ist, wieso tust du das?"

Lis blieb wie versteinert stehen und schaute zu Arok hin. Während sie seine Stimme gehört hatte, spürte sie, wie sie ein eigenartiges Gefühl einzuhüllen versuchte.

„Du weißt doch ganz genau, dass Lis mein Name ist, wieso sagst du so was?", sagte sie hilflos und ein trauriger Ausdruck erschien auf ihrem Gesicht.

Diese kleine Unachtsamkeit gab Delita wieder eine Chance und sie begann erneut einen Zauberspruch zu murmeln.

Lis fiel es nicht auf, weil sie einfach zu sehr davon eingenommen war, dass Arok sich so seltsam verhielt.

„Wer bist du?", antwortete Arok verwirrt.

Sein Blick richtete sich direkt auf Lis und sie konnte genau sehen, wie schwer es ihm fiel, sie zu verstehen. Dieser Ausdruck, als wäre Lis eine Fremde, schmerzte sie.

Es traf sie wie ein Schlag. Im wahrsten Sinne des Wortes.

Sie wurde von einer unsichtbaren Kraft erfasst und ohne Erbarmen gegen die Wand geschleudert. Unter der Wucht des Aufpralls zerbrachen Porzellanplatten und Lis konnte spüren, wie sich einer der Splitter in ihre Schulter bohrte. Sie keuchte laut auf und atmete einige Male tief ein und aus.

Doch das hielt sie nicht davon ab, sich nach dem Sturz wieder aufzurichten und Digit flog wie von Zauberhand zu ihr zurück.

Lis hob ihren Blick und ihr Gesichtsausdruck veränderte sich grundlegend.

Ihre Augen waren nicht mehr dieselben, sondern so schwarz, dass die tiefste Dunkelheit vor Schrecken zusammenzucken würde.

Sie sprühte vor Zorn und ihre Haut schimmerte erneut, wie am Tag zuvor.

Sie spürte es nicht, aber ihre Schulter begann zu bluten und das strahlende Weiß ihres Kleides färbte sich in ein dunkles Rot, das schon beinahe schwarz war.

Ohne zu zögern begann Delita wieder zu zaubern, aber Lis war zu schnell.

Sie hob Digit in die Höhe und rannte auf die Königin zu. Diese konnte ihren Schwerthieben ohne Probleme ausweichen, war aber nicht in der Lage, Zaubersprüche gegen sie einzusetzen.

Als Lis sah, dass sie mit diesen Mitteln nicht weiter kommen würde, schrie sie aus ihrem tiefsten Inneren: „Xeres!"

Sie hatte zwar keine Ahnung, was es bewirken würde, aber eine innere Stimme schien ihr zu sagen, was sie zu tun hatte.

Die Schlangen der Xeres sprangen im selben Moment von ihrem Handgelenk und wurden um das Zehnfache größer.

Mit einem lauten Zischen stürzten sie sich auf Delita. Jetzt waren Lis und ihre Helferinnen in der Überzahl und Lis war sich ihrem Sieg schon sicher.

Erst da mischte sich dann Arok ein und versuchte, Lis zu ergreifen.

Er schaffte es, Lis an ihren Handgelenken zu packen und festzuhalten.

Sie konnte sich nicht befreien und schaute verwirrt zu Arok hinauf.

„Wieso hilfst du ihr? Sie hat dich in ihrem Bann, ich bin es doch, Lis", sagte sie und versuchte, sich erneut aus seinem Griff zu lösen, aber es war nicht möglich.

Arok war stark und sein Griff fügte Lis unheimliche Schmerzen zu, sodass sie Digit fallen ließ. Sie stemmte sich gegen ihn, bewegte sich in die eine und in die andere Richtung, aber sie konnte sich nicht aus seinen starken Händen lösen.

„Du greifst eine unschuldige Frau an, das werde ich nicht zulassen", antwortete Arok auf ihre Worte hin mit einer veränderten, dunklen Stimme.

Delita beschäftigte sich währenddessen mit den zwei Schlangen, die sie durch den halben Saal jagten.

Doch es fehlte Lis, um dem Spiel ein Ende zu setzen.

Schlussendlich schaffte es Delita, einen geeigneten Zauberspruch zu sprechen und beide Schlangen blieben stehen. Ihre glänzenden, grünen Körper wurden mit einer schwarzen Schicht überzogen, bis sie sich gar nicht mehr bewegen konnten.

Lis blickte zu den versteinerten Schlangen hin und konnte es nicht glauben.

„Nein!", rief sie und es gelang ihr, sich mit einem kräftigen Ruck von Arok zu lösen.

„Arok, wieso erinnerst du dich nicht an mich, du hast mich doch vor einiger Zeit gerettet", sagte Lis und versuchte, die Königin in Schach zu halten, um sie daran zu hindern, ihr weitere Hammerschläge zu verpassen.

„Arok? Ich kenne diesen Namen nicht, du willst der guten Königin schaden, wieso sollte ich es dir glauben?", entgegnete Arok und versuchte erneut, auf Lis loszugehen, aber sie war zu schnell für ihn.

Sie entging seinem Griff nur knapp und wich einige Schritte zurück, immer noch Digit in ihrer Rechten haltend.

Jetzt war sie darauf vorbereitet, dass Arok sich auf die Seite der Königin geschlagen hatte.

Aber er schien bei seinen Worten nicht bei Sinnen zu sein, denn seine Stimme hatte sich verändert und klang, als ob er sich im Halbschlaf befinden würde. Für Lis ein Zeichen, dass er unter dem Einfluss der Königin stand.

„Muss ich dich wirklich angreifen, damit du verstehst, dass diese Frau dich verzaubert hat?", fragte Lis verzweifelt und ging erneut auf die Königin los, die die Chance nutzen wollte, um Lis erneut etwas an den Hals zu wünschen.

„Versuch es doch, wenn es nicht anders geht", antwortete Arok und stellte sich zwischen sie und Delita.

Lis kam nicht an sie ran, Arok stand ihr immer im Weg und wollte nicht zur Seite gehen.

Daraufhin gelang es der Königin, einen besonders bösen Zauber auszusprechen, und als sie fertig war, lachte sie böse. Aus ihrem schönen Gesicht wurde eine Grimasse. Sie ahnte ihren nahenden Triumph.

Lis spürte, wie sich ihre Kehle zuschnürte, als ob ein unsichtbarer Strick sich um ihren Hals legen würde. Sie ließ Digit fallen und sank auf die Knie, dabei versuchte sie vergeblich, nach genügend Luft zu schnappen.

Sie legte ihre Hände um ihren Hals, als wolle sie den Strick lösen, aber da war nichts.

Arok stand teilnahmslos neben ihr und schaute sie verwundert an, als ob er nicht verstehen würde, was mit ihr geschah.

Benebelt von dem Zauber der Königin konnte er nicht mal mehr klar denken.

„Du dummes Kind, wie kannst du es wagen, mich herauszufordern", sagte Delita, ging auf Arok zu und hängte sich um seinen Hals.

Sie lächelte ihn an und er lächelte zurück.

Lis Augen weiteten sich noch mehr, als sie das sah und dann hörte sie eine Stimme in ihren Gedanken: „Siehst du, wie weit ich ihn schon habe? So sehr liebt er dich also, dass er dich ohne weiteres vergessen hat. Und wenn ich ihn geküsst habe, wird er auf ewig mir gehören." Lis griff sich erneut an die Kehle und wollte etwas sagen, aber sie bekam kaum Luft. Es schien, als ob die Königin sie leiden sehen wollte und sie deshalb nicht ganz ersticken ließ.

Arok war etwas verwirrt, als er aber in die lieblichen Augen der Königin blickte, war alles um ihn herum vergessen.

Delita näherte sich ihm bedrohlich. Er schaute zu ihren zarten Lippen und wünschte sich nichts sehnlicher, als sie zu küssen.

Lis konnte ihren Augen nicht trauen, während sie sah, wie Arok Delita ansah. In ihrem Herzen brach etwas, dass sie fast wahnsinnig wurde.

Mit all ihrer Kraft versuchte sie, etwas zu sagen, aber sie konnte es einfach nicht. Diese Hilflosigkeit und das Gefühl, in wenigen Augenblicken zu sterben, konnte Lis einfach nicht akzeptieren. Dennoch hatte sie keine Möglichkeit, sich gegen die Macht der Königin zu wehren.

Gerade als Delita ihre Lippen auf Aroks legen wollte und er seine Augen schon geschlossen hatte, kamen Aroks Erinnerungen zurück.

Auf komische Weise war der Zauber von ihm gewichen, als die Königin ihn für sich einnehmen wollte.

Wie im Schnelldurchlauf sah er seine Geburt, seine strenge Kindheit, die erste Begegnung mit Lis und wie es dazu gekommen war, dass er sein Gedächtnis verloren hatte.

Augenblicklich öffnete Arok seine Augen und stieß die Königin heftig von sich.

Ein Sekundenbruchteil später wäre es zu spät gewesen.

„Hexe!", rief er und entfernte sich sofort einige Schritte von ihr.

„Du hast die Schatten beschworen. Du hast mich fast umgebracht", sagte er und konnte sich an alles erinnern und wusste noch viel mehr, was er sich nicht erklären konnte.

Jetzt begann er zu zaubern, auch wenn seine Zauberkraft nicht so stark war, so konnte er vielleicht dennoch Lis aus ihrem schrecklichen Zustand befreien.

Die Königin zögerte auch nicht lange.

Mit mehr Glück als Verstand gelang es Arok, einen Aufhebezauber zu sprechen und Lis fiel keuchend und nach Atem ringend nach vorne.

Jetzt, da sie wieder richtig atmen konnte, würde sie es schaffen, mit der Königin fertig zu werden.

Aber diese blieb nicht untätig und versetzte Arok einen heftigen Schlag, der ihn zurücktaumeln ließ.

Etwas benommen richtete er sich wieder auf und kam Lis zur Hilfe.

Er erschaffte Lichtblitze und nahm das Feuer der Kerzen und schleuderte es in Richtung der Königin. Auch wenn sie zu zweit waren, die Königin konnte sich immer in der letzten Sekunde befreien oder ausweichen.

„Ihr werdet mich nicht bekommen", schrie Delita und lachte bösartig.

Lis nutzte die Chance und sprang auf Delita zu, um sie mit Digit in zwei Hälften zu spalten, aber als sie bei Delita angekommen war, verschwand sie spurlos.

„Wo ist sie hin?", fragte Arok völlig außer Atem und schaute sich verwirrt um.

„Sie hat wohl die Gelegenheit genutzt und hat sich, im wahrsten Sinne des Wortes, aus dem Staub gemacht", antwortete Lis und senkte Digit.

Sie schüttelte enttäuscht den Kopf.

„Sie ist uns entwischt", fügte sie noch hinzu und drehte sich um.

Ihr Gesichtsausdruck entspannte sich wieder und die eigenartige Kraft, die von ihr Besitz ergriffen hatte, löste sich von ihr.

Arok schaute sich Lis genauer an und sah, dass ihre Rückenverletzung aufgehört hatte, zu bluten, aber sich ihr weißes Kleid zum Teil verfärbt hatte.

Er ging einen Schritt auf sie zu, blieb aber stehen, als Lis einen Schritt zurückwich und ihn misstrauisch beäugte.

„Lis?", fragte er vorsichtig, „ist alles in Ordnung mit dir?"

Lis schaute ihn fassungslos an und lachte anschließend verzweifelt.

„Natürlich ist alles in Ordnung, ich lebe ja noch, aber beinahe wäre ich erstickt und du hast mir dabei zugeschaut", sagte Lis, „natürlich ist alles in Ordnung, was sollte nicht in Ordnung sein."

Lis war wütend und frustriert über das plötzliche Verschwinden von Delita und weil Arok sie einfach vergessen hatte.

Wieso hatte er sich nicht an sie erinnert, als sie ihn am meisten gebraucht hatte.

Das Schlimme war ja noch, dass er sich zwischen die bösartige Königin und sie gestellt hatte.

Sie versuchte sich damit abzufinden, dass er einem Zauber verfallen war, aber ihre Wut war immer noch da.

Enttäuscht ging sie zu ihren zwei Helferinnen und schaute sich die Schlangen genauer an.

Sie waren hart wie Stein.

Arok begleitete sie einige Schritte und sah, was Lis vorhatte.

„Vielleicht kann ich da helfen", sagte er, kniete sich neben Lis und sprach in der Sprache seiner Urahnen einige Befreiungszauber.

Nach einer Weile, Lis schätzte, nach dem vierten Zauberspruch, wurde die schwarze Schicht, die sich über die Schlangen gelegt hatte, heller und brach schlussendlich auseinander.

Quicklebendig begannen sich die Schlangen um Lis zu schlängeln und wurden dabei immer kleiner, bis sie sich an ihrem ursprünglichen Platz, Lis' Handgelenk, platzierten.

Sie atmete erleichtert auf und sah Arok an.

„Ich danke dir vielmals, das bedeutet mir eine Menge", sagte sie leise und schaute zu ihrem Handgelenk.

Die Schlangen hatten sich wieder in Silber verwandelt, aber die Augen der beiden waren so strahlend, dass Lis sich gar nicht daran erinnern konnte, dass sie jemals so schön gewesen waren.

„Sie wachsen mit dir", sagte Arok und deutete auf Lis' Armreif.

Sie schaute fragend zu ihm hin und konnte im ersten Moment nicht verstehen, was er ihr sagen wollte.

„Auch wenn ich mein Gedächtnis verloren hatte, hab ich bemerkt, dass du sehr stark geworden bist", erklärte ihr Arok und schaute sie liebevoll an.

„Es tut mir leid, aber ich konnte mich wirklich nicht an dich erinnern. Auch wenn mir etwas in meinem Inneren gesagt hat, dass ich dich kenne, war die Stimme doch zu leise."

Er sprach langsam und dachte angestrengt darüber nach, was er Lis Tröstendes sagen konnte.

„Ich wäre nie auf dich losgegangen, Lis, in diesem Moment war ich nicht mehr ich selbst", sagte er, als Lis ihn nur aus traurigen Augen betrachtete.

Sie tat Arok keinen Gefallen, sondern schwieg weiterhin.

Ihre Kräfte ließen langsam nach und sie spürte, wie ihre Schulter schmerzte.

Traurig schaute sie zu Boden, erhob sich aber gleichzeitig.

„Es tut mir leid", hörte sie Arok sagen, als sie Digit in die Scheide schob und in Richtung Ausgang ging.

Doch Lis kam nicht weit, nach wenigen Schritten wurde ihr schwindelig und sie musste mit ihrem Gleichgewicht kämpfen. Arok war aber schnell genug zur Stelle, um sie zu stützen und sie lächelte ihn dankbar an.

„Ich bringe dich zu der Frau, die mich so gut versorgt hat", sagte er zu Lis, die schon halb ohnmächtig war und sie nickte schwach.

Das war auch das Letzte, was sie tat, denn keine Sekunde später wurde sie in Aroks Armen bewusstlos.

Alegron und Miran waren recht erfolgreich mit ihrer Männersuche. Ihnen blieben noch einige Stunden bis Morgengrauen und sie hatten schon viele Dörfer der Menschen durchquert.

Als die Menschen hörten, dass ein Herrscher aus den unbekannten Ländereien in das Land der Menschen eindringen wollte, zögerte keiner von den Kriegern, in den

Kampf zu ziehen. Aber nicht nur Krieger begleiteten Miran und Alegron, auch Bauern mit ihren Heugabeln und einfachen Knüppeln erklärten sich bereit, für ihr Land zu kämpfen.

„Auch wenn das unbekannte Heer groß sein wird, wenn wir die weiteren Männer aus den naheliegenden Dörfern versammeln, haben wir eine Chance, unser Land zu verteidigen. Auf unserer Seite kämpft eine große Magierin, ein starker Todeself und Miran, dieses Ungeheuer an meiner Seite. Wir sind also vielleicht zahlenmäßig unterlegen, aber wir verfügen über starke Verbündete", rief Alegron und die Männer jubelten, als sie seine Ansprache hörten.

So ging es von einem Dorf ins andere und immer mehr Menschen folgten ihm und Miran.

Es waren aber nicht genug, das wusste er.

Er hatte keine andere Wahl, als sein Bestmögliches zu tun, um das Land zu verteidigen, das er seit Jahrzehnten bewohnte und in Zukunft noch bewohnen wollte.

Kurz vor Sonnenaufgang machten sie sich auf den Weg in die Stadt.

Alegron ließ Miran für wenige Augenblicke unbeaufsichtigt, und als er nach ihm sehen wollte, war er verschwunden. Er suchte in der Menge nach ihm, aber er konnte ihn nicht finden und beruhigte die Männer, die ihm ansahen, dass er etwas nervös wirkte.

Alegron machte sich Sorgen, was Lis wohl dazu sagen würde, aber er konnte es jetzt eh nicht mehr ändern.

Lis war währenddessen wieder aufgewacht und fuhr erschrocken hoch, als sie bemerkte, dass sie geschlafen hatte.

Arok saß an ihrer Seite und sagte: „Leg dich wieder hin, du bist schwer verletzt."

„Nein, was denkst du dir, was es bringt? Ich hab eine bessere Idee", antwortete Lis hastig und sprang vom Bett.

„Xeres, ich hoffe ihr habt euch erholt, könnt ihr mich heilen?", flüsterte Lis und die kleinen Schlangen fingen an, sich zu bewegen.

Sie schlängelten sich zu Lis Schulter und wenige Sekunden später spürte Lis nichts mehr von ihrer anfänglichen Verletzung.

„Ja, so geht es auch", sagte Arok und lächelte.

„Wir haben keine Zeit", sagte Lis und zog das Gewand an, das sich neben ihrem Bett auf einem kleinen Tisch befand.

„Wieso?", fragte Arok und schaute sie verwirrt an.

„Meine Vision, sie wird bald eintreffen, ich muss in die Bibliothek, ich muss …", sagte Lis hektisch und Arok nahm sie beruhigend in den Arm.

„Was kann ich tun?", fragte er nach einer kleinen Ruhepause und Lis genoss seine Nähe, die sie so vermisst hatte.

„Geh in die Kaserne und ruf alle Männer zusammen, die eine Waffe tragen können. Es wird bald so weit sein. Ich glaube so gegen Mittag, aber es kann auch früher oder später sein", sagte sie, schaute Arok wehmütig an und fügte hinzu: „Es sieht nicht gut für uns aus, die Königin wird bestimmt auf der Seite des Feindes stehen."

„Jetzt sind wir zusammen, sie wird es nicht noch einmal schaffen, uns zu trennen", antwortete Arok ermutigend und drückte Lis ein letztes Mal.

Lis nickte ihm zu und löste sich aus seiner Umarmung. Sie ging durch das kleine Haus der netten Frau, die sich um Arok gekümmert hatte, und verschwand so schnell hinter der Haustür, dass man nur einen Windzug spürte.

Mit schnellen Schritten machte sie sich auf den Weg in die Bibliothek, wo sie hoffte, geeignete Zauber zu finden, um die Königin zur Strecke zu bringen.

Wie befohlen machte sich Arok auf den Weg in die Kaserne. Das Haus der Frau war nicht weit davon entfernt und Arok erkannte einen kleinen Turm, der mit einer Glocke versehen war.

Um die Aufmerksamkeit der Menschen zu erregen, ging er eine Treppe zum Turm hoch und läutete die Stadtglocke, die nur zu wichtigen Ereignissen eingesetzt wurde.

Immer mehr Menschen traten aus den Häusern, versammelten sich auf dem Platz vor der Kaserne und schauten neugierig zu Arok hin.

„Ich weiß, dass ihr mich nicht für glaubwürdig haltet. Ich kann mir auch gut vorstellen, dass ihr alle Angst vor mir habt. Aber, bitte vergesst für einen kleinen Augenblick, wer ich bin, sondern hört einfach nur an, was ich euch zu sage habe", begann Arok seine Ansprache und schaute in die zweifelnden Gesichter der Menschen.

Ein Murren ging durch die Leute, aber keiner sprach zu Arok.

„Ein Heer von Abertausend Mann wird bald vor diesen Stadtmauern stehen und die Stadt einnehmen wollen. Ihr fragt euch bestimmt wieso und wer so was machen könnte. Es ist ein Herrscher aus dem unbekannten Land, der den Sumpf, Loikes und Trisus einnehmen will. Die erste Station ist diese Stadt, und wenn es ihm gelingt, diese Stadt zu erobern, dann ist die Zukunft von unseren drei Völkern in Gefahr."

Aus den zweifelnden Gesichtern wurden Grimassen der Angst und man konnte vereinzelt Schreie hören.

„Ich bitte euch, alle kampffähigen Männer in die Kaserne zu bringen. Wir haben eine Chance, diesem Heer und diesem Herrscher Einhalt zu gebieten", sagte Arok anschließend und wartete auf eine Reaktion vom Volk.

„Was ist mit der Königin?", rief einer der Männer.

„Sie ist spurlos verschwunden. Wir vermuten, dass sie sich auf die Seite des Angreifers geschlagen hat", antwortete Arok und er konnte erkennen, wie ein fassungsloses Geflüster durch die Reihen ging.

„Wir haben nicht mehr viel Zeit. Ihr könnt mir glauben und die nächsten Tage überleben, oder ihr könnt mir nicht glauben und wir alle werden sterben", fügte er nach einer kleinen Pause hinzu. Seine Ansprache tat seine Wirkung.

Die Information vom nahenden Krieg verbreitete sich wie ein Lauffeuer. In wenigen Stunden standen alle kriegsfähigen Männer, Soldaten aber auch Handwerker, vor der Kaserne und warteten auf weitere Befehle. Eingehüllt in schwere Rüstung, Waffen und mit einem unsicheren Gesichtsausdruck.

Arok kümmerte sich sorgfältig um die Organisation der Waffenverteilung und teilte jedem Mann seinen Posten in der Verteidigung zu.

Auch wenn die Leute Arok nicht kannten, er übte eine unheimliche Kraft auf sie aus und niemand zweifelte an seinen Worten oder Entscheidungen. Es war, als bräuchten sie einen Führer und sie sahen Aroks Stärke in seinen entschlossenen und tiefgründigen Augen.

Die Sonne war schon aufgegangen, als Alegron und die Männer der Dörfer die Stadtmauern erreichten. Sie wurden in die Stadt gebracht und bekamen alle eine Aufgabe von Alegron und Arok zugeteilt.

Bogenschützen und Schwertkämpfer wurden auf den hohen Mauern positioniert. Ebenso Speerträger und andere Kämpfer fanden ihren Platz vor den Stadtmauern oder auf den äußersten Abwehrmauern.

Man spürte das Beben der Stadt wie einen rhythmischen Herzschlag, der durch die gleichmäßigen Schritte der Kämpfer ausgelöst wurde, die sich zu ihrem Posten begaben.

Währenddessen versuchte Lis eifrig, so viel wie möglich zu lesen. Die unzähligen Bücher in der Bibliothek enthielten wenig über Zauber, die sie gebrauchen konnte. Sie wurde immer verzweifelter und nahm Ruben zur Hilfe.

Lis stellte sich vor die Bücherregale. Sie konzentrierte sich auf Ruben und ein erneutes Wunder geschah, denn ein pulsierendes Licht ging von der Kette aus. Lis ging durch die Reihen, aber das Licht blieb immer gleich.

Als Lis die Hoffnung schon fast aufgegeben hatte, veränderte es sich plötzlich. Mit dem hellen, weißen Licht mischte sich auch ein blauer Farbton und Lis schaute sich angestrengt um.

Sie erkannte ein dickes, blaues Buch und nahm es in die Hand.

„Spiel der Götter", las Lis und konnte im ersten Augenblick nicht verstehen, was das zu bedeuten hatte. Sie klappte es wieder auf und setzte sich an den großen Tisch, der an den hohen Fenstern stand.

… Ein dunkler Elf, der sich seiner Macht bewusst war, begab sich auf die Suche nach einer reinen Seele. Und diese fand er auch in einem jungen, weiblichen Wesen.

Es war eine schöne Elfin aus Loikes. Ihr strahlendes Gemüt, die unendliche Zärtlichkeit und ihre herzliche Art waren charakteristisch für sie.

Doch mit der Entscheidung, nach Trisus zu gehen, hatte sie ihr Heimatland für immer aufgegeben. Sie war sich dessen noch nicht bewusst gewesen, aber als sie den Weg nach Hause fand, wurde ihr mit einem Schlag bewusst, dass sie mit den Erfahrungen, die sie gemacht hatte, nicht in Loikes leben konnte.

Ihre Familie akzeptierte ihre Tat nicht und verbannte sie. Ohne Kräfte, ohne Zukunft, ohne jemanden an ihrer Seite.
Doch ihre Göttin hatte Mitleid mit ihr. Sie kümmerte sich um sie und gab ihr starke Begleiter.
Die Götter hatten sich zusammengefunden und bildeten mit ihr eine Einheit.

Lis legte das Buch zu Seite. Ein kalter Schauer lief ihr über den Rücken und sie konnte nicht glauben, was sie da eben gelesen hatte. War es wirklich eine Prophezeiung gewesen?

Konnte es sein, dass ihr Leben vorbestimmt war? Alle Farbe schien aus ihrem Gesicht verschwunden zu sein und sie konnte ein Erschauern nicht unterdrücken. Sie schaute nervös zur Tür und hörte schnelle Schritte auf dem Gang.

Schnell packte sie die Bücher zusammen und verstaute das Buch „*Spiel der Götter*" unter ihrem Gewand. Sie hatte nicht erwartet, dass jemand stören würde.

Die Tür wurde aufgerissen und Arok, Alegron und ein Wachmann kamen in die Bibliothek.

Lis wirkte etwas nervös und lächelte Arok an, als er auf sie zukam. Er nahm sie zärtlich in den Arm und streichelte ihr über die Wange.

Lis genoss seine Berührungen, wendete sich dann an Alegron und anschließend an den Wachmann.

„Was gibt es Neues? Konntet ihre alle meine Befehle ausführen?", fragte Lis.

Arok lächelte Lis an und sagte: „Alle kampffähigen Männer sind bereit. Es hat zwar etwas Überredungskunst gebraucht, aber ich bin mir sicher, wir sind für den Kampf gewappnet."

Alegron näherte sich einen weiteren Schritt und sagte nervös: „Ich habe Miran verloren. Im Morgengrauen habe ich mich etwas mehr mit den anderen Männern beschäftigt und dann habe ich ihn aus den Augen verloren. Ich weiß nicht, wie das passieren konnte, aber es gab einfach so viel zu tun."

Lis schaute besorgt zu ihm hin und dachte kurz nach.

„Was geschehen ist, ist geschehen. Du kannst nichts daran ändern, aber tu mir einen Gefallen und kümmere sich um die Männer, die zweifeln", sagte Lis ruhig und fügte dann hinzu: „Kümmere dich um die Frauen, die weinen, Angst haben und nicht wissen, was sie zu tun haben. Es wird eine schwierige Zeit auf uns zukommen und wir müssen uns gut darauf vorbereiten."

Alegron nickte ihr zu und lächelte sie an. Mit seiner Beichte fiel ihm ein schwerer Stein von seinem Herzen und er konnte sich seinen Aufgaben widmen.

Arok schaute ihn verwirrt an, als er den fröhlichen Gesichtsausdruck auf seinem Gesicht sah,

blickte dann anschließend wieder zu Lis.

Er konnte nicht glauben, wie sehr sich Lis verändert hatte.

Aus einem kleinen, reinen Mädchen war eine waschechte Königin worden.

Ihr Ausdruck, der von Stärke und Einfühlungsvermögen geprägt war. Ihre Art, wie sie Befehle erteilte und ihre Anmut, während sie die Sorgen der Menschen anhörte, gaben ihr etwas Königliches.

Nachdem Alegron sein schlechtes Gewissen beruhigt hatte, machte er sich auf den Weg, weitereVorkehrungen zu treffen. Er verbeugte sich kurz vor Lis und ging dann in Richtung Tür. Lis schaute ihm nach und konnten seine Schritte im Gang hören, die sich immer mehr entfernten.

Nachdenklich schaute sie zu Arok und versuchte, sich klar zu machen, was das alles zu bedeuten hatte.

Vor Kurzem war sie nicht mehr als eine Elfin gewesen, doch jetzt führte sie eine Armee an und musste eine Stadt der Menschen verteidigen, vor einem Feind, den sie nicht kannte. Einzig nur ihre Visionen hatten sie so weit gebracht.

Lis war gänzlich verwirrt. War es nun Lia gewesen, die ihr geholfen hatte? Oder war es einfach ihr Schicksal, an diesem Tag, zu dieser Stunde, mit diesen Menschen diese Schlacht zu schlagen?

Das Buch „Spiel der Götter" brachte sie zum Nachdenken. Am liebsten hätte sie sich ihrem Schicksal entgegengestellt und bei diesem Spiel nicht mitgemacht. Aber sie wusste auch, dass viele Wesen unter ihrer Entscheidung leiden würden.

Ob es nun Menschen, Elfen oder die Todeselfen in Trisus wären. Also hatte sie keine andere Wahl.

Arok schaute sie fragend an, denn er konnte Lis ansehen, dass sie über etwas nachdachte.

Er konnte sich gut vorstellen, dass sie sich jetzt in einer schwierigen Situation befand, dennoch war er neugierig, über was sich Lis den Kopf zerbrach.

Als Lis Aroks Blick bemerkte schüttelte sie nur den Kopf und löste sich aus seiner Umarmung. Arok bemerkte ihren Stimmungswandel und schaute enttäuscht zu Boden.

„Wie du mich gebeten hast, habe ich alle kampffähigen Männer zusammengetrommelt.

Kann ich dir sonst noch helfen?", fragte er und bewegte sich in Richtung Tür.

Lis schüttelte den Kopf und sagte: „Mach dich zum Kampf bereit, es wird nicht mehr lange dauern und das Heer wird vor der Tür stehen. Ich habe das Gefühl, dass es bald so weit sein wird", entgegnete Lis und schaute nachdenklich aus dem Fenster.

Arok wollte nicht gehen.

Er wollte nicht die letzten Minuten mit Lis in solch einer Stimmung verbringen.

Er hatte sich gewünscht, Lis' Nähe zu spüren, sie im Arm zu haben und sie ein letztes Mal zu küssen. Er war sich im Klaren, dass die Schlacht viele Opfer fordern würde und er wollte nicht im Streit mit Lis diese Etappe seines Lebens beenden. Mit entschlossenen Schritten ging er auf Lis zu und ließ sich nicht abschütteln. Er schaute ihr in die Augen, nahm sie wieder in seine Arme und sagte:

„Du willst mich einfach so wegschicken? Hast du denn gar keine Gefühle mehr für mich?"

Erstaunt schaute Lis zu Arok hinauf. Sie hatte nicht erwartet, dass er so etwas zu ihr sagen könnte.

„Wieso denkst du so?", fragte sie empört.

Arok lächelte, schaute dabei verlegen zur Seite, und dann trafen sich ihre Blicke.

Lis brauchte keine Antwort auf ihre Frage, denn Aroks Augen sprachen Bände. Sie vergaß alles um sich herum, die bevorstehende Schlacht, ihren Kummer und das, was sie noch zu tun hatte. Sie lächelte Arok dankend an und wusste auf einmal, wieso sie das alles tat.

Ein Gefühl des Glücks überflutete ihren Körper.

Sie näherte sich Arok, um ihm einen Kuss zu geben und er lächelte glücklich, während er ihr Verlangen erwiderte. Er kam ihr etwas näher und ihre Lippen legten sich zärtlich aufeinander.

Und erneut geschah dieses Wunder.

Die Zeit schien stehen geblieben zu sein, Lis fühlte sich so unbeschreiblich gut. Aroks Lippen waren so weich und so warm wie noch nie zuvor.

Beide genossen diesen Moment der Zweisamkeit. Lis gab es Kraft, zu wissen, dass sie jemanden hatte, der sie liebte.

Arok spürte eine innere Aufregung in sich hochsteigen. Genau das hatte er gebraucht, eine Motivation, die ihn dazu bringen würde, alle seine Energie in diese eine Schlacht zu investieren.

Langsam löste sich Lis aus seinen Armen und lächelte ihn schüchtern an. Arok musste Lachen, machte sich dann auf den Weg zur Tür und sagte:

„Jetzt bin ich bereit für die Schlacht, du wirst sehen, morgen werden wir wieder hier stehen und uns in den Armen halten können."

Lis lächelte, als sie seine Worte hörte.

So machte sie sich wieder drauf und dran, in ihren Zauberbüchern zu schmökern, um vielleicht einen Ausweg aus dieser heiklen Situation zu finden.

Arok war währenddessen in das Zimmer gegangen, das er von den zwei Dienstmädchen der bösen Königin zugeteilt bekommen hatte, und suchte seine normalen Kleider.

Er fühlte sich in diesem eigenartigen Gewand, was er von Delita bekommen hatte, nicht wohl, und wenn er das Zeitliche segnen sollte, dann nur in seinen eigenen Sachen.

Bei diesem Gedanken musste er lächeln und fand auf Anhieb seinen schwarzen Mantel, seine schwarze Hose und das dazu passende Oberteil.

Als er endlich aus den eigenartigen Kleidungsstücken raus und in seine bequemen Sachen geschlüpft war, fühlte er sich um Welten besser.

Lis' Kuss und ihre Nähe sowie seine alte, gewohnte Kleidung gaben ihm Kraft, um nicht zu verzweifeln.

Arok schätzte, dass es so um die Mittagszeit war, dennoch verspürte er keinen Hunger. Er hatte seit dem letzten

Abend nichts mehr zu sich genommen, aber er hatte auch nicht das Bedürfnis danach. Er legte sich auf das Bett und dachte über Lis und ihre Veränderung nach. War es auch dazu gekommen, dass er stärker geworden war? Oder wurde er durch die Anwesenheit von Lis geschwächt?

Solche und ähnliche Gedanken schossen ihm durch den Kopf, bis er schlussendlich die Augen schloss und fast im gleichen Moment einschlief.

Lis verzweifelte zur selben Zeit beinahe.

Die Bücher, die sie für sinnvoll gehalten hatte, stellten sich als nutzlos dar und sie musste immer wieder von Neuem suchen, bis sie sich an das Buch „Spiel der Götter" erinnerte. Sie wagte es aber nicht, es nochmals zu öffnen. Sie befürchtete, dass sie auch die Schlacht nachlesen könnte und dadurch ihre Motivation und Kraft verschwinden würde, wenn sich ein schlechtes Ende ergeben würde.

So entschied sie sich, eine Pause zu machen.

Sie ließ alles stehen und liegen. Mit hastigen Schritten verließ sie den großen Saal und warf einen letzten Blick aus dem Fenster. Es war Mittag und Lis vermutete, dass es bald so weit war, aber eine innere Stimme sagte ihr, dass sie es rechtzeitig erfahren würde, wenn die Zeit gekommen war. So machte sie sich auf den Weg in das Haus der guten Magd, die sich um sie gekümmert hatte, als sie in Aroks Armen das Bewusstsein verloren hatte. Sie wollte etwas Abstand gewinnen und zu einer späteren Stunde ihr Glück versuchen.

Zufrieden betrachtete Alegron die Menge, die sich vor ihm aufgestellt hatte. Rüstung, Schilde und Waffen waren alle verteilt und nur Einzelnen fehlte es an etwas. Auch der Kampfgeist und der Wille des Sieges breiteten sich immer mehr aus. Er wusste, dass ein Mann, der zum Kämpfen bereit war, länger überlebte, als ein Mann, der zum Kampf gezwungen wurde. Das machte ihn zuversichtlich und er betrachtete die Rüstung, die er aus der Waffenkammer zugeteilt bekommen hatte.

Ein Prachtstück. Das silberne Eisen glänzte in der Sonne, und die einzelnen Platten waren so flexibel, dass er sich problemlos bewegen konnte.

Das Schwert lag gut in der Hand, und als er es durch die Luft zischen ließ, hörte man ein leises Pfeifen, so wie es sich gehörte.

Bei jeder Bewegung des Schwertes spürte man regelrecht, wie es die Luft durchschnitt und man konnte sich vorstellen, was dann mit einem gegnerischen Soldaten passieren würde.

Ununterbrochen hörte man Schilde aufeinanderprallen, wo sie aneinanderstießen. Schwerter klirrten und man spürte die erste Woge des Kampfes.

Kamin nahm die Gelegenheit wahr, um seinen Posten als einer der Kriegsleiter zu unterstreichen.

Mit starker, fast bebender Stimme stellte er sich der Menschenmenge entgegen und sprach aus einer etwas erhöhten Position, damit ihn alle Menschen sehen konnten.

„Männer, könnt ihr mich hören?", begann er und schaute sich mit einem entschlossenen Blick um. Die Menge antwortete mit einem lauten Gebrüll und beruhigte sich dann wieder.

„Schild in der Linken, Schwert in der Rechten. Unseren Gott, Frau und Kind im Herzen und unseren Feind im Auge! Anders werden uns die gegnerischen Soldaten nicht kennenlernen. Denkt an eure Kinder, eure Mütter und Frauen. Sind sie es wert, verteidigt zu werden?", rief er, so laut er konnte, und die Soldaten antworteten wieder mit einem heftigen Gebrüll.

„Ja, sie sind es. Kinder, Mütter, Frauen sind unsere Vergangenheit, unsere Gegenwart und unsere Zukunft! Unser Volk soll weiter auf dieser Welt verweilen, keiner soll es zustande bringen, dass die menschliche Rasse gefährdet wird.

Oder wollt ihr, dass solche unwissenden Barbaren aus dem unbekannten Land in euren Häusern wohnen, oder schlimmer noch, eure Kinder und Frauen schänden und dann alles, was ihr in mühevoller Arbeit aufgebaut habt, verbrennen und niederreißen?"

Eine empörte und wütende Welle von Gebrüll überschlug sich in Alegrons Ohren. Die Menge tobte und das Verlangen nach Kampf und Verteidigung ihrer Heimat machte sich in den Menschenherzen breit.

Er hatte die Menge so weit, dass sie bis zum bitteren Ende an der Front Stellung halten würde.

„Na also! Vergesst nicht: Schild in der Linken, Schwert in der Rechten. Unseren Gott, Frau und Kind im Herzen und unseren Feind im Auge!"

Mit den letzten Worten stieg er von der kleinen Erhöhung und die Menge jubelte nach seinen bewegenden Worten. Alegrons Ansprache drang bis in die tiefsten Tiefen der Herzen und die Menschen wussten, dass es an der Zeit war, sich zu verteidigen – bis zum bitteren Ende.

Lis hatte sich etwas gestärkt und ihre sauberen Sachen angezogen, die nach dem letzten Kampf gereinigt werden mussten. Der weiße Samt umschmiegte ihren zarten Körper und sie fühlte sich sichtlich wohler. Sie konnte spüren, wie ihre Kräfte zurückkehrten und das beruhigte sie innerlich, weil sie sich ihrer Aufgabe bewusst war.

Die Sonne hatte ihren hohen Stand verlassen. Lis konnte es genau erkennen, als sie nach der kurzen Stärkung aus dem Haus trat und sich besorgt umschaute. Es wurden immer noch Vorkehrungen getroffen.

Männer und Frauen liefen hin und her. Hektik hatte sich in den Herzen der Menschen breitgemacht. Lis konnte die unangenehme Spannung spüren, die durch die Unruhe ausgestrahlt wurde.

Entschlossen wendete sie sich in Richtung Schloss und wollte keine Zeit mit nutzlosen Gedanken vergeuden.

Auch im Schloss ging es drunter und drüber. Die Wachen, die schon mit den schweren Eisenrüstungen und Schwertern ausgerüstet waren, sprachen sich untereinander ab und gaben neue Anweisungen weiter.

Lis konnte von einem der Männer erfahren, dass ein Heerführer ihnen allen großen Mut gemacht hätte und sie für den Kampf bereit wären.

Sie musste lächeln und war sich sicher, das Alegron nicht ganz unschuldig an der Sache war. Nach dem kurzen Gespräch ließ sie sich aber nicht mehr von ihrem eigentlichen Zeil abbringen.

Ohne Umwege steuerte sie auf die große Bibliothek zu und wollte ihr Glück noch ein zweites Mal versuchen.

Als Lis in den hellen, gigantischen Saal eintrat, bemerkte sie erst, wie imposant es auf einen Menschen wirken musste, wenn er genug Zeit hatte, sich alles genau anzuschauen.

Die Anzeichen einer Auseinandersetzung, die am vorherigen Abend stattgefunden hatte, wurden beseitigt und nur noch das Loch in der mit Porzellan besetzten Wand deutete auf eine kämpferische Tätigkeit hin.

Lis schüttelte bei dem Gedanken an die böse Königin den Kopf und suchte nach geeigneten Büchern.

So wie schon einige Stunden vorher.

Sie fand zwei weitere interessante Werke und setzte sich wieder an ihren Platz. Der große Tisch breitete sich vor ihr aus und sie genoss es, so viel Raum um sich zu haben. So konnte sie ihre volle Konzentration den Büchern widmen.

Arok erwachte aus einem ruhelosen Schlaf, als er aufgeregte Stimmen auf dem Gang hörte und sich mit Entsetzen daran erinnerte, dass er den Kampf hätte verschlafen können. Aber als er an das große Fenster trat und den niedrigen Stand der Sonne bemerkte, wusste er, dass er nicht sehr lange geschlafen hatte.

Ebenso war er sich sicher, dass man ihn geweckt hätte, wenn es Anzeichen von von der Anwesenheit dieses ominösen Heeres gegeben hätte.

So vertrieb er noch die letzte Müdigkeit, die sich in seinen Gliedern festgebissen hatte und verließ sein Gemach.

Lis saß immer noch am großen Tisch und studierte alte Bücher über die Kunst der Magie und Zauberei.

Sie hatte nur noch wenige Stunden Zeit, das wusste sie. Das furchtbare Heer kam immer näher und wurde immer bedrohlicher.

„Lis, was machst du?"

Arok trat in den großen Saal und gab den Wächtern das Zeichen, sich zu entfernen.

„Du solltest dich doch ausruhen", fügte er besorgt hinzu.

Lis blickte auf und sah Arok, der mit entschlossenen Schritten in ihre Richtung ging und am Fenster stehen blieb.

Lis fühlte die beruhigende Wirkung, die Aroks Anwesenheit und der große Saal auf sie ausübten. Sie brauchte alle Energien, um sich auf ihre Aufgabe zu konzentrieren. Im Moment war die Zeit Lis' schlimmster Feind, weil sie einfach nicht wusste, wann es so weit sein würde.

Vom oberen Geschoss des Schlosses konnte man über die Stadt und die Stadtmauer blicken und die Sonne senkte sich langsam gegen den Horizont.

Ein herrlicher Ausblick über die Stadt eröffnete sich Lis und Arok.

Arok stand an einem der großen Fenster und wartete geduldig auf eine Antwort.

„Ich suche etwas, siehst du das nicht, Arok?", fragte Lis und las gerade etwas über Dämonenbeschwörung.

„Lis, schau dir diesen Sonnenuntergang an. Es könnte vielleicht unser letzter sein", sagte Arok mit Ehrfurcht in der Stimme und schaute zu seiner Geliebten.

Sie spürte seinen Blick, wendete sich vom Buch ab und schaute ihn verzweifelt an.

Es war so hoffnungslos.

Wenn sie sich nicht etwas einfallen ließ, würde die ganze Stadt untergehen. Und mit der Stadt, sie, Arok, unzählige Kinder, Mütter, Väter, Großväter und Großmütter.

Es wäre ein verheerendes Unglück. Sie spürte die Gefahr, die in ihrem Versagen mit verankert war.

Arok sah, was in ihr vorging und kam schweigend auf sie zu. Seine Schritte waren sanft und doch stark, als ob ihn nichts aufhalten konnte. Er blieb vor Lis stehen, nahm ihre Hand und gab ihr zu verstehen, dass sie mit ihm mitkommen sollte.

Lis gehorchte widerstandslos, obwohl sie rebellieren wollte.

Arok umschloss ihre Hand etwas fester, als würde er sicher gehen wollen, dass sie ihm nicht davonlief, und ging wieder zum Fenster.

Lis schaute hinaus und konnte den wunderschönen Sonnenuntergang sehen. Es verschlug ihr förmlich die Sprache. Der Himmel war in ein tückisches, aber dennoch umwerfend schönes Rot getaucht und die warmen Sonnenstrahlen berührten ihren Hals.

Eine Träne lief über ihre Wange, als sie dieses schöne Naturereignis sah. Sie war tief im Herzen berührt.

Sie fühlte, wie Arok sie in den Arm nahm und sie am Hals küsste.

„Ich hoffe, es gefällt dir so wie mir", flüsterte Arok und in diesem Moment fing Ruben an zu leuchten.

Lis erinnerte sich mit einem Schlag an ihren Traum. War es denn nicht exakt so abgelaufen, dass sie Arok von den Büchern abgebracht hatte?

Überrascht blickte Lis an sich herab und sah das goldene Licht von Ruben. Sie wusste nicht, was es zu bedeuten hatte, aber dann bemerkte sie, dass das Buch *„Spiel der Götter"*, das sie im Grunde schon längst vergessen hatte, ebenso golden schimmerte.

Das hatte etwas Wichtiges zu bedeuten. Lis glitt unter Aroks Umarmung hervor und nahm das Buch in die Hand. Sie bemerkte, wie eine unheimliche Macht von ihm ausging.

Langsam und sehr vorsichtig öffnete sie es und blätterte herum.

Arok hatte ihr eigenartiges Verhalten bemerkt und schaute sich das Buch neugierig an. Dann kam Lis auf die letzte Seite.

Sie konnte ihren Augen nicht trauen. Die Buchstaben bewegten sich die ganze Zeit und nur die ersten paar Zeilen der letzten Seite waren zu lesen. Die restlichen schienen ihren Platz noch nicht gefunden zu habe.

Die Sonne näherte sich der Erde. Dennoch unzähliger Stunden, in denen die junge Heldin in den alten Büchern gesucht hatte, hatte sie keine Antwort auf die brennende Frage in ihrem Herzen gefunden.

Der Mann an ihrer Seite gab ihr Kraft, aber es brauchte mehr als das. Sie brauchte einen Zauber, der ihr helfen würde, über ihren eigenen Schatten zu springen, der ihr ihre Kräfte vor Augen führen und somit die Menschen und Wesen um sie herum beschützen konnte.

Lis las voller Spannung, und als sie am Ende der kurzen Passage angekommen war, fragte sie laut: „Wo soll ich denn jetzt diesen eigenartigen Zauber herkriegen?"

Sie war verwirrt, und als sie das Buch und die fliegenden Buchstaben genauer betrachtete, konnte sie erkennen, wie sich ein erneuter Satz bildete.

Die junge Heldin war ratlos und suchte schon lange danach. Dann kam ihr eine Idee, als sie sich an ihre Kindheit erinnerte.

Lis konnte nicht verstehen, was das Buch meinen könnte.

War es ein Hinweis, wie sie diesen Zauber finden konnte? Was war geschehen, als sie noch ein kleines Mädchen gewesen war?

Lis überlegte angestrengt und setzte sich dafür wieder an den großen Tisch. Arok hatte nebenbei mit Entsetzen festgestellt, welche Macht in diesem einfachen Buch enthalten war und setzte sich ohne ein Wort neben Lis.

Er wollte sie nicht alleine lassen, ebenso wollte er sie nicht in ihrer Konzentration stören, also saß er neben ihr und versuchte, Lis' Gesichtsausdruck zu deuten.

Lis konnte sich an nichts Bestimmtes erinnern, doch dann kam ihr eine Ahnung.

„Als kleines Mädchen hatte ich einen Traum, der handelte von einer unendlichen Dunkelheit. Ich war in einer dunklen Welt eingeschlossen und konnte stundenlang herumirren. Als ich dann eine Frau gefunden habe, das war, kurz bevor ich aufgewacht bin, habe ich in die Augen dieser Frau geschaut und sie flüsterte eigenartige Wörter vor sich hin. Arkes Navedalea akirenas likareni ugawelia sarena lis. Das waren ihre Worte, Arok, was bedeuten sie?", fragte Lis und ihre Stimme zitterte bei den letzten Worten.

Sie konnte sich so gut an diesen Traum erinnern, weil sie ihren Eltern davon erzählt hatte und sie sehr zornig geworden waren. Als kleines Mädchen hatte sie nicht verstanden, wieso dieser Traum so schlimm war, aber jetzt hatte sie eine wage Ahnung.

Arok dachte angestrengt nach und ließ sich die Worte noch ein weiteres Mal sagen. Dabei versuchte er, diese umzuformen und umzudrehen, und als es ihm gelungen war, sie schaute er Lis bedeutungsvoll an.

„Das Schicksal, welches richtet, wird gerichtet werden", flüsterte er und schüttelte den Kopf.

„Wenn man die Worte umdreht, dann kann ich sie verstehen, aber es ergibt keinen Sinn", fügte er verwirrt hinzu und betrachtete das eigenartige Buch, in dem die Buchstaben keine Ruhe fanden und immer wieder ihre Position veränderten.

Lis folgte seinem Blick und konnte einen neuen Absatz lesen.

Ein Traum erschien vor ihren Augen und eine eigenartige, dunkle Frau, die das Universum und das Schicksal repräsentierte, sprach zu ihr und legte ihr Schicksal fest, das aber einen gewissen Spielraum beinhaltete. Sie hatte immer noch die Fäden in der Hand und konnte somit ihr Schicksal mit jeder Entscheidung in ihrem Leben verändern, dennoch war sie von da an geprägt von dieser Frau.

Zwar war es ein Widerspruch in sich, aber das Universum und das Schicksal bergen eine Menge Geheimnisse, die niemand zu entschlüsseln wagen würde.

Durch die Erinnerung inspiriert, sprach sie die eigenartigen Worte in einer uns unbekannten Sprache und fand ihre Antwort, die sie so sehr begehrte.

Lis schaute hoch und wendete sich an Arok.

„Kann es sein, dass es eine Zauberformel ist, wenn man es spricht?", fragte sie und wartete auf eine Reaktion von Arok.

Er nickte und sagte: „Versuch es! Aber du weißt nicht, was dich erwartet."

Lis schüttelte den Kopf und stand energisch auf.

„Ich weiß, was mich erwartet, wenn ich es nicht tue, also lass uns beginnen", sagte sie und nahm ihn bei der Hand. Er folgte ihr ohne Widerrede und die standen in der Mitte des Saales.

Ruben spürte die eigenartigen Veränderungen in Lis' Gemüt und leuchtete immer heller, bis ein heiliges Licht sich in Fluten über Lis ergoss und sie gänzlich einzuhüllen versuchte.

Arok war völlig überrascht, ließ aber alles geschehen.

„*Arkes Navedalea akirenas likareni ugawelia sarena lis.*"

Stille.

Nachdem Lis die Worte ausgesprochen hatte und mit Arok mitten im Saal stand, geschah im ersten Moment nichts. Das Licht von Ruben strahlte immer noch so hell wie zuvor.

Doch dann spürte Lis mit einem Mal eine ungeheure Müdigkeit und fiel in Aroks Arme.

Er konnte sie im letzten Moment stützen und brachte sie an den großen Tisch. Erschöpft setzte sich Lis auf einen der großen Stühle und versank in einen unruhigen Schlaf.

Lis war wieder in dieser Dunkelheit. Sie konnte nichts erkennen und tastete wie eine Blinde vor sich her, aber ihre Hände fanden keinen festen Halt.

So irrte sie umher, verfolgt von inneren Ängsten, dass sie gleich etwas attackieren könnte, ohne dass sie es ahnen oder es sehen konnte.

Aber es geschah ihr nichts.

Die Sekunden, Minuten, Stunden zogen an ihrer Seele vorbei. Lis konnte die Bedeutung von diesem eigenartigen Traum aus ihrer Kindheit und ihrer jetzigen Situation einfach nicht finden.

Das Schlimmste war noch, dass einfach nichts geschah und sie nicht wusste, was sich währenddessen in der Stadt ereignete.

Ihr Flehen wurde erhört, denn endlich zeigte sich die alte Frau.

Lis konnte sie von Weitem sehen und eilte auf sie zu. Unendlich viele Fragen lagen ihr auf dem Herzen, doch sie kam nicht dazu, auch nur eine auszusprechen.

Als Lis die alte Frau erreicht hatte, hob diese ihre Hand und sagte: „Über das Schicksal soll gerichtet werden."

Lis konnte ihre Worte nicht verstehen und beobachtete jede Bewegung der alten Frau.

„Du hast Fragen, Sorgen, Probleme. Ja, das hat jeder von uns. Ich, die bei den Sternen wohnt, fühle mit dir. Dennoch kannst du das Schicksal nicht richten, wenn du nicht stark genug bist. Bist du stark genug?", fragte die alte Frau und ihr Blick versank in Lis' Augen. Sie spürte, wie dieser berechnende Blick in ihr Inneres eindrang.

Lis brauchte nicht zu antworten, denn die Alte lächelte, als sie mit ihrer Durchsuchung fertig war.

„Stark bist du, ja", flüsterte sie und betrachtete ihre schrumpeligen Hände.

„Aber es fehlt dir an Übung, an Wissen und an Kreativität, um die Magie zu beherrschen."

Sie hob den Kopf und lächelte Lis an.

„Übung macht den Meister, probier dein Glück!"

Aus dem leisen Flüstern wurde eine laute Stimme und die Frau erhob sich.

Lis trat einen Schritt zurück und betrachtete die Frau mit einem kritischen und ängstlichen Blick. Sie wusste nicht, was das alles zu bedeuten hatte.

„Kenne keine Angst. Willst du überleben? So fürchte dich nicht, das vernebelt deine Sinne!"

Während die Frau diese Worte sprach, hob sie ihre rechte Hand und im selben Moment erschienen zwei durchsichtige, kriechende Wesen, die sich auf Lis zu bewegten.

Sie waren so eigenartig und verfremdet, dass Lis einfach keinen Bezug zum Irdischen machen konnte.

Solche Wesen hatte sie noch nie gesehen und fürchtete sich vor ihren großen Fangzähnen und ekelte sich vor ihrem schleimigen Äußeren.

Lis ging einen weiteren Schritt zurück. Sie war im Begriff, nach Digit zu greifen, aber sie hatte ihn nicht, in dieser Dimension.

Etwas hilflos wich sie diesen Kreaturen aus und wusste nicht, wie sie sich wehren sollte.

Sie kamen ihr immer näher und wurden immer bedrohlicher, dabei stießen sie eigenartige Laute aus und fingen an, Lis zu umkreisen.

Doch auf einmal kamen all ihre Erinnerungen zurück und all das, was sie in den Jahren ihrer Kindheit gelesen hatte.

„Feritatare lingus", flüsterte sie und hielt ihre Hände vor ihre Brust. Sie schloss dabei ihre Augen und konzentrierte sich auf die Worte.

Sie stellte sich vor, wie die Worte aus ihrer Kehle drangen und die fremdartigen Wesen aufhalten würden.

Im ersten Augenblick geschah nichts Erkennbares.

Die kleinen und hässlichen Wesen bewegten sich immer noch auf die hilflose und etwas überforderte Lis zu, doch dann versteinerten ihre Bewegungen und das eigenartige Leben erlosch aus ihren schleimigen Augen.

Lis stockte erstaunt der Atem, als sie wieder ihre Augen geöffnet hatte und das Schauspiel mit ansah.

Hatte sie ihre Kräfte nicht verloren, als sie das Ritual in ihrem Haus vollzogen hatte?

Überrascht und verwirrt betrachtete sie die zwei Steinfiguren.

In ihrem Kopf schossen tausend Gedanken in verschiedene Richtungen, aber die Frau ließ Lis keinen Augenblick mehr, um sich dessen klar zu werden, was ihre Fähigkeiten zu bedeuten hatten.

Die alte Frau mit den langen, grauen Haaren und einem weißen Gewand hob erneut die Hand und es erschien Lis' kleine Schwester.

Zutiefst verwirrt betrachtete Lis ihr kleines Schwesterchen und hätte sie am liebsten in den Arm genommen, aber etwas hinderte sie daran. Die Augen waren völlig anders und Lis witterte eine Falle.

„Masakera lianera", flüsterte Lis, schloss dabei wieder ihre Augen und erinnerte sich, durch diese fremdartigen Worte dazu verleitet, wieder an ihre glückliche und aufregende Kindheit.

Nach wenigen Sekunden öffnete sie sie wieder und keinen Moment zu spät. Aus der kleinen Schwester wurde ein unbeschreiblich hässliches Monster, aus dessen offener Schnauze gelber Schleim tropfte.

Lis erschrak, als sie dieses Ding auf sich zuspringen sah, und wich ihm aus.

Aus einem Bauchgefühl heraus hob sie abwehrend die Hände und brüllte zu Verteidigung:

„Karades tadesa ilukarena regada."

Das rattenähnliche Wesen, was einen zu großen Kopf und Kiefer hatte, wurde mit einem heftigen Schlag weggeschleudert und verschwand in der Schwärze dieses Universums.

Die Alte lächelte und war sichtlich zufrieden, gab aber dennoch nicht auf.

Erneut erhob sie ihre alte, knochige Hand und zeigte mit ihrem Zeigefinger auf Lis.

Diese, völlig neben sich, konnte nur noch aus Instinkt handeln.

Schreie, Gebrüll und Waffen klirrten um sie herum. Sie konnte zwar nichts erkennen, aber die Bedrohung, die von diesem Lärm ausging, brachte sie beinahe um den Verstand.

Sie spürte keine Angst, sondern nur das Verlangen zu handeln.

„Armare lateras haras keane", sagte sie und ein ungewöhnliches Licht umhüllte ihren Körper und veränderte sich, bis es zu dem geworden war, was es sein sollte.

Eine schwebende Rüstung hatte sich um Lis gelegt.

Ein weißes, aus Licht bestehendes Schild und ein Schwert legten sich in ihre Hände und im selben Moment zeigten sich die unsichtbaren Angreifer.

Wie mechanisch wehrte sie Lis ab. Das Schwert zischte durch die Luft und die Gegner wurden ohne jegliche Chance ausgeschaltet. Einer nach dem anderen.

So ging es einige Minuten, bis der letzte, wild gewordene Seelenlose tot am Boden lag.

Außer Atem stand Lis angespannt da und versuchte, sich zu beruhigen. Das Adrenalin kreiste in ihrem ganzen Körper und verlieh ihr unmenschliche Kräfte.

Die Frau mit dem weißen Gewand stand da, lächelnd, und als sich Lis' und ihr Blick trafen, nickte die Frau zufrieden, gab ihr ein Zeichen, als wolle sie sie segnen und verabschiedete sich mit einem erneuten Kopfnicken.

Als Lis das nächste Mal ihre Augenlider während eines Wimpernschlags öffnete, schaute sie in das besorgte Gesicht von Arok.

Er hatte die ganze Zeit neben ihr gesessen und auf sie achtgegeben. Als Lis dann endlich die Augen öffnete, hätte er sie am liebsten ausgefragt, aber er erkannte in ihrem Schweigen, dass es keinen Sinn hatte, jetzt etwas wissen zu wollen.

Lis gab ihm zudem gar keine Chance etwas zu fragen, denn sie stand wenige Sekunden, nachdem sie aufgewacht war, hektisch auf und ging zu ihrem Stapel Bücher, die sie sich aus der Bibliothek herausgesucht hatte.

Sie griff automatisch nach dem einzigen Buch, dass ihr bisher wirklich etwas gebracht hatte und las, was in der Zwischenzeit passiert war.

Die Prüfung hatte sie also bestanden und sie wusste jetzt, was sie gegen das große Heer und die böse Königin als Waffe verwenden konnte. Sie spürte zwar eine Art Erleichterung, aber die Verantwortung, die sie mit ihren Kräften erhalten hatte, machte ihr Angst.

Hektische Schritte waren auf dem Gang vor dem großen Saal zu hören. Ein treuer und unwissender Mann berichtete voller Schrecken die Ankunft eines gigantischen Heeres. Die Zeit war reif, ihrem Schicksal entgegenzutreten.

Lis schluckte abermals, als sie die Worte las, und schaute vom Buch hoch.

„Sie sind da", flüsterte sie an Arok gewand und man hörte hektische Schritte auf dem Gang.

Lis wusste ganz genau, was das zu bedeuten hatte.

Alle Männer waren auf ihren Positionen. Lis war mit Alegron auf der äußersten Stadtmauer und betrachtete nachdenklich die unendlich vielen Fackeln, die sich am Horizont erstreckten. Es war nicht sehr wahrscheinlich, dass das gegnerische Heer in der Nacht angreifen würde. Zur Sicherheit aber ließ Lis Anweisung geben, dass immer ein Drittel der kampffähigen Männer Wache halten sollte, um einen heimtückischen Angriff, für den ersten Augenblick, abwehren zu können.

Im Zweistundentakt sollten sich die Männer abwechseln.

Es war eine schwere und dunkle Nacht für sie alle.

Dicke Wolken hatten sich über den Himmel gelegt und vereinzelt zuckten Blicke, begleitet von leisem Donner, vom Himmel.

Lis erzählte niemandem von dem, was sie von der alten Frau gelernt hatte. Sie verbrachte ihre Nacht mit Meditation und wühlte in all ihren Kindheitserinnerungen, um sich an weitere ihrer starken Zaubersprüche erinnern zu können.

Sie fühlte sich mit jedem Moment stärker.

Sie versuchte zudem, Kontakt zu ihrem Vater aufzubauen, aber die böse Königin musste ihr mit einem anderen Zauber den Weg zu ihm Vater versperrt haben.

Arok verbrachte die Nacht alleine in seinem Gemach, aber nicht aus eigenem Willen. Er wäre viel lieber bei Lis geblieben und hätte sich mit ihr beraten, aber auf ihren ausdrücklichen Wunsch hin ließ er sie alleine.

Er hatte nicht gewusst, wo er hingehen sollte, somit überprüfte er nochmal alle Stationen der Wachmänner und ging dann in sein Zimmer.

Es war dunkel, einzig eine Kerze erhellte das große Zimmer. Etwas mutlos schaute Arok aus dem Fenster und dachte an den bevorstehenden Kampf. Es war der Horror, sich seines Todes so nahe zu fühlen und nichts machen zu können.

Ruhelos blieb seine Nacht und nach wenigen Stunden machte er sich auf, erneut die Posten zu überprüfen.

Auch er gönnte sich keinen Schlaf.

Alegron war ebenfalls die ganze Zeit bei seinen Männern und sprach ihnen Mut zu. Die Stimmung in der Kaserne war etwas fröhlicher geworden, nachdem man etwas Wein ausschenkte.

Alegron wusste genau, dass es keinen Sinn machte, auf nüchternen Magen zu kämpfen, da die Angst einen sonst zu übermannen drohte.

So vergingen die endlosen Stunden, bis der mit Wolken behangene Himmel sich langsam erhellte.

Man konnte auf der gegnerischen Seite erste Tätigkeiten zum Kampf erkennen und auch in der Stadt wurden Vorbereitungen getroffen.

Lis war schon lange mit ihren Vorbereitungen fertig und war nur noch damit beschäftigt, Alegron und Arok zu suchen.

Beide Männer waren in der Kaserne, so wie es sich Lis gedacht hatte.

Als sie die mit Leben erfüllte Kaserne betrat, wurde es still.

Arok und Alegron erhoben sich, als sie ihre Führerin sahen, und bemerkten ihre grundlegende Veränderung.

Lis strahlte eine so starke Kraft aus, dass man ehrfürchtig vor ihr zurückwich, wenn man ihr zu nahe kam.

Sie war wie ein Phönix, der sich aus der Asche emporgehoben hatte und jetzt noch schöner war als jemals zuvor.

„Guten Morgen", sagte Lis mit einer Zärtlichkeit, die sie im Laufe ihrer Reise verloren hatte, doch jetzt wiedergefunden zu haben schien.

Alegron und Arok nickten ihr zu, brachten aber kein Wort heraus.

Was war bloß geschehen?

Lis war einfach anders, als vor wenigen Stunden. Sie war so viel reifer und erwachsener geworden, dass man sie kaum wiedererkennen konnte. Ihre Augen sprühten vor Selbstbewusstsein und Stärke wie nie zuvor.

Sie lächelte ihnen gutmütig zu, als sie die Verwirrung in der Kaserne bemerkte. Sie ging auf Arok zu und nahm ihn in den Arm.

Dieser konnte immer noch nicht verstehen, was mit ihr geschehen war, aber er deutete es als gutes Zeichen und erwiderte ihre Zärtlichkeit.

Lis löste sich anschließend aus seiner Umarmung und fragte: „Seid ihr bereit? Es wird bald so weit sein."

Arok nickte und führte seine Hand zum Schwertgriff, auch Alegron ergriff sein Schwert.

Lis nickte und ihr Gesicht wurde wieder ernst. Es brauchte keine Worte mehr, denn die Atmosphäre sagte mehr als tausend Worte.

Sie trug das seidene Gewand von Arok, zudem noch Digit, Xeres und Ruben, und für den allergrößten Notfall hielt sie noch die Pfeife bereit, mit der sie Eldur rufen würde.

Sie ließ ihren Blick schweifen, blickte jeden Mann genau an und sagte dann:

„Wir brauchen noch zwanzig Mann, die vor den Stadttoren kämpfen. Wollt ihr, Schwert an Schwert, mit mir, Alegron und Arok kämpfen?"

Ein zustimmendes Stimmengewirr und anschließendes Kampfgebrüll war zu vernehmen. Lis nickte zufrieden und gab das Zeichen, sich vorzubereiten.

„Wenn ihr fertig seid, und lasst euch nicht viel Zeit, sammeln wir uns am Stadttor", sagte sie, drehte sich um und verließ mit Arok und Alegron die Kaserne.

„Was hast du vor, Lis?", fragte Alegron.

Lis drehte sich um und blieb stehen.

In ihren Augen konnte man nichts anderes als Ruhe und Zuversicht erkennen. Es war keine Spur von Angst oder Verzweiflung zu erkennen. Sie waren zudem noch getränkt von einem unmenschlichen Wissen.

„Vertrau mir einfach, Alegron, wenn du überleben willst, dann mach das, was ich dir sage", antwortete sie ruhig und setzte ihren Weg fort.

Am Stadttor angekommen, gab sie Befehl, das Tor zu öffnen. Ohne ein weiteres Wort ging Lis aus der Stadt und positionierte sich vor der Stadtmauer.

Geduldig wartete sie auf ihre Unterstützung. Zur Rechten stand Arok und beobachtete die Streitmacht, die sich ebenfalls vor ihnen, in wenigen Hundert Meter Entfernung, aufbaute.

Zur Linken stand Alegron, der sein Schwert schon ergriffen hatte und etwas nervös wirkte.

Auch er schaute sich das Heer vor ihm an, mit einem unguten Gefühl in der Bauchgegend.

Lis aber hatte den Kopf gesenkt und die Augen geschlossen. Sie versuchte, ruhig zu bleiben, nicht daran zu denken, was alles passieren könnte.

Ihr einziger Wunsch war, es endlich hinter sich zu haben und die letzten Minuten, bis sich die Männer hinter ihr formiert hatten, kamen ihr vor wie ewige Stunden.

Im Augenwinkel beobachtete Arok, wie Lis dastand, die eine Hand an Ruben und die andere an Digit.

Er sah, wie ernst ihr Gesicht geworden war und wie konzentriert sie wirkte. Es kam ihm so vor, als würde eine andere, veränderte Lis vor ihm stehen, und dann erkannte er es.

Ihre kleinen runden Ohren hatten sich verändert.

Ihre Haut schimmerte so wie beim ersten Mal, als er sie gesehen hatte.

Lis war wieder eine Elfe und hatte auch die Fähigkeiten, um sie alle zu retten. Er wusste zwar, dass Elfen ihre Macht nur in Loikes ausüben konnten, aber Lis war anders, das spürte er tief in seinem Herzen.

Auch er hatte an Stärke dazugewonnen und konnte sogar hier die eine oder andere magische Formel anwenden.

Der letzte Mann der zwanzig Freiwilligen hatte sich hinter Lis gestellt und Schwert und Schild in den Händen. Ohne es zu sehen, konnte es Lis auf eigenartige Weise spüren, hob ihren Kopf und machte ihre Augen auf.

Anschließend drehte sie sich um, gab das Zeichen, das Tor zu schließen und ergriff das Wort: „Hier sind wir. Wer hätte vor wenigen Wochen gedacht, dass so etwas passieren würde? Doch wir können nix an unserem Schicksal ändern. Ihr tapferen Männer, die ihr euch mir, Alegron und Arok an die Seite stellt. Eure Namen wird man feiern. Unter den Menschen, Elfen und Todeselfen. Im Sumpf, Loikes und in Trisus.

Habt keine Angst, aber seid vorsichtig. Habt Mut, aber seid nicht übermütig."

Alegron trat den Männern einen Schritt entgegen, als er bemerkte, dass Lis ihre Ansprache beendet hatte, und fügte hinzu: „Schild in der Linken, Schwert in der Rechten. Unseren Gott, Frau und Kind im Herzen und unseren Feind im Auge!"

Die Männer schlugen, wie im Kampfrausch, die Schwerter gegen die Schilde und ein unruhiges Getöse ging von ihnen aus.

Lis drehte sich zufrieden um, nahm Digit aus der Scheide und konzentrierte sich auf die lodernden, blauen Flammen, die sie nicht nur einmal bei Digit gesehen hatte.

Der unausgesprochene Befehl wurde ausgeführt und Lis konnte ihren Dolch in voller Pracht sehen.

Wie schon einige Male zuvor verwandelte er sich zu einem gigantischen blauen Schwert, das von einer ebenso blauen Flamme eingehüllt wurde.

Sie lächelte und flüsterte das, was sie bei der alten Frau gelernt hatte:

„Armare lateras haras keane gahares."

Licht durchflutete die zwei Reihen der Männer.

Auch sie, Arok und Alegron wurden von Licht umgeben und das Wunder geschah erneut. Eine zweite, zauberhafte Rüstung legte sich über die Männer und Lis.

Ein aufgeregtes Stimmengewirr bahnte sich seinen Weg durch die Reihen der Soldaten. Sie waren überrascht und wussten nicht mit der Situation umzugehen. Aber sie nahmen es als gutes Zeichen und fassten neuen Mut. Auch Arok schaute Lis fragend an und hätte ihr solche Fähigkeiten nicht in seinen kühnsten Träumen zugeschrieben.

Alegron war sowieso mit der ganzen Sache überfordert. Er kannte so etwas wie Magie nur aus den Geschichten der Alten und hatte es immer als „Legenden" abgestempelt.

Auch auf der anderen Seite des Schlachtfeldes machten sich die Menschen bereit. Es hatten sich schon erste Gruppen gebildet, die wohl unterschiedliche Taktiken verfolgen sollten. Lis hatte das Gefühl, dass man sie und die zwanzig Mann hinter ihr nicht wirklich ernst nahm.

Sie schaute sich weiter um und betrachtete auch die Stadtmauer, die weit über ihnen in die Höhe ragte.

Die Bogenschützen standen in zwei Reihen und waren auf alles vorbereitet. Es schien, als sei die Stadt mit all ihren Soldaten in Kampfbereitschaft.

Der Tag brach mehr und mehr an und es wurde immer heller, dennoch verschluckten die dunklen Wolken das meiste Tageslicht.

In dieser dunklen Atmosphäre sah es so aus, als ob die dreiundzwanzig Männer, die von einer Rüstung aus Licht umhüllt waren, Stellvertreter des Lichts wären.

Lis lächelte über ihre Gedanken, war aber auch sehr froh drüber, dass sie keine Angst verspürte.

Da erinnerte sie sich an ihre erste richtige Schlacht mit Digit und wie sie vergeblich versucht hatte, sich zu wehren.

Miran, der so stark gewesen war, war aber nicht an ihrer Seite, um sie zu unterstützen, so wie sie es in ihrer Vision gesehen hatte.

Konnte es sein, dass ihre Visionen nicht immer ganz genau das Richtige zeigten?

Lis schüttelte den Gedanken von sich und wandte sich an Arok: „Bist du fertig? Hast du alles, was du brauchst?"

Arok nickte, schwieg aber. Ihm gingen eine Menge Sachen durch den Kopf und er wollte sich nicht mit dem Gedanken abfinden, dass er vielleicht sterben würde.

„Mal sehen, was unsere wehrte Königin macht", sagte Lis anschließend und sprach einen erneuten Zauber, der sie alle einzuhüllen begann.

Mit einem Mal schien sich alles um sie herum zu verändern. Die Umgebung hatte keine Risse und Formen mehr, alles war verschwommen und ein düsterer Nebel legte sich über die Soldaten und Lis.

Als der komische Nebel verschwunden war, waren sie mitten im Lager des anderen Heeres und die zwanzig Mann bildeten einen Kreis um Lis, Arok und Alegron. Nicht weit entfernt war die Hütte des fremden Herrschers und wahrscheinlich auch der bösen Königin zu sehen.

Ohne ein Wort wusste jeder, was er zu tun hatte.

Augenblicklich wurden sie von den gegnerischen Soldaten angegriffen. Sie versuchten, sich einen Weg durch die Massen zu bahnen.

Es schien, als wären sie unbesiegbar, denn Lis verlieh ihnen eine eigenartige Kraft, mit der sie ihren Gegnern überlegen waren.

Lis, Alegron und Arok schlossen sich dem Kreis an und drängten die Soldaten immer mehr vor sich her. Lis ließ ihr Schwert unermüdlich durch die Luft zischen und traf nicht nur einen Soldaten tödlich. Auch Alegron und Arok gaben ihr Bestes und ließen keinen am Leben, der sich ihnen in den Weg stellen wollte.

An dem riesigen Zelt angekommen, schlüpfte Lis hinein, gab aber vorher Anweisung, sich um die Männer außerhalb der Kommandozentrale zu kümmern.

Sie hatte jetzt genug mit der Königin zu tun.

Im Zelt war es warm und stickig. Man hatte Kerzen angezündet, um wenigstens etwas Licht zu haben. Bequeme

Möbel lagen verstreut da und ein großer Tisch stand in der Mitte.

Als Lis ihren Blick schweifen ließ, sah sie die Königin auf einem der zwei Sofas liegen und ließ Digit schrumpfen. Mit einer eleganten Bewegung steckte sie ihn zurück in die Scheide und ging auf Delita zu.

„So trifft man sich wieder", sagte sie und blieb wenige Schritte vor der Königin stehen. Sie nahm eine eigentümliche Pose ein, um sofort angreifen zu können, wenn die Königin auch nur einen Fehler beging.

„Ach, und ich soll mich über deinen lächerlichen Auftritt freuen, ärmliches Kind?", sagte die Königin und erhob sich.

„Zieht euer Heer zurück, sonst werdet ihr sterben", sagte Lis bestimmt und ließ die schöne, aber dennoch böse Königin nicht aus den Augen.

Delita begann schallend zu lachen und brauchte einige Augenblicke, um sich wieder zu beruhigen.

„Ach, mit deinem kleinen Hokuspokus machst du mir keine Angst", sagte sie abfällig.

„Dann habe ich wohl keine andere Wahl, als euch mit meinem Hokuspokus Manieren beizubringen", entgegnete Lis und der Kampf begann mit einem Mal.

Lis konzentrierte sich auf beliebige Gegenstände wie den Kerzenhalter, und ließ sie durch die Luft fliegen, genau auf die Königin zu, aber diese war alles andere als beeindruckt.

Sie konterte mit einem ihrer Angriffszauber, aber dieser prallte an Lis' unsichtbarer Rüstung ab.

Ohne Unterbrechung wurden Flüche gesprochen, Gegenstände durch die Luft befördert und erneute Zauber geflüstert, aber es schien, als seien die zwei Frauen auf dem gleichen Niveau. Das konnte Lis nicht zulassen und konzentrierte sich auf ihre Vergangenheit, in der sie so viel über die Macht der Magie gelernt hatte.

Sie entschied sich dafür, ihre Schwertkunst und ihren Zauber zu kombinieren. Mit dem großen Schwert in der Hand, verschiedenste Zaubersprüche auf den Lippen und einem Kampfgeist, dass sogar der Königin der Atem stockte, ging sie erneut auf sie los.

„Hareas lirena", brüllte Lis und verschiedenste Seile schossen auf die Königin zu, doch diese hob einfach nur die Hand.

Alle Seile kehrten um und richteten sich auf Lis, doch die ließ ihr Schwert durch die Luft fliegen und wehrte sie ab.

Lis wurde immer verzweifelter. Jeder Zauberspruch wurde zu ihr abgelenkt und sie musste sich gegen ihre eigenen Zauber durchsetzen.

Dann kam ihr eine gute Idee. Mit der freien Hand griff sie nach Ruben und fragte sie in ihren Gedanken, was sie nur gegen die Königin unternehmen konnte.

Nichts geschah, nur Lis war für wenige Augenblicke abgelenkt und ein Zauber der bösen Hexe traf sie mit voller Wucht.

Lis wurde davongeschleudert und landete auf der gegenüberliegenden Seite des Zeltes.

In diesem Moment sprach eine Stimme zu ihr: „Arok, lass dir von ihm helfen. Ihr seid zusammen nur vollkommen eins."

Lis wusste, was zu tun war. Sie konzentrierte ich auf Arok, sprach einen kurzen, aber gezielten Zauber und wenige Augenblicke später rannte Arok ins Zelt. Erneut wurde Lis wegen ihrer Unachtsamkeit bestraft, doch diesmal kam ihr ihr Geliebter zu Hilfe, anstatt sich auf sie zu stürzen, wie das letzte Mal.

Die Königin hatte seine Anwesenheit sofort bemerkt und man spürte ihre aufkommende Nervosität.

Lis richtete sich wieder auf und fasste neuen Mut, denn mit Arok an ihrer Seite konnte nichts passieren und sie mussten sie endlich bezwingen.

Lis ging auf Arok zu, stellte sich neben ihn und sprach einen verbindenden Zauber.

„Kannst du mich hören?", sprach eine Stimme in Aroks Kopf und er antwortete: *„Ja, lass sie uns zusammen angreifen."*

Lis schloss die Augen, murmelte Wörter vor sich hin, die Arok nicht verstand und in der Zwischenzeit kümmerte er sich um die Königin. Er fixierte seine Konzentration auf das Feuer der Kerzen und ließ eine riesige Flamme entstehen, die sich ihren Weg zur Königin bahnte.

Die Königin sprang erschrocken zur Seite und konnte sich wieder aufrichten, denn sie hatte sich im letzten Moment am Tisch abgestützt, um nicht von den Füßen gerissen zu werden.

Gerade, als sie ihren Mund aufmachen wollte, versteinerten ihre Bewegungen und sie konnte sich nicht mehr bewegen.

Lis ließ nicht mehr von ihr ab und auch Arok versuchte mit aller Macht, seine Konzentration dafür zu verwenden, sie in diesem Bann zu halten.

„Weiter so, noch ein Spruch und wir haben es geschafft", hörte es Arok in seinen Gedanken. „Komm zu mir, ich brauche dich!"

Arok gehorchte, wandte sich an Lis, die wenige Meter neben ihm stand und nahm ihre Hand.

„Sprich mir nach, dann können wir sie in die unheimliche Welt verbannen, in der über sie gerichtet wird", sprach Lis in seinen Gedanken und er nickte ihr zu.

Panik konnte man in den Augen der Königin erkennen. Sie war nicht in der Lage, sich zu rühren, nur ihre Augen zuckten aufgeregt hin und her.

„Arkes Navedalea akirenas likareni ugawelia sarena Delita." Im selben Moment, Arok und Lis schauten sich dabei gegenseitig in die Augen, sprachen sie die geheimnisvolle Formel: „Arkes Navedalea akirenas likareni ugawelia sarena Delita."

Wie auch zuvor geschah im ersten Moment nichts, aber dann erlosch das Licht in Delitas Augen und sie verwandelte sich im selben Moment in eine Statue aus Stein.

„Die alte Frau hatte wohl nicht so viel Verständnis für das, was Delita getan hat", sagte Lis und lächelte glücklich. Die Statue stand da, als würde sie gleich aufspringen wollen. Die Hände waren in die Höhe gestreckt und der Mund war weit aufgerissen. Die Augen blickten verzweifelt in Lis' Richtung, als hätte sie mit allem gerechnet, aber nicht mit der Verbannung in ein anderes Universum.

Ein markerschütterndes Gebrüll war außerhalb des großen Zeltes zu hören. Es war Alegron, der versuchte, mit seinem Kampfgebrüll Eindruck zu schinden und die Angreifer abzuschrecken.

Lis und Arok stürmten nach draußen und erkannten, dass von den zwanzig Männern nur noch eine Handvoll übrig geblieben war. Lis schaute sich das Schlachtfeld an und entschied sich, die restlichen Männer wieder in die Stadt zu schicken.

Mit ihren letzten Kräften hob sie ihre Hand in die Höhe, spreizte ihre Finger Richtung Himmel und sprach: „Relinas akarne lidea."

Wie zuvor veränderte sich ihre Umgebung, und als sich alles wieder klärte und der Nebel sich lichtete, waren sie in der Stadt vor dem Stadttor.

Alle lebenden, aber verletzten Soldaten wurden sofort von den Frauen versorgt und Lis konnte sich kaum noch auf den Beinen halten.

Die letzten zwei Zauber hatten ihre Kräfte erschöpft. Sie hatte bei jedem Zauberspruch gespürt, wie die Kraft aus ihrer Seele gezehrt wurde.

Arok erkannte es rechzeitig und nahm Lis stützend in den Arm.

„Du hast uns grad das Leben gerettet, Lis, eine großartige Arbeit. Den größten Feind haben wir ausgeschaltet", flüsterte er ihr ins Ohr und Lis nickte schwach.

Während sie mit dem Angriff der Königin beschäftigt gewesen war, waren ihre Kräfte immer schwächer und die zauberhaften Rüstungen der Soldaten und auch ihre immer unzuverlässiger geworden.

Dennoch hatten sich sieben Männer standhaft halten können. Lis schenkte ihnen ein aufmunterndes Lächeln, blickte dann zu Arok empor, der sie schützend im Arm hielt und sprach: „Wir werden das schaffen. Das Schlimmste haben wir hinter uns."

Der Kampf ging unaufhörlich weiter. Kampfschreie waren zu hören und das Tosen der Schlacht hallte vor den Stadttoren. Bisher hatte das gegnerische Heer noch nicht die Stadtmauern durchbrochen, auch wenn es mehrmals so aussah, dass das Schicksal der Menschen schon besiegelt war.

Unzählige Tote lagen vor der Stadt und auch die heimischen Soldaten mussten sich Verluste eingestehen.

Nachdem sich Lis und ihre Gefährten etwas ausgeruht hatten und ausreichend gestärkt waren, machten sie sich wieder auf den Weg zum Kampf.

Lis wusste, dass jetzt die entscheidende Stunde gekommen war und sie ihr Bestes geben musste. Die Hoffnung auf Unterstützung hatte sie längst aufgegeben. Niemand würde kommen, nur sie alleine war jetzt für den Kriegsausgang verantwortlich.

Die standhaften Sieben wurden von Lis auf die Stadtmauern geschickt, um dort die Stellung zu halten. Arok und Alegron hingegen bekamen keine Zuteilung.

Gerade, als Lis ihren Weg fortsetzen wollte und sich in Richtung Stadttor bewegte, hielt sie Arok davon ab.

„Was machen wir? Lis, was hast du vor?", fragte er und schaute sie neugierig an.

Lis nickte und sagte: „Kämpfen, was sonst?"

„Willst du dich von diesen Barbaren umbringen lassen? Wir brauchen eine Führerin, um die Stadt nicht zu verlieren", sagte Alegron und trat Lis einen Schritt entgegen, um sie zur Besinnung zu bringen.

„Eine Führerin ist so stark wie ihre Stadt. Wenn ich sterbe, dann hat auch die letzte Stunde für die Stadt geschlagen. Ich will nicht als Einzige leben, um diese Schande ansehen zu müssen. Ich sterbe lieber jetzt, als wenn alles schon zu spät ist. Solange ich kämpfe, kann die Stadt gar nicht untergehn", sagte Lis streng und in ihren Augen flammte es vor Zorn.

„Wollt ihr, Seite an Seite, mit mir untergehen? Oder wollt ihr euch verstecken, wie Angsthasen?", fragte Lis herausfordernd.

„Ich werde für dich ans Ende der Welt gehen", sagte Arok und richtete seinen Blick auf Alegron, der ebenfalls zustimmend nickte.

„Dann lasst uns endlich gehen, damit diese Schlacht in Kürze ein Ende findet!", sagte Lis zufrieden, schloss ihre Augen und brachte sie mitten in die Schlacht.

Lis hatte nicht mal genug Zeit, Digit aus der Scheide zu ziehen und musste schon dem ersten Schwertschlag ausweichen.

So erging es auch Arok und Alegron.

Rücken an Rücken, Seite an Seite, standen sie da und wüteten im Heer der Soldaten aus dem unbekannten Land. Hatte Lis auch nur eine Sekunde Zeit, so zauberte sie die schützende Rüstung auf ihre verletzlichen Glieder und der Kampf blühte zu einem neuen Hoch auf.

Digit zischte durch die Luft und alles, was unter seine Klinge kam, wurde gnadenlos in Stücke geteilt.

Je mehr Männer durch das riesige, blaue Schwert starben, desto mehr fürchtete man sich vor der eigenartigen Frau mit den übermenschlichen Fähigkeiten.

Keiner war in der Lage, Lis, Arok oder Alegron etwas anzutun, da die schützende Rüstung eine Mauer bildete, die die Männer schon beim Hinsehen in Todesangst versetzte.

Der Zauber, der sich über die Drei gelegt hatte, gab ihnen etwas Übermenschliches. Es sah so aus, als ob Geister sich unter den Menschen ausbreiten würden.

Die gegnerischen Soldaten, die die Stärke von Digit erkannten, gerieten immer mehr in Panik, aber die Anzahl der Menschen um sie herum hinderte sie daran, flüchten zu können und auch die Massen, die hinter ihnen an die Stadtmauer wollte, pressten die Männer immer mehr zu Lis hin und unter Digits Schneide.

Es sah wirklich gut aus, auch wenn die fremden Soldaten nicht weniger werden wollten, so konnte Lis dennoch hoffen.

Doch nach einiger Zeit spürte sie, wie ihre Kräfte nachließen und wie auch das Licht der Rüstung zu flackern anfing.

„Geht es dir gut?", fragte Arok mitten im Kampf, der bisher geschwiegen hatte und nur damit beschäftigt gewesen war, die Gegner in Schach zu halten.

„Ich fühl mich etwas schwach", gestand Lis, und Arok konnte ihre Worte nur sehr schlecht hören in den tosenden Fluten des Kampfes. Mit ihren letzten Worten erlosch auch dass Schutzschild und Lis versuchte weiter, unter Aufbietung aller Kräfte, zu kämpfen.

Das Verschwinden der geisterhaften Erscheinung gab den gegnerischen Soldaten erneuten Mut und die Wucht des Angriffs auf Lis wurde stärker.

Man konnte erkennen, dass Lis nicht mehr in der Lage war, den Gegner zu vernichten, denn alles, was sie tat, war darauf aus, den Schlägen auszuweichen und die Schwerthiebe zu parieren.

Eine hoffnungslose Situation bildete sich mehr und mehr aus. Alegron und Arok erging es nicht besser und sie drängten sich immer mehr zusammen.

Lis ließ ihren Blick schweifen. Eine tiefe Verzweiflung drohte ihre Gedanken einzunehmen.

Ihr Herz lag in Trümmern. Ihr Blick in Trauer versunken. Kein Fünkchen Hoffnung war in den Augen der anderen zu sehen. Ratlose und enttäuschte Blicke kreuzten ihren Weg.

Eine Träne lief über ihre Wange, dann eine zweite, eine dritte.

... so stellt sich ein, die grosse Wende ...

Auch wenn alles verloren schien und Lis schon die ersten Verletzungen davongetragen hatte, war der Kampf noch nicht zu Ende.

Sie wehrte sich nach Leibeskräften, merkte aber immer mehr, dass ihre Hiebe nicht mehr so zielsicher an ihrem Bestimmungsort ankamen.

Plötzlich ertönte ein entsetzlicher Schmerzensschrei aus Alegrons Kehle und Lis schaute besorgt zu ihm hin. Einer der Soldaten hatte ihn am Bein verletzt und er blutete stark, konnte sich kaum auf den Beinen halten, geschweige denn sich wehren.

Lis sprang vor ihn, parierte den Schlag von dem Soldaten, der Kamin verletzt hatte und im nächsten Moment versuchte sie erneut, den Schwerthieb eines anderen Soldaten zurückzuschlagen.

Auf die Dauer war es zu viel, auch wenn Arok ihr tatkräftig zur Seite stand.

Gerade als Lis aufgeben und ihre Waffe niederlegen wollte, konnte sie entsetzliche Schreie von Menschen wahrnehmen, weit hinter der Grenze des Sichtbaren.

Im ersten Moment wusste sie nicht, was es zu bedeuten hatte, aber der Tumult wurde immer größer und auch die gegnerischen Soldaten schauten besorgt hinter sich.

Dann konnte Lis ein schwarzes, kleines und flinkes Wesen erkennen, das genau auf sie zusteuerte.

Ohne Lis anzugreifen, blieb es vor ihr stehen. Jetzt konnte Lis dieses eigenartige Wesen erkennen.

Es war eine Kreatur aus dem Seelenwald.

Es stand einige Augenblicke vor ihr, analysierte ihre Statur, und als es dann fertig war, drehte es sich um und betrachtete den Soldaten, der mitten in der Bewegung stehen geblieben war und völlig fassungslos wirkte.

Ein Grinsen erschien auf dem Gesicht der Kreatur und im nächsten Augenblick stürzte sie sich auf den ahnungslosen Mann.

Lis konnte nicht verstehen, was das zu bedeuten hatte. Immer mehr von den Grinseln tauchten auf und stürzten sich auf die Männer, die mit allem gerechnet hatten, aber nicht mit solch eigenartigen Kreaturen.

Lis ergriff die Chance, nahm Arok und Alegron bei der Hand und wünschte sich zurück ins Haus der Frau, die sich um Arok gekümmert hatte.

Alegron brach dort schlussendlich zusammen und die Frau stürmte überrascht hinein, als sie seine kläglichen Schmerzenslaute hörte.

„Kümmer dich bitte um meinen Freund", sagte Lis, und schaute die Frau erwartungsvoll an. Diese nickte knapp und nahm Lis Alegron ab, und Arok half der Frau, ihn in eines ihrer Zimmer zu führen.

Lis aber hatte andere Pläne.

Sie betete zu den Göttern um mehr Kraft, und zauberte sich dann auf die Stadtmauern, wo der Kampf etwas nachgelassen hatte.

Sie zückte aber dennoch ihr Schwert und kämpfte sich an die äußerste Mauer vor, um einen Überblick über das Schlachtfeld zu bekommen.

Was sie zu Gesicht bekam, verschlug ihr förmlich die Sprache. Aus dem Nordwesten konnte sie eine goldene Streitmacht erkennen, die ohne Zweifel von ihrem Vater angeführt wurde und aus dem Nordosten kamen die eigenartigen Kreaturen.

Grinsel, Morlos und andere finstere Wesen, von denen Lis nie etwas gehört hatte. Dann erkannte sie eine große, schwarze Eidechse, die sich ihren Weg durch das Heer bahnte.

„Miran!", schrie Lis überrascht.

Die Stadt war gerettet. Kein Leben ihrer Leute war vergeudet worden. Jetzt konnte Lis endlich die Spannung in ihrem Herzen lösen und war so erleichtert wie noch nie in ihrem Leben.

Sie konnte ihr Glück nicht fassen, dass Miran, ihr Vater und sogar die Wesen aus Trisus wie auch Todeselfen, denen bisher alles egal gewesen war, gekommen waren, um ihr zu helfen. Den genauen Grund konnte sie nur erahnen.

Alle Völker vereinigten sich in dieser Schlacht und bildeten eine größere Streitmacht, als es das gegnerische Heer jemals gewesen war.

Ein Wunder war geschehen, was Lis niemals für möglich gehalten hätte. Sie sah es nun, in diesem Augenblick, mit ihren eigenen Augen.

Zwar hatte sie gehofft, dass ihr Vater ihr helfen würde, aber dass auch das Reich Trisus seine Streitmacht schickte, war überwältigend.

„Wir haben es geschafft", sagte eine Stimme hinter ihr und sie klang müde, aber sehr erleichtert.

Lis drehte sich glücklich um und sagte: „Mein Vater hat mich gehört und es scheint, als ob er auch mit deinem Vater gesprochen hat. Siehst du? Ich erkenne ganz genau, dass diese Wesen aus Trisus kommen, und siehst du da? Kämpfer aus Loikes!"

Ihre Stimme klang so ausgelassen, als hätte es nie einen Krieg gegeben. Arok lächelte sie an und richtete dann seinen Blick gegen den Horizont. Sie folgte seinem Blick und sah, was ihr Geliebter in diesen Sekunden der Entscheidung betrachtete.

Das gegnerische Heer wurde von schwarzen Schatten eingehüllt. Man erkannte nur das hin- und herhuschen der düsteren Kreaturen. Von der anderen Seite erstrahlte es vom Glanz der Elfen.

Mit einer ungeheuren Schnelligkeit schrumpfte das Heer vom unbekannten Land und der Sieg war ihnen sicher.

Die fremden Soldaten hatten aufgehört, sich auf die Stadt zu konzentrieren und sie einnehmen zu wollen. Alles, was sie jetzt noch wollten, war, irgendwie der Flut von Dunkelheit, aber auch der Flut des Lichts zu entfliehen.

Dann bildete sich eine dritte Front, denn Lis verließ die Stadtmauer und ging mit Arok in Richtung Stadttor. Ihre Kräfte hatten sich in der Zwischenzeit wieder erholt und der Anblick des Sieges gab ihnen zusätzlich Kraft.

Auf ihrem Weg traf sie auf Alegron, der zwar schwer verwundet war, es aber nicht für nötig hielt, nach seiner Behandlung liegen zu bleiben.

Die Frau hatte ihm mit einem Stofftuch den Blutfluss unterbrochen und er war daraufhin einfach gegangen.

Lis lächelte ihn an und sagte besorgt: „Du bist dir sicher, dass du es schaffst?"

„Ich habe versprochen, an deiner Seite zu bleiben und ich will mir den Schluss nicht durch die Lappen gehen lassen", entgegnete er lächelnd.

Dennoch humpelte er mehr, als dass er neben Lis ging, aber sie war sich sicher, dass sie ihn jetzt nicht mehr zurückschicken konnte.

Mit Arok, Alegron und unzähligen anderen Menschen und Soldaten aus der Stadt ging sie in den Kampf, in die Schlussphase und das endgültige Ende dieses Invasionsversuches.

Die Tore wurden geöffnet und Digit blitzte den gegnerischen Soldaten bedrohlich entgegen.

Mit neuem Mut und neuer Kraft stürzten sich die Männer auf die fremden Soldaten, die jetzt keine wirklichen Gegner mehr waren.

Lis ließ ihr Schwert nicht stillstehen, auch Arok und Alegron brauchten keine allzu große Anstrengung.

Plötzlich blickte sich Lis um und erkannte, dass Miran, der noch vor wenigen Augenblicken am anderen Ende der Schlacht gewesen war, jetzt neben ihr stand und sie mit seinem hässlichen Echsengesicht anlächelte.

Mit ihm an der Seite war es ein Leichtes, und Lis konnte sich einen kleinen Aufschrei leisten, um Miran etwas zu sagen. Das Gebrüll der Schlacht und das Klirren der Schwerter machten das aber unmöglich.

„Ich danke dir", sagte sie ihm in Gedanken, was eigentlich nur ein kläglicher Versuch gewesen war, mit ihm zu reden.

Aber eine Stimme in ihrem Kopf antwortete ihr: „Issss habe sssssssie nie vergessssssseeeen, Prinssssesssin."

Lis lächelte Miran an, als sie die Worte vernahm, und konzentrierte sich anschließend wieder auf den Kampf.

Digit war ihre stärkste Waffe, denn ihre Zaubersprüche kosteten Lis zu viel Kraft.

Also erfüllte sich ihre Vision. Sie stand mit Arok, Alegron und Miran vor der Stadt und kämpfte Seite an Seite, um den Rest des gigantischen Heeres zu vernichten.

Bald trafen die drei Fronten aufeinander.

Die Elfen aus Loikes, die dunklen Wesen aus Trisus und Todeselfen, sowie die Menschen, die ihre Stadt und ihr Zuhause verteidigten.

Es blieb kein Mann am Leben, der sich nicht unterwürfig ergab und schwor, der neuen Königin zu dienen.

Die drei Fronten, die die drei Ländereien gebildet hatten, waren tödlich gewesen, für alle Soldaten unter der fremden Flagge. Nur wenige überlebten die Schlacht
Der Kampf war vorbei.
Der letzte Mann war gefallen, der sich nicht ergeben wollte.
Lis stand da, betrachtete die Menschen neben sich und die unzähligen Toten. Ein schwerer Stein fiel von ihrem Herzen. Sie hatte ihr Schicksal erfüllt, unter den schwersten Bedingungen, aber sie alle hatten es geschafft. Arok blickte Lis lange an und sah ihr an, dass sie im Moment ziemlich durch den Wind war.
Ihre goldenen Haare sowie ihr seidenes Gewand waren in Schmutz und Blut getränkt. Lis blutete aus unzähligen kleinen Einstichverletzungen oder kleinen Wunden, aber sie schien es nicht wirklich zu spüren. Ihr Herz raste und ihre rechte Hand zitterte, als sie endlich aufhörte, zu kämpfen.
Ihm erging es nicht anders, aber das wollte er sich nicht eingestehen. In diesem Moment wusste er auch nicht wirklich, was er zu tun hatte.
Er ließ sein Schwert fallen und ging auf Lis zu.
Sie hatte währenddessen Digit schrumpfen lassen und verstaute ihn an seinem Platz. Erst im letzten Moment erkannte sie Arok, als er dicht neben ihr stand.
Sie hob ihren Blick zu diesem großen Todeselfen, der sie gutmütig anblickte. Sie schaute ihm in die Augen und erkannte eine große Erleichterung und ein neues Element, was sie bisher noch nie gesehen hatte.
Sie spürte seine Liebe durch den Blick, den er ihr schenkte.
Im nächsten Augenblick nahm er Lis in den Arm und sagte: „Ich hätte nie gedacht, dass wir das wirklich schaffen."
Lautlose Tränen liefen erneut über Lis' Gesicht.
Die Anspannung löste sich durch diese kleine Geste und ihre Angst und Verzweiflung fanden einen Weg, um sich entladen zu können.
Das Tosen des Kampfes verstummte und man konnte nur noch vereinzelt Jubel, aber auch Klagen hören.
Das Getrabe von Pferdehufen war zu vernehmen. Lis richtete ihren Blick in Richtung dieses untypischen Lautes, der sie an ihre Heimat erinnerte.

Ihr Vater war auf dem Weg zu ihr, dabei musste das Pferd achtgeben, um nicht über all die Leichen zu stolpern, die sich vor den Stadtmauern häuften.

Wenige Schritte von Lis entfernt blieb er stehen, schaute sich das ungleiche Pärchen kritisch, aber auch mit einem gewissen Verständnis an.

„Hier ist also die strahlende Heldin, die das große Heer bis zu unserer Ankunft aufgehalten hat. Ich bin beeindruckt", sagte ihr Vater mit lauter Stimme und erneut schossen Lis Tränen in die Augen.

„Ich danke dir, du hast uns allen das Leben gerettet", entgegnete Lis und nickte ihrem Vater bedeutungsvoll zu, der mit einem Ruck das Pferd herumwirbelte und zurück zu seinen Truppen ritt.

Lis schaute ihm einige Augenblicke nach und schaute dann zu Arok hoch.

„Lass uns in die Stadt gehen und unsere Wunden versorgen", flüsterte sie und löste sich aus seiner schützenden und wohltuenden Umarmung.

Der Tag näherte sich seinem Ende. Der Kampf hatte fast den ganzen Tag gedauert und die Menschen waren sichtlich erschöpft und müde.

Auch Lis spürte erst nach dem Kampf, wie viel Kraft sie in die Schlacht gesteckt hatte.

Es wurden Vorkehrungen getroffen, um die Toten wegzuschaffen und auch die Trümmer in der Stadt zu beseitigen. Jeder Mensch war froh darüber, dass die Stadt gerettet war und dass sie ihre Heimat nicht verloren hatten.

Wie auf magische Weise verstanden die Wesen aus dem Seelenwald, als hätte ihnen ein Befehlshaber gesagt, dass ihre Arbeit getan war und auch das Heer aus Licht machte sich auf den Heimweg. Jedes Volk hatte Verluste eingehen müssen, aber man war sich bewusst, dass die Invasion sie viel härter getroffen hätte, wenn sie das Heer nicht in dieser Schlacht vernichtet hätten.

Eine Frage blieb aber noch offen. War Delita die Einzige, die diese Invasion geplant hatte und verantwortlich gewesen war für diesen Krieg?

Lis wusste es nicht, aber ein Unbehangen blieb, dass es vielleicht nicht das Ende von allem war. Aber fürs Erste waren ihre Heimat, Trisus und der Sumpf gerettet. Für wie lange, war aber die entscheidende Frage, die sich Lis gar nicht zu stellen wagte.

Die Autorin

Maria Kwasnik wurde 1989 als Tochter zweier Ärzte in Neuss geboren. Nach mehreren Umzügen landete sie anschließend im schönen Westerwald, wo sie die nächstgelegene Schule in Bad Ems besuchte. Im Jahr 2000 wechselte sie nach der Grundschule zum Goethe Gymnasium in Bad Ems, doch schon nach fünf Jahren siedelte sie aus Deutschland in die Schweiz über, wo sie 2008 ihre Matura in der Kantonsschule Wohlen abgelegt hat. Momentan studiert sie Rechtwissenschaft in der Universität Luzern.

Ein Herz für Autoren

Der Verlag

Der im österreichischen Neckenmarkt beheimatete, einzigartige und mehrfach prämierte Verlag konzentriert sich speziell auf die Gruppe der Erstautoren. Die Bücher bilden ein breites Spektrum der aktuellen Literaturszene ab und werden in den Ländern Deutschland, Österreich, Schweiz und Ungarn publiziert.

Das Verlagsprogramm steht für aktuelle Entwicklungen am Buchmarkt und spricht breite Leserschichten an. Jedes Buch und jeder Autor werden herzlich von den Verlagsmitarbeitern betreut und entwickelt.

Mit der Reihe „Schüler gestalten selbst ihr Buch" betreibt der Verlag eine erfolgreiche Lese- und Schreibförderung.

Manuskripte sind beim novum Verlag jederzeit gerne willkommen!

novum VERLAG

Rathausgasse 73
A-7311 Neckenmarkt
Tel: 02610/431 11

www.novumverlag.com

GERMANY | AUSTRIA | SWITZERLAND | HUNGARY